Volar

Danielle Steel

Volar

Traducción de
Maruja Casas

PLAZA & JANES EDITORES, S. A.

Título original: *Wings*
Diseño de la portada: © Andrew M. Newman
Rótulos de la portada: © David Gatti
Fotografía de la autora en la contraportada: © Harry Langdon

Primera edición: abril, 1995

© 1994, Danielle Steel
© de la traducción, Maruja Casas
© 1995, Plaza & Janés Editores, S. A.
Enric Granados, 86-88. 08008 Barcelona

Printed in Spain – Impreso en España

ISBN: 84-01-32615-X
Depósito legal: B. 10.226 - 1995

Fotocomposición: Comptex & Ass., S. L.

Impreso en Hurope, S. L.
Recared, 2-4. Barcelona

L 3 2 6 1 5 X

Al as de mi corazón,
al piloto de mis sueños...
a la alegría de mi vida,
al sitio tranquilo en que me refugio
en la oscuridad de la noche,
al vivo sol matinal
de mi alma
al alba...
a la brillante estrella
de mi firmamento,
a mi amor,
a mi corazón,
a mi todo,
a mi amado Popeye,

con todo mi afecto y amor,
para siempre,

OLIVIA

1

El camino hasta el aeropuerto O'Malley era un sendero largo, estrecho y polvoriento que giraba a izquierda y derecha y rodeaba perezosamente los maizales. El aeropuerto era un pequeño trozo de tierra reseca próximo a Good Hope, en el distrito de McDonough, trescientos kilómetros al suroeste de Chicago. Cuando las vio por primera vez en el otoño de 1918, Pat O'Malley se dijo que esas 32 hectáreas yermas eran lo más bonito que sus ojos habían contemplado. Ningún agricultor las habría querido y, de hecho, nadie las quiso. Esas tierras estaban abandonadas, pero Pat O'Malley invirtió casi todos sus ahorros en adquirirlas. Dispuso el resto para comprar un destartalado y pequeño Curtiss Jenny, un biplaza —excedente de guerra— con controles dobles que utilizó para enseñar a volar a los pocos hombres que disponían de medios para pagar lecciones, para llevar ocasionalmente algún pasajero a Chicago o para transportar pequeños cargamentos a cualquier sitio.

Aunque el Curtiss Jenny estuvo a punto de arruinarlo, Oona —su bonita, pelirroja y menuda esposa desde hacía diez años— sabía que su marido no estaba totalmente loco. Era consciente de que Pat soñaba con volar desde la primera vez que vio un avión en una pequeña pista de Nueva Jersey. Había trabajado en dos sitios con tal de ganar lo suficiente para costearse

9

las clases, y en 1915 la había arrastrado hasta San Francisco para visitar la exposición que celebraba la construcción del canal de Panamá, pues deseaba ver con sus propios ojos a Lincoln Beachey. Éste subió a Pat en su avión, por lo cual a O'Malley le resultó aún más doloroso que, dos meses después, Beachey perdiera la vida. Beachey acababa de hacer tres rizos de los que cortan el aliento en su avión experimental cuando ocurrió la tragedia.

Durante la exposición Pat también conoció al célebre aviador Art Smith y a un batallón de fanáticos pilotos como él. Conformaban una hermandad de temerarios, la mayoría de los cuales prefería volar antes que cualquier otra cosa. Parecía que sólo cobraban vida cuando estaban en el aire. Vivían por y para la aviación, no hablaban de otro tema, la respiraban y soñaban con ella. Lo sabían todo sobre las complejidades de cada avión y la forma más eficaz de pilotarlo. Intercambiaban anécdotas, consejos y hasta los detalles más nimios. No es sorprendente que a algunos no les interesara otra cosa o fueran incapaces de durar en puestos de trabajo que no tenían relación con la aviación. Pat lo sabía todo, describía alguna hazaña increíble que acababa de presenciar o se explayaba sobre un extraordinario aparato que había logrado superar los logros del modelo precedente. Siempre había jurado que algún día tendría su propio avión y puede que hasta una flota de aviones. Sus amigos le tomaban el pelo y sus parientes decían que estaba chiflado. Sólo la tierna y amorosa Oona le creyó. Estaba pendiente de cuanto Pat decía y lo acataba con lealtad y adoración plenas. A medida que nacieron sus hijas, como no quería herir los sentimientos de Oona, Pat se esforzó por ocultarle lo decepcionado que se sentía de no tener un varón.

Por mucho que amase a su esposa, Pat O'Malley no era un individuo que dedicara tiempo a sus hijas. Era un hombre para estar rodeado de hombres, un sujeto hábil y competente.

Compensó muy pronto el dinero invertido en las lecciones de aprendizaje. Era de esos pilotos que saben instintivamente cómo llevar casi cualquier máquina y nadie se sorprendió de que fuese uno de los primeros voluntarios norteamericanos, incluso antes de que Estados Unidos entrara en la Gran Guerra. Combatió con la escuadrilla Lafayette y luego fue destinado a la escuadrilla 94, en la que sirvió a las órdenes de Eddie Rickenbacker.

Aquélla había sido una época emocionante. En 1916, cuando se alistó voluntario con treinta años, era más maduro que la mayoría de los miembros de la escuadrilla. Rickenbacker también era más adulto que la mayoría de sus efectivos. Pat y él compartían esa madurez y el amor por la aviación. Al igual que Rickenbacker, Pat O'Malley siempre supo qué hacía. Era resistente, listo y se sentía muy seguro de sí mismo; corrió infinidad de riesgos y los miembros de la escuadrilla siempre aseguraron que tenía más agallas que nadie. Les encantaba volar con él y el propio Rickenbacker declaró que Pat era uno de los mejores pilotos del mundo. Intentó convencer a Pat de que siguiera en la aviación una vez terminada la guerra e insistió en que había fronteras que explorar, desafíos a los que hacer frente y nuevos mundos por descubrir.

Pat supo que, en su caso, ese tipo de pilotaje había terminado. Por muy competente que fuese como piloto, esa edad de oro estaba cumplida. Ahora debía cuidar de Oona y de las niñas. En 1918, al finalizar la guerra, tenía treinta y dos años; había llegado la hora de pensar en el futuro.

Para entonces su padre había muerto y le había legado unos modestos ahorros. Oona también se las había arreglado para disponer de unos ahorrillos. Con ese dinero fue a explorar las tierras de labrantío del oeste de Chicago. Uno de sus antiguos compañeros de vuelo le había comentado que allí los terrenos eran muy baratos, sobre todo porque no eran aptos para cultivos. Y así empezó todo.

Pat compró 32 hectáreas de pésimas tierras de labranza a precio de ganga y pintó con sus propias manos el letrero que, dieciocho años después, seguía en pie. Rezaba, simplemente, «AEROPUERTO O'MALLEY». A lo largo de esos dieciocho años, una de las «l» y la «y» prácticamente se habían borrado.

En 1918 Pat compró el Curtiss Jenny con el dinero que le quedaba y por Navidades logró llevar a Oona y a las niñas. En un extremo del terreno, cerca de un arroyo y bajo la sombra de un grupo de viejos árboles, se alzaba una pequeña cabaña. Allí vivieron mientras Pat volaba para todo aquel que pudiese pagar un flete, al tiempo que realizaba frecuentes transportes de correo en el viejo Jenny. Era un avión pequeño pero seguro y Pat ahorró hasta el último centavo. En primavera logró comprar un De Havilland DH.4.A, que utilizó para transportar correo y mercancías.

Aunque los contactos gubernamentales que consiguió para que le permitieran ejercer de correo le resultaron rentables, lo cierto es que lo obligaban a pasar mucho tiempo fuera de casa. A veces Oona no sólo tenía que cuidar de las niñas, sino también encargarse del aeropuerto.

Había aprendido a abastecer de combustible los aparatos y a recibir encargos. Casi siempre era Oona la que hacía señales con banderas en la estrecha pista para que los aviones aterrizaran, mientras Pat estaba en pleno vuelo.

Los pilotos se sorprendían al ver que la persona que les indicaba las operaciones de aterrizaje era una joven y bonita pelirroja; se asombraron sobre todo aquella primera primavera, ya que el embarazo de Oona saltaba a la vista. Había engordado mucho y al principio supuso que esperaba gemelos, pero Pat tuvo la certeza de que no era así. El sueño de su vida era tener un hijo varón que pilotara con él y lo ayudase a dirigir el aeropuerto. Estaba seguro de que esta vez se encontraría con el niño con que había soñado durante diez años.

El propio Pat colaboró en el parto en la pequeña cabaña que, poco a poco, iba ampliando. Para entonces el matrimonio disponía de un dormitorio y las tres niñas compartían el otro. Había una cálida y acogedora cocina y un salón grande y espacioso. Cuando llegaron, la casa estaba vacía y habían traído muy pocas cosas con ellos. Habían invertido todos sus esfuerzos y ahorros en el aeropuerto.

El cuarto vástago de los O'Malley nació sin incidentes una cálida noche de primavera después de una prolongada y pacífica caminata junto al maizal del vecino. Pat le había hablado a Oona de comprar otro aeroplano y ella le había comentado que las niñas estaban muy emocionadas con la llegada de un nuevo hermano o hermana. Por aquel entonces las pequeñas contaban cinco, seis y ocho años y parecían aguardar el nacimiento de una muñeca. Oona compartía en parte el sentimiento de sus hijas, pues habían transcurrido cinco años desde que por última vez había tenido un bebé en brazos, y estaba impaciente por la llegada de su cuarto hijo. Nació con enérgicos y estentóreos berridos poco antes de medianoche. Oona lanzó un grito cuando le vio y se echó a llorar porque supo que Pat se sentiría decepcionado. No se trataba del hijo tan esperado por Pat, sino de otra niña. Era grande, hermosa, de cuatro kilos, ojazos azules, piel color nata y pelo tan brillante como el cobre. Pero por muy bonita que fuese, Oona sabía lo mucho que su marido deseaba un niño y lo contrariado que se sentía por no tenerlo.

—Pequeña, no te preocupes —dijo Pat al ver que Oona volvía la cara mientras él envolvía a la recién nacida. La niña era bonita, probablemente la más bonita de sus hijas, pero no se trataba del varón que tanto deseaba. Pat acarició la cara de su esposa, la cogió del mentón y la obligó a mirarlo—. Oona, no tiene importancia. Es una niña sana que algún día será una alegría para ti.

—¿Y qué hay de ti? —preguntó Oona apenada—. No puedes dirigir el aeropuerto solo.

Pat rió para restar importancia a la angustia de su esposa, por cuyas mejillas resbalaban las lágrimas. Era una buena mujer y la amaba; si el destino no quería darles hijos varones, no había nada que hacer. Se le estrujó el corazón en el mismo sitio donde había albergado la ilusión de un varón. Pero no se atrevió a preguntarse si procrearían más descendencia. Ya tenían cuatro hijas y las cosas se les pondrían difíciles con una boca más que alimentar. El aeropuerto no era una mina de oro.

—Oonie, tendrás que seguir ayudándome a repostar los aviones. No hay otra salida —bromeó. La besó y salió del dormitorio en busca de un más que merecido vaso de whisky.

En cuanto Oona y la recién nacida se durmieron, Pat se dedicó a contemplar la luna y se preguntó qué capricho del destino le había enviado cuatro hijas y ningún varón. Aunque le pareció injusto, no era de los que pierden el tiempo pensando en las justicias y las injusticias de la vida. Debía dirigir el aeropuerto y dar de comer a los suyos.

Durante las seis semanas siguientes estuvo tan ocupado que casi no tuvo tiempo de ver a su familia, menos aún de lamentarse por el hijo que resultó una hija hermosa y sanísima.

Cuando volvió a verla tuvo la sensación de que la pequeña había crecido bastante y de que Oona había recuperado su silueta juvenil. Se maravilló de la flexibilidad de las mujeres. Seis semanas atrás, su esposa estaba pesada, vulnerable, pletórica de promesas e inmensa. Ahora volvía a ser joven y hermosa y la pequeña era una pendenciera pelirroja de vivo temperamento. Si su madre y sus hermanas no satisfacían de inmediato sus necesidades, todo el estado de Illinois y la mayor parte de Iowa se enteraban.

—Yo diría que, de todas, es la que grita más fuerte, ¿no es así, amor mío? —preguntó Pat una noche, agotado después de un vuelo de ida y vuelta a Indiana—. No le faltan pulmones.

Pat sonrió a su esposa y bebió un sorbo de whisky irlandés.

—Hoy ha hecho mucho calor y la niña tiene sarpullido.

Oona siempre encontraba una explicación para los enfados de sus niñas. A Pat le sorprendía su paciencia aparentemente inagotable. Oona era una de esas personas discretas que apenas hablan, que lo ven casi todo y raramente son descorteses. En cerca de once años de matrimonio casi nunca habían disentido. Se habían casado cuando Oona tenía diecisiete y ella había sido la compañera ideal. Había soportado sus rarezas, sus extraños proyectos y su infinita pasión por la aviación.

Más avanzada la semana, volvió a hacer uno de esos días calurosos de junio. La pequeña pasó la noche inquieta y Pat tuvo que levantarse a primera hora para volar a Chicago. Esa tarde, cuando regresó, se enteró de que tenía que volver a salir dos horas después para un reparto de correo no programado. Corrían tiempos difíciles y no podía darse el lujo de rechazar ningún encargo. Aquel día deseó contar con alguien que lo ayudara, pero eran muy pocos los hombres a los que habría confiado sus amados aviones. En los últimos tiempos no había conocido a nadie fiable, como tampoco lo habían sido los que le habían pedido trabajo desde que inauguró el aeropuerto.

—Señor, ¿se puede fletar un avión? —preguntó una voz ronca mientras Pat hojeaba el diario de navegación y repasaba los papeles de su escritorio.

Se dispuso a explicar, como solía hacer, que a él podían alquilarlo, pero no a sus aviones, pero en ese momento alzó la vista y sonrió azorado.

—Pero... ¡que me aspen! —Pat sonrió encantado al chico de cara despejada, amplia sonrisa y mechón de pelo revuelto que caía sobre sus ojos azules. Era un rostro que conocía perfectamente y que apreciaba mucho desde los turbulentos días que habían compartido en la escuadrilla 94—. Pero bueno, ¿qué te pasa? ¿No puedes pagarte un corte de pelo?

Nick Galvin tenía el cabello negro, liso y grueso y la impresionante apostura de los irlandeses de ojos azules. Prácticamente había sido un hijo para Pat cuando habían volado juntos. Aunque se alistó a los diecisiete y ahora sólo tenía un año más, Nick se había convertido en uno de los pilotos más destacados de la escuadrilla y en uno de los individuos en que Pat depositaba mayor confianza. Los alemanes lo habían alcanzado dos veces y en ambas ocasiones se las ingenió para salir airoso, con un motor inutilizado; realizó sendos aterrizajes por los pelos y se las arregló para salvar el pellejo y el aparato. A partir de entonces los efectivos de la escuadrilla lo apodaron «Peliagudo», si bien Pat solía decirle «hijo». Como cabía esperar, se preguntó si Nick era el hijo que tanto deseaba, ya que su último vástago había sido otra niña.

—¿Qué haces aquí? —preguntó Pat. Se repantigó en la silla y sonrió al joven que había desafiado a la muerte casi tantas veces como él.

—Visito a los viejos amigos. Quería comprobar si habías engordado y te habías vuelto perezoso. ¿Ese De Havilland es tuyo?

—Sí. Lo adquirí el año pasado, en lugar de comprar zapatos para mis hijas.

—A tu esposa debió de encantarle.

Nick sonrió y Pat recordó que en Francia todas las chicas suspiraban por el muchacho. Nick Galvin era muy apuesto y tenía bastante éxito con las mujeres. En Europa no le había ido nada mal. Solía decirles que tenía veinticinco o veintiséis años y siempre le creían.

Oona lo había visto una vez en Nueva York, terminada la guerra, y lo había encontrado muy apuesto. Aunque el atractivo del joven eclipsaba al de Pat, éste poseía una prestancia que compensaba la ausencia de la belleza típica de los astros de Hollywood. Pat era un hombre de buena planta, cabello castaño claro, tiernos ojos pardos y una sonrisa irlandesa que había conquistado el corazón de Oona. Nick poseía ese tipo de atractivo que derretía el corazón de las jovencitas.

—¿Oona todavía no te ha dejado? Imaginé que lo haría poco después de que la trajeras a este sitio —comentó Nick.

El joven se sentó en la silla que había al otro lado del escritorio de Pat y encendió un cigarrillo mientras su viejo amigo reía y meneaba la cabeza.

—Si quieres que te sea franco, pensé que lo haría. Pero no me ha dejado y no me preguntes por qué. Cuando la traje a este sitio vivimos en una casucha en la que mi abuelo no habría querido guardar su ganado. No habría podido comprarle el periódico ni aunque me lo hubiera pedido y, gracias a Dios, no lo pidió. Es una mujer sorprendente.

Durante la guerra Pat solía decir que Oona era extraordinaria y Nick lo había corroborado cuando la conoció. Nick no tenía parientes. Había errado de un lugar a otro desde el final de la guerra y conseguido trabajos temporales en aeropuertos pequeños. A los dieciocho años no tenía adónde ir, sitio en el que estar ni nadie con quien regresar. Pat se había compadecido de Nick cada vez que los miembros de la escuadrilla hablaban de sus familias. Nick no tenía hermanos y sus padres habían muerto cuando sólo contaba catorce años. Había vivido en un orfanato estatal hasta que se alistó. La guerra le había cambiado la vida y él estaba encantado, pero ahora no tenía ningún sitio al que regresar.

—¿Cómo están las niñas?

Cuando las conoció, Nick se había mostrado encantador con ellas. Adoraba a los niños y en el orfanato había visto muchos. Siempre era el que cuidaba de los más pequeños, les leía por la noche, les contaba cuentos fantásticos y los abrazaba cuando de madrugada despertaban y lloraban llamando a sus madres.

—Están muy bien. —Pat titubeó un segundo—. El mes pasado hemos vuelto a ser padres. Tenemos otra niña. Pensé que sería un niño, pero otra vez será.

Pat se esforzó por ocultar su decepción, pero Nick la percibió en su tono y lo comprendió.

—Así pues, a la larga tendrás que enseñar a volar a tus chicas —bromeó.

Pat puso los ojos en blanco para demostrar que la idea no le agradaba. Nunca se había dejado impresionar, ni siquiera por las aviadoras más extraordinarias.

—Hijo, lo dudo mucho. ¿Qué me cuentas de ti? ¿Qué transportas en avión?

—Cajas de huevos, chatarra, todo lo que cae en mis manos. Hay muchos excedentes de guerra y un montón de hombres que se ganan la vida transportándolos por aire. ¿Alguien trabaja contigo? —preguntó con interés, con la esperanza de que no se notara.

Pat negó con la cabeza; observó a Nick y se preguntó si era una señal, una simple coincidencia o una breve visita. Nick aún era muy joven y había creado muchísimos problemas durante la guerra. Le encantaba correr riesgos y salvarse por los pelos. Trataba duramente a los aviones, pero era aún más duro consigo mismo. Nick Galvin no tenía nada que perder ni nadie por quien seguir vivo. Pat había invertido cuanto poseía en esos aparatos y no podía permitirse perderlos, por muy bien que le cayera Nick o por mucho que deseara ayudarlo.

—¿Te sigue gustando correr tantos riesgos como durante la guerra?

En cierta ocasión, después de verlo aproximarse a una altitud demasiado baja por debajo de una capa de nubes en plena tormenta, Pat había estado a punto de propinarle una buena tunda. Le habría gustado sacudirlo hasta que le castañetearan los dientes, pero se sintió tan aliviado de ver que Nick sobrevivía que se limitó a recriminarlo verbalmente. Era inhumano correr esos riesgos... que eran, precisamente, lo que lo volvían grandioso. Así fue en tiempos de guerra pero, en tiempos de paz, ¿quién podía permitirse esas baladronadas? Los aviones eran muy caros para convertirlos en juguetes.

—Ah, sólo corro riesgos si es imprescindible.

Nick adoraba a Pat y lo admiraba más que a cualquier otro hombre con el que hubiera tratado o volado.

—¿Sigues aterrizando por los pelos? ¿Aún te gusta apostar fuerte?

Las miradas de ambos se encontraron. Nick sabía qué le preguntaba Pat. No quería engañarlo, aún le gustaba escandalizar, apostar fuerte y correr riesgos, pero sentía un profundo respeto por Pat y por nada del mundo le haría daño. En este aspecto había madurado. Ahora era más cuidadoso cuando pilotaba aviones que no le pertenecían. Seguía amando la emoción, pero no tanto como para arriesgar el futuro de Pat. Nick había viajado desde Nueva York con los últimos dólares que le quedaban y con la esperanza de que Pat le diese trabajo.

—Sé comportarme si no hay otra alternativa —replicó pausadamente y sus fríos ojos azules no se apartaron de los afectuosos ojos pardos de Pat.

En Nick había algo pueril y enternecedor, aunque era todo un hombre. Antaño casi habían sido hermanos y ninguno de los dos olvidaría esos días. Ese vínculo jamás se rompería y ambos lo sabían.

—Si no lo haces, no me lo pensaré dos veces y te tiraré del Jenny desde diez mil pies de altura. Sabes que lo haré, ¿eh? —preguntó Pat severamente—. No permitiré que nadie estropee lo que intento construir. —Suspiró—. Seré muy claro: hay demasiado trabajo para un solo hombre y será excesivo incluso para dos en caso de que los contratos con Correos sigan llegando como hasta ahora. Estoy siempre volando de un lado a otro. Estoy exhausto. No me vendría nada mal un ayudante capaz de hacer esos repartos, pero te advierto que son largos y agotadores. Muchas veces hace mal tiempo, sobre todo en invierno. Pero a nadie le importa, nadie quiere saber lo difícil que resulta. Lo único que les interesa es que el correo llegue a tiempo. Por no mencionar todo lo demás: mercancías, pasajeros, vuelos cortos, buscadores de emociones que sólo pretenden subir y mirar hacia abajo, más alguna que otra lección de vuelo.

—Por lo visto estás bastante ocupado.

Nick sonrió. Le encantaba lo que acababa de oír. Había ido allí para oír esas palabras y por los recuerdos que conservaba de As. Nick lo necesitaba y Pat estaba feliz de acogerlo en su seno.

—Te advierto que no se trata de un juego. Intento montar un negocio sólido y aspiro a que algún día el aeropuerto O'Malley figure en los mapas. Sin embargo, Nick, eso no sucedería si tú echas por tierra mis planes... incluso uno solo de mis planes —explicó Pat O'Malley—. Todo se basa en los dos aparatos que ves ahí fuera y en el trozo de yermo con el letrero que leíste al llegar.

Nick asintió, pues comprendió lo que su amigo decía. Sintió hacia él más aprecio que nunca. Los aviadores tenían algo, un vínculo que nadie más compartía. Se trataba de un no sé qué que sólo ellos comprendían: un peculiar compromiso de honor.

—¿Quieres que haga algunos viajes largos? Así podrías estar más tiempo con Oona y las niñas. También puedo ocuparme de los vuelos nocturnos. Puedo empezar con estas tareas y ya me dirás qué te parece —propuso Nick, nervioso.

Estaba ansioso por trabajar con Pat y temía que éste no lo aceptara. Pero no había ninguna posibilidad de que Pat O'Malley lo rechazara, sólo quería cerciorarse de que Nick comprendiera las reglas básicas. Habría hecho cualquier cosa por ese muchacho: le habría proporcionado un hogar y un trabajo, incluso lo habría adoptado.

—Para empezar no estaría mal que te ocuparas de los vuelos nocturnos. Claro que algunas noches son muy descansados. —Pat miró pesaroso a su joven amigo. Aunque se llevaban catorce años, la guerra no había tardado en borrar la diferencia de edades—. Si nuestra hija pequeña no se decide a dormir por la noche, tendré que empezar a calmarla con whisky. Oona insiste en que se debe al sarpullido producido por el calor, pero yo juraría que corresponde a sus cabellos pelirrojos y al carácter que los acompaña. Oona es la única pelirroja serena y apacible que conozco. La pequeña es un auténtico incordio.

A pesar de esas quejas, Pat se había encariñado con la niña y prácticamente había olvidado su desilusión por no tener un hijo varón. Además, ahora Nick estaba allí. Su llegada era el don del cielo por el que tanto había rezado.

—¿Cómo se llama? —preguntó Nick. Desde que conocía a la familia O'Malley, Nick apreciaba a sus miembros y el ambiente en que vivían.

—Se llama Cassandra Maureen, pero le decimos Cassie. —Pat consultó la hora—. Te llevaré a casa y cenarás con Oona y las niñas. Tengo que volver al aeropuerto a las cinco y media. —Puso cara de quien pide disculpas—. Tendrás que buscar alojamiento en el pueblo. La anciana señora Wilson alquila habitaciones. Lo siento, pero aquí no tengo un sitio en el que puedas quedarte, salvo el catre del hangar donde guardo el Jenny.

—De momento me basta y me sobra. Hace bastante calor. Me da igual dormir en la pista.

—En el fondo hay una vieja ducha y aquí un lavabo, pero todo es bastante precario —añadió Pat, vacilante.

Nick sonrió y se encogió de hombros.

—Igual que mis fondos hasta que empieces a pagarme.

—Si a Oona no le molesta puedes dormir en el sofá del salón. Por lo que recuerdo, siente debilidad por ti y siempre dice que eres muy guapo y que las chicas tienen suerte con un muchacho como tú. Estoy seguro de que no le molestará que duermas en el sofá hasta que estés en condiciones de alquilar una habitación a la señora Wilson.

Nick no llegó a hacer ni lo uno ni lo otro. Se instaló en el hangar y un mes después levantó con sus propias manos una sencilla cabaña. Aunque era poco más que un cobertizo, le pareció suficiente. Estaba limpia y ordenada y pasó en el aire cada minuto libre que tuvo, volando para Pat y ayudándolo a consolidar su empresa.

La primavera siguiente pudieron comprar otro avión, un Handley Page. Tenía más autonomía de vuelo que el De Havilland y el Jenny, así como mayor capacidad de carga y espacio para pasajeros. Nick era quien lo pilotaba, mientras Pat permanecía cerca de casa, realizaba los vuelos cortos y dirigía el aeropuerto. Todo funcionaba a la perfección. Daba la impresión de que cuanto tocaban adquiría un carácter mágico. El negocio marchaba sobre ruedas. La noticia de que dos brillantes ases de la aviación habían montado una empresa en Good Hope llegó a oídos de todos los que contaban, y la fama de ambos se extendió rápidamente por el Medio Oeste. Transportaban mercancías, pasajeros y sacas de correo, impartían clases y, después de un tiempo razonable, comenzaron a obtener beneficios considerables.

Entonces se produjo el golpe de suerte definitivo: trece meses después del nacimiento de Cassie vino al mundo Christopher Patrick, un bebé menudo, arrugado, gritón y flacucho. No obstante, era lo más bello que sus padres habían visto en la vida y las cuatro hermanas contemplaron, azoradas, su extraña anatomía. La segunda venida de Cristo no habría despertado más agitación que la llegada de Christopher Patrick al aeropuerto O'Malley.

Colgaron una inmensa bandera azul y el radiante padre invitó con un cigarro a cuantos pilotos tomaron tierra en el aeropuerto. Había valido la pena esperar. Después de casi doce años de matrimonio, Pat vio finalmente cumplido su sueño: un hijo que pilotaría sus aviones y dirigiría el aeropuerto.

—Más vale que haga las maletas y me largue —dijo Nick con fingido pesimismo el día siguiente al nacimiento de Chris.

Acababa de aceptar transportar un voluminoso cargamento a la Costa Oeste el domingo. Era el pedido más grande que habían recibido y representaba una auténtica victoria.

—¿Qué significa eso de que tienes que largarte? —preguntó Pat con expresión de pánico y una espantosa resaca de tanto celebrar el nacimiento de su hijo—. ¿Qué coño significa?

—Me parece que, con la llegada de Chris, mis días están contados.

Nick sonreía de oreja a oreja. Se alegraba por Oona y por Pat y le emocionaba ser el padrino de Chris. Claro que quien le había robado el corazón desde el primer momento había sido Cassie. Era exactamente lo que Pat siempre había dicho: un pequeño monstruo y aquello que todos decían de las pelirrojas. Pero Nick la adoraba. A veces se sentía como si se tratara de su hermana pequeña. No la habría querido más ni aunque hubiese sido su propia hija.

—Tienes razón, tus días están contados durante los próximos cincuenta años —masculló Pat—. Nick Galvin, aparta tu perezoso culo de la silla y ocúpate de las sacas de correos que acaban de dejar en la pista.

—Sí, señor... As, señor... su señoría... su excelencia...

—¡Y una mierda, deja de darme la lata! —gritó Pat mientras se servía una taza de café y Nick corría a la pista para hablar con el piloto antes de que volviese a levantar el vuelo.

Nick se había convertido en lo que Pat supuso desde un principio: un don del cielo. Y eso que el último año habían trabajado duro. El invierno anterior había corrido riesgos volando en condiciones meteorológicas adversas y ambos sufrieron su parte de aterrizajes forzosos y reparaciones de emergencia. A decir verdad, no había nada realmente flagrante de lo que Pat pudiera quejarse, nada que Nick fuese incapaz de hacer o que pusiese en peligro los preciosos aviones de Pat. Nick apreciaba esos aparatos tanto como Pat. Lo cierto es que la presencia de Nick había permitido que Pat consolidara su empresa.

Y a la empresa se consagraron durante los diecisiete años siguientes. Los días transcurrían a más velocidad de la que necesitaban los aparatos para despegar de las cuatro pistas cuidadosamente mantenidas del aeropuerto O'Malley. Construyeron tres en forma de triángulo y la cuarta —que iba de norte a sur— lo dividía en dos, lo que significaba que podían aterrizar aunque soplara cualquier viento y nunca tendrían que cerrar el aeropuerto debido a los bloqueos de las pistas.

Actualmente disponían de una flota de diez aviones. Nick había adquirido dos y el resto eran de Pat. Nick sólo era un asalariado, pero Pat siempre había sido generoso con él. Eran fieles amigos después de tantos años de trabajo compartido y de mejorar el aeropuerto. Muchas veces le había propuesto a Nick formar una sociedad, pero éste respondía que no le interesaban esos quebraderos de cabeza. Le gustaba ser un contratado —como él mismo decía—, si bien todos sabían que Pat O'Malley y Nick funcionaban como un solo hombre y que enemistarse con uno equivalía a arriesgarse a morir a manos del otro. Pat O'Malley era un hombre muy peculiar y Nick lo quería como padre, hermano y amigo. Adoraba a sus hijos como si fueran propios y apreciaba cuanto rodeaba a su amigo.

Con excepción de Pat y su entorno, los familiares y las relaciones no eran el punto fuerte de Nick. En 1922, con veintiún años, se había casado. Su matrimonio duró seis meses y su esposa, de dieciocho años, no tardó en regresar a casa de sus padres en Nebraska. Nick la había conocido en una ruta de correos, a las tantas de la noche, en el único restaurante del pueblo, propiedad de los padres de ella.

Lo único que su esposa odiaba más que Illinois era todo lo relacionado con la aviación. Se mareaba cada vez que Nick la subía a un avión, lloraba siempre que veía un aparato y se quejaba cada vez que Nick se marchaba para pilotar un aeroplano. Evidentemente no era la compañera adecuada y, cuando los padres fueron a buscarla, la única persona que se sintió más aliviada que su esposa fue el propio Nick. Nunca en su vida había sido tan desdichado y juró que no permitiría que le volviera a ocurrir. Desde entonces había habido varias mujeres, pero Nick siempre se mostró discreto. Aunque corrieron rumores de que estaba liado con una mujer casada de otro pueblo, nadie supo si eran ciertos y Nick no le comentó nada a Pat. Había sido un joven muy guapo y se había convertido en un adulto apuesto, pero nadie se enteró jamás de sus aventuras. Las mujeres de su vida no llamaban la atención. Nadie podía decir una palabra que no se refiriese a lo mucho que trabajaba o lo mucho que solía estar con los O'Malley. Pasaba la mayor parte del tiempo libre con Oona, Pat y sus hijos. Para los críos era un auténtico tío. Hacía tiempo que Oona había renunciado a que saliese con alguna de sus amigas. Incluso había intentado provocar algo entre él y su hermana más joven cuando, años atrás, ella fue a visitarlos. Al fin y al cabo, su hermana era monísima, joven y había enviudado. Hacía mucho tiempo que estaba claro que a Nick Galvin el matrimonio no le interesaba. A Nick le apasionaban los aviones y poco más, salvo los O'Malley y algún que otro asuntillo ocasional y discreto. Vivía solo, trabajaba mucho y se ocupaba de sus propios asuntos.

Durante años Oona le había comentado a Pat con tono quejumbroso que Nick se merecía una vida más rica.

Pat le había preguntado jocosamente por qué pensaba que el matrimonio suponía una vida más rica que la soltería. Por muy convencida que estuviera de que le sentaría bien, Oona ya ni siquiera abordaba el tema con Nick. Se había dado por vencida. A los treinta y cinco años, Nick estaba satisfecho con la vida que llevaba y demasiado ocupado para dedicar tiempo y atenciones a una esposa e hijos. La mayoría de los días estaba quince o dieciséis horas en el aeropuerto. Sólo había otra persona que pasaba allí tantas horas como Pat y Nick: Cassie.

Por aquellas fechas Cassie tenía diecisiete años y durante la mayor parte de su vida había sido una presencia constante en el aeropuerto. Era capaz de abastecer de combustible prácticamente cualquier aparato, hacer señales para el aterrizaje y prepararlo para el despegue. Se ocupaba de las pistas, limpiaba los hangares, quitaba el polvo a los aviones con una manguera y dedicaba cada minuto libre a charlar con los pilotos. Conocía los motores y el funcionamiento de todos los aparatos. Además, poseía una extraordinaria percepción para detectar fallos. No había detalle nimio, rebuscado o complejo que escapara a su atención. Se percataba de todo lo referente a cualquier avión y, con toda probabilidad podría haber descrito con los ojos cerrados cualquier aparato que volara. Cassie era una joven extraordinaria en muchos sentidos. Pat tenía que discutir con ella para que volviese a casa y ayudara a su madre. Cassie insistía en que sus hermanas estaban en casa y, además, su madre no la necesitaba. Pat quería hacerla volver a casa, a su lugar natural, pero si un día lo lograba, al siguiente Cassie aparecía como el sol, a las seis de la mañana, y se quedaba un par de horas en el aeropuerto antes de ir a la escuela. Al final Pat se dio por vencido.

A los diecisiete años Cassie era una pelirroja de ojos azules, alta, llamativa y hermosa. Lo único que sabía o que le importaba eran los aviones. Aunque no la había visto pilotar un avión, Nick se dio cuenta de que era una aviadora nata. Presintió que Pat también lo sabía, pero éste se mantuvo en sus trece y no quiso que Cassie aprendiera a volar. Le importaban un bledo las aviadoras Amelia Earhart, Jackie Cochran, Nancy Love, Louise Thaden y el derbi aéreo femenino. Ninguna hija suya pilotaría un avión y sanseacabó. Nick y Pat lo habían discutido a menudo, pero al final Nick comprendió que era una batalla perdida. En aquella época había muchas mujeres en la aviación, algunas extraordinarias, pero Pat O'Malley pensaba que las cosas habían ido demasiado lejos y, desde su perspectiva, una mujer jamás pilotaría un avión como un hombre. Y, por supuesto, ninguna mujer llevaría sus aviones, menos que menos Cassie.

Nick se lo había planteado varias veces y le había dicho que, en su opinión, algunas de las mujeres que pilotaban aviones eran superiores a Lindbergh. Pat se ponía tan furioso que parecía a punto de asestar un puñetazo a Nick. Charles Lindbergh era el dios de Pat y el segundo lugar lo ocupaba Rickenbacker, el as de la Gran Guerra. (En 1927, cuando Lindbergh aterrizó en el aeropuerto O'Malley durante su gira de tres meses por el país, Pat se había retratado con él. Nueve años después, cubierta de polvo y muy querida, la foto aún ocupaba un lugar destacado sobre el escritorio de Pat.) A Pat no le cabía duda de que ninguna aviadora superaría o igualaría la capacidad o las hazañas de Charles Lindbergh. Al fin y al cabo, la esposa de Lindbergh sólo se ocupaba de la navegación y la comunicación por radio. Como para Pat era una especie de dios, comparar a alguien con Lindbergh representaba un sacrilegio, y aún más en boca de Nick Galvin. Éste rió cuando vio el desasosiego de Pat. Le encantaba azuzarlo. De todos modos, se dio cuenta de que era una discusión imposible. Según Pat, las mujeres no estaban hechas para la aviación por muchas horas de vuelo que tuviesen, marcas que batieran, carreras que ganasen o guapas que estuvieran con los trajes de vuelo. En opinión de Patrick O'Malley, las mujeres no estaban destinadas a ser pilotos.

—Y tú deberías estar en casa, ayudando a tu madre a preparar la cena —dijo y miró significativamente a Cassie, que llegaba de la pista vestida con un viejo mono.

La joven acababa de repostar un trimotor Ford antes de que despegara rumbo al Roosevelt Field de Long Island.

El comentario de su padre era archiconocido y, como siempre, fingió no oírlo. Cassie cruzó el despacho. Era casi tan alta como la mayoría de los hombres que trabajaban para Pat. La cabellera pelirroja le llegaba a los hombros y era tan brillante como las llamas. Sus vivaces ojazos azules se cruzaron con los de Nick, que le sonrió comprensivo a espaldas de su padre.

—Papá, luego volveré a casa. Antes quiero hacer algunas cosas aquí.

Con sólo diecisiete años Cassie era una belleza de cuidado, pero no lo sabía, lo cual acrecentaba su encanto. El mono que llevaba modelaba su figura de una forma que irritaba a su padre. En lo que a él se refería, su hija no tenía nada que hacer en el aeropuerto. No pensaba cambiar de opinión. Ese tira y afloja lo habían oído mil veces los que pasaban por el aeropuerto O'Malley y aquel día la situación no era distinta.

Era un ardiente día de junio, las clases habían terminado y Cassie disfrutaba de las vacaciones estivales. Sus amigas hacían trabajos de verano en el *drugstore*, la cafetería o las tiendas. Cassie sólo deseaba colaborar, sin cobrar, en el aeropuerto. Allí estaban su vida y su alma y en las ocasiones en que trabajaba en otra parte lo hacía sólo porque necesitaba dinero. Empero, no había trabajo, amiga, chico ni diversión que la alejasen mucho tiempo del aeropuerto. Era algo que no podía evitar.

—¿Por qué no hacer algo útil en lugar de meterte donde no te llaman? —gritó su padre desde el otro extremo del despacho.

Pat jamás le agradecía lo que hacía porque no quería verla en el aeropuerto.

—Papá, sólo he venido en busca de uno de los libros de carga. Tengo que apuntar algo.

Cassie habló en voz baja al tiempo que buscaba el libro y luego lo abría en la página correspondiente. Conocía todos los libros y se sabía el reglamento al dedillo.

—¡Quita las manos de mis libros! ¡No sabes lo que haces!

Como de costumbre, Pat se puso furioso. Con el paso de los años se había vuelto irascible aunque, a los cincuenta, todavía era uno de los mejores pilotos. Seguía obstinado en su visión de la vida y sus ideas, pero nadie le hacía mucho caso, ni siquiera Cassie. En el aeropuerto su palabra era sagrada, pero su cruzada contra las aviadoras y las disputas con su hija no daban resultado. Cassie sabía que más le convenía no discutir con él. La mayoría de las veces fingía no oírlo y se limitaba a seguir discretamente con lo que estaba haciendo. A Cassie lo único que le importaba era el aeropuerto de su padre.

De pequeña, por las noches solía salir de casa sigilosamente para contemplar los aviones que brillaban trémulos a la luz de la luna. Eran tan bellos que tenía que mirarlos. Cierta vez su padre la había encontrado en el aeropuerto después de buscarla una hora, pero Cassie mostró tal veneración por los aviones, tanto respeto por los aparatos y por su padre que Pat no tuvo valor para darle una paliza, a pesar de lo mucho que los había asustado con su desaparición. Le dijo que no volviera a hacerlo y la llevó junto a su madre, sin volver a hablar del tema.

Oona también sabía que Cassie adoraba los aviones y, al igual que Pat, opinaba que no era un mundo para su hija. ¿Qué pensaría la gente? Bastaba ver el aspecto y el olor de Cassie cuando regresaba de abastecer de combustible los aviones, acarrear cajas y sacas de correspondencia o, peor aún, meter mano en los motores.

Cassie sabía sobre el funcionamiento de los aviones más de lo que saben la mayoría de los hombres sobre sus coches. Ese universo la apasionaba. Era capaz de desmontar un motor y volver a montarlo más rápido y con mayor pericia que casi todos los hombres, y había conseguido y leído más libros de aviación de lo que Nick o sus padres imaginaban. Los aviones eran su gran amor y su pasión.

Sólo Nick era capaz de comprender su amor por los aviones, aunque no había logrado convencer a su padre de que se trataba de un pasatiempo adecuado para Cassie.

En ese momento Nick se encogió de hombros y volvió a ocuparse de unos papeles que tenía en el escritorio, mientras Cassie regresaba a la pista. Sabía que, si se mantenía lejos de su padre, podía pasar horas en el aeropuerto.

—No sé qué le ocurre... No es natural... —se lamentó Pat—. Me parece que sólo lo hace para incordiar a su hermano...

Nick sabía mejor que nadie que a Chris los aviones le importaban un pimiento. La aviación le interesaba tanto como llegar a la luna o convertirse en una mazorca. De vez en cuando daba una vuelta por el aeropuerto para contentar a su padre. Como había cumplido los dieciséis, recibía clases de vuelo para complacer a Pat, aunque lo cierto es que Chris no sabía nada de aviones. Le interesaban tanto como el autobús amarillo que diariamente lo llevaba al instituto. Sin embargo, Pat estaba convencido de que algún día Chris se convertiría en un gran piloto.

Chris carecía del instinto volador de Cassie, de su apasionado amor por las máquinas y de su genialidad con los motores. Había abrigado la esperanza de que la pasión de su hermana por la aviación sirviera para que su padre dejase de darle la lata aunque, por lo visto, pareció volverlo más deseoso de que su hijo se hiciera piloto.

Pat quería que Chris se convirtiera en lo que Cassie ya era, lo cual resultaba imposible. Chris aspiraba a ser arquitecto. No soñaba con pilotar aviones, sino con construir edificios, pero hasta entonces no se había atrevido a decírselo a su padre. Cassie lo sabía. Le encantaban los dibujos y las maquetas que su hermano hacía para el instituto. En cierta ocasión había construido una ciudad entera con cajas, botes y frascos pequeños; incluso había utilizado tapas de botellas y todo tipo de utensilios pequeños que encontró en la cocina de su madre. Durante semanas Oona estuvo buscando tapas, instrumentos pequeños y utensilios. Poco después esos objetos aparecieron en la extraordinaria creación de Chris. El padre se limitó a preguntar por qué no había hecho la maqueta de un aeropuerto. La idea lo atrajo y Chris aseguró que lo intentaría.

Lo cierto es que la aviación no despertaba su interés en ningún aspecto. Chris era un joven inteligente, sensible y considerado; las clases de vuelo que recibía le parecían correctas aunque soporíferamente aburridas. Nick ya lo había subido montones de veces y Chris tenía unas cuantas horas de vuelo, pero no era eso lo que le interesaba. Era lo mismo que conducir un coche. ¿Qué tenía de apasionante? Para él carecía de significado, mientras que para Cassie era la vida misma e incluso más: parecía magia.

Esa tarde Cassie no volvió a aparecer por el despacho de su padre y a las seis Nick la vio en el otro extremo de la pista. Hizo señales para guiar el aterrizaje de un aparato y después entró en un hangar con el piloto.

Un rato más tarde, Nick fue a buscarla y vio que tenía manchas de aceite en la cara y que se había recogido el pelo. Las manos de Cassie estaban perdidas y lucía una reveladora mancha de grasa en la punta de la nariz. Al verla Nick se mondó de risa: ¡su aspecto era indescriptible!

—¿De qué te ríes?

Cassie sonrió y Nick notó que estaba cansada pero dichosa. Siempre había sido como un hermano para ella. Cassie era consciente de que se trataba de un hombre muy apuesto, pero no le importaba. Eran grandes amigos y ella lo adoraba.

—Tienes un aspecto graciosísimo. ¿Te has mirado en el espejo? Llevas más aceite que mi Bellanca. A tu padre le encantará.

—Mi padre quiere que me ponga una bata, que limpie la casa y que prepare puré de patatas.

—Esas tareas también son útiles.

—¿Estás seguro? —Cassie ladeó la cabeza. Su expresión era una fascinante mezcla de disparate y belleza en su estado más primigenio—. Peliagudo, ¿sabes hacer puré de patatas?

A veces Cassie lo llamaba por su apodo, actitud que siempre lo hacía sonreír.

—Si no me queda otra opción... Ten en cuenta que sé cocinar.

—Pero no estás obligado, en tu caso se trata de una opción. ¿Cuándo fregaste por última vez una casa?

—Pues no me acuerdo... —Nick frunció el entrecejo—. Tal vez hace diez años... supongo que fue por el año veintiséis...

Nick sonrió y ambos acabaron riendo.

—¿Te das cuenta de lo que digo?

—Sí, pero también comprendo a tu padre. Yo no estoy casado ni tengo hijos. Pat no quiere que termines como yo, que vivas en una cabaña junto a la pista y que hagas transportes aéreos de correspondencia a Cleveland.

Para entonces la cabaña de Nick era muy cómoda, si no lujosa.

—Pues a mí me parece bien. —Cassie esbozó una sonrisa—. Me refiero al transporte de correspondencia.

—Ése es el problema.

—Él es el problema —le corrigió Cassie—. Hay muchas mujeres que pilotan aviones y llevan una vida interesante. Las Noventa y Nueve está llena de mujeres así.

Las Noventa y Nueve era una organización profesional fundada por ese número de aviadoras.

—A mí no intentes convencerme, habla con tu padre.

—Es imposible. —La joven miró a su viejo amigo con expresión de desaliento—. Sólo espero que me deje pasar todo el verano en el aeropuerto.

Como las clases habían terminado y el nuevo curso no comenzaba hasta finales de agosto, estar en el aeropuerto era lo único que a Cassie le apetecía. El verano se le haría interminable porque tendría que esconderse de su padre y evitar un enfrentamiento.

—¿Por qué no consigues trabajo en otra parte y así Pat se ahorra de enloquecernos a todos?

Los dos sabían que Cassie prefería no ganar un centavo con tal de pasar todo el tiempo en el aeropuerto.

—No me interesa hacer nada más.

—Ya lo sé, no hace falta que me lo expliques.

Nick conocía mejor que nadie el alcance de la pasión de Cassie. Él también había padecido esa enfermedad, pero había tenido suerte. La guerra, su sexo y Pat O'Malley habían permitido que pasara el resto de su vida ante los mandos de un avión. Pensó que Cassie O'Malley no sería tan afortunada. Por extraño que parezca, le habría encantado subir con ella en un avión para comprobar lo bien que lo pilotaba, pero no tenía ganas de atormentarse con ese quebradero de cabeza y sabía que Pat lo mataría. Nick tenía bastante trabajo sin necesidad de interferir en la vida de la familia de Pat y eran muchas las tareas que lo aguardaban en el aeropuerto.

Mientras regresaba a su escritorio para terminar de rellenar unos papeles, Nick vio llegar a Chris.

Era un joven rubio y apuesto, de finas facciones como las de su madre, con el mismo físico fuerte de su padre y cálidos ojos pardos. Era listo, simpático y todos lo querían. Las tenía todas a su favor, salvo que los aviones no le interesaban. Ese verano trabajaba en la composición del periódico y estaba contento de no tener que bregar en el aeropuerto.

—¿Mi hermana anda por aquí? —preguntó Chris a Nick.

Daba la impresión de que deseaba que Nick le dijese que no. Parecía ansioso de largarse de allí. Lo cierto es que Cassie lo esperaba hacía una hora y varias veces le había preguntado impaciente a Nick si había visto a su hermano.

—Ya lo creo. —Nick sonrió. Bajó la voz para evitar que Pat lo oyera y se irritase—. Está en el hangar del fondo, con un piloto que acaba de llegar.

—Iré a buscarla. —Chris se despidió de Nick, que le recordó que volaría con él dentro de unos días, cuando regresara de un vuelo a San Diego—. Aquí me encontrarás. He venido a practicar en solitario —añadió solemnemente.

—¡No me lo puedo creer! —Nick frunció el ceño, sorprendido de los esfuerzos que el chico hacía por complacer a su padre. Para Nick no era un secreto que a Chris le disgustaban las clases de vuelo. No es que tuviera miedo, sino que se aburría. Para él volar no tenía ningún aliciente—. Hasta pronto.

Chris no tardó en dar con Cassie, que, en cuanto vio a su

hermano, se despidió del piloto y se apresuró a regañar a su hermano.

—Llegas tarde, con lo cual también llegaremos tarde a cenar. A papá le dará un ataque.

— Si es así, no hagamos nada.

Chris se encogió de hombros. Había tenido que salir del trabajo antes de hora pues sabía que, de lo contrario, Cassie le cantaría las cuarenta.

—Vamos —ordenó—. ¡Llevo esperando todo el día! —Cassie lo miró furibunda y Chris maldijo para sus adentros. Conocía muy bien a su hermana: cuando algo se le metía entre ceja y ceja, no había forma de librarse de ella—. No pienso volver a casa hasta que lo hagamos.

—De acuerdo, pero no podemos entretenernos mucho tiempo.

—¡Media hora! —Cassie suplicó clavándole implorante sus ojazos azules.

—Está bien, está bien. Cass, si haces algo que nos meta en líos, te juro que te mataré. Si papá se entera me desollará vivo.

—Prometo que me portaré bien.

Chris la miró a los ojos con deseos de creer en su promesa, pero no quedó del todo convencido.

Caminaron hacia el Jenny que su padre poseía desde hacía muchísimos años. Lo habían construido como avión militar de instrucción y Pat le había dicho a Chris que podía utilizarlo siempre que quisiera hacer prácticas. Bastaba con que avisase a Nick, que era lo que acababa de hacer.

Chris tenía una copia de la llave, que en ese momento sacó del bolsillo. Cassie se relamió al verla. Notó los latidos de su propio corazón cuando Chris abrió la portezuela del pequeño avión de cabina abierta.

—¿Quieres calmarte de una vez? —Chris miró molesto a su hermana—. Me estás respirando encima. Creo... me parece que estás chalada.

Cuando rodearon el avión para comprobar el estado de los cables y los alerones, Chris tuvo la sensación de que ayudaba a una adicta a conseguir droga. Se colocó el casco, las gafas y los guantes de vuelo y ocupó el asiento trasero del avión.

Cassie había subido deprisa, antes que su hermano, con la intención de parecer un pasajero, pero no lo logró. Estaba demasiado segura de lo que hacía y demasiado cómoda aunque ocupase el asiento delantero, sobre todo en cuanto se puso el casco y las gafas.

Los dos se abrocharon los cinturones de seguridad. Cassie sabía que el aparato estaba bien surtido de combustible porque parte del trato con su hermano consistía en hacer el trabajo sucio, tarea que había cumplido cabalmente esa misma tarde.

Todo estaba a punto y Cassie aspiró el conocido olor a aceite de ricino que rezumaba el Jenny. Cinco minutos después se deslizaban por la pista y Cassie observaba con ojo crítico el estilo de Chris. Era demasiado cauteloso y lento; en un momento casi se volvió para indicarle que acelerase y levantara el vuelo.

Le daba igual que alguien la viese. Cuanto sabía lo había aprendido escuchando y mirando. Había estudiado a su padre, a Nick, a los pilotos de paso y a los de los aviones que recorrían el país con candidatos que pronunciaban discursos durante las campañas electorales. Había aprendido unas cuantas habilidades de fondo y algunos trucos y sabía pilotar un avión por instinto y pura intuición. Aunque era Chris el que recibía instrucción, Cassie era quien sabía exactamente lo que había que hacer y fácilmente habría podido pilotar el avión sin él.

Poco después Cassie gritó para hacerse oír en medio del fragor del motor y Chris asintió, deseoso de que su hermana no intentara ninguna locura. Los dos sabían exactamente por qué estaban donde estaban. Chris tomaba clases con Nick y luego se las transmitía a Cassie. Mejor dicho, tal como funcionaban las cosas, Chris la subía en el avión, la dejaba pilotar y era ella quien le daba lecciones. O tal vez sólo disfrutaba de la posibilidad de volar. Al parecer, Cassie sabía cómo hacer cada operación... muchísimo mejor que su hermano. Era una aviadora de raza. Se había comprometido a pagarle veinte dólares mensuales a cambio de ilimitadas ocasiones de volar con él en el Jenny. Chris quería dinero para comprarle regalos a su novia, razón por la cual había aceptado el trato. Era un acuerdo perfecto.

Cassie había trabajado duro durante el invierno como canguro, haciendo repartos e incluso retirando nieve de las aceras para ahorrar el dinero.

Cassie llevaba los mandos del avión con absoluta naturalidad. Trazó varias eses, unos ochos y se dispuso a realizar giros profundos, que ejecutó con precisión. Hasta Chris quedó impresionado con su estilo relajado pero riguroso. De pronto se sintió agradecido hacia su hermana porque, si alguien lo veía desde tierra, quedaría muy bien. Era una aviadora extraordinaria.

En ese momento Cassie se aprestó a trazar un rizo y Chris empezó a inquietarse. Habían volado juntos varias veces y se molestaba cada vez que a Cassie se le ocurría hacer nuevas piruetas. Era demasiado buena, iba excesivamente rápido y Chris temía que Cassie se desmandara e hiciera algo pavoroso. No estaba dispuesto a permitir que lo aterrorizase por veinte pavos mensuales.

Cassie ni siquiera reparó en su hermano pues estaba concentrada en volar. Chris miró con desesperación la parte posterior del casco de Cassie y su cabellera pelirroja, agitada por el aire. Al final le dio un buen golpe en el hombro: era hora de descender y Cassie lo sabía, pero durante unos minutos fingió ignorarlo.

Deseaba rizar el rizo, pero no había tiempo y sabía que, si lo intentaba, a Chris le daría taquicardia.

Chris reconocía que su hermana era una aviadora extraordinaria... a pesar de que la mayoría de las veces le daba sustos de muerte. No se atrevía a confiar en ella porque era muy capaz de cometer un desatino. Los aviones se le subían a la cabeza y la llevaban a perder la cordura.

Cassie perdió altitud gradualmente y, antes del aterrizaje, dejó que Chris volviera a hacerse cargo de los mandos. En consecuencia, no tocaron tierra tan apaciblemente como lo habrían hecho si ella hubiera pilotado el aparato. Se posaron bruscamente y pegaron botes por la pista. Cassie quería que su hermano hiciese un aterrizaje correcto, pero a Chris le faltaba instinto.

En cuanto bajaron del avión, ambos se sorprendieron de ver que Nick y su padre estaban en la pista. Los habían observado y Pat sonreía a Chris, al tiempo que Nick no le quitaba ojo a Cassie.

—Muy bien, hijo. —Pat sonrió de oreja a oreja—. Has nacido para pilotar aviones.

Pat estaba muy orondo y pasó por alto el torpe aterrizaje. Nick los miraba. Había observado a Chris, pero había estado más interesado en Cassie desde que la joven descendió del aparato.

Pat miró sonriente a su hija y preguntó:

—Cass, ¿qué tal lo has pasado en las alturas con tu hermano?

—Muy bien, papá, fue divertidísimo.

Los ojos de Cassie se iluminaron y Nick lo notó. Pat condujo a Chris hacia el despacho y Nick y Cassie lo siguieron en silencio.

—Cass, ¿de veras te gusta volar con él? —preguntó Nick mientras caminaban hacia el edificio del aeropuerto.

—Me encanta.

Cassie sonrió a Nick y, por motivos que prefirió guardarse para sí, éste estuvo tentado de zarandearla. Sabía que la muchacha mentía y se preguntó por qué Pat se dejaba engañar tan fácilmente. Tal vez porque así lo quería, aunque estos juegos podían ser muy peligrosos, incluso fatales.

—El rizo fue excelente —comentó Nick en voz baja.

—Me sentó de maravillas —repuso Cassie sin mirarlo.

—Estoy seguro. —La observó unos segundos, meneó la cabeza y entró en el despacho.

Unos minutos más tarde, Pat regresó a casa en la furgoneta con sus hijos. Después de oír el motor que se alejaba, Nick permaneció sentado a su escritorio y pensó en ellos y en la clase de vuelo que acababa de presenciar. Meneó la cabeza y sonrió apesadumbrado. De algo estaba absolutamente seguro: Chris O'Malley no pilotaba el Jenny. Muy a su pesar, esbozó una sonrisa al darse cuenta de que Cassie había encontrado la forma de ponerse a los mandos de un avión. Tal vez, después de todos los esfuerzos que había hecho para lograrlo, se lo merecía. Puede que durante unos días no le pidiera explicaciones. Se limitaría a observarla y a ver cómo se desenvolvía. Volvió a sonreír al recordar el rizo que Cassie había trazado. Muy pronto la muchacha participaría en una exhibición aérea. ¿Y por qué no? ¿Qué se lo impedía? Todo indicaba que Cassie era una aviadora congénita. Y había algo más: al margen de su sexo, Cassie tenía tanta necesidad de pilotar un avión como él.

2

Esa noche, cuanto Pat, Cassie y Chris llegaron a casa, encontraron a las chicas en la cocina, ayudando a su madre.

Glynnis se parecía a Pat, había cumplido los veinticinco, se había casado hacía seis años y era madre de cuatro niñas. Megan era tímida como su madre, tenía el cabello castaño y veintitrés años, se había casado seis meses después que Glynnis y tenía tres niños. Los maridos de las dos hermanas mayores eran agricultores y poseían pequeñas propiedades cerca del hogar de los O'Malley. Se trataba de hombres buenos y laboriosos y Glynnis y Megan estaban muy satisfechas con ellos.

Colleen —la tercera— tenía veintidós años, cabellera rubia y era madre de un niño y una niña gemelos que apenas habían aprendido a andar. Hacía tres años que Colleen se había casado con el profesor de lengua de la escuela. Aspiraba a ir a la universidad, pero estaba nuevamente embarazada y con tres hijos en casa no podría moverse a menos que los llevara consigo. No sería justo que los dejara todos los días con su madre para poder estudiar; además, su padre no lo habría permitido. Tal vez podría hacerlo cuando los niños crecieran. De momento, para Colleen estudiar en la universidad sólo era un sueño. La realidad de su vida consistía en tres hijos y magros ingresos. De vez en cuando su padre les hacía pequeños «regalos», pero el marido de Colleen era orgulloso y detestaba aceptarlos. Pero como faltaba muy poco para la llegada del nuevo vástago, necesitaban toda la ayuda que pudiesen prestarles. Esa tarde Oona les había dado dinero. Sabía que lo necesitaban para comprar cosas para el bebé. Los salarios de los tiempos de la Depresión habían afectado las escuelas y el sueldo de David apenas alcanzaba para comer, a pesar de los habituales obsequios de los padres de Colleen y de los víveres que sus hermanas le proporcionaban.

Las tres hermanas casadas se quedaron a cenar. Sus maridos tenían otros planes para esa noche y las chicas solían visitar con frecuencia a sus padres. A Oona le encantaba ver a sus nietos, aunque reunirlos a todos en casa convertía la cena en un encuentro caótico y bullicioso.

Pat fue a cambiarse y Chris a su habitación mientras Cassie entretenía a los niños y sus hermanas y su madre preparaban la cena. Dos sobrinos consideraron que el tizne de su cara era realmente divertido; una de las sobrinas opinó lo mismo y Cassie persiguió a los críos por el salón, haciéndoles creer que era un monstruo.

Chris no volvió a presentarse hasta que lo llamaron a cenar. Miró a su hermana con cara de pocos amigos. Seguía molesto con ella por el rizo que había trazado aunque, por otro lado, esa maniobra había dado pie a que su padre lo felicitara, así que no se atrevía a quejarse demasiado. Cada uno obtenía de ese acuerdo lo que buscaba: Cassie quería volar y Chris necesitaba dinero. Los elogios del padre suponían una gratificación adicional.

Media hora más tarde se sentaron a compartir la copiosa cena: carne de cerdo, mazorcas, puré de patatas y pan de maíz. Glynnis había llevado el cerdo, Megan el maíz y Oona había cultivado las patatas. Comían lo que cultivaban y, si necesitaban algo más, lo compraban en la tienda de Strong. Era la única en varios kilómetros a la redonda y la mejor de la región. A pesar de que corrían tiempos difíciles, los Strong no pasaban estrecheces porque el negocio tenía su solera.

Cuando terminaron de cenar, Oona comentó lo bien que les iba a los Strong. En ese momento Cassie oyó el conocido chirrido de los neumáticos a las puertas de la casa, como si alguien le hubiera dicho que le tocaba entrar en escena. Era fácil adivinar de quién se trataba porque se presentaba casi todas las noches después de cenar, sobre todo desde que las clases habían terminado.

Cassie conocía desde la más tierna infancia a Bobby Strong, único hijo varón del dueño de la tienda. Se trataba de un buen chico y toda la vida habían sido amigos, aunque durante los dos últimos años su relación se había convertido en algo más, si bien Cassie decía no saber exactamente en qué. Su madre y Megan solían recordarle que habían tenido que casarse a los diecisiete, así que más le valía andarse con cuidado con Bobby. Era un muchacho serio y responsable y los padres de Cassie lo apreciaban. Pero la joven no estaba en condiciones de reconocer para sus adentros y, menos aún, ante él, que lo amaba.

A Cassie le gustaba estar con él. Bobby y sus amigos le caían bien. Le agradaban sus buenos modales y delicadeza, su consideración y paciencia. Bobby tenía buen corazón y a Cassie la conmovía la forma en que se entendía con sus sobrinos. Apreciaba muchas cosas de Bobby, pero no le resultaba tan estimulante como los aviones. Jamás había conocido a un muchacho que lo fuera. Tal vez no existía. Quizá se trataba de algo que no tenía más remedio que aceptar. Le habría encantado conocer a un joven tan emocionante como el Ge Be Super Sporster, el Beech Staggerwing o el avión de carreras Wedell-Williams. Bobby era muy simpático, pero no tenía nada que hacer comparado con una máquina voladora.

—Buenas noches, señor O'Malley... Hola, Glynn. Meg, Colleen... ¡Caramba! ¡Por lo visto falta muy poco!

Colleen tenía una enorme barriga a causa del embarazo. Intentó reunir a sus hijos para marcharse y Oona la ayudó.

—Si sigo comiendo el pastel de manzana de mi madre, puede que dé a luz esta misma noche.

Pese a que Colleen sólo era cinco años mayor, a veces Cassie tenía la sensación de que se llevaban años luz. Sus tres hermanas mayores estaban casadas, encarriladas y eran muy distintas. Cassie sabía que no sería como ellas. En ocasiones se preguntaba si estaba maldita, si su padre había deseado un varón tan desesperadamente que, de alguna manera, la había marcado antes de nacer. Tal vez ella era un monstruo. Le gustaban los chicos, y en particular Bobby, pero los aviones y su independencia le interesaban mucho más.

Bobby estrechó la mano de Pat y saludó a Chris, mientras los sobrinos de Cassie trepaban por sus pantalones. Al cabo de un rato la madre y las dos hermanas mayores fueron a la cocina a fregar los platos y Oona dijo a Cassie que hiciese compañía a Bobby. Aunque Cassie se había lavado la cara, en su rostro aún quedaban huellas de las manchas de grasa que se había hecho antes de la cena.

—¿Qué tal has pasado el día? —preguntó Bobby y sonrió tímidamente.

Era un chico comedido pero simpático, e intentaba ser tolerante con las disparatadas ideas de Cassie y con la fascinación que sentía por los aviones de su padre. Fingía estar interesado y la oía divagar sobre algún avión nuevo que había pasado por el aeropuerto o sobre el querido Vega de su padre, pero lo cierto es que Cassie podría haber dicho cualquier cosa, pues Bobby sólo quería estar cerca de ella. Se presentaba casi todas las noches y Cassie no dejaba de sorprenderse cada vez que lo veía.

La muchacha no estaba en condiciones de hacer frente a la seriedad de los sentimientos de Bobby o a lo que podría significar si insistía. Dentro de un año Cassie acabaría los estudios y, si seguía visitándola con tanta regularidad, quizá Bobby la pediría en matrimonio y querría casarse con ella en cuanto terminaran el instituto. Esa posibilidad la aterrorizaba y era incapaz de plantarle cara. Aspiraba a mucho más: necesitaba tiempo, espacio y estudios superiores, por no hablar de lo que experimentaba cuando rizaba el rizo o entraba en barrena. Estar con Bobby era equiparable a viajar en coche a Ohio. No tenía nada que ver con volar. De todos modos, Cassie se dio cuenta de que lo echaría de menos si dejaba de ir a visitarla.

—Hoy volé con Chris en el Jenny de mi padre —comentó y aparentó indiferencia. La asustaba ponerse demasiado seria con Bobby—. Fue divertido. Trazamos varios ochos y un rizo.

—Por lo visto Chris va mejorando —comentó Bobby amablemente. Al igual que a Chris, los aviones no le atraían—. ¿Qué más hiciste?

Bobby siempre se interesaba por ella y en su fuero interno la consideraba hermosa; esto lo diferenciaba de los que la encontraban demasiado alta o exageradamente pelirroja, de los que se sentían atraídos por ella porque tenía un cuerpo escultural y de los que pensaban que era rara porque era aficionada a los aviones.

Bobby la apreciaba por ser como era, aunque en ocasiones admitía que cabía la posibilidad de que no la entendiera. Ése era otro de sus rasgos enternecedores. Bobby tenía muchas virtudes, razón por la cual Cassie estaba confusa acerca de lo que sentía por él. Su madre le había contado que al principio había sentido lo mismo por Pat. Oona solía decir que comprometerse siempre es difícil. Y ese comentario había complicado un poco más las cosas para Cassie, pues no sabía cómo interpretar lo que sentía por Bobby.

—No estoy muy segura... —replicó Cassie a la pregunta de Bobby e intentó recordar qué más había hecho. Todas sus actividades estaban relacionadas con los aviones—. Reposté combustible en un par de aparatos y manipulé el motor del Jenny antes de que Chris despegara. Es posible que lo haya reparado. —Se tocó la cara tímidamente y sonrió—. Mientras trabajaba me ensucié con grasa. Cuando papá me vio le dio un ataque. No logré quitarme toda la grasa de la cara. ¡Tendrías que haberme visto antes de la cena!

—Tendrías aspecto de sufrir un ataque de hígado —bromeó Bobby y Cassie rió.

Era tan bueno que comprendía las grandes aspiraciones de Cassie, como ir a la universidad. Bobby no pensaba seguir estudiando. Se quedaría en casa y ayudaría a su padre en el negocio, como hacía todos los días después de clase y durante las vacaciones de verano.

—¿Sabes una cosa? —añadió Bobby—. El sábado exhiben *Sigamos la flota*, la nueva película de Fred Astaire. ¿Quieres que vayamos a verla? Dicen que es fenomenal. —La miró esperanzado.

Cassie sonrió y asintió lentamente.

—Me encantaría verla.

Unos minutos después, sus hermanas y sus sobrinos se marcharon y Cassie y Bobby quedaron solos en el porche. Oona y Pat estaban en el salón. Cassie sabía que desde dentro podían verlos, pero sus padres eran muy discretos durante las visitas de Bobby. Lo apreciaban y a Pat no le habría disgustado que tomaran la decisión de casarse cuando Cassie terminara el instituto, en junio del año próximo. Mientras no se metieran en líos antes de su debido tiempo, podían hacer manitas en el porche todo lo que quisieran. A Pat le parecía bien, incluso era preferible a que su hija se pasara las horas en el aeropuerto.

Pat le contaba a Oona el rizo que Chris había trazado esa tarde. Estaba muy orgulloso de su hijo.

—Oonie, Chris ha nacido para pilotar aviones.

Pat sonrió y Oona hizo lo propio, contenta de que su marido por fin tuviera el hijo con el que tanto había soñado.

En el porche, Bobby le contaba a Cassie cómo había pasado el día en la tienda y decía que la Depresión no sólo influía en el precio de los comestibles en Illinois, sino en todo el país. Bobby aspiraba a crear una cadena de tiendas que abarcara varias poblaciones y que incluso llegase a Chicago. Todos tenían sus sueños. Los de Cassie eran más osados que los de Bobby y resultaba difícil hablar de ellos. Las aspiraciones del joven sólo parecían juveniles y ambiciosas.

—¿Nunca se te ha ocurrido hacer algo distinto en lugar de dedicarte a lo mismo que tu padre? —preguntó Cassie. Esa idea la intrigaba, a pesar de que lo único que deseaba era seguir los pasos de su padre. Claro que para ella esa trayectoria estaba vedada, razón por la cual se volvía más atractiva.

—Francamente, no —replicó Bobby con seriedad—. Me gusta el negocio de mi padre. La gente necesita comestibles y productos de calidad. Aunque no parezca nada del otro mundo, nuestra labor es importante y tal vez podríamos convertirla en una tarea apasionante.

—Puede ser. —Cassie sonrió y de pronto oyó un ronroneo, por lo que alzó la vista hacia el archiconocido sonido de los motores de un avión—. Es Nick... Va camino de San Diego con carga. Durante el vuelo de regreso hará escala en San Francisco para recoger varias sacas de correspondencia.

Cassie reparó en que Nick pilotaba el Handley Page, lo supo por el sonido de los motores.

—Probablemente él también se cansa de su trabajo —afirmó Bobby con sensatez—. A nosotros nos parece emocionante, pero supongo que para él no es más que un trabajo, como el de mi padre.

—Puede ser. —Cassie sabía que no era posible, que volar no era una tarea como las demás—. Los pilotos son una raza aparte. Aman lo que hacen. No soportan la idea de dedicarse a otra cosa. Lo llevan en la sangre. Viven por y para ello, y lo respiran. Lo aman más que a todo lo demás. —Le brillaron los ojos.

—Así parece. —Las palabras de Cassie hicieron que Bobby se desconcertara—. Si he de serte sincero, no lo entiendo.

—Me parece que casi nadie lo entiende... es como una fascinación misteriosa, como un don maravilloso. Para los que lo aman, volar es lo más importante del mundo.

El cálido aire de la noche les acariciaba las mejillas y Bobby rió quedamente.

—Me parece que lo encuentras muy romántico. Yo no estaría tan seguro de que los pilotos lo vean desde tu misma perspectiva. Créeme, para ellos no es más que un trabajo.

—Tal vez —murmuró Cassie, que no quería discutir con él a pesar de que sabía mucho más de lo que daba a entender.

Pilotar aviones era como pertenecer a una hermandad secreta, sociedad de la que Cassie ansiaba fervorosamente formar parte y en la que, hasta entonces, no le habían permitido ingresar. Lo único que ahora le importaba eran los pocos minutos que ese día había pasado en el aire, durante los cuales Chris le permitió pilotar el avión. Cassie estuvo cavilando largo rato, con la vista fija en la oscuridad del porche, y se olvidó de Bobby hasta que, de repente, lo oyó moverse y volvió a la realidad.

—Será mejor que me vaya. Probablemente estás cansada después de repostar tantos aviones. —En realidad, Cassie deseaba estar sola y evocar lo que había sentido mientras pilotaba el avión. Habían sido unos minutos inenarrables—. Nos veremos mañana.

—Buenas noches.

Bobby la cogió de la mano y le rozó ligeramente la mejilla con los labios antes de caminar hasta la vieja camioneta Ford A de su padre, en uno de cuyos laterales se leía «Alimentación Strong». Durante el día usaban la camioneta para hacer repartos y por la noche estaba a disposición de Bobby.

—Hasta mañana.

Cassie sonrió y despidió con la mano a Bobby mientras se alejaba. Regresó lentamente a casa, pensando en lo afortunado que era Nick, que podía volar en plena noche rumbo a San Diego.

3

A última hora del domingo, después de dejar la carga y las sacas de correspondencia en Detroit y Chicago, Nick regresó a Good Hope. A las seis de la mañana del lunes volvía a estar en su escritorio, recuperado y con ganas de ponerse a trabajar.

El día fue ajetreado, tenían varios contratos nuevos y cada vez transportaban más correspondencia y carga. Aunque varios pilotos trabajaban para ellos y disponían de aviones suficientes, Nick aún realizaba los vuelos más largos y las rutas más complicadas. Le satisfacía montar en un avión y volar de noche, sobre todo si las condiciones meteorológicas eran adversas. Pat era la contrapartida perfecta: era un genio en los aspectos administrativos de la empresa. También le encantaba volar, pero ahora disponía de menos tiempo y, para ciertos menesteres, había perdido la paciencia. Se enfadaba cuando un aparato tenía una avería o cuando los pilotos se retrasaban o se liaban los horarios. No tenía la menor conmiseración hacia las rarezas y los truquillos de los pilotos, a los que obligaba a marcar el paso y a ser ciento por ciento fiables porque, de lo contrario, no volvían a volar para O'Malley.

—As, será mejor que vayas con cuidado —se burlaba Nick de vez en cuando—. Cada vez te pareces más a Rickenbacker, nuestro antiguo comandante.

—Peliagudo, te garantizo que yo podría ser bastante más severo que él... y tú también —replicaba Pat, utilizando el apodo de tiempo de guerra de Nick.

El historial militar de Nick era tan pintoresco como el de Pat. En cierta ocasión Nick se había encontrado con Ernst Udet —el famoso as de la aviación alemana— y la pugna había acabado en tablas; Nick había aterrizado sin que su avión sufriera daños a pesar de que iba herido. Claro que todo esto se refería al pasado. Las únicas veces en que Nick recordaba la guerra eran las ocasiones en que luchaba con condiciones meteorológicas adversas o intentaba aterrizar con un avión que se ladeaba. Durante los diecisiete años de colaboración con Pat había pasado diversas dificultades, pero ninguno de esos episodios fue tan espectacular como sus aventuras bélicas.

Al atardecer, mientras contemplaban la tormenta que se cernía por el este, Nick recordó una de sus historias de los años de guerra y la comentó a Pat.

En plena contienda se había visto inmerso en una espantosa tormenta y tuvo que volar tan cerca del suelo que estuvo a punto de raspar la panza del aeroplano. Pat rió; había regañado severamente a Nick por volar tan bajo, a pesar de que se las ingenió para salvar el pellejo y el avión. Durante la misma tormenta se perdieron dos hombres que jamás aparecieron.

—Aquella tormenta me hizo temblar —reconoció Nick dos décadas después.

—Si mal no recuerdo, cuando bajaste estabas pálido —dijo Pat.

Observaron los agoreros nubarrones que se acumulaban en lontananza. Aunque estaba algo cansado por el largo vuelo que el día anterior había realizado desde la Costa Oeste, Nick deseaba terminar de rellenar unos formularios antes de irse a dormir.

Cuando regresó al despacho en compañía de Pat después de comprobar el estado de algunos aparatos, Nick vio a Chris conversar con Cassie. Estaban tan ensimismados que no repararon en él. Nick no sabía de qué hablaban ni le preocupaba. Estaba convencido de que Chris pensaría que el tiempo era demasiado malo para salir a volar.

Cassie y Chris seguían hablando cuando Nick entró en el despacho. La joven chillaba para hacerse oír en medio del rugido de los motores.

—¡No seas miedica! Sólo subiremos unos minutos. Faltan horas para que estalle la tormenta. Esta mañana oí los partes meteorológicos. Vamos, Chris, no seas gallina.

—Cassie, no me apetece volar con este tiempo. Ya lo haremos mañana.

—Pues yo quiero ir ahora. —Los nubarrones que se desplazaban velozmente parecían excitarla—. Será divertido.

—No, no lo será. Además, si pongo el Jenny en peligro papá me dará una filípica.

Chris conocía bien a su padre, y Cassie también.

—No digas tonterías. No correremos ningún riesgo. Las nubes todavía están muy altas. Si despegamos ahora mismo, en media hora estaremos de vuelta sanos y salvos. Confía en mí.

El apesadumbrado Chris miró a su hermana y la odió por ser tan persuasiva. Cassie siempre se salía con la suya. Después de todo, era la mayor de los dos. Chris siempre le hacía caso pero solía equivocarse, sobre todo cuando Cassie lo urgía para que confiase en ella. La muchacha era la temeraria de la familia y Chris el pariente cauteloso. Además, Cassie nunca se atenía a razones. A veces era más fácil ceder que discutir con ella. Cassie le suplicó con la mirada; era evidente que no aceptaría un no por respuesta.

—Sólo un cuarto de hora —accedió finalmente Chris—. Y yo decidiré en qué momento regresamos. No tendré en cuenta tu opinión. Sólo volaremos un cuarto de hora, ¿entendido?, lo hacemos a mi manera o lo dejamos.

—De acuerdo. Sólo me interesa experimentar qué se siente cuando hace mal tiempo.

Miró a su hermano con los ojos encendidos y Chris pensó que su hermana parecía una recién enamorada.

—Te falta un tornillo —comentó Chris contrariado.

Le pareció más fácil sacarse el problema de encima que seguir discutiendo hasta que estallara la tormenta.

Se dirigieron al hangar del Jenny, lo sacaron, hicieron las comprobaciones de rutina y ocuparon los respectivos asientos. Cassie volvió a instalarse en el delantero y Chris se sentó en el del instructor. Teóricamente, al igual que la vez anterior, la muchacha sólo iba como pasajera; como ambos tenían mandos, nadie podía saber si era Chris o Cassie quien pilotaba el aparato.

Pocos minutos después, Nick oyó el ronroneo del motor de un avión, pero no le prestó atención. Pensó que se trataba de algún audaz que intentaba aterrizar antes de que estallara la tormenta. Sus pilotos estaban en tierra y allí seguirían pues era lo que les había ordenado después de oír, hacía media hora, el parte meteorológico. Aguzó el oído por un minuto; habría jurado que ese ronroneo provenía del Jenny. Aunque parecía imposible, se acercó a la ventana y fue entonces cuando los vio.

Distinguió la peculiar cabellera pelirroja de Cassie en el asiento delantero y a Chris detrás. El chico pilotaba el avión, o al menos eso pensó Nick mientras el viento los zarandeaba y parecía a punto de arrastrarlos. Volaban a velocidad de vértigo y Nick los vio elevarse de forma espectacular, probablemente impulsados por una brusca corriente ascendente. Los observó azorado, incapaz de creer que Chris fuera tan valiente y temerario como para volar en medio de semejante vendaval. En cuanto se internaron en la nube que pendía sobre la cabeza de Nick, éste comprobó que la lluvia caía como si en el cielo alguien hubiera abierto un grifo.

—¡Mierda! —masculló.

Salió corriendo, con la vista fija en el punto donde había visto por última vez el Jenny, pero no divisó nada. El frente de la tormenta se desplazaba a gran velocidad, acompañado de ráfagas de viento y relámpagos terroríficos. En pocos minutos quedó calado hasta los huesos y aún no había indicios de Chris y Cassie.

Chris se debatía con los mandos a medida que ganaban altura y Cassie se había dado la vuelta y le gritaba algo, pero no la oyó a causa de la tormenta y del ruido del motor.

—¡Déjame pilotar! —gritaba Cassie.

Finalmente Chris la entendió y negó con la cabeza, pero ella insistió. Estaba cada vez más claro que la fuerza del viento y la tormenta eran excesivas para Chris y, en sus manos inexpertas, el avión se sacudía como un juguete.

Sin pronunciar una palabra más, Cassie se concentró en los mandos y, a fuerza de voluntad, dominó a su hermano y se hizo cargo de todo.

Accionó los mandos con mano firme y, pese a las rachas de viento y lluvia, en unos segundos logró estabilizar el aparato. Chris dejó de discutir, pues estaba al borde de las lágrimas; relajó las manos sobre los mandos y la dejó pilotar. Tal vez Cassie sabía menos que él, pero parecía mantener con el avión una relación con la que Chris ni siquiera podía soñar. Comprendió que si él pilotaba, probablemente se estrellarían. Puede que con Cassie al mando hubiera esperanzas de sobrevivir. Cerró los ojos unos segundos, rezó y lamentó haberse dejado convencer de volar en plena tormenta.

Ambos estaban empapados en la cabina abierta y el avión subía y bajaba a causa de las aterradoras corrientes descendentes. Cayeron cerca de cien pies y volvieron a elevarse, aunque más despacio. Cuando descendían era como caer de un edificio para volver a trepar por las paredes y caer nuevamente como una figurita de papel.

Mientras Cassie se debatía con la palanca de mando, rodeada de nubes negras, percibió instintivamente la altura a la que volaban. Experimentó la extraña sensación de que el avión cooperaría, respondiendo a sus órdenes. Los hermanos ya no sabían dónde estaban, qué distancia habían recorrido o a qué altura volaban. El altímetro giraba locamente. Cassie tenía una idea aproximada, pero habían perdido de vista el suelo y una serie de nubes que se desplazaron con rapidez los desorientó por completo.

—¡No te preocupes! —gritó a Chris, que no llegó a oírla—. Todo saldrá bien... —repitió una y otra vez.

Cassie empezó a hablar con el Jenny, como si el pequeño avión pudiera acatar sus instrucciones. Conocía algunos trucos de su padre y de Nick y sabía que uno de ellos les permitiría salir del atolladero... siempre y cuando no los matara. Para hacerlo tenía que confiar en su intuición y estar muy, pero muy segura...

Habló consigo misma, en medio del viento racheado, a medida que el avión descendía en picado. Cassie estaba pendiente del borde inferior de las nubes y contaba con divisarlo antes de tocar el suelo, pero si estaba demasiado bajo y descendía a excesiva velocidad o si por un segundo perdía el control de la máquina... se llamaba «correteo» y si cometías un error no contabas el cuento. Así de sencillo. Ambos tuvieron conciencia del peligro mientras el pequeño Jenny caía hacia tierra tan rápido como Cassie le permitía.

Iban a una velocidad aterradora, el aullido del viento era ensordecedor y recorrieron una negrura húmeda que parecía de tinta. Daba la sensación de que caían en un sitio sin fondo, plagado de sonidos espeluznantes y pavorosas impresiones. De repente, casi antes de verlos, Cassie intuyó las copas de los árboles, el suelo y el aeropuerto.

Tiró bruscamente de la palanca y elevó el avión antes de chocar con los árboles. Volvieron a meterse en las nubes, pero ahora Cassie sabía dónde estaban y cómo aproximarse al aeropuerto. Cerró los ojos un segundo, pensó dónde estaba, a qué velocidad caería y volvió a ver los árboles, pero esta vez dominaba la situación. Pasó por encima de las copas mientras el viento inclinaba peligrosamente las alas del Jenny.

Cassie volvió a ganar altura, rodeó nuevamente el aeropuerto y se preguntó si podrían aterrizar o si, al final, resultaría imposible debido a la fuerza de los cambiantes vientos. No estaba asustada y pensaba con frialdad. Fue entonces cuando lo vio: Nick hacía señales presa del frenesí. Acababa de ser testigo de lo que Cassie había hecho, la había visto corretear debajo de las nubes, a punto de estrellarse contra el suelo. El Jenny se encontraba a menos de cincuenta pies de altura. Nick corrió e intentó indicarle cómo tomar tierra en la pista más alejada. En ese sector la dirección del viento era apenas más favorable, lo que le permitiría realizar un arriesgadísimo aterrizaje.

El pequeño Jenny chirrió mientras rodaba por la pista. El viento les daba de frente y Cassie apretaba tanto los dientes que le dolía la cara. Llevaba el pelo pegado a la cabeza a causa de la lluvia y las manos entumecidas por la fuerza con que aferraba la palanca. Chris permanecía sentado detrás de ella, con los ojos cerrados. Al tocar tierra sufrieron una sacudida y Chris abrió los ojos.

No podía creer que Cassie lo hubiera logrado, creía que estaban condenados. Aún estaba conmocionado cuando Nick se acercó corriendo y literalmente lo arrancó del avión, mientras Cassie seguía sentada y temblaba.

—¿Os habéis vuelto locos? ¿Qué demonios intentabais? ¿Queríais suicidaros y destruir el aeropuerto?

Durante el descenso habían pasado muy cerca del techo del edificio del aeropuerto, pero Cassie había llegado a la conclusión de que aquél era el problema más sencillo. No acababa de creer que hubiese sido capaz de realizar la maniobra de aterrizaje en esas condiciones e hizo un gran esfuerzo por reprimir una sonrisa de alivio. Se había sentido muy asustada, pero una parte de su ser había conservado la calma. Lo único que se le ocurrió fue buscar la manera de salir del aprieto y hablarle al pequeño avión.

Pat salió corriendo del edificio. Nick miró furioso a Cassie y zarandeó a Chris.

—¿Te has vuelto loco? —le preguntó.

—¿Qué demonios pasa? —preguntó Pat al llegar junto a ellos en medio de las ráfagas de viento.

Cassie se preocupó por el avión. El viento podía volcar y averiar el pequeño Jenny.

—A estos dos insensatos se les ocurrió salir de juerga con este tiempo. No sé muy bien si pretendían perder la vida o cargarse tus aparatos, pero en todo caso se han ganado unas cuantas patadas en el trasero.

Nick estaba furioso y Pat no podía creérselo. Miró a su hijo con verdadero asombro y preguntó:

—¿Has salido con esta tormenta?

—Bueno... verás... yo... pensé que subiríamos y bajaríamos en un momento y entonces... —Como de pequeño, a Chris le habría gustado decir: «Papá, Cassie me obligó...», pero se abstuvo.

Pat intentaba disimular lo orgulloso que estaba. El chico tenía agallas y era un piloto soberbio.

—¿Y aterrizaste en estas condiciones? ¿Has olvidado que es muy peligroso aterrizar en medio de un vendaval? Podrías haberte matado.

—Lo sé, papá, y lo lamento.

Chris luchaba denodadamente por no echarse a llorar y Cassie estaba pendiente del rostro de su padre. Conocía demasiado bien esa expresión: era de profundo orgullo por los supuestos logros de su hijo. Pero en realidad era ella quien se merecía las felicitaciones, que sin embargo iban a parar a Chris porque era varón y las cosas discurrían de ese modo. Siempre habían sido así. Cassie supo que, hiciera lo que hiciese con su vida, tendría que valerse por sí misma, no por su padre, ya que jamás la comprendería ni reconocería sus méritos. Para su padre «no era más que una chica», y siempre lo sería.

Pat se volvió hacia Cassie, prácticamente como si pudiera adivinarle el pensamiento. Volvió a observar a su hijo y frunció el entrecejo.

—No debiste llevar a tu hermana. Es muy peligroso viajar con pasajeros cuando las condiciones meteorológicas son adversas. En realidad, tú tampoco tendrías que haber volado. Hijo, no vuelvas a salir con un pasajero si hace mal tiempo.

Cassie era una persona a la que había que proteger y a la que jamás se admiraba. Ése era su destino y lo sabía.

—De acuerdo, papá.

Las lágrimas estuvieron a punto de escapar de los ojos de Chris cuando Pat volvió a mirar el avión y a su hijo con renovado desconcierto.

—Lleva el Jenny al hangar.

Pat se alejó y Nick observó a Chris y a Cassie guardar el aparato. Chris parecía tan afectado que apenas podía andar.

Cassie mantuvo la calma mientras secaba la lluvia caída sobre el avión y echaba un vistazo al motor. Su hermano se limitó a mirarla con ira y se alejó a grandes zancadas, decidido a no perdonarle jamás que había estado a punto de matarlo. Nunca olvidaría que se habían salvado por los pelos y que todo era culpa de un capricho de Cassie. Chris tuvo la certeza de que su hermana estaba loca de atar.

Cassie guardó las herramientas y cuando se irguió pegó un brinco al ver que Nick permanecía en pie junto a ella. Su expresión era semejante a la tormenta. Su hermano se había ido y su padre los esperaba en el despacho.

—Ni se te ocurra hacerlo otra vez. Eres una empecinada y podrías haber muerto. Ese truco sólo le funciona muy de tarde en tarde a los mejores y ni siquiera a todos. Cass, no volverá a salirte, así que no vuelvas a intentarlo.

Claro que a Nick le había salido bien más de una vez. Hacía muchos años, al verlo, Pat se había enfadado tanto como ahora Nick lo estaba con Cassie. Le dirigió una mirada resuelta. Estaba furioso, pero sus ojos transmitían algo más. A Cassie se le paró el corazón: aquello era lo que esperaba de su padre y sabía que jamás obtendría: admiración y respeto. Era lo único que quería.

—No sé de qué me hablas.

Cassie desvió la mirada. Ahora se sentía agotada. El efecto estimulante del vuelo se había esfumado y sólo experimentaba una reacción de temor y agotamiento.

—¡Sabes perfectamente de qué hablo! —exclamó Nick y la aferró del brazo, con el pelo negro adherido al rostro.

Nick había rezado para que Cassie lo consiguiera, para que encontrara el hueco necesario entre las nubes y aterrizase. No habría soportado verlos morir por un simple y divertido vuelo. Durante la guerra ellos no habían tenido otras opciones, pero ahora las circunstancias eran distintas y morir así carecía de sentido.

—¡Suéltame!

Cassie estaba enfadada con todos. Su hermano se alzaba con los laureles a pesar de que no sabía pilotar un avión, su padre estaba tan obsesionado por su hijo que no veía nada, y Nick creía saberlo todo. Era un club secreto, ellos tenían las llaves y jamás le permitirían participar. Ella sólo servía para repostar aviones, reparar motores y llenarse el pelo de grasa y aceite, pero no para pilotar.

—¡Déjame en paz! —chilló Cassie.

Nick se limitó a sujetarle el otro brazo. Nunca la había visto tan furiosa y no supo si abofetearla o abrazarla.

—¡Cassie, he visto cómo lo hiciste durante el vuelo! —Nick seguía gritando—. No soy ciego y sé que Chris es incapaz de pilotar un avión con tanta pericia. Sé que eras tú quien lo llevaba... pero estás loca. Podrías haberte matado... no puedes ir así por el mundo.

La muchacha lo miró tan compungida que Nick se conmovió. Había estado a punto de abofetearla por haber corrido semejante riesgo pero ahora la compadecía. En ese momento comprendió con absoluta claridad lo que Cassie deseaba, lo mucho que soñaba con conseguirlo y hasta qué extremos era capaz de llegar para lograrlo.

—Cassie, por favor... —Siguió sujetándole los brazos y la acercó a su cuerpo—. Te lo ruego... no vuelvas a hacer nada parecido. Yo mismo te enseñaré. Te lo prometo. Deja en paz a Chris. No lo expongas a estas cosas. Te daré clases. Si estás tan ansiosa, me ocuparé personalmente de ti.

Nick la abrazó y la acunó como a una niña pequeña, dando gracias a Dios de que no se hubiera matado al realizar esa proeza insensata. Comprendió que no lo habría soportado. La apartó un poco y la miró con pesar. Los dos estaban muy afectados por lo ocurrido. Cassie se limitó a negar con la cabeza porque sabía que el modo en que había actuado era el único que le permitiría, finalmente, salirse con la suya.

—Nick, mi padre no te lo permitirá.

Cassie no negó que era ella quien había metido a Chris en aquel lío. Sabía que Nick conocía la verdad y no tenía sentido mentirle. Al fin y al cabo, era ella quien había aterrizado.

—Cass, yo no he dicho que voy a pedirle permiso, sino que lo haré. Pero no será aquí. —Le sonrió tristemente y le dio una toalla para que se secara el pelo—. Pareces un gato ahogado.

—Para variar, hoy no tengo la cara llena de grasa —murmuró Cassie tímidamente.

Se sintió más unida que nunca a Nick y tuvo la impresión de que la relación entre ambos había cambiado.

Mientras se secaba el pelo volvió a mirarlo, sorprendida ante lo que acababa de oír, y preguntó:

—¿Qué has querido decir con aquí no? ¿A qué otro sitio podemos ir? —De repente Cassie se sintió muy adulta y creyó formar parte de una conspiración con Nick. Entre ellos acababa de surgir algo muy sutil.

—Existen algunas pistas pequeñas a las que podemos ir. Tal vez no sea fácil. Después de clase podrías coger el autobús a Prairie City, donde yo te estaría esperando. Puede que este verano Chris te deje allí cuando vaya a trabajar. Supongo que lo preferirá a arriesgar su vida varias veces por semana montado contigo en un avión. Yo de él, lo preferiría.

Cassie sonrió. Pobre Chris. Le había dado un buen susto y lo sabía. Claro que la aventura parecía fantástica y durante unos minutos fue muy divertida. Pero después... después se había convertido en lo más terrorífico y emocionante que Cassie había hecho en su vida.

—¿Hablas en serio?

Cassie parecía sorprendida, y en realidad ambos lo estaban. Nick se había sobresaltado al percatarse de lo que acababa de proponer.

—Yo diría que sí. Jamás imaginé que haría algo semejante, pero creo que una buena instrucción evitará que te metas en problemas más graves. Además, en cuanto lleves una temporada pilotando correctamente, podemos hablar con Pat e intentar convencerlo de que te permita volar desde aquí. —Nick la miró significativamente—. A la larga tendrá que aceptarlo. No tiene alternativa.

—No creo que acepte —repuso Cassie sombríamente.

Salieron a la lluvia para dirigirse al despacho de Pat. Antes de llegar, nuevamente empapados, la muchacha se detuvo y le dedicó una sonrisa que llegó al alma de Nick. No quería experimentar esos sentimientos hacia ella y se sobresaltó, pero esa tarde habían pasado juntos por muchas dificultades y contratiempos que los habían unido.

—Nick, te lo agradezco.

—Olvídalo. Y te lo he dicho muy en serio.

El padre de Cassie habría sido capaz de estrangularlo si se hubiera enterado que le había propuesto darle clases. Nick revolvió la revuelta cabellera pelirroja de la muchacha y la hizo entrar en el despacho de su padre.

Chris estaba afectado y pálido, y Pat acababa de ofrecerle una copa de coñac.

—Cass, ¿estás bien?

Pat notó que, a diferencia de su hermano, Cassie no estaba perturbada. Claro que la responsabilidad era de Chris, lo mismo que las dificultades para aterrizar en el aeropuerto... o al menos eso era lo que su padre debía creer si Chris no le había contado la verdad.

—Claro, papá, perfectamente —lo tranquilizó.

—Eres una chica muy valiente —añadió sin suficiente convicción.

Nick era el único que la entendía. Nick era el que había accedido a darle aquello con lo que siempre había soñado. Su fantasía se había hecho realidad y de repente se alegró de haber volado en medio de la tormenta, por mucho que hubiese corrido un riesgo endemoniado. Cabía la posibilidad de que, a la larga, hubiera valido la pena.

Pat llevó en la furgoneta a sus hijos. En casa, su madre los esperaba. En cuanto se sentaron a cenar, le contó a Oona lo que creía era la verdadera historia: el valeroso comportamiento de Chris, su pilotaje a base de ingenio y valor tras la insensatez de emprender el vuelo en medio de la tormenta, y el aterrizaje que les devolvió sanos y salvos a casa. Pat estaba muy orgulloso de Chris, que en ningún momento abrió la boca.

El joven se dirigió a su habitación, se tumbó en la cama y se echó a llorar.

Un rato después Cassie fue a verlo. Llamó largo rato y, cuando por fin Chris le dijo que pasara, la miró con expresión de angustia y de ira.

—¿Qué haces aquí?

—He venido a decirte que lamento haberte asustado... y haber estado a punto de matarnos. Lo siento, Chris, no tendría que haberlo hecho.

Como Nick había accedido a proporcionarle aquello con lo que siempre había soñado, Cassie podía darse el lujo de ser generosa.

—Nunca más subiré a un avión contigo —declaró Chris agoreramente y la miró como un hermano pequeño que ha sido usado y traicionado por su taimada hermana mayor.

—Ni falta que hace —musitó Cassie y se sentó en el borde de la cama.

—¿Has renunciado a volar? —Chris no podía creer que fuese verdad.

—Es posible... al menos de momento...

Cassie se encogió de hombros, como si la cuestión no le importara, pero Chris la conocía muy bien.

—No te creo.

—Ya veré qué hago. En este momento no me preocupa. Sólo quería decirte que lamento lo ocurrido.

—¡Ya lo creo! —espetó Chris, pero la cogió del brazo y agregó—: Yo también quiero darte las gracias... por haber salvado nuestras vidas. Sinceramente, creí que no viviríamos para contarlo.

—Y yo. —Cassie sonrió entusiasmada—. Durante un rato pensé que todo había terminado. —Soltó una risilla.

—Estás chiflada... pero eres una gran aviadora —dijo Chris—. Algún día aprenderás correctamente a pilotar en lugar de tener que andar con subterfugios a espaldas de papá. Tendrá que aceptar la realidad. Eres cien veces mejor que yo. Apuesto lo que quieras a que eres tan eficiente como él.

—Lo dudo. Tú tampoco lo haces mal, Chris. Eres un piloto correcto pero te falta garra. Lo único que tienes que evitar es meterte en problemas.

—Gracias por el consejo. —Sonrió a su hermana; las ganas de matarla se le habían pasado—. Te lo recordaré la próxima vez que te propongas volar conmigo.

—Durante un tiempo no volaré —insistió Cassie.

Chris sabía que eso era imposible.

—¿Qué estás tramando? Cass, ¿qué te propones?

—¿Yo? Nada. He decidido comportarme correctamente... al menos durante una temporada.

—¡Que el Señor se apiade de nosotros! Avísame cuando decidas volverte loca otra vez y así me ocuparé de estar lejos del aeropuerto. Tendrías que hacer lo mismo, al menos durante una temporada. Juraría que los humos de los aviones te han intoxicado.

—Es posible —admitió Cassie con aire soñador.

Aquello era profundo y la gente lo sabía. Llevaba esos humos en la sangre y en los huesos y estuvo más segura que nunca: jamás lograría librarse de su influjo.

Esa noche, Bobby Strong se presentó después de la cena. Se horrorizó al conocer la historia de labios de Pat y al cabo de un rato, cuando vio a Chris, se lo recriminó.

—La próxima vez que estés a punto de matar a mi chica tendrás que darme explicaciones —le advirtió, para sorpresa tanto de Chris como de Cassie—. Hiciste una tontería y para colmo lo sabes.

A Chris le habría encantado responder que Cassie se lo había pedido y de buen grado le habría dado todo tipo de explicaciones, pero no podía.

—Sí, claro —masculló el hermano de Cassie, y regresó a su habitación.

Estaban todos locos: Bobby, Cass, su padre y Nick. Ninguno sabía la verdad, nadie sabía distinguir entre la culpable y el inocente. Su padre lo tenía por un héroe temerario y Cassie los había engatusado a todos.

Sólo Cassie sabía la verdad, y también Nick... desde que se había comprometido a darle lecciones de vuelo.

Esa noche Bobby le soltó una perorata sobre lo peligroso y absurdo que era volar; le explicó que todos los hombres que se dedicaban a la aviación eran inmaduros y que jugaban como niños. Abrigaba la esperanza de que Cassie hubiera aprendido la lección y de que, en lo sucesivo, fuera más sensata. Insistió en qué era lo que esperaba de ella. ¿Qué le depararía el futuro si se pasaba la vida llena de grasa y aceite industrial y si estaba dispuesta a arriesgar la vida y lanzarse a una aventura disparatada con su hermano? Además, era una chica y ese comportamiento no era correcto.

Cassie intentó coincidir porque sabía que Bobby se lo decía con la mejor intención, pero experimentó un profundo alivio cuando el joven se fue.

Esa noche, mientras permanecía en la cama y escuchaba la lluvia, sólo pensó en la promesa de Nick y en que muy pronto empezarían a volar juntos. Le costaría mucho esperar. Estuvo despierta muchas horas, caviló y recordó el viento en su cara mientras descendía por debajo de las nubes en el Jenny, aguardaba una fracción de segundo antes de chocar contra el suelo, volvía a levantar el vuelo, pasaba rasando las copas de los árboles y aterrizaba sin incidentes. Había sido un día inolvidable y supo que, por mucho que hablaran de peligros o dificultades, jamás renunciaría. No lo abandonaría por nada ni por nadie. Era algo que no podía dejar.

4

Tres días después, la tormenta se convirtió en un tornado que asoló Blandinsville, a dieciséis kilómetros de Good Hope. Cassie se levantó, cumplió con sus obligaciones y, antes de salir de casa, dijo a su madre que iría a la biblioteca y luego visitaría a una compañera de escuela que esa primavera se había casado y estaba embarazada. Luego pasaría por el aeropuerto.

Cassie había puesto un bocadillo y una manzana en una bolsa de papel y cogido un dólar de sus ahorros. No sabía cuánto costaba el billete de autobús, pero quería asegurarse de que le alcanzaría para llegar a Prairie City. Había quedado en reunirse con Nick a mediodía y mientras caminaba hacia la terminal de autobuses bajo un sol de justicia se lamentó de no llevar sombrero. Pero de haberse cubierto la cabeza, su madre habría sospechado que se traía algo entre manos porque nunca usaba sombrero.

Caminaba como cualquier jovencita alta y desgarbada que va a visitar a sus amigas. Era toda una belleza de diecisiete años, más bonita incluso que su madre. Lo cierto es que Cassie nunca pensaba en su aspecto. Eso interesaba a otras chicas, a las que no tenían nada en la cabeza o a muchachas como sus hermanas, que sólo pensaban en el matrimonio y en la maternidad. Cassie sabía que algún día querría tener hijos, o al menos eso suponía, pero antes aspiraba a muchas cosas a las que probablemente jamás accedería: emociones, libertad y posibilidad de volar. Le encantaba conocer la trayectoria de las aviadoras y leyó todo lo que consiguió sobre Amelia Earhart y Jackie Cochran. Leyó *We*, el libro de Lindbergh sobre su cruce del Atlántico en solitario en 1927; el año anterior le había echado el ojo, nada más publicarse, a *North to the Orient*, la obra de la esposa del aviador, y también a *The Fun of It*, de Earhart. Las mujeres relacionadas con la aviación eran sus heroínas. Cassie se preguntó por qué esas mujeres podían hacer todo aquello con lo que ella sólo se atrevía a soñar. Claro que ahora, con la ayuda de Nick, cabía la posibilidad de... Si pudiera emprender el vuelo, como había hecho hacía unos días con Chris, y quedarse definitivamente al albur de los vientos...

Estaba tan ensimismada que por un tris no perdió el autobús. Tuvo que correr para cogerlo. La alivió comprobar que no viajaba ningún conocido y el trayecto de cuarenta y cinco minutos hasta Prairie City en el destartalado vehículo transcurrió sin contratiempos. El billete sólo costaba quince centavos. Durante todo el viaje soñó despierta con las clases de vuelo.

Había una distancia considerable entre la pista y la parada del autobús, pero Nick le había explicado cómo llegar. Por alguna razón, el piloto se había figurado que alguien la llevaría en coche. En ningún momento se le había ocurrido que Cassie tendría que hacer a pie los tres últimos kilómetros y de que, cuando llegara, estaría acalorada, sudada y cubierta de polvo.

Nick estaba tranquilamente recostado contra una roca y bebía un refresco mientras el conocido Jenny aguardaba en un extremo de la pista desierta. No había nadie más. Los fumigadores utilizaban esa pista, que se había construido cuando los candidatos políticos empezaron a recorrer las zonas rurales. Aunque sólo se utilizaba de vez en cuando, se encontraba en buenas condiciones. Nick sabía que sería el sitio ideal para las clases.

—¿Te encuentras bien? —La miró con actitud paternal mientras Cassie se apartaba de la cara la brillante melena pelirroja y se la recogía en la nuca. El sol caía con fuerza—. Por lo visto tienes mucho calor. Ten, bebe un trago.

Nick le pasó la coca-cola y la contempló mientras Cassie bebía un largo trago. La joven tenía un cuello largo y elegante y la blancura de su piel le recordó el mármol. Era una chica sorprendente y últimamente, en varias ocasiones, Nick había lamentado que fuese la hija de Pat. De todos modos, él tenía treinta y cinco años y ella diecisiete. Cassie no era la chica adecuada para un hombre de su edad. Claro que había momentos en que la idea resultaba muy tentadora.

—Estás chalada. ¿Qué has hecho? ¿Has venido andando desde Good Hope? —preguntó Nick. Resultaba muy extraño estar allí los dos solos, a punto de emprender su tarea secreta.

—No. —Cassie sonrió—. Sólo he venido andando desde Prairie City. Queda más lejos de lo que suponía y hace más calor del que esperaba.

—Lo lamento —se disculpó Nick. Sí, había quedado con ella en un sitio muy alejado, pero le parecía el lugar ideal para la cita con el avión de su padre, para las clases secretas.

—No te preocupes. —Cassie volvió a sonreír y bebió otro sorbo de refresco—. Merece la pena.

Nick advirtió en su mirada lo mucho que significaba volar para ella. Los aviones le encantaban y estaba totalmente enamorada de la aviación. A él le había pasado lo mismo cuando tenía su edad, había ido de un aeropuerto a otro realizando trabajos diversos con tal de estar cerca de los aviones y de poder volar de vez en cuando. Para Nick, la guerra había sido como un sueño hecho realidad, había volado en aquellos trastos maravillosos con hombres que, en su mayoría, acabaron convirtiéndose en leyendas de la aviación.

Se compadeció de Cassie porque no lo tendría nada fácil, sobre todo si Pat se empecinaba en impedirle volar. Abrigaba la esperanza de hacerle cambiar de opinión. En el ínterin, le enseñaría las cosas más importantes para que no corriera riesgos absurdos. Aún se estremecía al recordar la forma en que, hacía tres días, Cassie había pilotado el aparato durante la tormenta, apenas por encima del suelo y a una velocidad vertiginosa. Era imprescindible que le diese lecciones.

—¿Hacemos una rotación? —propuso Nick y señaló el Jenny.

El avión los aguardaba como a viejos amigos, tal como en realidad eran.

Cassie se sintió demasiado emocionada para hablar a medida que se encaminaban hacia el conocido avión. Lo había abastecido de combustible un millar de veces, había repasado el motor, le había limpiado amorosamente las alas y lo había pilotado seis veces con Chris. Para Cassie, el Jenny nunca fue más hermoso que en aquel momento.

En primer lugar, dieron una vuelta alrededor del aparato y comprobaron el tren de aterrizaje. Era un avión bajo, de gran envergadura de alas y apariencia de aparato más grande. Lo importante era que a Cassie no la intimidaba.

La muchacha subió y se abrochó el cinturón. Sabía que muy pronto el cielo le pertenecería. Y después nadie podría detenerla.

—¿Todo listo? —gritó Nick cuando el motor empezó a ronronear.

Cassie asintió dichosa y Nick subió de un salto al asiento del instructor. Al principio pilotaría él y cuando alcanzaran la altura adecuada le pasaría los mandos. En esta ocasión Cassie no tendría que suplicar, como había ocurrido con Chris. Ahora podría hacerlo todo a cara descubierta.

Mientras rodaban por la pista, Cassie se volvió. Conocía el rostro de Nick de toda la vida, pero, al observarlo en ese momento, se sintió más feliz que nunca y le habría gustado abrazarlo y besarlo.

—¿Qué has dicho?

Cassie había murmurado algo. Nick supuso que todo marchaba sobre ruedas porque la muchacha parecía exultante. Se inclinó hacia adelante para entender lo que Cassie decía, con el pelo negro revuelto por el viento, los ojos del mismo color que el cielo estival.

—¡He dicho muchas gracias...! —repitió Cassie a gritos.

Nick se emocionó. Le dio un apretón en el hombro y Cassie volvió a girarse y apoyó las manos en los mandos. Esta vez no había duda acerca de quién pilotaba: Nick.

El piloto accionó paulatinamente el acelerador y utilizó los pedales del timón. Segundos después abandonaban la pista y se elevaban suavemente. A medida que subían, Cassie tuvo la sensación de que su corazón se encumbraba con el viejo Jenny. Experimentó la misma excitación que sentía cada vez que abandonaba el suelo. ¡Estaba volando!

Nick trazó un giro para apartarse de la pequeña pista y balanceó las alas para estabilizar el aparato y ponerlo en trayectoria horizontal. Luego tocó el hombro de Cassie. La joven se volvió y Nick le señaló los mandos.

Cassie asintió e, instintivamente, se hizo cargo de todo.

Sabía lo que tenía que hacer y volaron sin incidentes por el radiante cielo azul, como si Cassie hubiera pilotado aviones toda su vida. Hasta cierto punto era así. Nick se sorprendió de su habilidad y de su intuición innata. Mediante la simple observación había aprendido muchos trucos de su padre y del propio Nick, aunque daba la sensación de que tenía un estilo personal, un modo sorprendentemente sereno y regular. Cassie parecía sentirse a sus anchas a los mandos del pequeño avión y Nick decidió ver hasta dónde llegaban los conocimientos de la joven.

Le pidió que describiera curvas e inclinaciones laterales en diversas direcciones, primero a derecha y luego a izquierda. Pensaba advertirle que mantuviera el morro del avión en alto para no perder altura, pero Cassie parecía saber que en las curvas el avión descendería y mantuvo el morro hacia arriba sin necesidad de las explicaciones de Nick. Su relación natural con la nave era impresionante.

A continuación Nick le pidió que zigzagueace tomando como referencia un estrecho sendero de tierra. Al hacer las eses, Cassie compensó la altura sin dificultades. Aunque daba la sensación de que no consultaba los instrumentos, sabía el momento exacto en que debía equilibrar una maniobra o ganar altura. Parecía pilotar el avión, básicamente, por la vista y el tacto, señal inequívoca de que se trataba de una aviadora de raza. Era raro ver ejemplares de estas características y Nick reconoció que, a lo largo de su vida, había conocido muy pocos.

Durante un rato la hizo volar en círculos alrededor del silo de una granja situada a cierta distancia. Cassie se quejó de que era muy aburrido, pero Nick estaba empeñado en comprobar su capacidad de precisión. Llegó a la siguiente conclusión: Cassie era meticulosa, precisa y sorprendentemente exacta, teniendo en cuenta que apenas había volado.

Al final la dejó hacer un rizo y el doble rizo con que la muchacha había pretendido aterrorizar a su hermano. Luego le enseñó a recuperar una pérdida de velocidad, maniobra más importante que cualquier floritura aérea. Por lo visto, Cassie también sabía hacerlo por instinto. La absoluta serenidad que mantuvo durante la pérdida de velocidad lo impresionó, ya que el Jenny descendió en picado al tiempo que inclinaba alternativamente una y otra ala. Al cabo de unos segundos, Cassie dejó de presionar la palanca de mandos, causa de la pérdida de velocidad, y con toda la intrepidez del mundo permitió que el descenso incrementara la velocidad aerodinámica.

Aunque previamente Nick le había explicado cómo se hacía, Cassie no tuvo dificultades en deducir los pasos ni le faltó valor a la hora de ejecutar el procedimiento. La mayoría de los pilotos jóvenes se aterrorizaban ante el descenso súbito. Cassie no se inmutó cuando el avión cayó en picado y, en el momento en que recuperó la velocidad justa, dio gas al acelerador y estabilizó el aparato con suavidad; luego se elevó delicadamente sin soltar siquiera un murmullo.

En su vida Nick se había sentido tan impresionado. Le pidió que repitiese la maniobra. Quería estar seguro de que Cassie no había tenido la suerte de los principiantes. La segunda pérdida de velocidad y recuperación de la altitud discurrió incluso mejor que la primera.

Cassie era buena, muy buena, competente, incluso genial.

Nick le pidió que trazara unos ochos lentos, que hiciera medio rizo y medio balanceo sucesivos. La última lección del día consistió en la recuperación de una barrena, suerte no muy distinta de la pérdida de velocidad, aunque primero hay que apretar el pedal derecho del timón para producir un giro a la derecha y, a continuación, el izquierdo para estabilizar el aparato. Cassie ejecutó la maniobra a la perfección.

Cuando aterrizó, Nick sonreía de oreja a oreja. Cassie también estaba contenta. Nunca se había divertido tanto y su única queja consistía en que le habría gustado hacer toneles, pero Nick no se lo había permitido. En su opinión, ya había hecho suficientes maniobras y tenían que reservar algo para la próxima vez que salieran a volar.

Cassie también quería aprender a realizar un aterrizaje en pocos metros y por los pelos, que era la especialidad de Nick y de ahí provenía su apodo, pero ya tendría ocasión de intentarlo. Había tiempo para todo y Cassie era una discípula excepcional.

Antes de bajar del avión, Nick la contempló, sorprendido de lo mucho que había aprendido a lo largo de los años simplemente mirando. En las ocasiones en que Pat la había llevado y en que él mismo había volado con ella, Cassie había asimilado cada detalle, cada ademán, cada maniobra, y mediante la mera observación había aprendido. Francamente, esa joven era tal como él suponía: una aviadora nacida para volar. Prohibírselo habría sido un sacrilegio.

—¿Qué tal me he portado? —preguntó Cassie y se volvió en cuanto Nick apagó el motor.

—Ha sido terrible. —Nick sonrió, todavía incapaz de dar crédito a lo que había comprobado. Cassie poseía una intuición natural para la altura, un agudo sentido de la orientación e instinto para conducir el aparato tanto con la mente como con el cuerpo—. Creo que nunca más subiré a un avión contigo —bromeó.

Cassie descubrió en la expresión de Nick lo que quería saber y lanzó un grito de alegría en medio de la pista desierta. Nunca en su vida había sido tan feliz. Nick era el mejor amigo que tenía, le había permitido hacer realidad su gran sueño y esa experiencia no había sido más que el comienzo.

—Chica, eres muy buena —afirmó Nick y le pasó una botella de coca-cola. Cassie bebió un largo sorbo, brindó por él levantando la botella y luego se la entregó—. Espero que no se te suba a la cabeza. Mis palabras pueden resultar peligrosas. Nunca te pases de autosuficiente, jamás confíes demasiado en ti misma ni creas que puedes hacerlo todo. Porque es imposible. Este pájaro no es más que una máquina y si te vuelves una engreída, el suelo quedará demasiado cerca y te empotrarás contra un árbol. Nunca lo olvides.

—Sí, señor instructor.

Cassie estaba demasiado exaltada para hacer caso de las advertencias de Nick. Sabía que tendría que ser muy cuidadosa y estaba dispuesta a serlo, pero también era consciente de que había nacido para volar; Nick también lo sabía y tal vez algún día él haría cambiar de idea a su padre.

Mientras tanto, Cassie aprendería todo lo que pudiera y se convertiría en la mejor aviadora del mundo, más competente incluso que Jean Batten y Louise Thaden.

—¿Cuándo volveremos a volar? —preguntó.

Lo único que quería era volver a estar a los mandos de un avión y tener que esperar le provocaba ansiedad. Como los adictos, quería más de lo mismo y pronto. Por supuesto, Nick se dio cuenta.

—Te gustaría volver a volar mañana, ¿verdad?

Nick esbozó una sonrisa y recordó que, cuando tenía los años de Cassie, se comportaba igual. Por cierto, tenía casi exactamente su misma edad cuando, después de la guerra, recorrió el país en busca de trabajo en algún aeropuerto y finalmente llegó a Illinois, donde acabó volando para su viejo amigo Pat O'Malley.

—Cass, no sé cuándo podremos repetir. —Nick se quedó pensativo unos segundos—. Tal vez en un par de días. No quiero que Pat empiece a preguntar por qué me llevo el Jenny. No puede decirse que vuele muy a menudo en este aparato.

Nick estaba empeñado en que Pat no sospechara. Quería darle unas cuantas lecciones a Cassie antes de confrontar a Pat con las excepcionales aptitudes de su hija. Cassie era mil veces mejor aviadora que su hermano, mil veces mejor que la mayoría de aquellos a quienes había dado clases, pero era necesario convencer a Pat, y los dos sabían que no sería fácil.

—¿No puedes decirle que estás dando lecciones a otra persona? No tiene por qué enterarse de que soy yo. Así tendrías un motivo para usar el Jenny.

—Ah, ¿sí? ¿Y el dinero de las clases? No quiero que tu padre piense que lo timo. —Nick hizo ese comentario porque ambos se repartían parte de los beneficios.

Cassie se quedó cabizbaja.

—Tal vez pueda pagarte... con mis ahorros.

La muchacha parecía muy preocupada y Nick acarició su brillante melena rojiza.

—No sufras, ya me ocuparé de conseguir el avión. Te prometo que saldremos a volar a menudo.

Cassie le sonrió cálidamente y el corazón de Nick también echó a volar. Ése era el único pago que quería.

La ayudó a descender del avión y señaló un árbol cercano que daba sombra.

—¿Has traído algo de comer?

Cassie asintió y ambos se sentaron bajo el árbol. La joven compartió su bocadillo y él la coca-cola. Nick bebió buena parte del refresco; a diferencia de Pat, al que de vez en cuando le gustaba tomar un whisky, no era un gran bebedor. Pasaba demasiado tiempo en el aire para darse el lujo de beber. Constantemente lo sacaban de la cama para realizar un vuelo de emergencia, un reparto especial de correspondencia o un transporte de largo recorrido, lo que significaba cualquier punto entre México y Alaska. No podría haber hecho esos vuelos si hubiese estado ebrio o con resaca, incluso en su tiempo libre.

Hablaron largo rato de aviación, de la familia de Cassie y de cómo había ayudado a Nick cuando llegó a Illinois. El piloto le contó que se había trasladado desde Nueva York para trabajar con su padre.

—Pat fue muy bueno conmigo durante la guerra. Yo era un crío... y un maldito insensato. Me alegro de que te hayas librado de algo así, de tener que batirte en duelo a diez mil pies de altura con una pandilla de alemanes locos. Lo vivía como un juego y a veces me costaba recordar que era real... Resultaba tan emocionante...

Mientras hablaba de sus peripecias, a Nick se le iluminó la mirada. Para muchos la guerra había sido una época dorada y después, por comparación, nada tenía color. En ocasiones Cassie pensaba que su padre opinaba como Nick.

—Supongo que después todo parece espantosamente aburrido... Me refiero a pilotar el Jenny y a que el transporte de mercancías a California en el Handley no es una tarea precisamente emocionante.

—No, no lo es, pero sí muy agradable. Es lo que necesito. Cass, sé que parece una locura, pero en tierra nunca me siento tan bien. Mi vida está en el aire. —Miró hacia el cielo—. Es lo único que hago bien. —Suspiró y se recostó contra el tronco del árbol—. Para lo demás no soy tan competente.

—¿A qué te refieres?

Cassie sentía curiosidad porque, a pesar de que lo conocía de toda la vida, Nick siempre la había tratado como a una niña. Pero ahora que compartían el secreto de sus dotes de aviadora tuvo la sensación de que, por primera vez, eran casi iguales.

—No sé muy bien cómo explicarlo. Me falta habilidad para el matrimonio, para la relación con la gente, salvo con pilotos y compañeros de trabajo.

—Con nosotros siempre has sido encantador.

Cassie sonrió y Nick se sorprendió de lo inmadura que podía ser una chica de diecisiete años.

—No es lo mismo. Vosotros sois mi familia. No sé... a veces cuesta relacionarse con personas ajenas a la aviación, son difíciles de entender y supongo que a ellas les cuesta mucho comprenderme... sobre todo a las mujeres. —Nick sonrió. Su vida era así y estaba satisfecho con lo que hacía. Existían las personas física y mentalmente aferradas a la tierra... y los otros.

»¿Qué hay de Bobby? —Nick cambió de tema. Sabía que, desde el año pasado, era el amigo de Cassie. Lo había visto a menudo en su casa, cuando iba a ver a Pat o a cenar—. ¿Qué dirá cuándo se entere de que vuelas? Cass, eres muy buena y si aprendes correctamente podrás convertirte en piloto. —¿Y a qué se dedicaría? Ése era el meollo del problema. ¿Qué podía hacer una mujer, salvo batir marcas?—. ¿Qué dirá Bobby? —insistió.

—Lo mismo que todos, que estoy chiflada. —Cassie rió—. Claro que no estoy casada con él, sólo es un amigo.

—Pero no será un amigo eternamente. Tarde o temprano Bobby querrá ser mucho más, o al menos eso piensa tu padre.

Era lo que todos pensaban y Cassie estaba perfectamente al tanto.

—¿Y qué? —La joven reaccionó con frialdad y Nick se mondó de risa ante su gazmoñería.

—No te hagas la fría. Sabes de qué hablo. Todo será cuesta arriba si pretendes convertirte en otra Earhart. Tendrás que soportarlo y no siempre es fácil.

Nick sabía por experiencia propia lo difícil que resultaba. De hecho, sabía muchas cosas que le habría encantado compartir con Cassie. La nueva dimensión de esa amistad lo excitaba y asustaba y era incapaz de imaginar a dónde los conduciría.

—¿Por qué es tan difícil? —preguntó Cassie, y pensó en las preguntas que Nick le había hecho sobre Bobby. En su opinión eran una sarta de disparates—. ¿Qué tiene de malo volar?

—Supongo que es difícil porque se trata de algo distinto —explicó Nick—. Los hombres fueron creados para andar a ras del suelo. Es posible que, si te apetece volar constantemente como los pájaros, los demás piensen que deberías tener plumas o que eres un bicho raro.

Nick sonrió afablemente y estiró sus largas piernas. Era muy divertido hablar con Cassie, una muchacha espabilada, joven, despierta y entusiasmada con su porvenir. La envidiaba. La existencia de Cassie estaba llena de desafíos.

—Creo que la gente dice tonterías sobre la aviación. Al fin y al cabo, existen aviones y nosotros no somos más que seres humanos.

—No, no es así —la corrigió Nick—. Para el común de los mortales somos superhéroes porque hacemos algo que ellos no realizan y a lo que la mayoría teme. Somos como domadores de leones o bailarines en la cuerda floja... se trata de una actividad misteriosa y emocionante, ¿no te parece?

Las palabras de Nick la hicieron reflexionar; finalmente asintió con la cabeza y le devolvió el refresco.

Nick bebió un trago y encendió un cigarrillo, pero no la invitó a fumar. Cassie estaba aprendiendo a volar, pero todavía no era lo bastante mayor para fumar.

—Reconozco que es emocionante y misterioso —admitió

Cassie y lo observó fumar—. Tal vez por eso me apasiona. Pero también lo encuentro muy bueno, muy libre, muy vital... muy... —Fue incapaz de dar con la palabra adecuada.

Nick sonrió porque sabía exactamente a qué se refería. Él seguía opinando lo mismo. Cualquiera que fuese el avión que pilotara, cada vez que el aparato despegaba experimentaba el mismo e intenso escalofrío de libertad. Ante eso todo lo demás se volvía inútil y aburrido. Este sentimiento había afectado toda su existencia: lo que hacía, las personas con las que se relacionaba y a lo que aspiraba. Había influido en todas sus amistades y algún día también influiría en las de Cassie. Sintió que debía ponerla sobre aviso, pero no supo qué decir. Cassie era tan joven y tenía tantas ilusiones que parecía erróneo disparar la alarma.

—Cass, ten cuidado porque cambiará toda tu vida —logró murmurar.

Cassie asintió con la cabeza, convencida de que comprendía lo que Nick había dicho, pero lo cierto es que no había entendido nada.

—Ya lo sé... —Lo miró con los ojos tan abiertos que Nick se asustó—. Pero es lo que quiero. Por eso estoy aquí. Yo tampoco puedo andar a ras del suelo... como los otros.

Cassie acababa de decirle que era uno de ellos y Nick lo reconoció: se trataba de una de las razones por las que había accedido a darle clases.

Aquel día hablaron largo y tendido. A Nick no le hizo gracia dejar sola a Cassie para que recorriese los tres kilómetros de carretera rural que la separaban de la parada del autobús, pero no tenía otra elección. La vio partir, la saludó con la mano y segundos después, despegó e hizo un lento balanceo en su honor.

Cassie estuvo un rato contemplando el Jenny, todavía sorprendida de lo que Nick había hecho por ella. De repente, el piloto había cambiado el rumbo de su vida y ambos lo sabían. Para los dos se trataba de una valerosa decisión, a la que ninguno pudo resistirse, aunque por motivos distintos.

La prolongada caminata bajo el ardiente sol hasta la parada del autobús le pareció un baile. Cassie sólo pensaba en los balanceos, las recuperaciones de una barrena y los medios rizos y medios balanceos sucesivos que había realizado; únicamente tenía en cuenta lo que había sentido a bordo del Jenny... y la mirada de Nick cuando aterrizaron. Estaba orgulloso de ella. Cassie nunca se había sentido mejor.

Subió al autobús, dedicó una deliciosa sonrisa al conductor y estuvo a punto de olvidarse de pagar el billete. Cuando llegó a Good Hope era demasiado tarde para ir al aeropuerto. Regresó a casa y ayudó a su madre. De repente, colaborar en las tareas domésticas no le pareció tan espantoso. Había alimentado su alma y, cualquiera que fuese el precio a pagar, pensaba que valía la pena.

Esa noche, durante la cena, se mostró reservada, pero nadie reparó en ello. Por lo visto, todos tenían algo que decir: Chris estaba encantado con su trabajo en el periódico, su padre había firmado un nuevo contrato con el gobierno para transportar sacas de correspondencia, la noche anterior Colleen había dado a luz y Oona deseaba comunicar las buenas nuevas. Sólo Cassie permaneció sorprendentemente silenciosa; sin embargo, aunque su noticia era la más importante de todas, no podía compartirla.

Como de costumbre, Bobby se presentó después de la cena y charlaron un rato. Cassie no estaba muy comunicativa. Se había ensimismado y, de hecho, lo único que dijo fue que deseaba que se celebrase la exhibición aérea. Tendría lugar poco después del 4 de julio. Bobby nunca había asistido, pero ese año iría para que Cassie le diese unas cuantas explicaciones sobre aviones. A la joven no le entusiasmaba la perspectiva de asistir con un lego. Habría preferido ir en compañía de Nick y escuchar lo que él podía enseñarle. En ningún momento advirtió que todo ya había empezado a cambiar: había emprendido una larga, interesante y solitaria travesía.

5

A lo largo de julio continuaron con las clases en el más absoluto sigilo.

La familia al completo, Nick, algunos de los pilotos del aeropuerto y hasta Bobby y su hermana pequeña asistieron a la exhibición aérea. Aunque para todos fue emocionante, para Cassie no había nada más importante que las clases que tomaba con Nick. Hasta la exhibición aérea de Bandinsville quedó relegada a un segundo plano.

A finales de julio Cassie realizó un impresionante aterrizaje por los pelos. También aprendió a ejecutar toneles, cambios bruscos de dirección, tréboles e incluso maniobras más complicadas.

Cassie era el sueño de cualquier instructor de vuelo, una especie de esponja humana empeñada en aprenderlo todo, un mortal con manos y mente de ángel. En agosto Nick cambió el Jenny por el Bellanca, ya que era más difícil de pilotar y deseaba que Cassie superara ese reto. Además, este aparato alcanzaba la velocidad necesaria para enseñarle acrobacias y maniobras más difíciles.

Pat no sospechaba nada y, a pesar de los largos trayectos en autobús y la interminable caminata, la joven tomó sus lecciones de vuelo sin contratiempos.

Corría agosto cuando Cassie y Nick se vieron profundamente afectados por una tragedia: uno de los pilotos que trabajaba para Pat se estrelló después de que el motor de su avión dejara de funcionar durante un vuelo de regreso desde Nebraska. Todos asistieron al funeral y Cassie aún estaba deprimida cuando acudió a la siguiente clase. Su padre había perdido un buen amigo y un avión. En el aeropuerto O'Malley todos estaban alicaídos.

—Cass, no olvides que estas desgracias ocurren —le dijo Nick cuando se sentaron a comer bajo el árbol después de la clase del último día de agosto.

»Le puede ocurrir a cualquiera —agregó Nick—. Un fallo en el motor, condiciones meteorológicas adversas, la mala suerte... es un riesgo que todos corremos y debes tenerlo presente.

—Lo sé —repuso Cassie, y pensó que el estío más maravilloso de su vida estaba a punto de tocar a su fin—. Pero es el modo en que me gustaría morir. Nick, volar es lo único que me importa.

Nick lo sabía perfectamente. Creía a pies juntillas en sus aptitudes, en sus dotes innatas, en su extraordinaria facilidad para aprender y en su auténtica pasión por la aviación. Había muchas facetas de Cassie en las que creía ciegamente.

—Lo sé, Cass.

La contempló atenta y largamente. Con excepción de Pat, y de los compañeros de trabajo, Cassie era la única persona con la que, en muchos años, se sentía realmente cómodo, la única mujer capaz de compartir sus opiniones y sus sueños; por desgracia, sólo era un niña y la hija menor de su mejor amigo. No cabía ninguna posibilidad de que llegase a ser algo más, pero disfrutaba de su compañía, le gustaba hablar con ella y para él había sido importante enseñarle a pilotar un avión.

—¿Qué quieres que hagamos con las clases en cuanto empiece la escuela? —preguntó Nick cuando terminaron de comer.

Al día siguiente, Cassie iniciaba su último curso en el instituto. Costaba trabajo creerlo, porque para Nick siempre había sido una chiquilla, aunque ahora la conocía mejor. En muchos aspectos, Cassie era más adulta que la mayoría de los hombres que Nick conocía y, por añadidura, toda una mujer. Claro que en ella aún anidaba la niña. Le encantaba gastar bromas y tomarle el pelo, tenía la risa fácil y el agradaba jugar con él.

—¿Qué te parece si volamos los sábados o los domingos? —preguntó Cassie.

Ese plan suponía que volarían juntos con menos frecuencia, pero peor era nada. Los dos habían aprendido a desear esas tranquilas horas compartidas, la inquebrantable fe de Cassie en él, su confianza en cuanto le decía, y el placer que Nick experimentaba enseñándole los prodigios de la aviación. Era un don que compartían y que cada uno acrecentaba para el otro.

—Los sábados está bien —dijo Nick y su tono no delató que nada habría podido impedírselo. Cassie se había convertido en su mejor discípula, pero había algo más: eran amigos y cómplices de una conspiración emocionante. Ninguno habría renunciado sin presentar batalla—. Lo que no sé es si podrás recorrer a pie los tres kilómetros desde la parada del autobús cuando empiece el mal tiempo.

A Nick le inquietaba que Cassie tuviese que andar sola esos tres kilómetros, pero de habérselo dicho ella se habría enfadado. Era un espíritu independiente y estaba convencida de que podía hacer frente a cuanto se le pusiera delante.

—Puede que papá me preste la furgoneta... o que Bobby...

Aunque asintió con la cabeza, la mención de Bobby incomodó a Nick, por mucho que supiera que no debía ser así. No tenía derecho a poner objeciones a los pretendientes de Cassie. Pero Bobby no le parecía un buen pretendiente, era un chico muy aburrido y estaba endiabladamente apegado al suelo.

—Sí, claro, sería una buena solución —murmuró con aparente indiferencia mientras pensaba que le doblaba en edad.

—Ya lo resolveré.

Cassie sonrió alegremente y Nick tuvo que esforzarse para no derretirse ante su belleza.

A veces, tanto Cassie como Nick se preguntaban cómo era posible que siguieran encontrándose en la pista abandonada. De momento todo había salido bien, pero sabían que en invierno resultaría más difícil. En primer lugar, los factores climáticos representaban un serio escollo. Sin embargo, no hubo contratiempos y siguieron viéndose los sábados. Cassie dijo a su padre que se reunía con una compañera de estudios para hacer las tareas y Pat le permitió usar la furgoneta los sábados por la tarde. Nadie se extrañó y Cassie regresaba siempre a la hora acordada, cargada de libros y cuadernos y de excelente humor.

Sus aptitudes como aviadora habían mejorado más, si cabe, y Nick estaba orgulloso de ella. Lo habría dado todo con tal de que ella participase en una exhibición aérea. Chris se preparaba para la siguiente y, pese a ser un piloto meticuloso y fiable, le faltaba garra y carecía de la habilidad intuitiva y espontánea de su hermana. Maestro y discípula sabían que, si Pat no lo hubiera presionado, Chris jamás habría volado. En más de una ocasión el joven le había dicho a Nick que volar no le atraía.

En cuanto el frío arreció, Cassie y Nick comían en la furgoneta; cuando había sol y el tiempo era menos inclemente daban paseos por los alrededores de la pista.

En septiembre comentaron que Louise Thaden era la primera mujer que se inscribía en el certamen por el trofeo Bendix y en octubre se alegraron de que Jean Batten se convirtiera en la primera mujer en volar de Inglaterra a Nueva Zelanda. Charlaban acerca de todos los temas. A veces se sentaban en el tronco de un árbol caído y hablaban durante horas. Con el correr de los meses intimaron cada vez más. Parecían estar de acuerdo en todo, aunque Cassie pensaba que políticamente él era demasiado conservador, mientras que Nick le dijo que ella era demasiado joven para salir con chicos. La joven le tomó el pelo y Nick apreció su desparpajo. Cassie comentó que la última chica con la que lo había visto era la mujer más fea que conocía y Nick replicó que sin duda Bobby Strong era el chico más aburrido.

Les encantaba volar, conversar y compartir opiniones sobre la vida. Parecía que estaban sincronizados perfectamente: sus intereses, sus inquietudes, la pasión compartida por todo lo relativo a la aviación, incluso el sentido del humor.

Ambos experimentaban una sensación agridulce cuando cada sábado, a última hora de la tarde, se despedían, pues sabían que transcurriría una semana antes de volver a reunirse. Y a veces Nick no podía acudir porque un largo vuelo de transporte le impedía regresar a tiempo. Esto sólo ocurría en contadas ocasiones, porque acabó por organizar los horarios de vuelo supeditándolos a las clases.

El día de Acción de Gracias, Nick se reunió con la familia O'Malley, como de costumbre, y Cassie le tomó el pelo sin piedad. Aunque solían burlarse el uno del otro, los diálogos se habían vuelto más íntimos y mordaces que antes de las lecciones. Pat les dijo que se comportaban como salvajes, pero Oona se preguntó si había algo entre ellos. Costaba creerlo, pero parecían amigos íntimos. Más tarde Oona se lo comentó a Colleen, que rió y respondió que Cassie no hacía más que divertirse. Para ella Nick era una especie de hermano mayor.

Lo cierto es que Oona no se equivocaba. Las horas que habían compartido, todo lo que Cassie había aprendido y las conversaciones mantenidas durante los últimos seis meses bajo el árbol de la pista abandonada los habían aproximado inevitablemente.

Nick, tumbado en el sofá, aseguraba que estaba a punto de reventar después de haber comido tantos manjares. Cassie, sentada a su lado, se burlaba y le recordaba que la gula es pecado y que debería confesarse.

Bobby llegó y se quitó los primeros copos de nieve del sombrero y los hombros. Era un joven alto y apuesto y el mero hecho de verlo hizo sentirse a Nick cien años más viejo.

—Hace un frío terrible —comentó Bobby. Sonrió a todos los presentes y miró a Nick. No sabía muy bien a qué se debía, pero en Nick había algo que lo incomodaba. Tal vez era que siempre había mostrado mucha confianza con Cassie—. ¿Alguien se ha quedado con hambre? —bromeó, orgulloso de haberles enviado un pavo de trece kilos.

En respuesta, todos se lamentaron. Lo habían invitado, pero Bobby prefirió quedarse con sus padres y su hermana.

El joven invitó a Cassie a dar un paseo, pero ésta declinó el ofrecimiento. Se quedaron y escucharon a Oona tocar el piano. Glynnis cantó mientras Megan y su marido hacían el coro. Megan acababa de comunicar que esperaba un nuevo vástago. Aunque Cassie se alegró, era el tipo de noticia que la hacía sentirse extraña y distinta. No se imaginaba a sí misma casada y con hijos. Para eso faltaban muchos años. No era lo que quería hacer con su vida. Se preguntó qué haría. Tenía la certeza de que jamás sería como Amelia Earhart, Bobbi Trout o Amy Mollison. Eran las estrellas y Cassie sabía que ella nunca brillaría en el firmamento. Por lo visto no había medias tintas. Hacías lo mismo que tus hermanas —te casabas apenas terminabas el instituto, tenías hijos y apechugabas con una vida monótona—, o escapabas y te convertías en una especie de superestrella. Pero ella no tenía dinero para comprar aviones y apuntarse en las carreras y batir marcas. Aunque hubiera contado con el apoyo de su padre, sus viejos aviones no eran los aparatos más adecuados para convertirse en mundialmente famosa.

Últimamente había hablado bastante con Nick acerca de lo que quería hacer con su vida. Dentro de seis meses terminaría el instituto. Y después, ¿qué? Ambos sabían que en el aeropuerto no la esperaba, ni la esperaría, un puesto de trabajo. Había hablado con uno de sus profesores acerca de su futuro. Puesto que no podría volar como una profesional —de momento no lo veía ni remotamente posible—, al menos podría cursar estudios universitarios. Se propuso estudiar para maestra y había comprobado encantada que en varios centros el programa incluía asignaturas de ingeniería y aeronáutica. El Bradley College de Peoria parecía muy interesante. Pensaba inscribirse para el curso de otoño y, si obtenía una beca —algo que sus profesores consideraban probable—, se especializaría en ingeniería y, en segundo lugar, en aeronáutica. De momento era lo que más se acercaba al mundo de la aviación. Si no conseguía ganarse la vida pilotando un avión, al menos podría dar clases. Aún no había hablado con sus padres de este proyecto, pero estaba convencida de que era una decisión acertada. Sólo Nick lo sabía, pero con él sus secretos estaban a buen recaudo.

Nick la miró con afecto cuando se levantó para irse y observó despectivamente a Bobby, que parloteaba acerca del pastel de calabaza con que su madre había ganado un premio. No sabía por qué, pero Bobby Strong siempre le provocaba desagrado.

Nick besó a Cassie en la mejilla y se fue. En cuanto cruzó el umbral, Bobby se relajó. Ese individuo siempre lo ponía nervioso. Pero tras la marcha de Nick, Cassie pareció abstraída. Era evidente que estaba pensativa y se quitó de encima a Bobby cuando éste mencionó la graduación. No quería hablar de ello en ese momento. Todos tenían planes definidos, menos ella. Cassie sólo albergaba esperanzas, sueños y secretos.

Era tarde cuando Bobby marchó por fin a su casa. En cuanto se fue, Chris le preguntó para cuándo fijarían su boda. Cassie puso mala cara y amagó con darle un cachete.

—Ocúpate de tus asuntos —le espetó.

Pat se rió de sus hijos y dijo:

—Cassie, no creo que Chris esté muy errado. El que durante dos años Bobby haya venido casi todas las noches significa algo. Me sorprende que todavía no haya pedido tu mano.

Cassie se alegró de que no lo hubiera hecho. No habría sabido qué responder. Sabía la respuesta que se esperaba de ella, pero eso no encajaba con sus planes, que ahora incluían estudios superiores. Tal vez más adelante, si es que Bobby estaba dispuesto a postergarlo durante cuatro años. Afortunadamente, de momento no tenía que preocuparse de esta cuestión.

A pesar de que hizo un tiempo de mil demonios, las tardes de los tres sábados siguientes Nick y ella hicieron intensas prácticas de vuelo.

Un par de días antes de Navidad despegaron en el Moth y al

cabo de unos minutos las alas estaban cubiertas de hielo. Cassie pensó que, pese a los guantes, los dedos se le congelarían mientras accionaba la palanca de mando. De repente el motor se caló y se precipitaron en picado. Nick llevaba los mandos, pero era evidente que tenía dificultades. Ella lo ayudó a sujetarlos con firmeza. Controlaron la caída, lo cual no fue fácil, pero en ese momento se paró la hélice y Cassie supo qué significaba eso: tenían que realizar un aterrizaje forzoso. El viento ululaba en sus oídos y era imposible que Nick le diera instrucciones, y repentinamente se percató de que descendían a excesiva velocidad. Se volvió y le hizo señales. Por unos segundos Nick estuvo a punto de negarse, pero finalmente decidió confiar en la intuición de la joven y aprobó con la cabeza. Elevó el morro del avión tanto como pudo, pero el suelo se aproximaba vertiginosamente. Cassie supuso que se estrellarían pero en el último momento el aparato rozó la copa de los árboles y Nick logró detener la caída. Aterrizaron estrepitosamente pero ilesos y sólo sufrieron daños en una rueda. Habían tenido una suerte excepcional y ambos lo sabían.

Cuando se apearon del avión Cassie temblaba, no sólo por el frío, sino a causa de sus exacerbadas emociones. Nick la miró, suspiró profundamente y la abrazó con fuerza. Durante varios minutos había tenido la certeza de que, hiciera lo que hiciese, se estrellarían.

—Cass, lo siento mucho. No debimos volar en estas condiciones. Hoy has aprendido otra lección: no hay que tomar clases con un viejo insensato que cree saberlo todo. También te agradezco las indicaciones que me diste durante el descenso. —Se habían salvado gracias a la extraordinaria percepción de la altura y la velocidad que Cassie tenía—. Te prometo que no volverá a ocurrir.

Mientras la abrazaba, Nick también temblaba. Le resultó muy difícil ocultar lo que sentía por ella.

Todavía rodeada por sus brazos, Cassie lo miró y sonrió.

—Fue divertido —dijo.

Nick se estremeció.

—Estás chiflada. ¡Recuérdame que no debo volver a volar

contigo! —Nick la soltó lentamente y, a medida que se separaron, se dio cuenta de lo mucho que esa chiflada significaba para él.

—Tal vez yo debería darte un par de lecciones —bromeó Cassie.

Regresaron en la furgoneta al aeropuerto. Nadie se sorprendió de que llegaran juntos y Nick le aconsejó que volviese a casa y entrara en calor. Temía que enfermara a causa del terrible frío que hacía. Luego se dirigió a su cabaña para tomar una buena dosis de whisky escocés.

—¿Qué has hecho esta tarde? —preguntó su padre a Cassie en cuanto la joven entró en casa.

Hacía unos minutos que Pat había llegado con el árbol navideño. Los sobrinos de Cassie irían de visita, ayudarían a colgar los adornos y se quedarían a cenar.

—Casi nada —contestó Cass e intentó guardar la calma, aunque se había rasgado los guantes y tenía manchas de aceite en las manos.

—¿Has estado en el aeropuerto?

—Sólo unos minutos.

Cassie se preguntó si su padre sospechaba algo, pero Pat se limitó a asentir con la cabeza y, con ayuda de Chris, colocó el árbol de Navidad en un rincón. Estaba de excelente humor y no hizo más preguntas.

Cassie tomó un baño caliente y pensó que se habían librado por los pelos. Aunque había sido aterrador, pensaba que no le molestaría morir en un avión. Era donde quería estar y le parecía el mejor sitio para afrontar la muerte. Sin embargo, se alegró de que todo hubiera quedado en un susto.

Nick también se alegraba de que no hubiese ocurrido una desgracia. Esa noche, a las diez, tras haber bebido varios whiskys en su casa, se preguntaba cómo habría reaccionado Pat si su viejo amigo hubiera provocado la muerte de su hija. Empezó a pensar en la dudosa conveniencia de volver a volar con Cassie, pero supo que sería incapaz de negarse. Necesitaba hacerlo, y no sólo por el bien de ella. De pronto, quería estar con Cassie, necesitaba su ingenio, humor y sabiduría, sus ojazos y su fascinante figura. Adoraba su manera de pilotar el avión, la forma en que parecía saber muchas cosas instintivamente y los esfuerzos que hacía por aprender lo que ignoraba.

El árbol de Navidad de casa de los O'Malley era una preciosidad. Los niños lo decoraron con la ayuda de tíos y abuelos; colgaron sartas de palomitas de maíz y de arándanos, y no faltaron los viejos adornos caseros. Cada año Oona confeccionaba nuevos adornos y ahora le había tocado el turno a un enorme ángel de seda que colgó de lo más alto. Cassie lo contemplaba con admiración cuando Bobby llegó con una bandeja de galletas caseras de jengibre y sidra.

Como buena madre, Oona se deshizo en cumplidos con Bobby. Las hermanas de Cassie se retiraron poco después a fin de acostar a los niños, y Pat y Chris salieron en busca de leña. De repente, Cassie se encontró a solas con Bobby en la cocina.

—Ha sido muy amable de tu parte traer sidra y galletas de jengibre —dijo.

—Tu madre dice que de pequeña las galletas de jengibre te encantaban.

Bobby tenía el cabello rubio brillante y ojos de niño; sin embargo, era tan alto y serio que parecía casi un adulto. Aunque sólo tenía dieciocho años, prácticamente se podía adivinar qué aspecto tendría a los veinticinco o a los treinta. A los cuarenta y cinco su padre seguía siendo un hombre apuesto, y su madre era una beldad. Bobby era un buen chico, exactamente el tipo de joven con que los padres de Cassie querían que se casase. Le aguardaba un futuro seguro, procedía de una buena familia de sólida moral, era apuesto y católico.

Cassie sonrió y miró las galletas de jengibre.

—En una ocasión comí tantas que pasé dos días en cama. Pensé que me moriría... pero no pasó nada.

Recordó que no hacía mucho había estado al borde de la muerte, a punto de estrellarse con Nick, y ahora estaba con Bobby en la cocina y hablaban de galletas. A veces la vida era realmente extraña, absurda e insignificante... y repentinamente se tornaba emocionante.

—Yo... verás... —Bobby la observó incómodo, sin saber cómo decir, y se preguntó si era una buena idea. Había hablado con su padre y a Tom Strong le pareció una idea excelente. Claro que la situación se le hacía más cuesta arriba de lo que había imaginado, sobre todo si miraba a Cassie: llevaba un pantalón oscuro, combinado con un amplio jersey azul celeste, y la lustrosa cabellera pelirroja le enmarcaba el rostro cual uno de los ángeles de seda blanca confeccionados por su madre.

»Cass... no sé cómo decírtelo, pero... bueno... yo... —Bobby se acercó y le cogió la mano. Oyeron que Pat y Chris trajinaban en el salón—. Yo... ejem... te quiero —dijo y de pronto pareció más fuerte y mayor de lo que realmente era—. Te quiero muchísimo... y en junio, cuando nos graduemos, me gustaría casarme contigo.

Por fin lo había dicho. Se sintió orgulloso. Cassie lo miró, palideció y abrió sus ojazos azules con expresión de consternación. Sus peores temores acababan de hacerse realidad y debía afrontarlos.

—Bueno... gracias —murmuró torpemente y lamentó no haberse estrellado en el avión, pues así todo habría sido más sencillo.

—¿Cuál es tu respuesta? —Bobby la miró expectante—. ¿Qué me dices?

Bobby se sentía tan ufano que habría sido capaz de ponerse a gritar. Sin embargo, su entusiasmo no era contagioso y Cassie sólo sintió espanto y terror.

—Creo que eres un chico maravilloso. —Bobby sonrió—. Y me parece encantador que me propongas matrimonio... pero... aún no sé qué haré en junio. —Cassie reparó en que la cuestión no era qué pasaría en junio, sino el matrimonio—. Entiéndeme, Bobby... quiero ir a la universidad —musitó, temerosa de que alguien más pudiese oírla.

—¿Quieres ir a la universidad?

Bobby parecía sorprendido. Ninguna de las hermanas de Cassie había cursado estudios superiores y su madre tampoco, ni siquiera su padre. La pregunta era previsible, pero Cassie no sabía si podía responderla. No era correcto decir que quería ir a la universidad a causa de que no le permitían ser una aviadora. Tampoco podría argüir que el matrimonio tras graduarse no le parecía una opción interesante.

—Creo que debo estudiar. Hace una semana hablé con la señora Wilcox y está convencida de que debo seguir estudiando. Podría titularme como profesora. —Y de ese modo no tendría que casarme enseguida y tener hijos, pensó Cassie.

—¿Eso es lo que quieres? —Bobby parecía sorprendido. No contaba con ello, pero aunque esta opción modificaba ligeramente sus planes, podían casarse y que ella fuera a la universidad. Conocía varias parejas que lo habían hecho—. ¿Quieres ser profesora?

—No estoy totalmente segura. Lo que no quiero es casarme al terminar el instituto, tener hijos y no hacer nada con mi vida. Aspiro a algo más. —Intentó explicárselo a Bobby, pero era mejor hablarlo con Nick, más comprensivo y experimentado.

—Podrías ayudarme en la tienda. Mi padre dice que quiere retirarse muy pronto. —De repente se le ocurrió una idea que le pareció genial—. Podrías estudiar contabilidad y llevar los libros de la tienda. ¿Qué te parece, Cass?

Cassie pensó que Bobby era un chico encantador, pero no le apetecía llevar ninguna contabilidad.

—Quiero estudiar ingeniería —dijo.

Bobby se sintió desconcertado. Como siempre, Cassie era una caja de sorpresas. Por suerte no había dicho que quería emular a Amelia Earhart. Todavía no había mencionado nada sobre aviones, sólo se había referido a los estudios y a la ingeniería. Claro que esto también era un disparate. Bobby no supo qué le diría a su propio padre.

—Cass, ¿de qué te servirá estudiar ingeniería? —repuso.

—Todavía no lo sé.

—Me parece que habrás de tener en cuenta muchas cosas.

—Se sentó a la mesa de la cocina e hizo sentar a Cassie en la silla contigua. Intentó entusiasmarla con el futuro compartido—: Podríamos casarnos y tú seguir estudiando.

—Pero sólo hasta que quede embarazada. —Bobby se ruborizó ante semejante sinceridad y deseó no seguir hablando del tema—. Probablemente ni siquiera termine el primer año y acabe como Colleen, que siempre habla de volver a la universidad pero no para de tener hijos.

—Nada nos obliga a tener tantos hijos como ellos. Mis padres sólo tuvieron dos. —Bobby no perdía las esperanzas.

—Pues dos es más de lo que quiero. Bobby, no puedo... todavía no... No sería justo contigo. Pensaría siempre en lo que me perdí o en lo que me habría gustado hacer. Y no sería justo con ninguno de los dos.

—¿La aviación tiene algo que ver con todo esto? —preguntó él.

Cassie se limitó a negar con la cabeza. No podía contarle la verdad. Y esto también era un problema, pues no se imaginaba casada con un hombre al que le ocultaba ciertos aspectos de su vida. Nick sólo era un amigo, pero a él podía contárselo todo.

—Aún no estoy preparada —sentenció Cassie, decidida a ser franca.

—¿Y cuándo lo estarás? —balbuceó Bobby. La situación era angustiosa y sabía que su familia sufriría una gran decepción. Su padre se había ofrecido a ayudarlo a elegir el anillo de compromiso y a pagarlo.

—No lo sé. Supongo que tendrá que pasar bastante tiempo.

—¿Te casarías conmigo si ya hubieras acabado la universidad?

La pregunta cogió a Cassie por sorpresa.

—Probablemente... —En ese caso no habría tenido excusas para negarse. Además, Bobby le gustaba. Lo que ocurría era que no quería casarse con nadie... al menos de momento... y probablemente no querría contraer matrimonio durante mucho tiempo.

Bobby se mostró esperanzado.

—Entonces esperaré.

—¡Eso es absurdo! —Cassie se sintió incómoda por haberle dado pie a soñar. No podía saber lo que sentiría cuando acabara los estudios superiores.

—Te quiero con toda mi alma, Cass. No busco una novia por correo con la que casarme en junio. Si tengo que esperar, esperaré, aunque los cuatro años de universidad serán interminables. Tal vez podríamos prometernos dentro de uno o dos años y terminarías tu carrera una vez casados. Te ruego que lo pienses, no tiene por qué ser terrible. Además, no estamos obligados a tener un hijo inmediatamente. —Bobby se ruborizó—. Hay modos de evitarlo.

Cassie se sintió conmovida por la generosidad de Bobby y lo abrazó y besó.

—Te agradezco que seas tan generoso…

—Te quiero —repuso el joven, todavía ruborizado por lo que acababa de decir. Proponerle matrimonio a Cassie y ser rechazado era lo más difícil que había experimentado en su vida.

—Yo también te quiero —musitó Cassie, sintiendo culpa, ternura y una vorágine de sensaciones.

—Con eso me basta —musitó Bobby.

Siguieron largo rato en la cocina y charlaron de otros temas. Al irse, Bobby besó a Cassie, en el porche, convencido de que habían llegado a un acuerdo. En lo que a él se refería, la decisión se postergaba. Bastaría con que la convenciese de que, cuanto antes, mejor. Y Cassie no sería difícil de persuadir.

6

La promoción de 1937 recorrió lentamente el pasillo del auditorio del instituto Thomas Jefferson. Chicos y chicas iban cogidos de la mano, de dos en dos, y las jóvenes llevaban ramos de margaritas. Las muchachas se veían preciosas y puras; los chicos, jóvenes y esperanzados.

En cuanto los vio, Pat recordó a los jóvenes que durante la guerra habían volado con él. Por aquel entonces tenían la misma edad que éstos —había habido tantas bajas que a él todos le parecían jóvenes.

El curso entero entonó por última vez el himno del instituto y las chicas y sus madres lloraron. La emoción también embargó a los padres cuando repartieron los diplomas. Cuando la ceremonia concluyó, se produjo una gran algarabía.

Trescientos jóvenes acababan de graduarse y continuarían con sus vidas, se casarían y tendrían hijos sanos y hermosos. De un total de 314, sólo 41 realizarían estudios superiores. De éstos, sólo tres eran mujeres y la mayoría estudiaría en la Universidad Estatal de Macomb. Una de ellas era Cassie O'Malley, la única alumna que viajaría a Peoria a fin de estudiar en Bradley. Sería un largo viaje diario, más de una hora de ida y otro tanto de vuelta en la vieja furgoneta de su padre, pero

Cassie consideraba que valía la pena porque podría cursar estudios de aeronáutica e ingeniería.

Cassie había tenido que batallar duro para salirse con la suya. Su padre opinó que era una pérdida de tiempo y que estaría mejor casada con Bobby Strong. A Pat le había enfurecido que Cassie hubiera rechazado a Bobby, pero Oona lo convenció de que acabarían casados si no la presionaban. El punto de vista de Oona prevaleció y persuadió a Pat de que permitiera a su hija ir a la universidad. Por su parte, Cassie accedió a especializarse en lengua y literatura inglesas en lugar de en ingeniería. Si se graduaba, estaría cualificada como profesora. De todos modos, se inscribió en el curso de aeronáutica. Ninguna mujer había solicitado jamás una plaza en esta asignatura y le comunicaron que tendría que esperar a que el profesor diese su aprobación. Cassie decidió hablar con el profesor en septiembre, al inicio de las clases.

En la escuela secundaria se celebró el baile de gala posterior a la graduación. Como era previsible, Cassie asistió con Bobby. Durante los últimos seis meses Bobby había aceptado la situación, pero la noche de la graduación volvió a hablarle de la boda, esperanzado en que Cassie hubiese cambiado de parecer.

—Pues no, no he cambiado de parecer —respondió ella, y sonrió con ternura.

Bobby era tan sincero y fiel que a veces Cassie se sentía culpable. Sin embargo, había tomado una decisión y se atendría a ella, por muy dulce y amable que fuese Bobby, por muy culpable que se sintiese ella o por mucho que su padre apreciara al chico.

Una vez Bobby se marchó, Pat regañó a Cassie, que estaba muy bonita con el vestido blanco que se había puesto bajo la túnica negra.

—Cassie O'Malley, eres una insensata si dejas escapar a ese chico.

—Papá, no se escapará —fue lo único que se le ocurrió responder. Sin duda sonaba vanidoso, pero era preferible a decir que no le importaba, comentario que habría puesto de un humor de perros a su padre. Además, la verdad es que le importaba, sobre todo cuando la besaba.

—Yo no estaría tan seguro —replicó su padre—. No se puede hacer esperar eternamente a un hombre. Puede que en cuanto obtengas el título de profesora ya no te importe. ¿Acaso quieres convertirte en una profesora solterona?

Pat seguía molesto con la idea de su hija de estudiar en la universidad. En lugar de estar orgulloso, como los padres de las otras chicas, lo consideraba una pérdida de tiempo. En cambio, Nick se alegraba de que Cassie cursara estudios superiores. Hacía mucho que se había percatado de que era una chica muy despierta y capaz y le parecía injusto que la presionaran para que se casase y tuviera hijos. Por otra parte, se alegraba de que Cassie no hubiera decidido contraer matrimonio con Bobby Strong nada más terminar el instituto. Esa decisión lo habría cambiado todo y él no habría podido soportarlo. Sabía que, a la larga, la situación cambiaría, pero al menos de momento los sagrados sábados seguían existiendo y aún compartirían muchas horas de vuelo.

Esa noche, cuando todos se retiraron, Cassie se sentó a escuchar la radio. Toda la tarde había tenido ganas de ello, pero sabía que su padre se habría puesto frenético. Amelia Earhart había despegado de Miami con Fred Noonan como copiloto, en un bimotor Electra de la Lockheed. Se proponía dar la vuelta al mundo y la expedición había sido muy publicitada por su marido, George Putnam. El recorrido sería emocionante debido a la amenaza de guerra y a las zonas que la aviadora prefería evitar. Amelia había escogido la ruta más larga y peligrosa, rodeando el mundo a la altura del ecuador y sobrevolando países aislados y atrasados en los que había pocos aeródromos y escasas posibilidades de repostar. Amelia Earhart había puesto el listón muy alto y Cassie estaba entusiasmada. En medio mundo, multitud de jovencitas de su edad se apasionaban y valoraban el arrojo y el ímpetu de Amelia Earhart.

—Cariño, ¿qué haces? —preguntó su madre cuando pasó por la cocina. Para Oona había sido una jornada agotadora y pensaba que su hija también estaba cansada.

—Intento escuchar noticias acerca de Amelia Earhart.

—No creo que a esta hora digan nada. —Su madre sonrió—. En el informativo de mañana no hablarán de otra cosa. Es una chica muy valiente.

Amelia Earhart era algo más que una chica, pues le faltaba un mes escaso para cumplir los cuarenta, que a Cassie le parecían muchos años. De todos modos, no dejaba de ser un personaje fascinante.

—Es muy afortunada —murmuró Cassie. Nada le habría gustado más que dar la vuelta al mundo, batir marcas y cubrir distancias increíbles por encima de tierras extrañas y aguas inexploradas. Más que asustarla, esta posibilidad suscitaba su entusiasmo.

Al día siguiente, tras realizar algunos ejercicios, Cassie mencionó a Nick su sueño de emular a Amelia Earhart.

—Estás tan chiflada como ella —opinó el piloto, y con un gesto restó importancia a Amelia Earhart—. No es tan gran aviadora como Putnam proclama. Ha tenido más accidentes que el resto de mujeres que pilota aviones y apuesto un dólar a que con ese Electra todas las pistas se le quedan cortas. Es un aparato que tiene un motor demasiado pesado. La aventura es superior a lo que puede afrontar una mujer de su constitución y su valía. Y, encima, no vale la pena. Este viaje sólo es un ardid publicitario para convertirla en la primera mujer que da la vuelta al mundo. Los hombres ya lo han hecho y no supondrá nada nuevo para la aviación, sólo servirá para volver más famosa a Amelia Earhart.

Por lo visto, Nick no estaba impresionado, pero Cassie se mantuvo impávida.

—Nick, no seas tan pelmazo. Te cabreas porque es mujer.

—No es así. Si lo intentara Jackie Cochran, me parecería fantástico. No creo que Earhart tenga agallas para lograrlo. En Chicago oí decir a un piloto que ni ella ni el avión están preparados, pero que a Putnam sólo le interesa la publicidad. Francamente, compadezco a Amelia Earhart. Creo que la están utilizando y que la han obligado a tomar decisiones apresuradas.

—Nick, hablas como la zorra que dice que las uvas están verdes —bromeó Cassie mientras compartían una coca-cola. Los ejercicios de vuelo se habían convertido en un ritual apasionante. Hacía exactamente un año que volaban juntos—. Tendrás que rectificar en cuanto Amelia Earhart bata todos los récords.

Nick meneó la cabeza.

—No te hagas ilusiones. Prefiero apostar por ti dentro de unos años. —Aunque se trataba de un juego, Nick lo decía absolutamente en serio.

—Sí, claro. Y mi padre se ocupará de recoger las apuestas, ¿no?

Aún no habían encontrado la manera de decirle que Cassie pilotaba aviones, y menos aún que Nick la consideraba una aviadora absolutamente competente. De todos modos, él le había prometido que en cuanto las circunstancias fueran propicias, se lo dirían a Pat.

Faltaban dos semanas para la exhibición aérea de Peoria y Nick entrenaba a Chris, tan constante y desinteresado como siempre. Sólo participaba para darle satisfacción a su padre. Intentaría batir la marca de altitud, aunque temía no conseguirlo. Las acrobacias no eran su fuerte y el vuelo de competición aún lo asustaba. De todos modos, habían reforzado la estructura del Bellanca de Nick y montado un compresor en el motor para darle más potencia.

—Ojalá yo pudiera participar… —musitó Cassie.

Nick deseó exactamente lo mismo.

—A mí también me gustaría que participaras. Y el año que viene lo harás —prometió.

Cassie se percató de que hablaba en serio.

—¿De verdad lo crees? —preguntó repentinamente entusiasmada. A pesar de que aún faltaba un año, aquello la ilusionaba incluso más que la universidad.

—Sí —contestó Nick—. Pilotas mejor que todos los de por aquí. Causarías sensación y los desconcertarías un poco. Creo que necesitan que alguien los sorprenda.

—En la exhibición aérea participan algunos pilotos muy capaces —comentó Cassie.

A lo largo de los años había visto acrobacias extraordinarias, pero también era consciente de que ahora era capaz de pilotar un avión tan bien e incluso mejor que la mayoría de los concursantes. Durante las exhibiciones aéreas solían producirse víctimas mortales y Oona había logrado que Pat dejase de participar; las acrobacias de exhibición eran muy peligrosas. De todos modos, al padre de Cassie le encantaba asistir.

Después del almuerzo Nick preguntó:

—¿Quieres llevarme por los aires y provocarme emociones fáciles? No te vendría mal practicar un poco de despegues y aterrizajes con viento de lado.

También habían practicado despegues con reducción de potencia.

—¡Y un cuerno! Mis aterrizajes son mejores que los tuyos —dijo Cassie y sonrió.

—No seas tan modesta.

Nick le revolvió la cabellera, la invitó a ocupar el asiento del piloto y, como de costumbre, Cassie no lo decepcionó. Era una aviadora nata. Volvió a lamentar que no pudiera participar en la exhibición aérea de ese año.

Dos días antes de la exhibición, Cassie estaba pegada a la radio y no daba crédito a lo que oía: Amelia Earhart había desaparecido en las proximidades de la isla de Howland, en el Pacífico sur. Le parecía tan increíble como a todos los que habían seguido las noticias. Mejor dicho, a todos salvo su padre, que no se cansaba de repetir que el lugar de las mujeres era la cocina. Cassie recordó que Nick había dicho que Earhart no estaba preparada para pilotar aviones pesados y que varios colegas habían insistido en que no conseguiría dar la vuelta al mundo. Parecía una tragedia espantosa. El gobierno se ofreció a colaborar en su búsqueda. Dos días después, fecha de la exhibición aérea, todavía no la habían encontrado.

Cassie parecía muy triste mientras contemplaba las piruetas y las acrobacias de los aviones.

—¡Anímate! —dijo una voz familiar—. Alegra esa cara.

Era Nick, que llevaba un perrito caliente en una mano, una cerveza en la otra, e iba tocado con un sombrero de papel con los colores de la bandera norteamericana. Las exhibiciones aéreas siempre eran jornadas festivas.

—Lo siento —se disculpó con una débil sonrisa. Hacía dos días que dormía mal, pendiente de los boletines sobre la suerte corrida por Amelia Earhart. No había novedades ni se sabía nada. Parecía que a la aviadora se la había tragado la tierra—. Estaba pensando en...

—Sé en qué estabas pensando. De nada te servirá angustiarte por Amelia Earhart. Recuerda lo que te dije hace tiempo: todos corremos riesgos. Lo sabemos y lo asumimos. Y ella lo ha hecho. Eligió volar y lo estaba haciendo.

Nick le ofreció el perrito caliente y Cassie lo cogió con expresión pensativa. Tal vez Nick tenía razón. Quizá Amelia Earhart tenía derecho a morir de esa manera. Cabía la posibilidad de que, entre llegar a ser una anciana sentada en la mecedora y encontrar una muerte rápida en un avión de la Lockheed, hubiese optado por la segunda alternativa. De todos modos, el fracaso de Amelia representaba el fin de una leyenda.

—Puede que tengas razón —admitió Cassie en voz baja—, pero me resulta muy penoso.

—Y lo es —coincidió Nick—. Toda muerte nos entristece. Pero se trata de un riesgo que los aviadores corremos y que algunos amamos. Y tú compartes estos sentimientos. —La tomó por la barbilla y le recordó mudamente lo mucho que le gustaba volar y lo dispuesta que estaba a correr riesgos—. Pequeña insensata, si tuvieras ocasión harías lo mismo. Si alguna vez intentas emprender una de esas condenadas travesías mundiales, puedes estar segura de que me ocuparé de incendiar tu avión.

—Muy amable de tu parte. —Cassie sonrió.

Nick le tiró del brazo y dijo:

—¡Eh! Mira… ahí va Chris… vamos, vamos… sigue subiendo…

Chris se proponía ganar un premio de altitud con el avión de Nick y prácticamente desapareció mientras lo observaban. Pilotaba con mano firme y con una prudencia que lo convertía en la persona ideal para ese tipo de competición. Carecía de la emoción y las agallas de Cassie, pero poseía resistencia y perseverancia.

Cuando Chris aterrizó, Nick y Cassie se reunieron con Pat, Oona, las hermanas de Cassie y los hijos de éstas. Glynnis y Megan estaban al final de sus respectivos embarazos y últimamente Colleen no tenía muy buena cara, lo que llevó a Oona a sospechar que volvía a estar preñada, pero aún no había dicho nada. Las chicas O'Malley eran prolíficas: Megan y Colleen esperaban su cuarto hijo, y Glynnis el quinto.

—Lo que faltaba… —murmuró Cassie a Nick—. Creo que nunca tendré hijos. En lo que a mí respecta, mis hermanas pueden tener todos los vástagos que quieran.

En los últimos tiempos Cassie se había convencido de que el matrimonio no era para ella y, menos aún, ser madre.

—No te engañes, tú también tendrás hijos.

Nick no le creía cada vez que afirmaba que nunca se casaría ni sería madre. En realidad, ni la propia Cassie se lo creía, pero sabía que tendría que pasar mucho tiempo para que esa posibilidad llegara a tentarla.

—Nick, ¿por qué estás tan seguro?

—Porque formas parte de una familia que se reproduce como conejos.

—¡Eres un malnacido, Nick Galvin!

Nick aún reía cuando llegó Bobby Strong, que lo miró de soslayo. Intuía que no le caía bien al piloto. Segundos después, casi sin despedirse de Cassie y Bobby, Nick fue a reunirse con sus colegas.

Media hora más tarde se anunció que Chris había ganado un trofeo en la prueba de altitud. ¡Lo había conseguido! Pat no cabía en sí de orgullo. Se reunió con Chris mientras Oona iba por refrescos con sus hijas mayores y los nietos.

Bobby acompañó a Cassie mientras los pequeños aviones rojos realizaban acrobacias, toneles, lentos giros, ochos disparatados, ochos dobles y otras piruetas. Aquellos aparatos quitaban el aliento y en más de una ocasión el gentío lanzaba una exclamación porque el desastre parecía inminente, pero aplaudía al comprobar que no pasaba nada. Cassie estaba acostumbrada a esas maniobras, pero igual se entusiasmaba.

—¿En qué pensabas hace un segundo? —preguntó Bobby al ver la expresión de la muchacha.

Era una expresión luminosa y de embeleso total, provocada por un avión que había realizado un rizo hacia fuera, una acrobacia inventada por Jimmy Doolittle hacía diez años. Cassie quedó muy impresionada. El piloto remató la maniobra con un pase invertido a bajo nivel, alejado de los espectadores por motivos de seguridad. Bobby contempló fascinado la cara de Cassie, que se dio la vuelta y le sonrió casi apenada.

—Pensaba en lo mucho que me gustaría estar ahí arriba y hacer esas piruetas —replicó—. Parece tan divertido…

Bobby pensó que lo único que Cassie quería era formar parte de aquel selecto círculo de pilotos.

—Pues yo creo que me marearía —reconoció.

Cassie sonrió mientras un vendedor ambulante les ofrecía algodón dulce.

—Es muy probable. Un par de veces estuve a punto de marearme —dijo en un desliz del que al punto se arrepintió. Debía ser más cuidadosa—. Es lo que pasa con la gravedad negativa. Ocurre con la pérdida de velocidad, antes de estabilizar el aparato. Tienes la sensación de que el estómago se te sale por la boca… pero no ocurre. —Sonrió.

—Cass, no entiendo cómo puede gustarte esto. A mí me provoca pavor.

Bobby, un muchacho rubio, apuesto y muy joven, veía con estupor y admiración cómo su querida Cassie se transformaba, día tras día, en una mujer bella e inquietante.

—Creo que lo llevo en la sangre.

El chico asintió e intuyó que la joven decía la verdad.

—Lo de Amelia Earhart es lamentable.

Cassie asintió con la cabeza.

—Y que lo digas. Según Nick todos los pilotos tienen en cuenta la posibilidad de que surja un contratiempo. Le puede ocurrir a cualquiera. —Miró hacia el cielo—. Y también a cualquiera de los que están hoy aquí, pero me figuro que piensan que vale la pena.

—No hay nada por lo que valga la pena arriesgar la vida —disintió Bobby—, a menos que no te quede otra posibilidad, como en el caso de una guerra o para salvar a alguien que quieres.

—Ése es el problema: la mayoría de pilotos lo arriesgaría todo con tal de volar, pero la gente no lo comprende.

Cassie lo miró y sonrió.

—Puede que ése sea el motivo por el que las mujeres no deben volar —repuso él con ecuanimidad.

La joven lanzó un suspiro.

—Hablas como mi padre.

—Tal vez deberías hacerle más caso.

A Cassie le habría gustado responder que no podía ser más complaciente, pero sabía que Bobby no la entendería. De esos temas sólo podía hablar con Nick, el único ser humano que sabía toda la verdad sobre ella y la aceptaba.

Chris se acercaba a ellos y Cassie echó a correr hacia él. Chris lucía la medalla que acababa de ganar y su expresión era de satisfacción. Pat iba detrás, muy ufano.

—¡Su primera medalla a los diecisiete! —decía a todo el que quisiera oírlo—. ¡Es mi hijo!

Repartió cervezas y dio una palmada en la espalda a todos. Chris disfrutaba con las expresiones de afecto y aprobación de Pat. Cassie los observó, estupefacta por el ansia de su padre de que Chris triunfara como piloto y su inflexibilidad cuando se trataba de que ella emprendiera el vuelo. Ella era diez veces mejor aviadora que su hermano, pero Pat jamás lo reconocería, y ni siquiera llegaría a enterarse.

Nick se acercó a estrechar la mano de Chris, que aún no

acababa de creerse su triunfo, y juntos fueron a hablar con otros pilotos. Para Nick fue un día emocionante, el día que Pat O'Malley había esperado durante cincuenta y un años. En lo que a éste se refería, no era más que el comienzo. Pat quería algo más y no comprendía que aquello era lo máximo que Chris podía dar de sí. Empezó a hablar del año próximo y Cassie compadeció a su hermano. Sabía lo mucho que su padre significaba para Chris y que éste haría lo imposible por contentarlo.

El clan O'Malley estaba de excelente humor. Fueron prácticamente los últimos en irse y Bobby los acompañó, pues cenaría con ellos.

Nick estuvo de juerga con sus amigos pilotos y cuando abandonó el campo de aviación llevaba demasiadas copas encima, pero no tenía que ocuparse de pilotar un avión ni de conducir un coche porque Chris regresaría al aeropuerto O'Malley con el Bellanca y él podía volver en la furgoneta de Pat.

Por la mañana, antes de salir, Oona había preparado pollo frito, que acompañaron con patatas asadas, ensalada y mazorcas fritas con mantequilla. También había jamón, pastel de arándanos y helado casero. Fue un auténtico festín.

Pat sirvió a Chris un vaso de whisky irlandés y dijo:

—¡Bebe, hijo, serás el próximo as de la familia!

Chris se vio en un aprieto para beber el whisky.

Cassie se sintió excluida. Tendría que haber volado con ellos y recibido las felicitaciones de su padre, pero sabía que no era posible. Se preguntó si alguna vez lo conseguiría. Tuvo la impresión de que el único destino posible era el de sus hermanas: tener un hijo por año y quedar relegada a la cocina. Aunque las quería mucho, lo mismo que a su madre, le parecía una vida horrorosa y habría preferido morir antes que sobrellevar semejante existencia.

Bobby se mostraba muy simpático con todos los miembros de su familia. Era cortés con las hermanas de Cassie y sus sobrinos lo adoraban. Se trataba de un joven afable que se convertiría en un excelente marido. Oona volvió a comentarlo mientras su hija la ayudaba a fregar los platos. Un rato después Bobby y

Cassie salieron a dar un paseo. El muchacho la sorprendió cuando hizo referencia a sus ansias de volar:

—Cass, hoy no hice más que observarte y sé lo mucho que esto significa para ti. Puede que pienses que estoy loco, pero quiero que me prometas que jamás harás ninguno de esos disparates. Francamente, no quiero que vueles. No me niego a que disfrutes de la vida pero no quiero que te pase algo, ya me entiendes... como a Amelia Earhart.

A Bobby le parecía un planteamiento razonable. En cambio, a Cassie la perspectiva de prometer que no volaría le provocó escalofríos.

—Si lo que te preocupa es que quiera dar la vuelta al mundo en un avión, te aseguro que no lo haré —replicó y sonrió.

Bobby meneó la cabeza y le dio a entender que sus palabras iban mucho más lejos. Cassie ya lo sabía.

—No me refiero a eso. Lisa y llanamente, no quiero que vueles. —Hasta entonces Bobby ignoraba lo peligroso que era pero ese día, al presenciar las acrobacias de la exhibición aérea, comprobó que era demasiado temerario. Sin duda los pilotos corrían riesgos y dos años antes había ocurrido una tragedia durante la misma exhibición. Él sabía que para Cassie era algo mágico, pero no quería perderla—. Cassie, no quiero que aprendas a volar. Sé que lo deseas, pero es muy peligroso. Tu padre tiene razón: para una mujer es demasiado peligroso.

—Pues yo opino que me pides algo absolutamente imposible —contestó Cassie en voz baja. No quería mentirle, pero tampoco estaba dispuesta a revelarle que desde hacía más de un año volaba periódicamente con Nick—. Creo que en esta cuestión tendrás que confiar en mí.

—Por favor, promete que no volarás —insistió él con firmeza y testarudez.

Cassie se sorprendió, pero no estaba dispuesta a prometer nada.

—Déjalo, Bobby. Sabes que volar me encanta.

—Precisamente por eso quiero que prometas que no volarás. Serías muy capaz de correr riesgos.

—Te aseguro que no los correré. Soy cuidadosa y competente… quiero decir que lo seré… Escucha, Bobby, te lo ruego… no me hagas esto.

—Me gustaría que al menos lo pensaras; para mí es muy importante.

A Cassie le habría gustado replicar «Como para mí lo es volar». Era lo único que la apasionaba y él pretendía arrebatárselo. ¿Qué le pasaba a Bobby, a su padre e incluso a Chris? ¿Por qué querían quitarle lo que más apreciaba? Sólo Nick la comprendía, era el único que se interesaba realmente por ella.

En ese mismo momento Nick Galvin dormía la mona en brazos de una chica que había conocido durante la exhibición aérea. Era una pelirroja con labios pintarrajeados de rojo chillón. Nick se acurrucó junto a ella, esbozó una sonrisa y murmuró:

—Cassie…

7

El programa de Cassie en Bradley era más exigente que el plan de estudios del último curso del instituto, pero se las arregló. Nick y ella se reunían dos veces por semana: los sábados y una mañana entre lunes y viernes. Como Pat no tenía muy claros los horarios de su hija, Nick y Cassie no tuvieron dificultades para encontrarse. La muchacha se puso a trabajar de camarera a fin de pagar a Nick el combustible, pese a que no podía abonarle las clases. Desde luego, Nick jamás había esperado que le pagase.

Con cada vuelo Cassie adquiría más competencia, refinaba detalles y pilotaba distintos aviones para identificar sus peculiaridades y diferencias. Estuvo a los mandos del Jenny, del viejo Gypsy Moth, del Bellanca de Nick, del De Havilland e incluso del pesado y destartalado Handley. Nick quería que probase todos los aparatos, que perfeccionara su técnica y que aguzara sus aptitudes con la máxima precisión. Incluso le dio clases sobre técnicas de rescate y le refirió los detalles de algunos de sus más destacados aterrizajes forzosos y de sus errores casi fatales durante la guerra. Era muy poco lo que Cassie ignoraba sobre el manejo del Jenny, el Bellanca y hasta del Handley, aparato que Nick había llevado porque tenía dos motores y porque era más pesado y difícil de pilotar.

Como el centro de estudios caía muy lejos, Cassie estaba menos tiempo en el aeropuerto de su padre. De todos modos, iba siempre que podía y Nick y ella cambiaban una sonrisa de complicidad toda vez que se cruzaban.

Cierto día Cassie estaba reparando un motor en el hangar del fondo y se llevó una sorpresa al ver a su padre entrar con Nick. Hablaban de comprar un nuevo aparato, que Pat consideraba muy caro. Se trataba de un Vega de segunda mano de la Lockheed.

—No lo dudes, merece la pena —decía Nick—. Se trata de un avión pesado, pero es una máquina maravillosa. Vi uno la última vez que estuve en Chicago.

—¿Y quién crees que lo pilotará? Tú y yo. Los demás lo empotrarían contra los árboles. Nick, es una máquina muy sutil y aquí no hay hombres a los que pueda confiársela.

Mientras su padre hablaba, Cassie notó que Nick la observaba de manera significativa y sintió un escalofrío que le recorrió la columna vertebral. Intuyó lo que Nick estaba a punto de hacer. Quería decirle que callara, pero una parte de su ser deseaba que hablase: aquello no podía ocultarse eternamente. Tarde o temprano su padre se enteraría... y Nick le repetía que participaría en la próxima exhibición aérea.

—Pat, es posible que en el aeropuerto no haya hombres que puedan pilotar un Vega, pero te garantizo que hay una mujer capaz de hacerlo con los ojos cerrados.

—¿De qué hablas?

A Pat O'Malley le molestó que Nick mencionara que una mujer era capaz de pilotar un avión y, encima, un aparato que ni siquiera estaba dispuesto a dejar en manos de sus hombres.

Cassie lo contempló aterrorizada y rezó para que su padre prestase atención cuando Nick dijo con toda la serenidad del mundo:

—Pat, tu hija es el mejor piloto que conozco. Hace más de un año, para ser exactos diecisiete meses, que vuela conmigo. Es la mejor piloto que tú y yo hemos visto desde el año diecisiete. Hablo en serio.

—¿Qué demonios dices? —Pat miró desconcertado a su viejo amigo y socio—. ¿Has volado con ella contrariando mi parecer? ¿Cómo te has atrevido?

—No tuve otra salida. Hace un año Cassie habría tenido un accidente, pues acuciaba a su hermano para que volaran juntos y le dejase pilotar. Te repito que es la mejor piloto que hayas visto en tu vida y cometes un error no permitiéndole que demuestre lo que sabe. Pat, dale una oportunidad. Sabes perfectamente que si fuera varón la probarías.

—¡No entiendo nada! —exclamó furioso—. ¡Lo único que sé es que sois un par de malditos mentirosos! Cassandra Maureen, óyeme bien: a partir de este momento te prohíbo terminantemente que subas a un avión. —Pat la miró mientras hablaba y luego se ocupó de Nick—: Nick Galvin, eres un insensato y no pienso soportar más actos irresponsables de tu parte. ¿Me has entendido?

—¡Te equivocas!

—¡Tu opinión me importa un bledo! Eres aún más imbécil que ella. Cassie no pilotará mis aviones ni usará mi aeropuerto. Si eres tan insensato como para dejarle pilotar tu aparato, te consideraré responsable si la matas y tú serás el único culpable si ella te mata, cosa que sin duda hará. No existe ninguna mujer capaz de pilotar y lo sabes.

Con esa frase lapidaria Pat desechó a toda una generación de mujeres excepcionales entre las que figuraba su propia hija. Claro que le daba igual, porque eso creía y nadie lo convencería de lo contrario.

—Pat, déjame subir con Cassie a un avión y lo verás con tus propios ojos. Está capacitada para pilotar cualquiera de nuestros aparatos. Posee un sentido de la velocidad y la altura basado en la intuición y la vista más que en los indicadores de los mandos. Pat, es sensacional.

—No me mostrarás nada que no quiera ver. Sois un par de locos endiablados… me figuro que Cassie te engatusó…

Pat miró furibundo a su hija. En lo que a él se refería, ella era la única culpable. Cassie era un monstruo empeñado en perder la vida en uno de los aviones de su padre y en su aeropuerto.

—Cassie no me engatusó. Hace un año vi cómo salvaba la tormenta que tuvo que capear con Chris y supe que no era él quien pilotaba. Comprendí que, si no intervenía, los dos podrían acabar muertos, por lo que empecé a dar clases a Cassie.

—Durante aquella tormenta era Chris el que pilotaba el avión —replicó Pat con actitud desafiante.

—¡Te equivocas! —exclamó Nick, enfadado por lo tozudo que podía llegar a ser Pat con tal de mantener su posición—. ¿Por qué eres tan ciego? Chris no tiene agallas ni tacto para llevar los mandos de un avión. Lo único que sabe es subir y bajar como si se tratara de un ascensor, como ha hecho durante la exhibición. Maldita sea, ¿de verdad crees que fue Chris quien aterrizó en medio de aquella tormenta?

Nick la miró y se sorprendió al verla llorar ante la ira de su padre.

—Sí, papá, fui yo —reconoció quedamente—. Fui yo la que hizo aquel aterrizaje. Nick se dio cuenta y cuando descendimos me lo preguntó y entonces...

—¡No quiero oír una palabra más! Cassandra Maureen, por si fuera poco eres una embustera que intenta alzarse con los laureles de su hermano.

Esas acusaciones la dejaron sin aliento y, una vez más, le demostraron que era imposible persuadir a su padre.

—Pat, dale una oportunidad. —Nick intentó serenarlo, pero en vano—. Te lo ruego. Deja que demuestre lo que vale. Se lo merece. Además, me gustaría que el año próximo participara en la exhibición aérea.

—Estáis locos de atar, sois un par de descarados. Nick, ¿qué te hace pensar que Cassie no se matará y, de paso, provocará una tragedia?

—No lo hará porque vuela mejor que todos los hombres de por aquí. —Nick intentaba mantenerse sereno, pero gradualmente perdió los nervios. Pat no era un hombre de trato fácil y el asunto se las traía—. Por favor, Cassie vuela mejor que Rickenbacker. Deja que te lo demuestre.

Nick acababa de cometer un sacrilegio imperdonable: invocar el nombre del comandante de la escuadrilla 94. Sin duda se había extralimitado.

Pat se marchó furioso. Ni una sola vez se dio la vuelta para mirarlos ni volvió a dirigirle la palabra a su hija.

Cassie lloraba desconsoladamente y Nick la rodeó con el brazo.

—¡Caray con el empecinado de tu padre! Había olvidado que es intratable cuando algo se le mete entre ceja y ceja. Pero te prometo que le haré cambiar de idea.

Nick la estrechó y Cassie sonrió en medio de las lágrimas. Si se hubiese tratado de Chris, su padre lo habría estimulado. Pero, como Cassie era mujer, no se lo permitiría ni ahora ni nunca. Era muy injusto.

—Nunca cederá —sollozó Cassie.

—No importa. Tienes dieciocho años, ya eres mayor de edad. No haces nada malo. Sólo tomas lecciones de vuelo. No pasa nada. Cálmate.

Muy pronto Cassie obtendría su licencia de piloto, pues estaba sobradamente capacitada para conseguirla. En 1914, cuando Pat empezó a volar, ni siquiera hacía falta autorización.

—¿Y si me echa de casa?

Cassie parecía aterrorizada, Nick sonrió; sabía que Pat era incapaz de adoptar una decisión como ésa... y ella también lo sabía. Pat montaba un gran escándalo y era de miras estrechas en sus ideas y convicciones, pero adoraba a sus hijos.

—Cass, puedes estar segura de que no lo hará. Es posible que durante unos días se muestre severo, pero no te pondrá de patitas en la calle porque te quiere.

—Es a Chris a quien quiere —repuso Cassie.

—Y a ti también. Reconozco que es algo chapado a la antigua y endiabladamente testarudo... A veces me saca de quicio.

—Y a mí. —La joven sonrió, se sonó la nariz y miró a Nick—. ¿Seguirás dándome clases?

—Por supuesto. —Nick sonrió con la expresión juvenil de quien está dispuesto a cometer travesuras. La miró y fingió ponerse serio—. Pero no quiero que mis palabras se te suban a la cabeza. Ni remotamente sabes pilotar un avión como el coman-

dante de la gran escuadrilla 94 —la regañó y volvió a sonreír—.
De todos modos, si perfeccionas algunas maniobras y haces
caso de tu instructor, es posible que algún día lo superes.

—Sí, señor instructor.

—Ve a lavarte la cara. Das pena… Nos veremos mañana en
la pista. —Sonrió—. Y no olvides que hemos de prepararnos
para la exhibición.

Cassie lo miró agradecida. Mientras se alejaba, Nick se preguntó qué hacía falta para que Pat O'Malley entrara en razón.

Pat no había cambiado de parecer, pues esa noche, mientras cenaban, no dirigió la palabra a su hija. Le contó a Oona lo que
Cassie había hecho y ésta se echó a llorar. Hacía mucho que Pat
la había convencido de que las mujeres no estaban, ni física ni
mentalmente, preparadas para pilotar aviones.

Más tarde Oona intentó explicarle a Cassie, que se había
retirado a su habitación, que la aviación era demasiado peligrosa.

—Para mí no es más peligroso que para Chris —replicó
Cassie y estalló nuevamente en llanto. Estaba agotada y sabía
que nunca darían el brazo a torcer. Ni siquiera Chris había salido en su defensa porque detestaba discutir con sus padres.

—Lo que dices no es cierto —repuso su madre—. Chris es
hombre y para los hombres volar entraña menos peligros.
—Oona lo dijo como si se tratara de la verdad revelada, aunque
sólo era lo que siempre había oído decir a su marido.

—¿Cómo puedes decir semejante disparate?

—No es un disparate, tu padre asegura que a las mujeres nos
falta concentración.

—Mamá, te aseguro que no es así. Piensa en todas las mujeres que pilotan aviones: son fantásticas.

—Querida, recuerda a Amelia Earhart. Es el ejemplo perfecto de lo que dice tu padre. Evidentemente perdió el rumbo o
la cabeza o le pasó algo en medio del océano, y arrastró consigo
a ese pobre hombre.

—¿Y cómo sabes que la desaparición no se debió a un fallo

del copiloto? —insistió Cassie—. Él era el encargado de la navegación. E incluso es posible que los abatieran.

—Cassie, no puedes seguir comportándote de esta manera. Nunca debí permitir que pasaras tantas horas en el aeropuerto. Pero te encantaba y pensé que tu padre se alegraría. Hija mía, tienes que renunciar a esos sueños absurdos. Ahora eres una estudiante universitaria y después serás profesora. Debes sentar la cabeza.

—Pues yo quiero ser aviadora… ¡Maldita sea, y lo conseguiré! —gritó Cassie.

En ese momento su padre entró en la habitación, volvió a reñirla y le ordenó que pidiera disculpas a su madre. Las dos mujeres sollozaban desconsoladas y Pat estaba desquiciado.

—Mamá, lo siento —musitó Cassie.

—Más vale que lo sientas —le espetó Pat, y se marchó dando un portazo.

Su madre también se fue y Cassie se tumbó y sollozó de frustración. Luego Cassie pidió a Chris que, cuando llegara Bobby Strong, le explicase que tenía jaqueca.

Bobby se marchó preocupado y le dejó una nota donde le decía que esperaba que se le pasara pronto y que mañana volvería.

—Puede que mañana esté muerta —comentó Cassie sombríamente después de leer la nota—. Tal vez así todo vaya mejor.

—Calma, hermanita, ya entrarán en razones —afirmó Chris.

—No, nunca me comprenderán. Papá se niega a aceptar que las mujeres somos capaces de pilotar un avión o de hacer algo que no sea tejer, cocinar y traer niños al mundo.

—¡Eso es magnífico! Dime, ¿qué tal tus labores? —bromeó Chris.

Cassie le arrojó un zapato. Chris cerró la puerta y escapó.

Al día siguiente Cassie estaba mejor y se animó en cuanto despegaron en el Moth.

Nick consideraba que, tras lo ocurrido, no podía dejarla utilizar ninguno de los aviones de su padre. Como de costumbre, Cassie pilotó hábilmente y el mero hecho de volar con Nick le permitió recuperar el buen humor.

Después de aterrizar se sentaron un rato en la vieja furgoneta y charlaron. Cassie seguía afectada por la actitud de su padre, pero intentó bromear.

—Conque soy tan buena como Rickenbacker, ¿no? —comentó para tomarle el pelo a Nick.

—Ya te dije que no quiero que se te suba a la cabeza. Sólo lo dije para impresionar a Pat.

—Pues parece que le causaste una fuerte impresión.

Cassie sonrió contrariada y Nick rió. La chica era buena y seguramente Pat acabaría por ceder. Al fin y al cabo, no podía cerrar los ojos eternamente.

El horario de prácticas apenas cambió. Sólo se lo saltaban cuando Nick tenía que realizar largos vuelos o cuando Cassie estaba agobiada por las tareas de la universidad. Como ninguno de los dos deseaba perderse las clases, procuraban supeditar las obligaciones a las horas de instrucción. Afortunadamente, Pat no les preguntó si seguían con las clases.

Como de costumbre, Nick pasó el día de Acción de Gracias en casa de los O'Malley. Pat se mostró distante. Todavía no les había perdonado lo que consideraba una traición.

En el aeropuerto Nick andaba cabizbajo y en casa Pat apenas había cambiado un par de palabras con Cassie desde octubre. La situación era cada día más tensa, aunque por Navidades dio la sensación de que Pat había vuelto a relajarse. Y se ablandó del todo cuando, en Nochebuena, Bobby Strong entregó a Cassie una sortija de compromiso con un pequeño diamante.

Bobby dijo que sabía que la espera sería larga, pero que se sentiría mejor si estaban prometidos. Hacía tres años que la cortejaba y, a su juicio, había pasado el tiempo suficiente. Fue tan sincero y estaba tan enamorado que a Cassie le faltó valor para rechazarlo. No supo muy bien qué sentía, salvo la confusión que la embargó cuando dejó que Bobby le pusiese lentamente el anillo. Se sentía culpable y desdichada. Pero el compromiso pareció apaciguar a sus padres y su hija volvió a caerles en gracia.

Al día siguiente, durante la comida de Navidad, Pat y Oona dieron la buena nueva al resto de la familia. Nick se sorprendió pero no hizo el menor comentario. Se limitó a contemplar a Cassie y se preguntó si el compromiso cambiaría su relación. Curiosamente, Cassie no cambió de manera de actuar ni parecía sentirse más próxima o más cómoda con Bobby. Con Nick se mostraba encantadora como siempre. De hecho, las cosas apenas cambiaron, simplemente Bobby se quedaba un rato más en el porche.

Sin embargo, Nick aún reflexionaba sobre esta cuestión cuando volvieron a reunirse en la pista abandonada.

—¿Qué significa eso? —quiso saber Nick, y señaló el anillo.

Cassie vaciló y se encogió de hombros. No pretendía ser antipática, pero tenía la sospecha de que nunca reaccionaba como los demás esperaban.

—No lo sé muy bien —respondió.

Para ella, aquel anillo no cambiaba nada. Bobby le caía simpático y se preocupaba por él, pero le resultaba imposible imaginar algo más. Se había prometido, sobre todo, porque para Bobby y sus padres era muy importante. Pero para el chico todo había cambiado, y Cassie lo comprendía.

—Me faltó valor para devolvérselo —añadió Cassie y miró tímidamente a Nick, sin perder de vista el Bellanca. Habían hecho un vuelo magnífico y Cassie había aprendido algunos detalles sobre el aterrizaje con vientos de lado—. Bobby sabe que quiero graduarme en la universidad —agregó lánguidamente. Pero sabía que la universidad no era el problema de fondo.

—¡Pobre chico! Sospecho que éste será el compromiso más largo de la historia. ¿Cuánto te falta? ¿Tres años y medio?

—Sí.

Cassie sonrió con picardía y Nick lanzó una carcajada para contener el deseo de besarla. Las palabras de la joven le proporcionaron alivio. La sortija de compromiso le había hecho sentirse enfermo. Odiaba la idea de que Cassie se casara, incluso de que se prometiera. Claro que Bobby no suponía una gran amenaza. Tarde o temprano Cassie se daría cuenta, pero entonces habría otro hombre. Y Nick sabía lo mal que le sentaría.

—De acuerdo. O'Malley, en marcha… Realizaremos otro aterrizaje por los pelos.

—Sospecho que crees que pasaré la mitad de mi vida en tierra en lugar de en el aire. Dime, Peliagudo, ¿no puedes enseñarme algo más? ¿Acaso es el único truco de tu repertorio?

A Cassie le encantaba incordiarlo, adoraba estar con él, ya que era la única persona del mundo que realmente la comprendía. Y todo resultaba mejor si estaban a los mandos de un avión.

En esta ocasión Nick la dejó despegar sola y la vio hacer un perfecto aterrizaje por los pelos, lo repitió sin dificultades, sin vacilar y sin que las alas del aparato se movieran a pesar de los vientos de lado. Por enésima vez Nick pensó que era realmente lamentable que Pat se obstinase en su negativa, pues se habría sentido muy orgulloso de su hija.

—¿Lo dejamos por hoy? —preguntó Nick.

—Sí, será mejor que nos vayamos. Sabes, Nick, detesto bajar del avión. Me gustaría volar eternamente —reconoció Cassie mientras caminaban hacia la furgoneta en que regresaría a Good Hope.

—Tal vez cuando crezcas puedas alistarte en las *Skygirls*. —Nick volvió a tomarle el pelo.

Cassie le dio un golpe en el brazo, pero estaba triste. Realmente tenía muy pocas posibilidades y, de no ser por Nick, volar le sería imposible.

—Chica, cálmate, tu padre acabará por entrar en razones —dijo él tiernamente.

—No, jamás lo aceptará —insistió Cassie, que conocía a su padre.

Nick le rozó la mano y sus miradas se encontraron. Cassie estaba agradecida por todo lo que Nick le había dado y por su amabilidad. Mantenían un tipo de amistad que ninguno de los dos había compartido jamás con otra persona. Cassie era una gran chica, una buena amiga y aquellas tardes que pasaban en la pista abandonada eran maravillosas. Nick deseaba que la relación durara eternamente, incapaz de imaginar que algún día dejaría de reunirse con Cassie. Cassie era la única persona con la que realmente hablaba. Y él era su único amigo auténtico. Para ambos la tragedia consistía en que no tenían un futuro común. Cassie regresó sola a Good Hope a última hora de esa tarde y no hizo más que pensar en Nick. Cuando estaba a punto de llegar empezó a nevar. Entró en casa y ayudó a su madre a preparar la cena para los cuatro, pero su padre se retrasó. Una hora después aún no había llegado. Finalmente Oona pidió a Chris que fuera a buscarlo al aeropuerto.

Chris regresó veinte minutos después en busca de comida para Pat y para él. Se había producido un accidente de tren a unos trescientos kilómetros al sudoeste. Había cientos de heridos y se requerían equipos de rescate. Pat estaba organizando a los voluntarios en el aeropuerto y quería que Chris lo ayudase. Nick también participaba de la operación y habían llamado a todos los pilotos. Pero tres aviadores estaban enfermos, y con otros no habían podido contactar. Todavía aguardaban la llegada de algunos pilotos. Pat no regresaría a casa en toda la noche. Acostumbrada a este tipo de emergencias, Oona preparó la cesta para que cenaran en el aeropuerto.

—¡Espera! —dijo Cass cuando Chris estaba a punto de salir—. Te acompaño.

—No deberías… —Oona intentó poner objeciones, pero en realidad no había ningún inconveniente en que Cassie fuese al aeropuerto con su hermano—. De acuerdo.

Oona les entregó una cesta con emparedados y frutas y Cassie y Chris marcharon. La furgoneta patinó sobre los copos de nieve acumulados en el viejo camino de los terrenos del aeropuerto. La noche era muy fría y hacía dos horas que nevaba. Cassie se preguntó si los aviones podrían despegar. Las condiciones meteorológicas eran pésimas y su padre puso cara de preocupación cuando los vio entrar en la oficina del aeropuerto.

—Hola, hijos.

Pat y Nick habían hablado sobre los aviones que podían utilizar y los pilotos que necesitaban. Intentaban enviar cuatro aparatos con provisiones y equipos de rescate. Todo estaba a punto, salvo los pilotos. Todavía faltaban dos hombres, con los que intentaban contactar por todos los medios. Pat pensaba pilotar el nuevo Vega con Chris aunque otro de los mejores aviadores del aeropuerto se había presentado con su copiloto y les habían asignado sendos aviones, pero hacía falta otro par de hombres para llevar el viejo Handley. En virtud de sus años y de su tamaño, era un aparato difícil de pilotar y, dado el mal tiempo, era prudente que lo llevasen dos aviadores. Nick habría podido pilotarlo en solitario, pero no hubiera sido una decisión sensata. Además, quería volar con alguien competente. Miró a Cassie y se contuvo. Poco después tuvieron noticias de dos pilotos: uno estaba agotado tras haber volado dieciséis horas repartiendo sacas de correspondencia en medio de un tiempo inclemente, y el otro había bebido más de la cuenta.

—Sólo nos queda uno —se lamentó Nick.

Aún tenían esperanzas de recibir noticias del último piloto, que llamó alrededor de las diez y les comunicó que padecía un dolor de oído insoportable.

—O'Malley, ya no queda ningún hombre disponible —insistió Nick.

Faltaba un piloto para cumplir la misión con las garantías necesarias. Pat no tardó en advertir lo que Nick estaba pensando y empezó a menear la cabeza, pero en esta ocasión su amigo no le hizo caso.

—Me llevo a Cassie —dijo cuando Pat comenzó a protestar—. As, no pierdas más tiempo. Hay cientos de heridos que esperan ayuda y no estoy dispuesto a discutir contigo. Sé muy bien lo que hago. Cassie viene conmigo.

La otra opción era que la joven fuera en el Vega como copiloto de su padre, pero Nick sabía que Pat no se lo habría permitido. Nick cogió la chaqueta, echó a andar hacia la puerta y contuvo el aliento mientras Pat lo miraba furibundo. Pero no puso reparos.

—¡Nick, eres un condenado insensato! —protestó Pat, pero no volvió a abrir la boca mientras recogían las cosas.

Antes de partir llamó a Oona y le pidió que los esperara en el aeropuerto.

Sin pronunciar palabra, Cassie siguió a Nick hasta el avión con el que estaba familiarizada, sintió que algo latía en su interior y por unos segundos notó que su padre la observaba atentamente, con la expresión colérica del que se siente traicionado. Estuvo a punto de hablarle, pero no supo qué decirle, y al cabo de unos instantes Pat subió al Vega con Chris.

—Ya se calmará —comentó Nick.

Cassie se limitó a asentir con la cabeza. Como siempre, Nick había dado la cara por ella porque creía en su competencia y no tenía inconveniente a la hora de manifestarlo. Era un hombre maravilloso y abrigó la esperanza de no dejarlo en la estacada durante el trayecto a Missouri, con tan mal tiempo, en aquel viejo avión.

Practicaron los controles de rutina en tierra y luego registraron el interior del aparato. Cassie conocía bien el Handley. En cuanto se abrochó el cinturón de seguridad, se sintió entusiasmada y se olvidó totalmente de su padre.

Transportaban provisiones de emergencia que habían sido llevadas al aeropuerto. Los demás aparatos también llevaban provisiones, así como médicos y enfermeras. Habían recibido ayuda de cuatro estados pero, por lo que se sabía, los heridos superaban el millar.

Nick despegó sin contratiempos. No había hielo en las alas del Handley y ya no nevaba tan copiosamente. La tormenta prácticamente cesó cuando alcanzaron los ocho mil pies de altura y pusieron rumbo suroeste, hacia Kansas City. Para ellos el vuelo duraría dos horas y media; a su padre y a Chris sólo les llevaría poco más de una hora en el Vega.

Durante casi todo el trayecto hubo turbulencias. Cassie quedó azorada por la belleza de la noche y por lo apacible que resultaba estar a los mandos de un avión en medio de un firmamento plagado de estrellas. Tuvo la impresión de que rondaba los confines del mundo en un universo infinito. Jamás se había sentido tan diminuta, tan libre y tan viva.

Nick le permitió pilotar el Handley casi todo el tiempo, aunque cogió los mandos para aterrizar en un campo de grandes dimensiones próximo al sitio del accidente ferroviario.

Una vez llegaron, vieron heridos por todas partes, gente que transportaba provisiones, equipos médicos que intentaban auxiliar a las personas tumbadas en el suelo y niños que lloraban. Todos los pilotos se quedaron hasta que amaneció, momento en que pareció que la policía estatal tenía la situación bajo control. De todo el estado habían acudido ambulancias y personal sanitario. La gente se había trasladado en coche o en avión tan pronto como se enteró de la tragedia.

Por la mañana Nick y Cassie regresaron a Good Hope con los demás. Durante la noche la joven apenas vio a su padre, pues todos estaban ocupados en colaborar con los equipos de rescate.

Amanecía cuando despegaron; durante el trayecto de regreso Nick la dejó pilotar. Cassie realizó una aproximación al aeropuerto digna de figurar en los manuales de aviación y luego aterrizó. Nick la felicitó por su desempeño en cuanto Cassie apagó los motores.

La joven sonreía dichosa al apearse del Handley, pero se llevó una sorpresa cuando casi se dio de bruces contra su padre. Pat estaba al lado del avión y miró cansinamente a Nick al tiempo que preguntaba con voz ronca:

—¿Quién realizó el aterrizaje?

Cassie percibió que habría problemas.

—Yo —respondió la joven, dispuesta a asumir la responsabilidad de cualquier error que hubiera cometido.

—Pues lo has hecho endiabladamente bien —reconoció Pat con torpeza. Luego se dio la vuelta y se alejó.

Cassie acababa de demostrar todo lo que Nick había afirmado y ambos se habían preguntado por la reacción de Pat, un hombre imprevisible. A Cassie se le llenaron los ojos de lágrimas mientras su padre se alejaba. Era la primera vez que le dedicaba un elogio significativo. Le habría gustado gritar de alegría, pero se limitó a sonreír a Nick y vio que él también estaba radiante. Caminaron del brazo hasta la oficina.

Oona había preparado café con bollos para los pilotos. Cassie se sentó, bebió café y comentó con Nick lo que habían visto en el lugar del accidente. La noche había sido muy larga y dura, pero habían colaborado.

—Por lo visto te consideras una aviadora de primera —dijo Pat.

Cassie lo miró y comprobó que su expresión ya no era de disgusto.

—No, papá, no me considero una aviadora de primera. Sólo quiero hacerlo cada vez mejor —respondió.

—Pues si quieres conocer mi opinión, no me parece natural. Mira lo que le ocurrió a la pobre y temeraria Earhart. —Cassie ya conocía esa cantinela y se dispuso a oírla por enésima vez. Pero su padre la sorprendió, dejándola boquiabierta—. Te asignaré algunos trabajos en el aeropuerto cuando vuelvas de tus clases en la universidad. Nada del otro mundo, sólo pequeñas faenas. No puedo permitir que Nick se pase la vida desperdiciando combustible y tiempo para enseñarte a volar.

Cassie lo miró sonriente y Nick lanzó una exclamación de júbilo mientras los demás pilotos los observaban azorados.

Cassie abrazó a su padre y Nick le estrechó la mano. Chris se acercó y abrazó a su hermana. La muchacha se sentía dichosa. Su padre le permitiría subir a un avión y le haría encargos como aviadora en el aeropuerto...

—¡Ya verás durante la exhibición aérea de julio! —susurró Cassie al oído de Nick al tiempo que lo abrazaba con todas sus fuerzas.

Nick rió. Sin duda Pat se llevaría una gran sorpresa. Y la decisión que acababa de tomar suponía un buen comienzo.

8

Los seis meses siguientes transcurrieron rápidamente para Cassie. Todos los días iba en furgoneta a Bradley, tres tardes por semana trabajaba en un restaurante y luego iba al aeropuerto, antes de que anocheciera. Ayudaba en todo, pero la mayor parte de las tareas que realizaba para su padre, así como los vuelos, tenían lugar los fines de semana. Y ésos eran sus días más felices. Nick incluso le pidió que lo acompañara en los vuelos de transporte a Chicago, Detroit y Cleveland.

Cassie estaba convencida de que su vida no podía ser mejor. A veces añoraba las lecciones a escondidas con Nick y los momentos compartidos, pero ahora el piloto le enseñaba abiertamente y en el aeropuerto de su padre. Aunque a ella jamás le dijo nada, era evidente que aprobaba su estilo y ante Nick reconoció que Cassie era una excelente aviadora. Sus elogios públicos, en cambio, iban destinados a Chris, que, por mucho que lo intentaba, no se los merecía. A Cassie ya no le importaba, pues tenía cuanto deseaba.

Sólo había un problema: la relación con su prometido, que se quedó estupefacto cuando se enteró de que su padre había dado el brazo a torcer. Como Pat había cedido, Bobby sólo podía recordarle machaconamente que no estaba de acuerdo con que volara. Por su parte Oona lo consideraba una manía pasajera, algo por lo que Cassie dejaría de interesarse en cuanto se casara con Bobby y tuvieran hijos.

La principal noticia de aquella primavera fue que, en marzo, Hitler anexionó Austria. Por primera vez hubo serias probabilidades de guerra, aunque la mayoría de las personas aún creían en Roosevelt: no habría guerra y, en caso de que estallara, Estados Unidos no intervendría. Bastaba con la experiencia de la Gran Guerra; Norteamérica había aprendido la lección.

Para Nick, la situación no era tan sencilla. Se había informado sobre Hitler y no confiaba en él. Además, tenía amigos que habían volado como voluntarios durante la guerra civil española, dos años atrás, y estaba convencido de que Europa no tardaría en volver a sumirse en las tinieblas. A pesar de las aseveraciones del presidente Roosevelt, Nick suponía que Estados Unidos volvería a participar.

—Nick, yo no puedo creer que volvamos a vernos envueltos en una guerra. ¿Y tú? —dijo Cassie después de unas prácticas para la exhibición aérea.

—Pues yo sí lo creo —replicó él—. A la larga, participaremos. Hitler ha ido demasiado lejos y tendremos que intervenir para apoyar a nuestros aliados.

—Me cuesta creerlo —afirmó Cassie.

Pero en realidad le costaba más creer que su padre le permitiría participar en la exhibición aérea. Nick lo había convencido. Lo que más temía Pat era que lo hicieran quedar mal. Había comprobado que Cassie no corría peligro, que se entendía bien con los aviones y que había aprendido bien la lección, pero ¿qué pasaría si lo hacía mal? ¿Qué sucedería si lo hacía tan mal que Pat quedaba en ridículo?

—Chris no te dejará en la estacada —había dicho Nick.

Pat lo creyó. Aunque estaba absolutamente seguro de la pericia de Cass, Nick no se había atrevido a planteárselo tan claramente. Pat prefería pensar que Chris tenía futuro en la aviación y se negaba a reconocer que a su hijo volar le importaba muy poco; Chris no revelaba sus verdaderos sentimientos por temor.

Cuando por fin llegó el gran día, todas las convicciones y predicciones de Nick se confirmaron. Chris volvió a ganar el premio de altitud, pero Cassie se alzó con el segundo galardón de velocidad en línea recta y con el primer premio en una carrera con meta predeterminada. Por la tarde, cuando anunciaron el nombre de los galardonados, Pat no podía creerlo y Cassie tampoco. Nick y ella se lanzaron a saltar como críos, se abrazaron, se besaron, gritaron y chillaron. El reportero del diario comarcal retrató a Cassie, primero sola y luego junto a su padre. Chris no envidió la buena suerte de su hermana; sabía que para ella era muy importante, representaba toda su vida. Pat no acababa de creerse lo que su hija había conseguido. Pero Nick sí, pues siempre supo que lo lograría. Tampoco se sorprendió cuando uno de los jueces declaró que jamás había visto un piloto más competente que Cassie a la hora de realizar giros a alta velocidad.

Al cabo del día, cuando la llevó a su casa después de regresar al aeropuerto con los aviones de Pat, Nick la felicitó otra vez:

—¡Bravo, chica, lo has conseguido!

—No me lo acabo de creer —murmuró Cassie. Clavó la mirada en Nick y luego miró en lontananza por la ventanilla.

—Tu padre tampoco. —Nick sonrió.

—Todo te lo debo a ti.

Nick se limitó a negar con la cabeza, restándole importancia.

—Te lo debes a ti misma. Eres la única persona a quien se lo debes. Cass, no he sido yo sino Dios quien te concedió este don. Yo simplemente te he ayudado.

—Sin ti no habría hecho nada. —Cassie se volvió para mirarlo y repentinamente se sintió triste. ¿Y si Nick dejaba de darle clases? ¿Y si ya no volvían a estar juntos?—. ¿Volverás a volar conmigo?

—Por supuesto, siempre y cuando te comprometas a no darme sustos.

Después Nick le contó lo que el juez había dicho sobre sus giros a alta velocidad y agregó que estaba realmente orgulloso de ella.

Cassie rió a carcajadas, pero estuvo a punto de gemir cuando vio que Bobby Strong la esperaba en el porche. Bobby tenía tanto miedo de lo que podía ocurrirle que se había negado a asistir a la exhibición. Cassie aún tenía cuestiones pendientes con él, pero hasta entonces nunca se había armado de valor para plantearlas. El muchacho no podía creer que volar fuera tan importante para ella, ni lo mucho que deseaba otras cosas, aparte de ser su esposa y tener hijos. Lo que Cassie realmente deseaba en ese momento era revivir con Nick cada instante de la exhibición y que éste le confirmara que los ratos compartidos no habían tocado a su término, pero no le quedó más remedio que vérselas con Bobby.

—Ahí está tu novio —dijo Nick—. ¿Te casarás algún día con él? —Siempre le hacía la misma pregunta.

—No lo sé —respondió Cassie, y suspiró. Con Nick siempre era sincera, pero a Bobby no le agradaba su sinceridad. Aunque tenía diecinueve años, Cassie no se sentía preparada para atarse a nadie, a pesar de que era lo que se esperaba de ella—. Todos insisten en que cambiaré, en que al estar casada y ser madre todo será diferente. Sospecho que esto es precisamente lo que me aterra. Mi madre dice que es lo único que quieren las mujeres. Pero lo único que yo quiero es lo que he vivido hoy y un hangar lleno de aviones.

—Pues yo siempre he sentido lo mismo que tú. —Nick esbozó una sonrisa y se mostró pensativo—. No, no es verdad. Cuando tenía tu edad pensaba de otra manera. Lo intenté con todas mis fuerzas, pero no salió bien. Y desde entonces me da mucho miedo. En mi vida la familia y los aviones son incompatibles. Puede que tú seas distinta.

Hasta cierto punto, Nick deseaba que Cassie pudiera formar una familia feliz, pero no con Bobby.

—Al parecer, a mi padre no le ha ido nada mal —comentó la joven—. Puede que tú y yo seamos peculiares o, simplemente, cobardes. A veces es más fácil amar los aviones que a las personas.

Desde luego, Cassie quería mucho a Nick. Era su amigo más entrañable y sabía que él la adoraba desde que era una niña. El problema consistía en que ya no era una niña.

—Te diré una cosa. —Nick fue al grano después de que Cassie lo tildara de cobarde—. Es exactamente lo mismo que me dije cuando hoy te vi realizar un rizo triple seguido del giro invertido antes de entrar en el tonel. Me dije: «Caramba, no me había dado cuenta de que Cassie es una cobarde.»

Cassie soltó una carcajada al ver la expresión de Nick y le dio un empujón.

—Ya sabes a qué me refiero. Puede que tú y yo seamos cobardes cuando se trata de relacionarnos con la gente.

—Pues yo creo que estar casado con la persona equivocada es lo peor que existe. Te lo digo por experiencia... lo he padecido.

—¿Estás diciendo que Bobby es la persona equivocada para mí? —preguntó Cassie mientras su prometido esperaba pacientemente en el porche. Bobby ya sabía que su novia había recibido dos premios.

—Cass, no soy yo quien ha de decidirlo. Sólo tú lo sabes, pero no permitas que nadie te convenza de que es el hombre adecuado. Tienes que descubrirlo por ti misma; de lo contrario, te arrepentirás.

Cassie asintió y volvió a abrazarlo como expresión de gratitud por todo lo que había hecho por ella.

—Nos veremos mañana en el trabajo.

Cassie trabajaría todo el verano en el aeropuerto. Dejaría el puesto de camarera y trabajaría para su padre a cambio de un salario simbólico. Se preguntó si Pat le permitiría realizar en solitario vuelos de transporte y si su desempeño en la exhibición aérea modificaría la situación.

Dio un ligero saltito para bajar del vehículo, le dedicó una última mirada a Nick y se acercó a Bobby. Éste la había esperado largo rato y, aunque estaba contento de que hubiera ganado dos premios, puso cara de enfado cuando Cassie se dirigió hacia él. Había pasado la tarde con el corazón en un puño, trabajando en la tienda de su padre, aterrorizado por la posibilidad de que durante la exhibición se produjese una tragedia. Y ahora Cassie caminaba despreocupada, como si hubiera ido de compras al centro de la ciudad.

—Cass, has sido injusta conmigo. Toda la tarde estuve preocupado por ti. No te figuras lo que supone pensar en todas las desgracias que pueden ocurrir.

—Lo lamento, pero para mí ha sido un día muy especial —explicó Cassie sin alterarse.

—Lo sé —admitió Bobby a regañadientes.

Ninguna de sus hermanas se dedicaba a la aviación. ¿Qué pretendía demostrar Cassie? Bobby no quería que volviese a subir a un avión y se lo dijo, pero la ocasión no era propicia y repentinamente Cassie se enfureció.

—¿Cómo te atreves a decirme semejante cosa?

Para Cassie no había vuelta atrás después de la exhibición aérea, el reconocimiento de su padre y los meses de aprendizaje con Nick. No bajaría a tierra nunca más. Había emprendido el vuelo y no volvería a descender. Pensaba quedarse en lo alto, le gustara o no a Bobby.

Bobby pensó que, con el paso del tiempo, lograría hacerla cambiar de opinión, pero a finales de verano aceptó que se había liado con una familia de locos voladores y que los lazos de sangre tiraban más que los compromisos. De momento se limitó a rogarle a Cassie que tuviera cuidado. Y ésta fue cuidadosa, pero no por Bobby sino porque pilotaba muy bien.

En otoño, cuando Jackie Cochran ganó el trofeo Bendix por el vuelo de Burbank a Cleveland, Cassie empezó a transportar sacas de correspondencia para su padre. Para entonces Pat, finalmente convencido de sus aptitudes, hizo que Cassie lo llevara en avión por todo el estado. Y tuvo que reconocer ante Nick que no se había equivocado. Se trataba de una coincidencia, por supuesto, ya que en una mujer no se podía confiar como en un hombre, pero lo cierto es que Cassie era una aviadora extraordinaria. Fue una pena que Pat no se lo dijera a su hija.

Aquel invierno Cassie trabajó en el aeropuerto y cursó su segundo año en Bradley. Colaboró en varias emergencias y en primavera ya era un miembro reconocido del equipo del aeropuerto. Volaba a todas partes, hacía trayectos cortos y largos, además de practicar para la exhibición aérea estival. Con Nick depuró su estilo y esas prácticas le recordaron la época de las clases a escondidas. Ahora podían hablar mientras trabajaban en el aeropuerto y en más de una ocasión lo acompañó durante vuelos de transporte.

Cassie seguía prometida con Bobby Strong, cuyo padre había estado enfermo todo el año, por lo que ahora el joven tenía más responsabilidades en la tienda. Daba la sensación de que visitaba cada vez más esporádicamente a su novia. Y ella estaba tan atareada que a veces ni siquiera se enteraba.

En marzo Hitler ocupó Checoslovaquia y se mostró más amenazador que nunca. Volvió a hablarse de guerra y del temor a que Estados Unidos interviniese. Roosevelt volvió a prometer que no se involucrarían, pero Nick no le creyó.

En la primavera de 1939, cuando regresó de Europa, Charles Lindbergh se convirtió en el defensor más acérrimo de la no intervención de Estados Unidos en la contienda. Pat se alegró, pues creía ciegamente en las palabras del célebre aviador. Para Pat O'Malley el apellido Lindbergh aún era sagrado.

Pat, convencido, le dijo a Nick que no intervendrían en la inminente guerra ya que en la anterior habían aprendido la lección. Estaba seguro de que Estados Unidos no sería arrastrado a otra guerra europea. Ya habían estallado conflictos entre chinos y japoneses, Mussolini había ocupado territorios y Hitler miraba Polonia con avidez.

Cassie sólo pensaba en la exhibición aérea. Se esforzaba por aprender nuevos balanceos y giros, así como acrobacias que había visto realizar en una pequeña pista de Ohio en la que había estado con Nick. Intentaba ganar velocidad y practicaba siempre que tenía tiempo libre. En junio terminó su segundo curso universitario y se sintió preparada para intervenir en la exhibición.

A Bobby le fastidió que Cassie volviese a participar en esa competición, pero tenía problemas en la tienda y hacía mucho que había comprendido que era imposible impedirle volar. En junio asistieron al estreno de *Tarzán*, y ése fue el único rato que compartieron mientras Cassie ultimaba los preparativos para la gran prueba.

Por fin llegó el gran día y Cassie se presentó a las cuatro de la madrugada, en compañía de Nick, en la pista de Peoria. Su hermano iría más tarde con Pat, aunque ese año no estaba muy entusiasmado con participar. Chris estaba tan contento por su ingreso en la Western Illinois University de Macomb que apenas había practicado.

Pat seguía cifrando todas sus esperanzas en él y, pese a los éxitos de su hija durante la edición anterior, casi nunca mencionaba su participación.

Nick la ayudó a repostar el avión y a llevar a cabo las comprobaciones de rigor. A las seis de la madrugada la llevó a desayunar.

—Mantén la calma —le aconsejó.

Nick sonrió y recordó lo nervioso que había estado la primera vez que participó en una exhibición. Pat lo había acompañado y Oona había llevado a las niñas para que lo viesen. Cassie estuvo presente, por supuesto, pero sólo tenía dos años. Al recordarlo se sintió viejo. Cassie y él se habían hecho muy amigos y habían establecido un vínculo que jamás se rompería. A veces para Nick era doloroso obligarse a recordar que podía ser su padre. Cassie ya había cumplido los veinte y él era dieciocho años mayor. Desde luego, se sentía como un muchacho, aparentaba menos edad y Cassie lo acusaba de comportarse como un crío, pero nadie podía quitarle sus treinta y ocho años... Nick lo habría dado todo con tal de reducir a la mitad esa diferencia. A Cassie le importaba un rábano, pero a él le preocupaba. Además, era la hija de su mejor amigo. Pat jamás entendería el vínculo o la intimidad que ellos compartían. Nick sabía que aquél era un obstáculo insuperable. Pat había llegado a aceptar que su hija pilotara aviones, pero no iría más lejos.

Nick pidió huevos revueltos, salchichas, tostadas y café para

Cassie. Pero cuando le sirvieron el desayuno, la joven lo rechazó con un ademán.

—Nick, no puedo probar bocado, no tengo hambre.

—Pues tendrás que comer. Más tarde te hará falta. Chica, sé muy bien lo que te digo. Si no te alimentas, te temblarán las rodillas cuando quieras rizar el rizo y te encuentres inmersa en la gravedad negativa. Pórtate bien y come.

Nick la miró de una forma que demostraba lo mucho que se preocupaba por ella y Cassie le dedicó una sonrisa de felicidad.

—Eres un pesado.

—Y tú eres un cielo... y lo serás más cuando ganes el primer premio. Me gusta que una chica se lleve los laureles. Cuento con que lo hagas.

—Sé bueno y no me presiones. Haré lo que pueda.

Cassie también aspiraba al primer premio, incluso a hacerse con varios galardones, no sólo por Nick sino por ella misma y, sobre todo, para impresionar a su padre.

—Pat te quiere y no soporta admitir que se equivocó. De todos modos, sabe que eres muy buena. La semana pasada oí que lo comentaba con un grupo de gente en el aeropuerto. Simplemente no se atreve a decírtelo a ti.

Nick comprendía a Pat mejor que Cassie. Pese a su brusquedad y a su aparente desprecio por las aviadoras, Pat estaba orgulloso de su hija, aunque le daba reparos expresarlo.

—Puede que si hoy acaparo un montón de premios tenga que admitir, por fin, que como piloto no lo hago nada mal... Quiero decir que lo reconozca ante mí, no ante un grupo de gente.

Cassie aún se enfurecía cuando se mencionaba este tema, su padre siempre se jactaba de la pericia de Chris, al que ni siquiera le gustaba volar.

—¿Es realmente tan importante que te lo diga? —quiso saber Nick.

—Tal vez. Simplemente me gustaría oírlo para saber qué siento.

—¿Y después?

—Después volvería a volar por ti, por él y por mí. Creo que no pretendo nada del otro mundo.

—Y también acabarás la universidad y serás profesora.

—Preferiría ser instructora de vuelo, como tú —repuso ella y bebió un sorbo de café.

—Sí, claro, y hacer cinco viajes a la semana repartiendo sacas de correos. Es una vida ideal para una universitaria.

—¡Qué tonterías dices!

En ese momento, un grupo de jóvenes que acababa de desayunar los interrumpió. Parecieron vacilar cerca de la mesa y trazaron círculos como polluelos, sin dejar de observar a Nick y Cassie.

—¿Los conoces? —preguntó Nick.

Parecían vaqueros. Cassie negó con la cabeza, pues era la primera vez que los veía. Al final uno de los chicos se acercó. Miró a Cassie de arriba abajo, contempló a Nick y cuando se armó de valor consiguió preguntar:

—¿Sois... *Peliagudo* Galvin y Cassie O'Malley?

—Exacto —respondió la muchacha sin dar tiempo a que Nick abriera la boca.

—Soy Billy Nolan. Vengo de California... Todos nosotros participaremos en la exhibición. Te vi el año pasado y estuviste fabulosa. —Se ruborizó. Aparentaba un chico de catorce años, pero en realidad tenía veinticuatro. Era rubio, con remolinos en el pelo y la cara llena de pecas. Se dirigió a Nick—: Mi padre le conoce. Estuvieron juntos en la escuadrilla 94 y a él lo derribaron. Lo más probable es que no se acuerde de él... Tommy Nolan.

—¡Vaya! —exclamó Nick, que estrechó la mano de Billy y lo invitó a tomar asiento—. ¿Cómo está Tommy?

—Está muy bien. Desde la guerra padece cojera, pero no le molesta demasiado. Tenemos una zapatería en San Francisco.

—Me alegro por él. ¿Sigue volando? —Nick se acordaba perfectamente de Tommy Nolan y Billy era el vivo retrato de su padre.

Billy repuso que hacía años que su padre no subía a un avión y que tampoco le entusiasmaba que su hijo hubiese heredado su pasión por la aviación.

Los amigos de Billy seguían en pie y le observaban, por lo

que el chico les hizo señas de que se acercaran. Eran cuatro, más o menos coetáneos de Billy, y procedían de diversas zonas de California. Lo cierto es que parecían vaqueros.

Preguntaron a Cassie en qué pruebas se había inscrito y ella respondió que en las de velocidad, acrobacia aérea y otras (las cuales Nick consideraba algo ambiciosas, pero como para ella era tan importante no tuvo valor para aguarle la fiesta).

Billy presentó a sus compañeros. Eran muy simpáticos y nuevamente Nick Galvin se sintió muy viejo. Aquellos chicos tenían una media de quince años menos que él y se aproximaban a la edad de Cassie. Al salir del restaurante, reían, charlaban y hacían comentarios sobre la exhibición. Parecían una pandilla de niños que se lo pasan fenomenal en una fiesta escolar.

—Debería permitiros jugar, pero existe el riesgo de que Cassie se olvide de sus obligaciones —bromeó Nick—. Será mejor que no os quite ojo de encima para que os comportéis bien y recordéis la exhibición.

Los jóvenes rieron la chanza de Nick y lo acribillaron a preguntas sobre la escuadrilla 94, la guerra y los alemanes que había abatido antes. En más de una ocasión Nick tuvo que pedirles que no hablaran todos a la vez y les contó numerosas anécdotas. Lo trataron como a un héroe y estaban de excelente humor cuando llegaron al recinto ferial.

La aviación suponía esa camaradería, esa clase de bromas, esa clase de personas y las experiencias que compartías. No se limitaba a los largos vuelos en solitario y al firmamento que te hacían sentir dueño del mundo. La aviación suponía todas esas cosas: los altibajos, la paz y el terror, los contrastes más acentuados.

Los chicos desearon suerte a Cassie y fueron a revisar su aparato. Se turnarían para usar el mismo avión y se habían inscrito en diversas pruebas. Sólo Billy competiría con Cassie.

—Billy es encantador —comentó Cassie afablemente en cuanto los muchachos se alejaron.

Nick la miró por encima del hombro.

—No olvides que estás comprometida —le advirtió.

Cassie soltó una carcajada al ver su piadosa expresión, algo inusual en Nick, que no solía mostrar ningún interés por Bobby Strong ni porque Cassie le fuera fiel.

—Sólo quise decir que es muy simpático, ya me entiendes, que es agradable hablar con él. No pienso fugarme con Billy.

Cassie estaba repostando el avión y se preguntó si Nick se sentía celoso. La idea le pareció tan disparatada que no tardó en desecharla.

—Pues podrías fugarte con él —insistió el piloto—. Tiene tu misma edad y es piloto, lo cual podría ser muy reconfortante.

—¿Conque ahora te dedicas a buscarme novio? —bromeó Cassie—. No sabía que formara parte de tus enseñanzas.

—Pues también puedo enseñarte cómo se encadena una persona al suelo. Bien, Cass, déjate de tonterías y concéntrate en lo que haces. Tú y el aparato estaréis sometidos a una gran tensión.

—Sí, señor instructor.

Los juegos habían terminado y Cassie habría jurado que, por una fracción de segundo, Nick sintió celos, aunque no había motivos que lo justificaran. Estaba prometida con otro y Nick y ella sólo eran amigos. Se preguntó si le molestaba que ella se relacionase con otros pilotos. Nick estaba muy satisfecho de todo lo que ella había logrado y tal vez era eso lo que le preocupaba.

Pocos minutos después llegaron su padre y su hermano. Eran casi las ocho y la competición comenzaba a las nueve, si bien Cassie no participaría hasta las nueve y media.

—Cass, ¿está todo listo? —preguntó su padre—. ¿Lo has comprobado todo?

—Todo comprobado —respondió.

¿Acaso Pat no la consideraba capaz de poner la máquina a punto? Si tanto le importaba, ¿por qué no la había ayudado en lugar de colaborar con Chris? Pat podría haber ayudado a sus dos hijos, pero no lo hizo. Sólo se interesaba por Chris, que parecía deseoso de estar en cualquier otra parte. Ese año sólo participaba en una prueba y Cassie esperaba que ganase.

—Buena suerte —dijo su padre y se marchó para reunirse con Chris al otro lado del aeródromo.

—¿Por qué se toma tantas molestias? —masculló Cassie a medida que su padre se alejaba.

—Porque te quiere y no sabe cómo expresarlo —respondió Nick.

—Pues a veces tiene una manera muy extraña de mostrar sus sentimientos.

—¿De veras? Tal vez se debe a que cuando naciste le obligaste a pasar la noche en vela.

Cassie sonrió. Nick no fallaba: siempre se las arreglaba para hacerla sentir bien.

La joven volvió a encontrarse con Billy Nolan y sus compañeros antes de la primera prueba. Reían, alborotaban y gritaban. Aunque costaba creerlo, se habían inscrito en las competiciones más difíciles.

—Espero que sepan lo que hacen —dijo Nick.

Parecían un hatajo de chiquillos, pero a veces eso no importaba. Había conocido a verdaderos ases de la aviación con aspecto de vaqueros. Las desgracias solían ocurrir cuando los pilotos sobreestimaban su capacidad o ignoraban las limitaciones de sus aparatos.

—No habrá ningún problema —afirmó Cassie—. Están cualificados.

—Tú también lo estás, pero ¿eso qué garantía supone? —bromeó Nick.

—¡Eres un pelmazo! —Cassie se rió.

Media hora después la joven se puso en actividad. Estaba a punto de entrar en liza. Había visto varias proezas aéreas impresionantes y oído exclamaciones y gritos. Era habitual durante la exhibición aérea.

—¡Sorpréndelos! —gritó Nick y se apartó del aparato.

Cassie se deslizó con el Moth por la corta pista a fin de entrar en el concurso de acrobacias aéreas.

Por primera vez en años Nick rezó. El año pasado no estaba tan nervioso, pero ahora temía que Cassie se extralimitara en su deseo de demostrar algo ante él o ante su padre. Lo que más deseaba era alcanzar el triunfo y Nick lo sabía.

La aviadora comenzó con unos lentos rizos, a continuación

trazó un doble y luego un tonel. Se paseó por el repertorio adelante y atrás, incluidos el ocho cubano y la hoja que cae. Nick vio que ejecutaba cada ejercicio a la perfección. Cassie hizo un triple, luego un descenso en picado y una mujer gritó porque no creía que Cassie pudiese recuperar la altura necesaria... tal como ocurrió. El ejercicio fue perfecto. Se trató de la demostración más bella que Nick vio en su vida y Cassie la remató con un rizo hacia fuera que emocionó a los espectadores. Cuando aterrizó, Nick la aguardaba sonriente.

—No has estado nada mal. Ha sido un ejercicio muy pulido.

Los ojos de Nick parecieron encenderse mientras la felicitaba.

—¿Eso es todo?

El entusiasmo y la adrenalina de Cassie se trocaron en desilusión, pero Nick la abrazó efusivamente y le dijo que había estado insuperable.

—Eres la mejor —agregó.

Media hora más tarde los jueces confirmaron esa opinión. Su padre la felicitó, aunque sus palabras iban dirigidas a Nick más que a Cassie. Estaba orgulloso de su hija, pero todavía le fastidiaba que exhibiese abiertamente su competencia como aviadora.

—Es evidente que has tenido un excelente instructor.

—Y yo he tenido una discípula extraordinaria —señaló Nick.

Los dos hombres sonrieron y Pat no volvió a cruzar una palabra con su hija.

Le tocó turno a Chris. Por mucho que se esforzó, perdió. Ni siquiera se clasificó, pero no le importaba. Sus días de piloto pertenecían al pasado. Ahora sólo le interesaba la universidad. Volar no era lo suyo y lo único que lamentaba era decepcionar a su padre.

—Papá, lo lamento —se disculpó en cuanto bajó del avión—. Tendría que haber dedicado más horas a las prácticas.

Había pilotado el Bellanca reforzado de Nick, que Cassie también utilizaría.

—Sí, hijo, tienes razón —admitió Pat, apenado.

Le molestaba que Chris perdiese cuando, con un mínimo esfuerzo, podía haber sido un gran aviador. Eso era lo que Pat pensaba, pero nadie compartía su opinión. Todos sabían que Chris no tenía madera de piloto. De todos modos, Cassie lo felicitó.

—Buen trabajo, hermanito, lo has hecho muy bien.

—Por lo visto no ha sido suficiente.

Chris sonrió y felicitó a su hermana por haber ganado el premio en la prueba anterior.

Dos minutos después Cassie vio que uno de los amigos de Billy Nolan alcanzaba la segunda posición después de volar magistralmente.

A las diez volvería a participar en una prueba que requería velocidad. Cassie temía que el Vega de carreras no estuviera a la altura de las circunstancias. Era un aparato veloz, pero había otros más rápidos.

—Lo conseguirás si dominas el aparato —aseguró Nick mientras hablaban antes del despegue. El Vega era un gran avión y Cassie lo pilotaba de maravilla. Nick sabía que, para esa prueba, era más apropiado que el Bellanca—. Mantén la calma y no te asustes.

Cassie asintió con la cabeza y segundos después emprendió el vuelo.

Nick pensó que no conocía otro piloto tan preciso o veloz mientras la joven culminaba una maniobra extraordinariamente complicada. Le resultó imposible apartar los ojos del aparato de Cassie y notó que Pat también lo miraba con atención. Lo mismo hacía un hombre alto, rubio, de *blazer* y pantalón blanco. La observaba atentamente a través de los prismáticos y hablaba con un hombre que tomaba notas. Aquel individuo no encajaba en ese ambiente y Nick pensó que probablemente era reportero de un periódico de Chicago.

Cassie obtuvo la segunda plaza porque no había contado con un avión más veloz. Había superado todas las desventajas del Vega. Nick no acababa de creérselo. Jamás imaginó que se clasificaría en un puesto tan digno.

Cuando Cassie aterrizó, Billy se acercó a felicitarla; él había quedado tercero. Formaban un fantástico grupo de aviadores. Billy le gustaba mucho a Nick porque era un piloto prudente y seguro, y había quedado bien clasificado pese a contar con un avión que no era el más conveniente para esa prueba. Al igual que Cass, Billy se había empleado a fondo.

A Cassie le faltaba participar en dos pruebas: la de mediodía, que discurrió sin incidentes, y la última por la tarde. Nick habría preferido que no se hubiese inscrito en la cuarta prueba.

Cassie y Nick comieron con Billy Nolan y sus amigos. Un rato más tarde Chris se sumó y, cuando su padre se acercó, Cassie les presentó al famoso Pat O'Malley. A éste los californianos le cayeron bien y Billy estuvo largo rato hablando con él de su padre. Pat lo recordaba perfectamente y lamentaba haberle perdido la pista en los últimos veinte años.

Por fin llegó la hora de la participación de Cassie. Cuando se enteró de que se había apuntado en esa prueba, Pat se enfureció y sus ojos despidieron llamaradas mientras regañaba a su socio.

—¿Por qué no se lo has impedido? —preguntó a Nick.

—Pat, esa chica es igual a su padre y hace lo que le viene en gana.

—Pues no dispone del avión adecuado para esa prueba y carece de experiencia para realizarla.

—Se lo he dicho mil veces. Pero ha practicado mucho y es lo bastante inteligente para abandonar si ve que no podrá. No te preocupes, Cassie no rozará los límites del peligro. —Nick rogó a Dios que Cassie así lo hiciera

Pat y Nick miraron hacia el cielo en compañía de Chris, Billy, sus amigos y el hombre de pantalón blanco. Se trataba de una prueba temeraria, en la que habitualmente sólo participaban pilotos expertos en acrobacias. Por añadidura, el Bellanca no era el aparato idóneo. Cassie ansiaba probar suerte en esa prueba, que le permitiría demostrar sus dotes y realizar un par de milagros, siempre y cuando el avión colaborara a poca altura. Sabía que era muy peligroso y, si no quedaba otro remedio, estaba dispuesta a abandonar.

Tenía que hacer más de doce movimientos impresionantes y aterradores. Hizo los primeros seis sin problemas. Pat llegó a esbozar una sonrisa mientras la contemplaba. Pero en la última caída en picado pareció perder el control del aparato. El Bellanca descendía con las alas ladeadas y Nick se preguntó si

Cassie había sufrido un ataque de pánico o se había desvanecido. Era evidente que no hacía nada, absolutamente nada para salvarse. Nadie se movió mientras asistían horrorizados a lo que no tardaría en convertirse en una tragedia. De repente, en medio de un gran estrépito, Cassie aceleró al máximo, ganó altura apenas por encima de las cabezas de los espeluznados espectadores, ascendió y remató la maniobra con un tonel triple que dejó sin aliento a los presentes. Ejecutó cada uno de los movimientos requeridos e hizo un último rizo que le permitió ganar fácilmente la prueba.

A Nick se le había formado un nudo en la garganta y Pat estaba pálido. En cuanto tomó conciencia de lo que Cassie acababa de hacer, a Nick le entraron ganas de darle una zurra por haberle dado semejante susto. ¿Por qué los aterrorizaba de esa forma? No valía la pena, ni siquiera a cambio del primer premio. Corrió hasta la pista en que Cassie había aterrizado y estuvo a punto de zarandearla en la cabina.

—¡Maldita sea, ¿qué demonios hacías?! ¿Pretendías suicidarte? ¿No te das cuenta de que si hubieras bajado un metro más no habrías conseguido ascender?

—Ya lo sé —respondió ella sin inmutarse, pero se sobresaltó al ver cómo temblaba Nick. Había ejecutado esas maniobras adrede y calculándolas al milímetro.

—¡Estás chalada, no eres más que una maldita arrogante! ¡No tienes derecho a pilotar un avión!

—¿No me he clasificado?

Cassie puso expresión de pena y Nick sintió ganas de sacudirla. Pat los observaba fascinado desde lejos. Al ver la expresión de Nick advirtió algo que hasta entonces no había visto y se preguntó si su socio era consciente de ello.

—¡Y encima tienes el descaro de preguntar si te has clasificado! —chilló Nick y la sujetó por el brazo—. ¿Te has vuelto loca? Has estado a punto de perder la vida y de matar a un centenar de personas.

—Lo siento, Nick. —Repentinamente Cassie se mostró arrepentida—. En cierto momento supe que podía hacerlo.

—¡Vaya si lo hiciste! ¡Maldita sea! Es el mejor vuelo que he visto en mi vida, pero si vuelves a hacer algo parecido te retorceré el cuello.

—Sí, señor instructor.

—Espero que me hayas entendido. Y ahora apéate del puñetero avión y ve a pedir disculpas a tu padre.

Por sorprendente que parezca, a pesar de que se había asustado tanto como Nick, Pat se mostró más amable. Se alegró de que Oona no estuviera presente —se había quedado en casa con Glynnis, que volvía a estar embarazada, y con sus cinco hijos, que tenían sarampión—. Pat había visto la reacción de Nick y consideró que no cabían más monsergas. Así pues, la felicitó por su estilo y su coraje.

—Me parece que, al fin y al cabo, Nick tenía razón —reconoció Pat con humildad—. Cass, eres una gran aviadora.

—Gracias, papá.

Pat la abrazó y para Cassie aquél fue el mejor momento de su vida.

Nuevamente vieron volar a Billy Nolan, que en su última prueba consiguió el primer premio. Cassie había conseguido un segundo lugar y tres primeros puestos, clasificación muy superior a los mejores vaticinios. Los reporteros gráficos no dejaban de hacerle fotos.

Más tarde, estaban bebiendo cerveza y contemplando la última prueba de la exhibición cuando, de repente, Cassie vio que Nick tensaba la mandíbula. Siguió su mirada, vio humo en el cielo y repentinamente, como el resto de los presentes, se asustó.

—Ese piloto tiene problemas —murmuró Nick.

Se trataba de Jim Bradshaw, un aviador joven, casado, con dos hijos pequeños y un avión que no valía nada. Pero a Jim le gustaba participar en exhibiciones aéreas.

—¡Oh, Dios mío! —musitó Cassie mientras presenciaban, horrorizados, la tragedia.

La máquina de Jim comenzó a trazar espirales, tal como había hecho Cassie, pero esto era real y las bocanadas de humo que salían del fuselaje indicaban que no se trataba de una pirueta acrobática. Estaba a punto de producirse un accidente. Los espectadores fueron presa del pánico y echaron a gritar y correr.

Cassie se dio cuenta de que no podía moverse, sólo podía mirar aquella lánguida ave que daba vueltas y más vueltas, descendía y súbitamente se estrellaba contra el suelo con una explosión ensordecedora. La gente se acercó corriendo; Nick y Billy fueron de los primeros en llegar e intentaron rescatar a Jim de los restos del aparato, pero era demasiado tarde. El joven piloto se había calcinado y era evidente que había muerto instantáneamente. Su esposa chillaba histéricamente y dos mujeres la sujetaban mientras su madre abrazaba a sus nietos.

Las ambulancias no pudieron hacer nada. Fue el triste final de un día emocionante, un recordatorio de que los aviadores coquetean constantemente con la muerte.

—Será mejor que volvamos a casa —propuso Nick.

Pat asintió.

Horas antes Pat había temido que Cassie corriera la misma suerte y le avergonzó reconocer para sus adentros que era un alivio que le hubiese tocado a otro en lugar de a su hija.

Billy se acercó para despedirse mientras los tres aviones eran cargados en camiones y sujetados con firmeza.

Billy estrechó la mano de Pat y dijo:

—Antes de irme me gustaría visitarlo en el aeropuerto.

—Será un placer. ¿Volverás a San Francisco?

—En realidad había pensado... pensé que quizá usted necesitará otro... yo... a mí... no me molestaría quedarme para pilotar algún avión.

—Hijo, desde luego nos agradaría contar con un aviador como tú. Ven a vernos mañana a primera hora.

Billy se prodigó en manifestaciones de agradecimiento y volvieron a despedirse. Sus amigos partían hacia California al día siguiente, pero Billy estaba encantado de quedarse.

—¿Para qué queremos otro piloto joven y brillante? —preguntó Nick con expresión de fastidio.

—¿Piensas dedicar el resto de tu vida a realizar vuelos nocturnos? —preguntó Pat, divertido—. No padezcas, creo que no es su tipo. —El padre de Cassie sonrió a medias y, por primera vez en años, Nick se ruborizó y volvió la espalda a su viejo amigo—. Nick Galvin, permíteme que te recuerde que está prometida con Bobby Strong y que, por lo que a mí respecta, acabará casándose con él. Cassie necesita un hombre con los pies bien plantados en el suelo, no en el cielo, como tú y yo.

Pat hablaba en serio, pero lo que había percibido en la mirada de Nick despertó su curiosidad. Entre esos dos había algo muy fuerte y Pat sospechó que Cassie era demasiado joven para darse cuenta. También sabía que Nick era lo bastante sensato para no dejarse llevar por sus emociones.

Partieron a casa de los O'Malley, donde Oona los esperaba con la cena preparada.

La madre de Cassie quedó impresionada cuando se enteró de sus éxitos. Había sido un buen día, sólo perturbado por el accidente de Jim Bradshaw. En plena cena, Bobby apareció enloquecido de preocupación. Entró como una tromba en el salón y se disculpó al ver que estaban cenando. Miró a Cassie y pareció que iba a llorar. Oona lo vio tan afligido que se levantó, pero Bobby retrocedió sin dejar de disculparse y se detuvo en la puerta.

—Lo siento mucho... Me... me dijeron que hubo un accidente...

Bobby volvió a quebrarse de angustia y todos lo compadecieron. No era difícil deducir qué había pensado. Cassie se incorporó y se acercó a su prometido.

—Lamento que te hayas preocupado. El accidente lo sufrió Jim Bradshaw —dijo.

—¡Oh, Dios mío! ¡Pobre Peggy!

Peggy, con diecinueve años y dos niños, se había quedado viuda. Bobby intentó sobreponerse; lo que lo había aterrorizado era la posibilidad de que la víctima fuese Cassie. Ninguna de las personas con las que había hablado sabía realmente qué había ocurrido durante la exhibición.

Los prometidos fueron a sentarse al porche. Al salir, Cassie cerró la puerta. Aunque desde el salón no se oía qué decían, se veía la expresión de aflicción de Bobby mientras hablaban. Cassie se limitaba a asentir con la cabeza. Bobby le explicó que no podía seguir viviendo así, prometido con ella pero sin tener la certeza de que compartirían el futuro. Sabía que Cassie deseaba terminar sus estudios universitarios, pero él no estaba seguro de poder esperar dos años más. Su padre estaba muy enfermo y su madre dependía de él. Parecía abrumado por tantas obligaciones, pero los dos asumieron que Cassie no estaba dispuesta a renunciar a todo y convertirse en lo que Bobby necesitaba. Bobby la miró con expresión angustiada.

—No puedo vivir así. En todo momento pienso que te pasará algo grave y hoy... podrías haber sido... podría haberte ocurrido... —Bobby se echó a llorar.

Cassie lo abrazó con todas sus fuerzas.

—Ay, Bobby... pobre Bobby... No padezcas, cálmate...

La muchacha tenía la impresión de que consolaba a uno de sus sobrinos, aunque también comprendió que Bobby cargaba demasiado peso sobre sus hombros y que ella formaba parte de esa carga. Bobby necesitaba a alguien que lo ayudara. Sólo tenía veintiún años y necesitaba mucho más de lo que Cassie podía darle. Los dos sabían que era así.

Mientras lo consolaba, la muchacha se quitó suavemente la sortija de prometida y la puso en la mano de Bobby.

—Te lo mereces todo y a mí me aguarda un largo camino... —susurró—. Ahora lo sé. Hasta hoy no estuve segura, pero ahora lo sé.

Cassie necesitaba vida, libertad y volar en aviones. Ahora era posible que lo consiguiera, porque su padre finalmente la había aceptado, pero no podía dar a Bobby Strong todo lo que se merecía, además, eso tampoco era lo que ella quería.

—Cass, ¿seguirás volando? —quiso saber Bobby, compungido, y se sorbió los mocos como un crío. Los presentes en el salón intentaban ignorarlos.

—Sí. —Cassie asintió con la cabeza—. Tengo que seguir volando. Es mi vida.

—Cuídate, por favor... Dios mío, Cassie, cuídate... Te quiero con toda mi alma... Hoy temí que hubieras muerto.

Bobby volvió a sollozar y la muchacha se sintió fatal. Le costaba imaginar lo que el accidente había representado para Peggy Bradshaw.

—Estoy bien… no me ha pasado nada… —Sonrió con los ojos llenos de lágrimas—. Bobby, te mereces lo mejor del mundo. Por favor, olvídame. Bobby Strong, búscate una buena esposa, te la mereces.

—¿Seguirás en Good Hope? —preguntó Bobby.

A Cassie le pareció una extraña pregunta, pues siempre había vivido allí.

—¿Adónde podría ir?

—No lo sé… —Bobby esbozó una penosa sonrisa y apretó la sortija. Ya había empezado a añorar a Cassie—. Eres tan libre… A veces detesto la maldita tienda y los problemas que acarrea.

—Estoy segura de que harás grandes cosas —dijo Cassie, convencida de que mentía. Sin embargo, Bobby era merecedor de todo el aliento que pudiese darle.

—Cass, ¿lo dices en serio? —Suspiró al pensar en su propia vida—. Lo único que quiero es casarme y tener hijos.

—Pero yo no. —Cassie sonrió—. Éste es el problema.

—Espero que algún día cambies de parecer. La vida da tantas vueltas que puede que volvamos a encontrarnos —dijo esperanzado.

Para Bobby, Cassie siempre había sido una persona intrépida y demasiado audaz. La joven lo miró y meneó la cabeza.

—No te hagas ilusiones y dedícate a buscar lo que más te atrae.

—Te quiero, Cass.

—Yo también te quiero —murmuró Cassie, y volvió a abrazarlo y se puso en pie—. ¿Entramos?

Bobby meneó la cabeza con los ojos llenos de lágrimas.

—Será mejor que me vaya.

Ella asintió y él se guardó la sortija en el bolsillo. La contempló unos segundos, dio media vuelta y se alejó corriendo, intentando no echarse a llorar otra vez.

Cassie regresó al salón y se sentó en un sofá. Aunque no le preguntaron nada, todos se percataron de lo que acababa de ocurrir. Nick le miró la mano y la ausencia del anillo no le sorprendió. De hecho, experimentó un profundo alivio. Ahora sólo tenía que preocuparse por Billy Nolan.

9

A la mañana siguiente, Cassie se quedó en la cama repasando los acontecimientos del día anterior y repentinamente recordó que ya no estaba prometida. No tuvo la certeza de que la situación hubiera cambiado, aunque experimentó la extraña sensación de no ser nadie. En parte era emocionante, pero, por otro lado, se sintió sola.

Siempre había sabido que su relación con Bobby era un error, pero le había faltado coraje para reconocerlo. La víspera le pareció demasiado cruel seguir torturándolo, hacerlo esperar dos años más para comunicarle que todavía no estaba preparada. Cassie había pensado que nunca estaría en condiciones de llevar la vida a la que Bobby aspiraba y ahora lo sabía con certeza.

Mientras preparaba el desayuno vio la nota que su madre le había dejado, en la que le explicaba que había ido a cuidar los niños de Glynnis y no regresaría a tiempo de preparar el almuerzo. Chris también había dejado una nota anunciando que se iba con sus amigos.

Media hora más tarde, Cassie se había duchado, vestido y trasladado al aeropuerto. Se puso un mono limpio y se dedicó a repostar varios aviones. Era mediodía cuando vio a Nick y a su padre.

—Cass, ¿últimamente duermes hasta las tantas o sólo disfrutabas de los laureles? —se burló Nick.

—No te pases de listo. Llegué a las nueve. Estuve trabajando en el hangar del fondo.

—¿De veras? Bueno, si te interesa, hoy tengo un vuelo para ti.

—¿Adónde quieres que vaya?

—A Indiana. Llevarás una pequeña carga, algo de correspondencia y de regreso harás una breve escala en Chicago. No tardarás mucho. A la hora de cenar estarás de vuelta. Llévate el Handley.

—Encantada —repuso con una sonrisa.

Nick le indicó dónde estaba el libro de navegación. En ese momento su padre salió del despacho y dijo a Billy que cargase el avión. El chico había aparecido como por arte de magia y toda la mañana había trabajado sin parar. Pat sorprendió a su hija cuando dijo a Billy que la acompañase.

—Papá, puedo hacerlo sola.

—Desde luego, pero Billy tiene que aprender nuestras rutas y no me gusta que vueles sola a Chicago.

La joven puso los ojos en blanco y Pat cara de contrariedad pero, al menos, ya no se negaba a que volase. La situación había mejorado.

Nick miró con expresión de advertencia a Cassie y a Billy, como si se tratara de críos traviesos.

—Más vale que os portéis bien. Nada de acrobacias ni de proezas, ¿entendido? —Se dirigió a Billy—: Ten cuidado con sus rizos dobles.

—Si intenta hacer algo, le tiraré de las orejas —replicó Billy como si realmente fuese un hermano más de la familia.

Nick los observó dirigirse hacia el Handley. Por lo visto disfrutaban, pero parecían dos chavales. Les resultaba imposible imaginar que Cassie se enamorara de Billy, aunque cosas más raras solían ocurrir. Claro que, en cualquier caso, para Nick nada cambiaría. No tenía derecho a inmiscuirse con una chica de su edad. Cassie se merecía cosas más grandiosas que vivir en un cobertizo del aeropuerto de O'Malley y Nick lo sabía.

Los chicos acababan de despegar cuando ante la entrada

del despacho frenó un flamante Lincoln Zephir de color verde, del que se apeó un individuo de traje gris con chaqueta cruzada y paseó la mirada por el aeropuerto. Observó a Nick, el pequeño edificio que albergaba las oficinas y las instalaciones del aeropuerto.

—¿Dónde puedo encontrar a Cassie O'Malley? —preguntó amablemente.

El hombre tenía cabello rubio, con ondas, y la prestancia de un galán. Nick se preguntó si quería proponerle a Cassie que se dedicara al cine. Sin duda se trataba del mismo personaje que había visto ayer en la exhibición aérea, el de blazer y pantalón blanco. Ahora no tenía pinta de reportero, sino de hombre de negocios o de agente comercial. Nick señaló hacia el cielo.

—Acaba de despegar con un reparto de correspondencia. ¿En qué puedo ayudarlo?

—Me gustaría hablar con ella. ¿Sabe cuándo volverá?

—Tardará siete u ocho horas. Diría que regresará esta noche. ¿Quiere dejarle un mensaje?

El hombre entregó a Nick una tarjeta, en la que figuraba su nombre, Desmond Williams, la razón comercial Williams Aircraft y unas señas de Newport Beach, California. Nick sabía perfectamente quién era: el joven magnate que había heredado de su padre una fortuna y una empresa de construcciones aeronáuticas. Nick lo observó y llegó a la conclusión de que no era tan joven, pues rozaba su edad. Desmond Williams tenía treinta y cuatro años. O sea que, al menos desde la perspectiva de Nick, era demasiado mayor para Cassie.

—Le ruego encarecidamente que le entregue mi tarjeta. Me hospedo en el Portsmouth.

Era el mejor hotel de la ciudad, lo cual no quería decir nada, salvo que era lo mejor que podías hallar en Good Hope.

—Se la daré —aseguró Nick sintiendo curiosidad—. ¿Algo más? —Williams negó con la cabeza y miró a Nick con interés. El piloto no pudo contenerse y preguntó—: ¿Qué le ha parecido la exhibición aérea? No está mal tratándose de un sitio pequeño, ¿verdad?

—Ha sido muy interesante —reconoció Williams sonriente.

El magnate volvió a mirar a Nick de arriba abajo y decidió hacerle una pregunta. Su estilo era muy aplomado. Era un individuo que jamás cometía errores y no se dejaba gobernar por las emociones.

—¿Es usted su instructor?

Nick asintió con orgullo.

—Lo fui. Actualmente ella podría enseñarme a volar.

—Lo dudo —contestó Desmond Williams afablemente. A pesar de que en la tarjeta figuraban sus señas de Los Angeles, tenía acento del Este y hacía doce años se había graduado en Princeton—. Es una aviadora excelente, puede estar muy orgulloso.

—Gracias —dijo Nick en voz baja y se preguntó qué querría Williams de Cassie.

Algo ligeramente agorero, indescriptiblemente frío y extrañamente emocionante rodeaba al magnate. Aunque apuesto y aristocrático, todo en él denotaba seriedad.

Desmond Williams no volvió a cruzar otra palabra con Nick. Regresó al coche —que había comprado en Detroit hacía pocos días— y abandonó el aeropuerto.

—¿Quién es? —preguntó Pat mientras salía del despacho—. Levantó una gran polvareda. ¿Puede ir a más velocidad?

El coche era una maravilla de la Ford, con un motor en uve de doce válvulas.

—Desmond Williams —respondió Nick y miró preocupado a su viejo amigo—. Pat, ha preguntado por Cassie. Jamás imaginé que sucedería, pero me temo que le interesa. Por lo visto, despertó su interés durante la exhibición.

—Lo sospechaba.

Pat miró a Nick apenado. No quería que usaran a su hija pero sabía que existían muchas posibilidades de que ocurriese. Cassie era muy joven e inocente y una extraordinaria aviadora. Se trataba de una combinación peligrosa y ambos eran conscientes de los riesgos que suponía.

—¿Dónde está? —preguntó Pat.

—Se ha ido. Cassie y el joven Nolan despegaron poco antes de que Williams llegara.

—Me alegro. —Pat echó un vistazo a la tarjeta, la cogió y la rompió por la mitad—. Olvídate de Williams.

—¿No se lo dirás a Cassie?

Nick miró azorado a su amigo. Cualquiera fuese su posición, jamás habría tenido la osadía de tomar una decisión como ésa. Claro que, por otro lado, no era su padre.

—No, no le diré nada... y tú tampoco. ¿Me has entendido? —dijo Pat.

—Sí, jefe —replicó Nick sonriente.

Los dos hombres volvieron al trabajo con renovados bríos.

Mientras regresaban de Chicago, Cassie pasó los mandos del Handley a Billy para ver cómo pilotaba y quedó impresionada por su pericia. El joven le contó que su padre le había enseñado a volar cuando tenía catorce años y que llevaba una década pilotando aviones. Dado su dominio, no era difícil creerle. Accionaba los mandos con seguridad, tenía buen ojo y volaba correcta y prudentemente. Cassie supo que su padre se sentiría satisfecho: Billy significaría una gran adquisición para el aeropuerto. Por añadidura, era un chico simpático, de trato afable, inteligente, muy cálido y de agradable compañía. Durante el vuelo se lo pasaron muy bien intercambiando anécdotas.

—Vi que ayer llevabas una sortija de prometida y que hoy no la tienes —comentó Billy durante el regreso—. ¿Piensas casarte pronto?

—No —replicó Cassie y se acordó de Bobby—. Ya no estoy prometida. Anoche devolví la sortija.

Cassie no supo por qué le contaba esas cosas, pero Billy estaba a su lado, le caía bien y tenían prácticamente la misma edad. Además, sospechaba que el chico no se interesaba por ella como mujer, sino sólo como amigo, lo que a Cassie le agradaba.

—¿Estás triste? ¿Crees que haréis las paces?

—No —repitió y estuvo en un tris de compadecerse de sí misma—. Es un muchacho excelente, pero detesta verme volar. Tiene mucha prisa por casarse y yo quiero terminar mis estudios. No sé cómo explicarlo... nunca lo fue... nunca funcionó, jamás tuve valor para reconocerlo.

—Lo entiendo perfectamente. En dos ocasiones estuve prometido y las dos veces me llevé un susto de muerte.

—¿Y cómo saliste del aprieto?

—Huí. —Billy lo reconoció sin ambages, con su característica sonrisa de crío pecoso—. Salvo la segunda vez —añadió y miró las nubes.

—¿Te casaste? —Billy no parecía un hombre casado.

—No —musitó—. Mi novia murió el año pasado durante la exhibición aérea de San Diego.

Aunque habló con serenidad, Cassie reparó en su intensa expresión de dolor.

—Lo siento. —¿Qué más podía decir? Todos habían perdido amigos en las exhibiciones aéreas. Era terrible... y aún más para Billy si estaba enamorado.

—Yo también lo siento, pero he aprendido a sobrellevarlo. Mejor dicho, lo soporto, algunos días mejor y otros peor. Desde entonces no he vuelto a salir con otra chica y tampoco tengo ganas de liarme con nadie.

—¿Es una advertencia? —preguntó ella con sonrisa pícara.

—Desde luego, por si se te ocurriera saltar sobre mí a diez mil pies de altura. —Billy le dirigió una mirada maliciosa—. Todo el vuelo me has tenido con el corazón en un puño.

La forma en que lo dijo provocó la hilaridad de Cassie y cinco minutos después los dos reían al unísono.

Cuando llegaron a Good Hope se entendían perfectamente, como amigos de toda la vida. En lo que a Cassie se refería, no tenía ningún interés sentimental por Billy Nolan; simplemente le caía bien y lo consideraba un buen aviador. Su padre había tenido mucha suerte y sospechaba que Nick llegaría a apreciarlo.

Eran las nueve de la noche cuando aterrizaron. Cassie se ofreció a llevarlo a la pensión en la que se alojaba. Sus amigos habían regresado a California y Billy quería ahorrar para comprarse un coche, pero Cassie sabía que tardaría mucho debido a los bajos salarios que su padre pagaba.

—¿Cuánto piensas quedarte?

—Todavía no lo tengo claro... puede que treinta, cuarenta años... ¿qué te parece de aquí a la eternidad? —Billy sonrió.

Cassie rió.

—No es mala idea.

—Aún no lo sé. Me quedaré al menos una temporada. Necesitaba largarme. Mi madre murió y, después de lo que le pasó a Sally el año pasado, llegué a la conclusión de que debía dejar California. Hecho de menos a mi padre, pero comprende lo que me pasa.

—Y nosotros hemos sido muy afortunados. —Cassie le sonrió con afecto—. Lo he pasado muy bien contigo. Mañana nos veremos.

La muchacha se despidió con un ademán y arrancó.

Cuando llegó a casa, vio que su madre ya estaba de regreso. Oona le preparó un bocadillo. Su padre estaba en la cocina bebiendo cerveza. Le preguntó qué tal había ido el vuelo y Cassie respondió que Billy Nolan le había causado una excelente impresión. Explicó en qué basaba esa opinión y Pat asintió, satisfecho con sus comentarios, aunque quería comprobarlo con sus propios ojos.

Pat le dijo que comiera algo antes de acostarse, sin mencionar la visita de Desmond Williams al aeropuerto.

10

Al día siguiente Cassie, tumbada bajo un Electra, tenía la cara llena de grasa. Estaba ajustando la rueda de la cola cuando alzó la cabeza y vio un inmaculado pantalón de hilo blanco. Una espontánea sonrisa se dibujó en sus labios porque aquel atuendo resultaba insólito, así como el hombre que lo llevaba. Se irguió y se sobresaltó al toparse con un apuesto hombre que la observaba con desconcierto. La joven estaba irreconocible con su llameante cabellera recogida, la cara sucia y el viejo mono azul que otrora había sido de su padre.

—¿Señorita O'Malley? —preguntó el rubio con el entrecejo fruncido.

Cassie sonrió. Parecía una pésima broma de una obra de variedades; los dientes blancos relucían en su tiznado rostro y al hombre refinado se le escapó una sonrisa.

—Sí, soy yo.

Cassie, aún tumbada en el suelo, lo miraba. De pronto pensó que era mejor incorporarse y averiguar qué quería el visitante. Se puso de pie ágilmente y titubeó antes de estrecharle la mano. El hombre estaba pulcramente acicalado y todo en él era impecable. Cassie pensó que quería alquilar un avión y se dispuso a enviarlo a la oficina del aeropuerto.

—¿Qué desea?

—Soy Desmond Williams y hace un par de días la vi en la exhibición aérea. Si me permite, me gustaría hablar con usted. —Paseó la mirada por el hangar—. ¿Hay algún sitio donde podamos hablar?

La muchacha se sorprendió. Nunca habían ido a visitarla para hablar a solas y el único lugar donde se podía hablar en privado era el despacho de su padre.

—Si el ruido de los aviones no le molesta, podemos hablar cerca de las pistas. —No se le ocurrió nada mejor.

Echaron a andar y la muchacha estuvo a punto de mondarse de risa al pensar en el contraste de sus aspectos: el hombre estaba limpísimo y ella increíblemente desmañada. Se obligó a adoptar una actitud seria: ignoraba si ese individuo tenía sentido del humor. Reparó en Billy, que los había visto y los saludaba con la mano, pero se limitó a inclinar la cabeza.

—Durante la exhibición estuvo impresionante —dijo Desmond Williams fríamente mientras bordeaban los campos y sus zapatos se cubrían de polvo.

—Gracias.

—Creo que nunca he visto ganar tantos premios a un solo piloto... Menos aún a una chica tan joven. Por cierto, ¿qué edad tiene? —Desmond Williams la estudiaba atentamente y, aunque habló con toda seriedad, no tardó en sonreír.

Cassie seguía sin saber qué buscaba aquel hombre.

—Tengo veinte años y en junio terminaré el segundo curso de universidad.

—Entiendo. —El hombre asintió como si lo que Cassie acababa de decir fuera muy importante. Se detuvo y la taladró con la mirada antes de preguntar—: ¿Ha pensado alguna vez en dedicarse a la aviación?

—¿En qué sentido? —Cassie, desconcertada, se preguntó si aquel hombre pensaba proponerle unirse a las *Skygirl*, pero le pareció improbable—. ¿A qué se refiere?

—Hablo de volar como trabajo... como futuro. Me refiero a que haga lo que más le gusta; al menos lo que creo que más le gusta. Ciertamente usted pilota como si fuera lo que más ama en el mundo. —Cassie lo confirmó con un mohín de asentimiento. Desmond Williams estudió su expresión y se dijo que, de momento, le gustaba—. Hablo de pilotar aparatos extraordinarios, máquinas que nadie ha tocado... Hablo de probar aviones... de batir marcas... de convertirse en alguien importante para la aviación de nuestros días... alguien como Lindbergh.

—¿Como Lindbergh? —La joven estaba confundida. No podía creer que ese hombre hablara en serio—. ¿Y para quién volaría? ¿Está diciendo que alguien me dejaría esos aviones o que tendría que comprarlos? —Por un momento sospechó que el desconocido intentaba venderle un nuevo aparato.

Desmond Williams se divirtió con la ingenuidad de Cassie y se alegró de que nadie se le hubiera adelantado.

—Volaría para mí y para mi empresa, Williams Aircraft.

En cuanto oyó el nombre de la firma, Cassie supo quién era aquel hombre. No podía creer que se dignara dirigirle la palabra y que la hubiese comparado con Charles Lindbergh

—Señorita O'Malley, en la aviación hay un futuro espléndido para una aviadora como usted. Podrá hacer grandes proezas y pilotar aviones a los que, en otras circunstancias, no tendría acceso. Pilotará los mejores aparatos. En mi opinión se trata de una perspectiva muy interesante, y no tendrá que trabajar con cacharros como éstos. —Desmond Williams miró despectivamente alrededor. Cassie estuvo a punto de sentirse ofendida en nombre de su padre, pues esos aviones eran sus compinches y los bienes más preciados de Pat—. Le estoy hablando de aviones de verdad —insistió Williams—, de las máquinas con que se obtienen marcas mundiales.

—¿Qué tengo que hacer para conseguir ese trabajo? —preguntó recelosa—. ¿Cuánto tendré que pagarle?

Jamás le habían ofrecido algo así e ignoraba cómo se acordaban estas cuestiones. Para ella los pilotos importantes eran dueños de sus aparatos y ni se le había ocurrido que empresas aeronáuticas como la de aquel visitante dieran o prestaran aviones. Aún le quedaba mucho por aprender y Desmond Williams estaba dispuesto a enseñarle. Cassie era la primera cara nueva que veía desde que se había hecho cargo de la empresa de su padre.

—Nada, por supuesto. —El magnate sonrió—. Seré yo quien le pague, y generosamente. Le harán fotos sin cesar, obtendrá mucha publicidad y, si es tan competente como creo, podrá convertirse en una gran figura de la aviación. —Desmond Williams la miró con ojo crítico—. Claro que tendrá que lavarse la cara más a menudo.

Cassie recordó que estaba cubierta de grasa. Se enjugó la cara con la manga del mono y se sorprendió de la mancha que quedó.

Desmond Williams quedó más impresionado por el rostro que consiguió ver. Cassie era exactamente lo que buscaba: la chica de sus sueños. Sólo le faltaba convencerla de que firmase un contrato.

—¿Cuándo quiere que empiece? —Cassie sentía curiosidad; aquello era lo más sensacional que le habían propuesto en su vida y se moría de ganas de contárselo a Nick y su padre.

—Mañana, la semana próxima, en cuanto pueda trasladarse a Los Angeles. Le pagaremos el viaje, por supuesto, y pondremos un piso a su disposición.

—¿Un piso?

Cassie estuvo al borde de lanzar un chillido cuando Desmond Williams asintió con la cabeza.

—Un piso en Newport Beach, donde se encuentran las instalaciones de Williams Aircraft. Es un sitio muy bello y la ciudad está muy cerca. Y bien, ¿le interesa el trabajo?

El magnate había llevado el contrato con la esperanza de que Cassie lo firmara de inmediato. Sin embargo, la joven titubeó al tiempo que asintió.

—Acepto, pero antes tengo que consultar a mi padre. Tendría que dejar los estudios y no creo que eso le guste.

A Pat le sentaría fatal que abandonara la universidad a cambio de un trabajo como aviadora. Nunca le había entusiasmado demasiado que ella estudiase, pero era probable que esa propuesta tampoco le agradara.

—Podemos arreglarlo para que asista a la Universidad de Los Angeles en sus horas libres. De todos modos, estará muy ocupada. Este puesto requiere una gran fuerza de voluntad y un montón de sesiones fotográficas, además de incontables horas de vuelo. —Aquella propuesta era realmente de ensueño—. A decir verdad, vine ayer, pero los hombres de la oficina me dijeron que usted estaba volando. Dejé mi tarjeta y les pedí que le transmitiesen que se pusiera en contacto conmigo. Probablemente anoche usted regresó muy tarde. De todas maneras, me pareció mejor volver.

En los labios de Desmond Williams se dibujó una atractiva sonrisa y Cassie lo observó.

—¿Le entregó la tarjeta a dos hombres? —Esos dos hombres sólo podían ser Nick y su padre.

—Así es. También les dije que me hospedaba en el Portsmouth. ¿Me telefoneó? Tal vez no me pasaron el mensaje.

—No, no lo llamé —replicó—. Su tarjeta no llegó a mí.

—Bueno, no importa. Me alegro de haberla encontrado ahora. Aquí tiene el contrato para que lo repase con su padre.

—¿Qué pone? —preguntó Cassie.

—Que durante un año se compromete a realizar vuelos de prueba y publicidad para Williams Aircraft. No encontrará letra pequeña —afirmó muy seguro de sí mismo.

Con una simple mirada Desmond Williams transmitió a Cassie que se trataba de una gran oportunidad que le encantaría.

Ella sostuvo nerviosa el contrato, se preguntó qué estaba pasando y cuál era el verdadero propósito de aquel empresario. No podía creer que todo fuese tan sencillo.

—Se lo mostraré a mi padre —respondió con cierto recelo.

¿Por qué Nick y él no le habían mencionado la visita de Desmond Williams? Decidió concederles el beneficio de la duda y pensó que tal vez lo habían olvidado. Pero algo le indicó que había gato encerrado: se lo habían ocultado. ¿Por qué? Parecía una situación perfecta.

—¿Por qué no consulta con la almohada y nos reunimos mañana a primera hora? ¿Qué tal si desayunamos en mi hotel a las ocho y media? Después regresaré a la Costa Oeste, donde espero verla dentro de pocos días. —El magnate sonrió y Cassie intuyó que Desmond Williams tenía grandes dotes de persuasión. Era muy apuesto y cerebral; se las arreglaba para hablar como si ella no pudiera o no quisiera resistirse—. ¿Quedamos para mañana a las ocho y media?

Cassie asintió. Se estrecharon la mano y, segundos después, Desmond Williams se dirigió hacia su coche y luego se perdió carretera abajo.

Cassie lo observó e intentó recordar los comentarios que había oído acerca de Desmond Williams: tenía treinta y cuatro años, era uno de los hombres más ricos del mundo y había heredado el imperio aeronáutico de su padre. En alguna revista había leído que su empresa fabricaba los mejores aviones y que el magnate tenía fama de implacable en las transacciones comerciales. En una foto lo había visto acompañado de varias estrellas del celuloide. Por más que forzó su imaginación, Cassie no logró entender qué pretendía de ella.

Caminó lentamente hacia el edificio en que Nick y su padre trabajaban, pensó en la propuesta de Williams y en sus consecuencias. Se trataba de una oportunidad que no se le presentaría dos veces. Ni siquiera atinaba a creer que se la hubiera planteado.

Cuando entró en el despacho, su padre paseó la mirada por el viejo mono, por el rostro manchado y el pelo desgreñado de su hija y le preguntó si el De Havilland tenía algún problema; si estaba en condiciones operativas, lo necesitaban a mediodía para un vuelo largo. Cassie no le hizo caso, simplemente lo miró fijo, con el contrato en la mano.

—¿Por qué no me dijiste que ayer alguien vino a verme?

Súbitamente Pat se inquietó.

—¿Quién te lo ha dicho?

Si Nick lo había traicionado, le ajustaría las cuentas. Nick los miraba alelado tras reparar en la expresión de Cassie cuando entró en el despacho.

—Eso no viene a cuento. Ayer vino un hombre y dejó una tarjeta para mí, pero no me dijiste nada. —Cassie dirigió una acusadora mirada a Nick y los dos hombres se sintieron incómodos—. Así pues, me has mentido. ¿Por qué?

Su padre intentó quitar hierro al asunto.

—Probablemente no le di importancia y lo olvidé.

—¿Sabes de quién hablo? —Cassie paseó la mirada de su padre a Nick, pues no podía creer que siguieran ignorando de quién se trataba después de haber visto la tarjeta—. Se llama Desmond Williams y es el dueño de Williams Aircraft.

Se trataba de uno de los principales fabricantes de aviones de todo el mundo y el segundo de Estados Unidos. Desmond Williams era sin duda un personaje importante.

—¿Qué quería? —preguntó Nick con indiferencia y la miró, aunque por la actitud de Cassie presintió lo que Williams le había propuesto.

—Sólo pretendía dejarme unos cuantos aviones excepcionales, ya me entiendes, para hacer vuelos de prueba, batir marcas y comprobar su funcionamiento. Nada del otro mundo. Un trabajillo así de simple a cambio de una fortuna y un piso.

Los dos hombres cambiaron una mirada cómplice: aquello era exactamente lo que temían.

—Parece muy interesante —opinó Nick sin inmutarse—. ¿Cuál es el problema?

—No hay problema.

—¡Seguro que hay alguno!

Nick rió. Cassie todavía era una jovencita y Pat y él tendrían que protegerla. Desmond Williams volaba de un extremo a otro del país en busca de apoyos publicitarios y en cuanto la contratara la usaría hasta exprimirla, no sólo para vuelos de prueba sino para todo lo que se le ocurriese: noticiarios, anuncios e infinitas sesiones fotográficas. A juicio de Nick, Cassie se convertiría en otra especie de *Skygirl*.

—¿Te ha ofrecido un contrato? —preguntó Nick.

Cassie no tardo en restregárselo por las narices.

—Aquí lo tienes.

—¿Te importa que le eche un vistazo?

La joven se lo entregó y Pat los miró furioso. Eso era lo que él siempre había intentado evitar.

—Cassandra Maureen, tendrás que rechazar su propuesta —terció su padre mientras Nick leía el contrato.

Nick no era abogado, pero el contrato le pareció en regla. Le ofrecían un coche y un apartamento en usufructo, no como regalo; ella debía realizar vuelos de prueba en todos los aparatos que la empresa considerara adecuados. La segunda parte del contrato estipulaba que tenía que estar disponible para la publicidad ilimitada de sus aviones. Debía participar en acontecimientos sociales, e incluso oficiales, además de someterse a sesiones fotográficas a requerimiento de la empresa. Se la consideraría portavoz de Williams Aircraft y debía actuar consecuentemente. No podía fumar ni beber en exceso; tendría una asignación para vestuario y le proporcionarían los uniformes que utilizaría en sus vuelos. Todo estaba claramente especificado. El contrato era por un año y le ofrecían cincuenta mil dólares; incluía una cláusula de renovación por un segundo año si ambas partes estaban conformes, con unos honorarios superiores que serían negociados dentro de límites razonables.

Se trataba del mejor contrato que Nick había leído en su vida, de una oportunidad que pocos hombres habrían rechazado. Sin embargo, el contrato especificaba que Williams Aircraft quería una mujer. Nick acabó de convencerse de que la convertirían en una *Skygirl*. De todos modos, era una propuesta difícil de rechazar. Pero Nick seguía desconfiando de Desmond Williams.

—Pat, ¿qué opinas? —Nick lo miró.

—Opino que Cassie se queda aquí. No irá a ninguna parte y, menos que menos, a California a vivir sola en un piso.

Cassie lo miró, cegada de ira porque su padre ni siquiera le había dicho que Desmond Williams había ido a visitarla.

—Papá, todavía no he tomado una decisión. Mañana a primera hora me reuniré con él.

—No lo verás —sentenció Pat O'Malley.

Nick no quiso discutir con su viejo amigo en presencia de Cassie, pero pensaba que la propuesta merecía ser evaluada, aunque era evidente que daba pie a muchas posibilidades de explotación. Para Cassie sería enriquecedor y durante un año pilotaría aviones fabulosos. Era algo realmente emocionante. Williams Aircraft incluso ponía aviones a prueba para la Fuerza Aérea y competía con los fabricantes alemanes. Además, Cassie ganaría una fortuna que le solucionaría la vida durante mucho tiempo. A Nick le pareció injusto prohibírselo o, al menos, negarse a considerarlo.

—¿Y la universidad? —preguntó Nick cuando su padre entró en su despacho hecho una furia y dando un portazo.

—Desmond Williams dijo que, cuando tenga tiempo libre, puedo asistir a la Universidad de Los Angeles.

—No creo que te quede mucho tiempo libre. Cuando no estés volando tendrás que dedicarte a la publicidad. —Nick preguntó con cautela—: ¿Estás segura de que quieres esto?

La muchacha lo miró pensativa. Habría preferido no abandonar nunca su pueblo, pero su vida en Good Hope estaba limitada. Le gustaba rondar el aeropuerto y lo había pasado muy bien durante la exhibición aérea, pero ser profesora no la entusiasmaba. Tampoco quería ser la señora de Bobby Strong ni de ninguno de sus compañeros de instituto. ¿Qué haría el resto de su vida? Se había hecho muchas veces la misma pregunta. También sabía que la vida consistía en algo más que engrasar y repostar los aviones de su padre o hacer trayectos cortos hasta Indiana con Billy Nolan.

—Dime, ¿qué puedo hacer aquí? —preguntó.

—Quédate conmigo —propuso Nick con sinceridad.

—Nick, dejaros me duele mucho. Sería perfecto si os pudiera llevar.

—En el contrato dice que te prestarán un avión para que periódicamente vuelvas a casa. Te estaré esperando. ¿Qué tal si decides pasar un fin de semana tranquilo y te vienes en un XW-1 Phaeton?

—Si me lo pidieras, traería un Starlifter, aunque tuviera que robarlo.

—¡Magnífico! Eso ablandaría a tu padre y algunos aviones nuevos no nos vendrían nada mal. Puede que quieran dejarnos un par de aparatos —bromeó Nick, aunque se sentía devastado ante la idea de la partida de Cassie.

La muchacha era parte de su vida cotidiana y le resultaba insoportable pensar que se iría a Los Angeles. Jamás imaginó que podría ocurrir algo así.

Pat tampoco se lo esperaba. No tenía la menor intención de perder a su niña. Ya le había amargado bastante que Chris sugiriera pasar una temporada en Europa estudiando arquitectura.

Claro que aún faltaban unos años, pero lo de su hija era inminente y, para colmo, se trataba de una chica.

Esa tarde Pat volvió a la carga:

—No irás a ninguna parte y no se hable más.

Pero Cassie seguía pensando que a ella le correspondía tomar una decisión. Volvió a hablar con Nick, que veía claramente que Williams Aircraft tendría sobradas posibilidades de explotarla, pero en general la situación sería muy beneficiosa para Cassie. El salario, la fama, los aviones, los vuelos de prueba, las marcas que podría batir; los beneficios que Cassie obtendría parecían inmensos y rechazarlos sería un desatino. Lo que Nick no sabía era cómo se las arreglaría la muchacha para convencer a su padre.

Cassie también habló del tema con Billy, que conocía a Williams sólo de nombre. Algunos decían que era un hombre ecuánime y otros lo detestaban. Le había ofrecido trabajo a una conocida de Billy en San Francisco y la chica había acabado agotada. Se quejaba de que la habían hecho trabajar excesivamente y convertido en propiedad de la empresa. Pero Billy añadió que se trataba de una pésima aviadora. Para una mujer como Cassie esa oferta podía convertirse en su gran oportunidad.

—Puede que llegues a ser otra Mary Nicholson.

—Lo dudo —repuso Cassie.

Le costaba tomar una decisión y se sentía muy nerviosa. No quería dejar su hogar y a sus seres queridos, pero tenía muy pocos argumentos racionales para quedarse. Si realmente quería dedicarse a la aviación, Williams Aircraft era el sitio ideal, por muchas fotos ridículas que le tomaran con uniforme o muchas entrevistas que tuviese que conceder. Quería pilotar aviones y Williams tenía los mejores aparatos.

—Chica, puede que no vuelvas a tener una oportunidad como ésta —le aconsejó Billy.

En la oficina del aeropuerto, Nick le decía prácticamente lo mismo a Pat. Insistía en que Cassie era una piloto genial y que en Good Hope no tenía porvenir. Desperdiciaría la vida, ha-

ciendo rutas secundarias por el Medio Oeste con unos individuos que jamás pilotarían con tanta pericia como ella.

—¡Te dije que no le enseñaras a volar! —rugió Pat, súbitamente enfadado con Nick, con Cassie, con Chris y con todos.
Alguien tenía la culpa. Y el máximo responsable era el mismí-
simo demonio de Desmond Williams—. Probablemente es un
bribón... seguro que persigue a chicas inocentes con la intención de tirárselas...

Nick se compadeció de Pat. Después de tantos años, su
amigo estaba a punto de perder a su niña. Nick comprendió sus
sentimientos porque las circunstancias le desagradaban tanto
como a Pat. También fue consciente de que no tenían derecho a
retenerla. Cassie debía volar como los pájaros, y había llegado
la hora de que se encumbrara con las águilas.

—Pat, no puedes prohibírselo —dijo Nick y lamentó no poder expresar que a él también se le partía el corazón—. No sería
justo. Cassie se merece mucho más de lo que aquí podemos darle.

—¡Tú tienes la culpa de todo! —volvió a recriminarle Pat—.
¡No debiste enseñarle a pilotar tan magistralmente!

Nick rió y Pat se sirvió un whisky. Todavía no le había dicho nada a Oona sobre la visita de Desmond Williams a Cassie.

Esa noche, cuando Pat habló con su esposa, Oona puso el grito
en el cielo. Imaginó lo peor: accidentes y conductas reprobables.
Era impensable que su hija se fuera a vivir a California como piloto de pruebas y portavoz publicitaria de Desmond Williams.

—¿Las chicas se dedican a este tipo de trabajos? —preguntó
turbada a Pat—. ¿Posan para fotos y visten uniformes?

—Oona, empieza a ser corriente. No se trata de un espectáculo de variedades. Desmond Williams construye aviones.

—¿Y para qué quieren a nuestra niña?

—Nuestra niña probablemente es el mejor piloto que he
visto en mi vida, incluidos Nick Galvin y Rickenbacker —respondió compungido—. Cassie es prácticamente insuperable y
Williams, que no tiene un pelo de tonto, lo sabe. Hace dos días,
durante la exhibición, Cassie se lució. No quise preocuparte,

pero la muy insensata estuvo a punto de suicidarse y salió de una barrena a menos de quince metros del suelo. Estuve a punto de morirme del susto, pero Cassie realizó la maniobra impecablemente. También realizó a la perfección otro montón de acrobacias impresionantes... Desmond Williams fue testigo.

—¿Y ese hombre quiere que se dedique a la acrobacia aérea?

—No. Le ha propuesto que pruebe aviones y que bata algunas marcas. He leído el contrato y lo encuentro razonable, pero me duele que se vaya y supuse que a ti tampoco te haría gracia.

—¿Y Cassie qué dice?

Oona intentaba comprender, pero era difícil asimilar tantas cosas en tan poco tiempo. La familia en pleno sabía que Cassie debía tomar una decisión antes de la mañana siguiente.

—Quiere probar suerte en California, o al menos eso dice. Afirma que quiere tener la libertad de decidir su propio destino.

—¿Qué le respondiste? —preguntó Oona con los ojos como platos.

Su marido esbozó una tonta sonrisa y dijo:

—Le prohibí irse, de la misma manera que le prohibí volar.

—Y mira los resultados. —Oona también sonrió—. Creo que esta vez tampoco servirá de nada.

Pat pidió consejo a su esposa. Confiaba en su intuición más de lo que estaba dispuesto a admitir y, en ocasiones, más de lo que le habría gustado, pero depositaba gran confianza en ella, sobre todo tratándose de sus hijas.

—Creo que debemos dejarla. Ya sabes que de todos modos lo hará, pero estará más segura si siente que puede tomar sus propias decisiones. Volverá a nuestro lado por mucho que en Los Angeles se dedique a volar, pues sabe cuánto la queremos.

Pat y Oona la llamaron a su dormitorio y, una vez allí, el padre le comunicó su parecer.

—Tu madre y yo queremos que tomes tus propias decisiones. —Pat titubeó y miró a Oona de soslayo—. Cualquiera que sea tu elección, cuentas con nuestro apoyo. Claro que si te vas —le advirtió—, más te valdrá venir a visitarnos con asiduidad.

Pat tenía lágrimas en los ojos cuando la abrazó. Cassie lo rodeó con los brazos y besó a su madre, que lloraba.

—Gracias… muchas gracias… —lanzó un suspiro y se sentó a los pies de la cama—. Ha sido una decisión muy difícil.

—¿Ya sabes lo que harás? —inquirió Oona.

Pat no se atrevió a preguntárselo, pues temía la respuesta.

Cassie asintió con la cabeza, los miró y se estremeció:

—Iré.

Para Cassie separarse de su familia fue más duro de lo que suponía. A la mañana siguiente se reunió con Desmond Williams en el hotel Portsmouth y firmó el contrato.

Tomó café y apenas probó las tostadas, pues estaba demasiado nerviosa. Los pormenores de lo que el magnate le decía eran tan emocionantes que no terminaba de aclararse. Le organizarían un vuelo de Chicago a Los Angeles, donde dispondría de apartamento, coche, uniformes, una señora de compañía siempre que la empresa considerase que la necesitaba, vestuario, acompañantes masculinos, una casa en Malibú en la que podría pasar los fines de semana, un avión toda vez que quisiese visitar a su familia… y el tipo de aparatos en los que siempre había soñado volar.

El programa comenzaba dentro de cinco días. En principio, habría una rueda de prensa, un noticiario y un vuelo de prueba en un Starlifter recién salido de fábrica. Desmond Williams quería mostrar a Norteamérica que Cassie era una aviadora extraordinaria, pero antes ella tenía que familiarizarse con los aviones de la empresa. Él pasaría las dos primeras semanas con ella, volando la mayor parte del tiempo.

Esa misma mañana, unas horas más tarde, Billy y ella se tumbaron al sol en un viejo tramo de pista en desuso.

—No me lo puedo creer —reconoció Cassie.

—Sin duda tienes una gran oportunidad —dijo Billy con sana envidia; en Good Hope se sentía muy bien y no tenía ganas de volver a California.

—Pase lo que pase, dentro de dos semanas vendré a visitaros —prometió Cassie.

La víspera de la partida de Cassie, sus padres ofrecieron una gran cena a la que asistieron sus hermanas, sus cuñados, sus sobrinos, Chris, Nick y Billy. Bobby no asistió, aunque ella lo había visto hacía dos días, en el velatorio de Jim Bradshaw.

Durante la cena, Cassie estuvo todo el tiempo al lado de Nick, pues le dolía separarse de su amigo del alma. Hacía años que le prodigaba consuelo y apoyo y ahora no sabía cómo seguiría sin él.

La mañana siguiente todos fueron a despedirla al aeropuerto. Nick la llevaría a Chicago en el Vega. Después de despedirse de su madre, de sus hermanas y de Chris, Cassie se acercó a su padre. Se miraron con los ojos llenos de lágrimas. A Pat le habría gustado que cambiara de opinión.

—Papá, gracias por todo —le susurró al oído mientras se abrazaban.

—Cassie, ten cuidado y presta atención. Jamás te despistes con uno de esos aviones porque no perdonan ni una distracción.

—Te prometo que no me distraeré.

—Me gustaría creerte, maldita bribona.

Pat rió y le dio otro abrazo.

Cuando despegaron, Cassie lanzó un profundo suspiro y vio que Chris y Billy le decían adiós con la mano desde la pista. Dejar el hogar había sido más doloroso de lo que suponía y sólo pensaba en los que se quedaban en Good Hope. Se volvió hacia Nick y el corazón se le estrujó un poco más. Quería conservar hasta el último segundo que compartieran.

—Eres una chica de suerte —le recordó Nick mientras ascendían, con la intención de que dejara de pensar en su familia, que aún la despedía con las manos en alto—, pero te la mereces. Tienes lo que hace falta. No permitas que esos petimetres de ciudad se aprovechen de ti...

Desmond Williams era bastante petimetre, pero también parecía un hombre ecuánime y honrado. No se andaba con rodeos a la hora de exponer qué pretendía de ella: buscaba la mejor aviadora del mundo, la mujer más bonita y educada que pudiera encontrar para promocionar su producto; pretendía que batiese nuevas marcas, que sus aviones siguieran intactos y que el público norteamericano los viese con simpatía. Era mucho pedir, pero Cassie era capaz de dar la talla y el magnate tenía la sagacidad para captarlo. Esa chica era la mejor piloto que conocía y, por añadidura, muy bonita, lo que no era un mal principio. Para Nick representaba un final, pero estaba dispuesto a sacrificarse por el futuro de Cassie. Era su último regalo de amor: primero le había enseñado a volar y, ahora, le concedía la libertad.

—No permitas que te lleven de narices —insistió Nick—. Eres genial y, si se ponen demasiado exigentes, mándalos a hacer gárgaras y vuelve a casa. Sólo tienes que llamar. Cogeré un avión e iré a por ti.

Parecía una locura pero esas palabras fueron muy tranquilizadoras para la joven.

—¿Vendrás a visitarme?

—¡Claro que sí! Haré un pequeño desvío para reunirme contigo cada vez que vuele a California.

—Entonces no asignes a Billy los vuelos a California, resérvalos para ti.

Nick sonrió ante la ocurrencia de la joven, de repente muy nerviosa.

—Sospechaba que tendrías ganas de verle a menudo —dijo Nick y se refirió a Billy con toda la indiferencia de que fue capaz—. ¿Estaba equivocado?

Lo que Cassie acababa de decir le había producido alivio; como había vaticinado Pat, Billy sólo era un buen amigo. De todos modos, era agradable que la propia Cassie lo confirmara. A pesar de que sabía que era imposible, Nick pretendía de ella adoración absoluta y que conservara la virginidad. Cualquier día Cassie encontraría marido y tendría hijos; Nick sabía que él no sería el elegido, pese a que lo deseaba con toda su alma.

—Billy y yo sólo somos buenos amigos y lo sabes —replicó ella en voz baja.

—Lo suponía.

—Sabes muchas cosas —apostilló Cassie—. Me refiero a mí, a la vida, a lo que cuenta y a lo superfluo. Nick, me has enseñado tanto… Has logrado que mi vida entera adquiera significado.

—Cass, ojalá fuera así, pero lo cierto es que a mí no me ha ido tan bien. Nadie se merece más que tú la felicidad.

—Claro que sí, me lo has dado todo —insistió con admiración y manifestando más claramente que nunca su afecto por él.

—Cass, yo no soy Desmond Williams —repuso él.

—¿Y quién es como él? La mayoría de los seres humanos no tienen ese destino.

—Cass, algún día llegarás a ser como él y te convertirás en una persona realmente importante.

—¿Después de aparecer en los noticiarios y de que me raten aquí y allá? Lo dudo. Eso no es más que publicidad, no tiene nada que ver con la vida de todos los días.

—Eres una chica muy inteligente. Sigue así y no permitas que te echen a perder.

Poco después aterrizaron en Chicago. Nick la acompañó hasta el avión y le llevó el equipaje.

Cassie vestía un traje de chaqueta azul marino que había pertenecido a su madre. El corte era algo anticuado y le estaba grande, pero no había nada que desmereciese a Cassie O'Malley. A los veinte años cortaba el aliento con su llameante cabellera, sus ojazos azules, su generoso busto, las piernas largas y la cintura de avispa que a Nick le encantaba rodear cada vez que la ayudaba a bajar de un avión.

Antes de partir Cassie lo miró con ojos de niña y lo único que Nick deseó fue devolvérsela a su madre. Aunque tenía los ojos nublados por las lágrimas, no lloraba por su familia sino por él: no quería separarse de Nick.

—Nick, te ruego que vengas a visitarme… No quiero ni pensar en lo mucho que te echaré de menos.

—Chica, cuenta conmigo… y no se te ocurra olvidarlo.

—Lo tendré presente.

Cassie sollozó y Nick la estrechó en sus brazos. Le dio un beso en la mejilla y se alejó sin pronunciar palabra; si hablaba, la voz lo traicionaría y no la dejaría partir.

11

Cuando el vuelo de Chicago aterrizó en Los Angeles, Cassie comprobó que habían ido a recibirla tres personas: un chófer, un representante de la empresa y la secretaria privada de Williams. La joven se sorprendió. No se esperaba una recepción tan formal ni tan numerosa.

Durante el trayecto en coche hasta Newport Beach, el representante de la empresa le entregó una lista con la agenda de la semana: revista a los últimos aviones de Williams Aircraft, vuelo de prueba en cada uno de los modelos, rueda de prensa con los reporteros más importantes y aparición en un noticiario. La secretaria le pasó la lista de reuniones sociales en las que se esperaba su asistencia, incluidos algunos actos junto a Desmond Williams. Los compromisos parecían abrumadores.

Cassie se quedó boquiabierta cuando vio el piso que le habían asignado. Situado en Newport Beach, constaba de dormitorio, salón y comedor con vistas a la playa. El panorama era espectacular y la terraza circundaba todo el apartamento. La nevera estaba llena, los muebles eran de buen gusto y en los armarios había ropa blanca italiana. Le dijeron que una asistenta limpiaría el piso a diario y se ocuparía de todo cuando recibiera invitados.

—Yo... ¡oh, Dios mío! —exclamó Cassie al abrir un cajón y

descubrir que estaba lleno de manteles de encaje. Su madre lo habría dado todo por uno de aquellos manteles y Cassie no atinaba a comprender para qué disponía de semejante ajuar—. ¿Para qué son todos estos manteles?

—El señor Williams pensó que le gustaría recibir algunas visitas —repuso remilgadamente la secretaria privada del magnate.

La señorita Fitzpatrick la doblaba en edad y había estudiado en el Este. De aviones no entendía nada, pero lo sabía todo sobre protocolos y usos sociales.

—Pero si todavía no conozco a nadie.

Cassie rió al tiempo que giraba sobre sí misma y miraba el apartamento. Jamás había soñado con un sitio como aquel. Se moría de ganas de contárselo a alguien... de mostrárselo a Billy, a Nick, a sus hermanas, a su madre... Allí no tenía a nadie. En Newport Beach Cassie estaba sola con su séquito.

Cuando echó un vistazo en el dormitorio descubrió que su nuevo vestuario estaba perfectamente organizado. Vio cuatro o cinco elegantes trajes de tonos apagados, varios sombreros a juego, un largo vestido de noche negro y otros dos cortos. Incluso había zapatos y varios bolsos. Todo correspondía a su talla. En un armario más pequeño vio los uniformes, de color azul marino y extremadamente formales. Incluían un pequeño sombrero y zapatos de reglamento. Por unos segundos se sintió desanimada. Tal vez Nick tenía razón y estaba a punto de convertirse en otra *Skygirl*.

Todo estaba tan reglamentado y organizado que tuvo la impresión de estar en un extraño sueño. Le pareció que se sumergía en la vida, la vestimenta y la vivienda de otra persona. Le costaba creer que todo eso era suyo.

Una mujer joven aguardaba a Cassie en el piso. Iba elegantemente vestida con traje de chaqueta gris y sombrero a juego. Poseía una cálida sonrisa, vivaces ojos azules y cabello rubio oscuro que le caía sobre los hombros al estilo paje. Parecía rondar la treintena.

—Le presento a Nancy Firestone —dijo la señorita Fitzpatrick—. La acompañará siempre que el señor Williams lo considere necesario. La ayudará en todo: a tratar con la prensa y a organizar sus reuniones y comidas.

La mujer saludó a Cass y le dedicó una tierna sonrisa mientras le enseñaba el piso. Cassie se preguntó para qué necesitaba una dama de compañía. ¿Qué haría con ella? ¿La dejaría en la pista cuando realizara vuelos de prueba? Después de verlo todo, Cassie no supo si alguna vez tendría tiempo de pilotar un avión.

—Al principio se hace un poco cuesta arriba —explicó Nancy Firestone—. ¿Qué tal si deshago su equipaje y durante el almuerzo reforzamos su agenda?

Cassie paseó la mirada alrededor y se sintió perdida. En la cocina, una doncella preparaba emparedados y una ensalada. Era una mujer mayor que llevaba uniforme negro y parecía sentirse a sus anchas, mucho más de lo que Cassie se encontraba en ese momento. No dejaba de preguntarse qué haría con tantas personas alrededor de ella. Desde luego, estaban allí para ayudarla y Desmond Williams le había proporcionado todas las comodidades materiales imaginables. E incluso más: había hecho realidad su sueño.

De pronto Cassie se sintió sola en medio de todos aquellos desconocidos. Nancy Firestone pareció percibirlo. Ésa era la razón por la que Williams la había contratado: sabía que era la clase de persona que Cassie necesitaba.

—¿Hoy iremos a ver los aviones? —preguntó.

Los aparatos le interesaban más que lo que acababa de ver en los armarios. Los aviones le eran conocidos, pero no así aquel rutilante estilo de vida. No había ido a California para jugar a disfrazarse. Estaba allí para pilotar aviones, no para extraviarse en ese montón de sombreros, zapatos, guantes y personas dispuestas a complacerla. Lo único que Cassie quería era su sencilla vida en Illinois y un hangar lleno de aviones.

—Mañana visitaremos el campo de aviación —respondió Nancy afablemente.

No sólo por instinto, sino por las instrucciones de Desmond, Nancy sabía que debía tratar a Cassie con gran delicadeza. Para la joven era un mundo totalmente nuevo y el magnate se lo había advertido a Nancy, y también que Cassie era tozuda e independiente. Desmond Williams no quería que decidiese intempestivamente que ese ambiente no iba con ella. Quería que le gustase.

—El señor Williams no quiere que el primer día se canse —dijo Nancy y sonrió dulcemente mientras se sentaban a tomar emparedados. Cassie no tenía apetito—. A las cinco en punto tiene una rueda de prensa. La peluquera vendrá a las tres. Entretanto hablaremos de varias cuestiones.

Nancy habló como si fueran dos muchachas a punto de asistir a una fiesta, y Cassie se sintió mareada. La señorita Fitzpatrick abandonó el piso, no sin antes enseñarle una pila de informes que el señor Williams quería que la joven estudiase para estar al corriente de sus proyectos. Añadió secamente que Desmond Williams pasaría a recogerla de cuatro a cuatro y media.

En cuanto la señorita Fitzpatrick salió y cerró la puerta, Nancy aclaró la situación:

—El señor Williams la acompañará a la rueda de prensa —dijo como si se tratara de un gran honor, y Cassie supo que así era. Sin embargo, estaba aterrorizada. Todo la asustaba. Consternada, miró fijamente a Nancy Firestone. Se preguntó qué significaba todo eso, qué hacía allí y qué relación había con los aviones. Nancy no tuvo dificultades para interpretar su confusión y se esforzó por serenarla—. Le recuerdo que al principio siempre resulta desconcertante.

Nancy sonrió. Aunque era una mujer guapa, Cassie percibió que su mirada transmitía pesar. No obstante, parecía empeñada en que ella se sintiera cómoda en ese entorno desconocido.

—Ni siquiera sé por dónde empezar —reconoció Cassie y de pronto sintió ganas de llorar.

Todos eran muy amables con ella, pero lo que tenía que asimilar y comprender era demasiado: la ropa, los compromisos, lo que se esperaba de ella, lo que tenía que responder a los periodistas. En realidad sólo quería saber más cosas sobre aviones, pero ahora tenía que ocuparse de su aspecto, de su vestimenta y de si lo que decía era correcto y sensato. Estaba aterrada y la calidez de Nancy Firestone no le sirvió de gran consuelo. Parecía que, más que para volar, la habían llevado para exhibirla.

—¿Qué esperan de mí? —preguntó Cassie cuando se sentaron a contemplar el Pacífico—. ¿Por qué el señor Williams me ha traído aquí? —Cassie estaba medio arrepentida de haber firmado el contrato. Todo la asustaba.

—La ha traído porque la considera uno de los mejores pilotos que conoce —respondió Nancy—. Supongo que usted posee dotes extraordinarias. Desmond es un hombre que no se deja impresionar y, desde que la vio en la exhibición, se ha deshecho en halagos sobre su capacidad. Además, la ha traído porque, además de excelente piloto, es mujer, algo que para él es muy importante. —En algunos aspectos, las mujeres eran importantes para Desmond Williams, aunque en otros no contaban. Nancy prefirió no dar esta explicación a Cassie. Al magnate le gustaba estar rodeado de mujeres, siempre y cuando satisficieran sus expectativas, pero no se apegaba a ninguna—. Considera que las mujeres, por su atractivo, son mejores vendedoras de aviones que los hombres. Cree que el futuro de la aviación depende de las mujeres… mejor dicho, de mujeres como usted. Cassie, usted no sólo representa un enlace con la prensa sino también un gran aliciente para las relaciones públicas de la empresa.

Nancy no añadió que también tenía que ver con la singular belleza de Cassie; de no haberla poseído, jamás habría viajado a California. Nancy sabía que Desmond Williams buscaba a alguien como ella desde hacía mucho tiempo, que había hablado con varias aviadoras y había asistido a varias exhibiciones aéreas hasta dar con ella. Hacía años que la idea lo rondaba, incluso desde antes de que George Putnam descubriese a Amelia Earhart.

—¿Por qué me ha tocado a mí? ¿A quién puedo interesar? —preguntó Cassie con inocencia, pues aún seguía abrumada.

Seguía sin comprender. Cassie era una chica ingenua y le costaría mucho entender los vericuetos de una mente como la de Desmond Williams. Nancy sabía muchas cosas del magnate gracias a su marido —que había muerto mientras probaba un avión de la Williams—, a los colegas de aquél y a su propia experiencia desde la muerte de Skip. Desmond Williams la había ayudado mucho y, en ciertos aspectos, había sido providencial. Empero, tenía facetas que la desconcertaban. A veces su perseverancia se tornaba aterradora. Cuando quería algo o consideraba que podía ser bueno para la empresa, Desmond Williams no se detenía ante nada.

Desmond había sido muy considerado a la muerte de Skip e hizo cuanto estuvo en sus manos por ella y por su hija Jane. Le aseguró que ambas formaban parte de la «familia» y que Williams Aircraft siempre las cuidaría. Ordenó la apertura de una cuenta bancaria que cubriese todas sus necesidades. La educación de Jane y la pensión de Nancy estaban aseguradas. Skip había muerto trabajando para la empresa y él jamás lo olvidaría. Incluso les compró una casita y redactó un contrato según el cual durante los veinte años siguientes Nancy estaría en la nómina de Williams Aircraft y se ocuparía de asuntos como el que ahora le habían encomendado. No era una labor excesiva ni agotadora, sino un trabajo que requería inteligencia y lealtad. Desmond Williams le recordó sutilmente lo mucho que había hecho por ellas y Nancy supo que no tenía más opción que hacer lo que le pedía. Skip sólo había dejado deudas y gratos recuerdos. Después de todo lo que Desmond Williams había hecho por ella y Jane, Nancy tenía la sensación de que era de su propiedad. El magnate la tenía en una bonita jaula de oro y la utilizaba, era justo o al menos eso parecía, pero siempre le recordaba quién detentaba el poder. Nancy no podía ir a ningún sitio ni dejar su puesto porque, si lo hacía, ella y su hija quedarían en la calle. Nancy no estaba cualificada y le costaría mucho conseguir trabajo, y Jane no podría estudiar en la universidad. Sin embargo, si se quedaba conservaría lo que él le había dado. Al igual que en el caso de Cassie, Williams había detectado algo útil en ella, y él siempre conseguía lo que se proponía. Lo compró clara y directamente y pagó un elevado precio. No obstante, una vez firmado el contrato y cerrada la operación, no quedaron dudas acerca de quién daba las órdenes. Era un hombre sagaz que sabía conseguir lo que quería.

—En poco tiempo todo el mundo estará pendiente de usted —dijo Nancy. Tenía más información sobre los planes de Desmond Williams, pero no estaba dispuesta a compartirla con Cassie. Aquel hombre era genial en sus relaciones con la prensa y tenía la extraordinaria capacidad de causar impacto a partir de muy poco—. La opinión pública norteamericana acabará adorándola. Las mujeres y los aviones representan el futuro. Williams Aircraft fabrica los mejores aparatos y es decisivo que el público lo entienda a través de sus ojos, a través de usted. Lograr que la identifiquen con los aviones de la empresa los volverá muy atractivos, los dotará de un encanto mágico.

Desmond Williams lo sabía y era precisamente lo que quería de Cassie. Durante mucho tiempo había buscado a una mujer que encarnara el sueño americano: una chica sencilla, joven, hermosa, de aspecto deslumbrante y mente despierta, una aviadora de primera. Finalmente había hallado todas esas cualidades en Cassie O'Malley. ¿Podía aguardarle mejor destino? ¿Qué más podía pretender? Nancy sabía que la muchacha había tenido muchísima suerte y, aunque a la larga tuviera que cumplir ciertas condiciones, incluso si Desmond Williams pretendía su lealtad para toda la vida, él se lo compensaría con creces. Si actuaba correctamente, se convertiría en una leyenda, sería famosa y rica. A pesar de que las condiciones podían ser muy duras, Nancy pensó que la suerte de Cassie O'Malley era envidiable: Desmond la convertiría en una estrella incomparable.

—Basta pensarlo para darse cuenta de que es muy extraño —dijo Cassie y miró pensativa a Nancy—. Nadie me conoce. No soy Jean Batten, Amy Johnson ni una mujer importante. Sólo soy una chica de Illinois que obtuvo cuatro galardones en una exhibición aérea local. ¿Qué se pretende de mí? —preguntó con modestia y finalmente le hincó el diente a un delicioso emparedado de pollo.

—Pues ha dejado de ser «sólo una chica» —replicó Nancy—. Mejor dicho, ya no lo será a partir de las cinco de esta tarde. —Sabía con cuánto esmero Desmond había planificado el lanzamiento desde el momento en que Cassie firmó el contrato—. ¿Cómo cree que empezaron las demás? Jamás habrían llegado a donde están si alguien como Desmond no las hubiera dado a conocer. —Cassie la escuchó con atención, pero no compartió esa opinión. La fama de las aviadoras no sólo se basaba en la publicidad, sino también en su pericia—. Amelia Earhart se convirtió en lo que George Putnam hizo de ella, hecho que siempre ha fascinado a Desmond. A su juicio, nunca fue tan buena aviadora como decía Putnam y tal vez tiene razón.

Skip había compartido esa opinión. Nancy reflexionó y miró con pesar a Cassie. La joven también estaba intrigada por Nancy; aunque le caía bien, había un aspecto de su personalidad que resultaba muy distante. Se mostraba entusiasmada ante el futuro de Cassie y puede que sintiera algo de envidia. Al hablar se refería a «Desmond» como si lo conociese mejor de lo que estaba dispuesta a reconocer. Cassie la observó y se preguntó si estarían liados o si simplemente se debía a que Nancy sentía una gran admiración por él y quería comprobar que Cassie apreciaba lo que Desmond Williams estaba haciendo… Eran demasiadas cosas para asimilarlas y analizarlas en una sola tarde.

Mientras deshacían el equipaje, Nancy intentó explicarle la importancia del marketing: al igual que Desmond, lo consideraba trascendental. Era lo que permitía vender productos. En este caso se trataba de aviones. Cassie formaba parte de un plan de mayor envergadura. Era y sería un instrumento para vender aviones. Ese concepto le resultó tan extraño que cuando llegó la peluquera todavía no lo había entendido.

Para entonces Nancy le había hablado de su esposo y de Jane. Le explicó brevemente que Skip había muerto el año pasado en un accidente, mientras realizaba un vuelo de prueba sobre Las Vegas. Aunque habló con serenidad, cada vez que mencionaba a su difunto marido su mirada traslucía profunda aflicción. Hasta cierto punto su vida acabó con la muerte de Skip, pero Desmond Williams se había ocupado de hacerla cambiar de parecer.

—Ha sido muy bueno conmigo y con mi hija.

Cassie asintió al tiempo que la observaba. La peluquera les comunicó sus planes de cambiar la brillante cabellera roja de Cassie. Quería hacerle un buen corte al estilo Lauren Bacall. Incluso comentó que encontraba cierto parecido entre la joven y la actriz. Cassie rió. Sabía que Nick se habría desternillado…

o al menos eso creía. Nancy tomó en cuenta las sugerencias de la peluquera y aprobó cuanto decía.

—¿Qué es exactamente lo que se pretende de mí? —preguntó Cassie y suspiró nerviosa mientras la peluquera cortaba y recortaba bajo la supervisión de Nancy.

La dama de compañía la miró sonriente y respondió con la mayor claridad posible:

—Quieren que estés bonita, que hables con lucidez, que te comportes correctamente y que vueles como un ángel. Creo que he hecho una buena síntesis.

Cassie esbozó una sonrisa al oír la descripción porque Nancy se las ingenió para que pareciese muy sencillo.

—No creo que sea imposible. Con volar no hay problema. Me comportaré correctamente si eso significa que no me emborrache o que no salga con chicos. No tengo muy claro qué significa hablar con lucidez, aunque supongo que puede ser difícil. Y lo de estar bonita no tiene arreglo.

La joven sonrió a su nueva amiga. Cuando superara la sensación de terror, todo sería muy emocionante. ¿Era posible que ocurriesen cosas así? Le parecía formar parte de una película. Todo estaba rodeado de una irrealidad de la que no podía escapar.

—Sospecho que hace mucho que no te miras en el espejo —dijo Nancy.

Cassie asintió.

—No he tenido tiempo. Estaba demasiado ocupada pilotando y reparando aviones.

—Pues ahora tendrás que aprender a mirarte en el espejo.

Comentarios como ese resumían las razones por las que Williams confiaba en Nancy. Era discreta, elegante e inteligente, hacía lo que le encomendaban y sabía qué se esperaba de ella. Desmond Williams valoraba bien a sus colaboradores y siempre sabía qué compraba. Jamás había dudado de que Nancy le sería útil.

—Limítate a sonreír y piensa que si te toman unas fotos no pasa nada —añadió Nancy—. El resto del tiempo podrás pilotar todos los aviones que quieras. Recuerda que eres muy afortunada y que dispones de una oportunidad excepcional.

La mujer sabía qué les gustaba oír a los fanáticos de la aviación y cómo convencer a Cassie de que cumpliese con la parte desagradable de sus obligaciones, como las ruedas de prensa, las entrevistas, los noticiarios y las reuniones en que Desmond Williams quería que la vieran. La señorita Fitzpatrick incluso le había entregado una lista de acompañantes.

—¿Por qué tengo que asistir a tantas fiestas? —preguntó Cassie.

—Para que la gente se familiarice con tu nombre. El señor Williams se ocupó de que te invitaran y no puedes decepcionarlo —repuso con firmeza.

—Ah —musitó Cassie, intimidada.

No quería parecer desagradecida y empezaba a confiar en las opiniones de Nancy. Todo había sucedido a ritmo vertiginoso y Nancy era su única conocida en California. Además, decía la verdad: Williams había hecho mucho por ella y tal vez debía devolvérselo aceptando sus invitaciones. Cassie echó un vistazo a la lista y los compromisos sociales le resultaron interminables. Sin embargo, tanto Desmond Williams como Nancy sabían lo que hacían.

Cuando la peluquera terminó su trabajo, admiraron el nuevo *look* de Cassie. Ahora parecía más refinada, al tiempo que elegante y natural. A las tres y cuarto tomó un baño y a las cuatro menos cuarto se puso la ropa interior y medias de seda. La ayudaron a maquillarse. A las cuatro en punto, cuando se vistió con el traje de chaqueta verde oscuro, estaba imponente.

—¡Vaya cambio! —exclamó Nancy mientras daba los últimos toques a la blusa de Cassie y comprobaba que los zapatos hacían juego.

—¡Medias de seda! ¡Cuando se lo cuente a mi madre, se caerá de espaldas!

Sonreía como una niña con zapatos nuevos. Nancy rió y le preguntó si tenía pendientes. Cassie puso los ojos en blanco y negó con la cabeza. Su madre tenía unos pendientes que había heredado de la abuela de Cassie, pero la joven nunca había llevado aretes y otro tanto podía decirse de sus hermanas.

—Tendré que decírselo al señor Williams —comentó Nancy.

La mujer pensó que Cassie también necesitaba un collar de perlas. Desmond Williams le había explicado con detalle lo que quería. Nada de monos llenos de grasa ni de ropa de trabajo. Eso lo reservarían para una foto excepcional, quizá para la revista *Life*, como parte de un reportaje gráfico de varias páginas. Quería que en tierra Cassie tuviera el aspecto de una dama. Cuando la miró, Nancy pensó que la joven parecía un calco de Rita Hayworth.

Desmond Williams llegó a las cuatro en punto y quedó encantado con el aspecto de Cassie. Le entregó varias fotografías y el dossier del Phaeton y del Starlifter que pilotaría a fin de que se familiarizara con los aparatos. La próxima semana haría varias pruebas importantes a un avión que volaba a gran altura y que Williams intentaba modificar para el Ejército y la Fuerza Aérea. Mientras miraba las fotos Cassie pensó en el marido de Nancy. ¿Y si los aparatos de Desmond eran demasiado peligrosos o él pretendía que corriese riesgos exagerados? Como la mayoría de los pilotos de pruebas, Cassie combinaba la fe ciega con la cautela. Miró la foto del Phaeton experimental y se dijo que no le daba miedo pilotar ese avión.

—¿Me dejará pilotar esta maravilla? —Cassie sonrió y el magnate asintió con la cabeza—. ¡Cielos! ¿No podemos despegar ahora mismo? Olvidémonos de los periodistas y volemos.

Cassie, entusiasmada, olvidó todas sus preocupaciones y vacilaciones.

Desmond Williams rió. Estaba satisfecho con la joven y Nancy le había comentado que Cassie había cooperado en todo. Se sentía pletórico y sabía que su plan publicitario era el mejor.

—Cassie, no menosprecie jamás a la prensa. Los periodistas pueden construir su imperio o derrumbarlo. Mejor dicho, el mío. En todo momento tenemos que ser amables con la prensa.

Desmond Williams la miró significativamente y Cassie, que aún sentía un temor reverencial ante él, asintió con la cabeza.

El magnate llevaba un traje azul marino, de corte impecable

y chaqueta cruzada, y relucientes zapatos negros cosidos a mano. Sus cabellos rubios estaban perfectamente peinados y toda su vestimenta se veía impecable. Desmond Williams era el individuo más elegante que Cassie había visto en su vida. Lo examinó con fascinación. En él todo estaba meditado y pensado hasta el mínimo detalle. Claro que Cassie, una joven ingenua, sólo vio el producto acabado, lo que Desmond quería que viera. Quería enseñarle a mostrar únicamente lo que él pretendía que se viese: una chica provinciana y alegre, la que pilotaba mejor que cualquier hombre, la que no se arredraba ante nada y la que se apeaba de la carlinga con una amplia sonrisa y la cabellera pelirroja perfectamente peinada. En seis meses lograría que todos los hombres del país se enamoraran de ella y se convirtiera en el modelo a imitar por todas las mujeres. Con este propósito, Cassie debía comportarse correctamente, mostrar un aspecto cuidado y pilotar aviones que hicieran temblar hasta al más fogueado de los aviadores. Desmond Williams había estudiado los errores de la competencia y no estaba dispuesto a repetir los mismos fallos. Convertiría a Cassie en la persona más famosa de Estados Unidos. La modelaría de la cabeza a los pies. Y Nancy Firestone lo ayudaría ocupándose de que Cassie se sintiera cómoda sin quitarle ojo de encima. Desmond no podía permitir que sus sueños se frustraran porque Cassie se emborrachara, insultara a alguien, ofreciese un aspecto impresentable después de un largo vuelo o se liara con un tipejo. Tendría que ser perfecta.

—¿Vamos por la victoria? —preguntó Desmond Williams sonriente.

Cassie estaba bien, francamente impresionante, pero su aspecto podía mejorarse. Aunque era muy bonita, el traje de chaqueta le sentaba algo grande; tendría que pedirle a Nancy que lo hiciera arreglar. La muchacha estaba algo más delgada de lo que Desmond Williams recordaba, pero su aspecto era más impresionante. Le hacía falta un vestuario más elegante y juvenil. Cuando se conocieron en Good Hope no había reparado en que tenía una figura espectacular. Desmond quería aprovechar este rasgo sin degradarla ni acercarse a lo vulgar. Tenía muy claro el aspecto que aspiraba conseguir, pero aún quedaba un largo camino por recorrer. Claro que, tratándose del primer día, le daba el aprobado.

Durante la presentación celebrada en la gran sala de prensa contigua al despacho de Desmond Williams, Cassie se comportó mejor de lo que el magnate esperaba.

Desmond Williams había seleccionado a los periodistas: los veinte más impresionables. Escogió a los hombres que sentían debilidad por las jóvenes, así como a varias mujeres. Descartó a los cínicos. Cuando la presentó, Cassie pareció tímida, algo pálida e incómoda con aquella ropa y los labios carmín brillante. Pero estaba preciosa con el nuevo corte de pelo y el traje verde, y su belleza y su cálida personalidad no tardaron en aflorar.

Fascinó a los periodistas. Desmond Williams les había proporcionado información sobre la exhibición aérea y Cassie respondió con modestia. Les contó que toda la vida se había movido con naturalidad en el aeropuerto de su padre, reparando motores y repostando aviones.

—Pasé casi toda mi infancia llena de grasa de los motores. Sólo cuando llegué a California descubrí que soy pelirroja —dijo, y hechizó a todos.

La joven tenía un estilo coloquial y, en cuanto se acostumbró a hablar con los periodistas, los trató como amigos, con lo cual los fascinó. Desmond Williams estaba tan satisfecho que no podía dejar de sonreír.

Los periodistas se habrían quedado toda la noche con ella para oír sus anécdotas. Incluso les contó que su pade no quería que volara y que sólo lo convenció después de una noche en que había pilotado el avión con su instructor, en medio de una tormenta de nieve, para rescatar a los heridos de un accidente ferroviario.

—Señorita O'Malley, ¿qué avión pilotaba?

—El viejo Handley de mi padre.

Los periodistas bien informados sabían de qué hablaba y la miraron con buenos ojos. Se trataba de un avión difícil de pilotar. Además, tenía que ser muy competente porque, de lo contrario, Williams no la habría contratado. Cuando la rueda de prensa se dio por terminada, los periodistas la llamaban Cassie. Aquella chica era espontánea e ingenua.

Al día siguiente, apareció en la primera página del *Times* de Los Angeles; la foto era cautivadora y el artículo hablaba de la sensacional pelirroja que no sólo tomaría por asalto Los Angeles sino el mundo entero.

La campaña acababa de comenzar y a partir de ese momento Desmond Williams la mantuvo muy ocupada.

Durante su segundo día en Los Angeles, Cassie inspeccionó los aviones de Williams Aircraft y, como era de prever, los periodistas estaban presentes, lo mismo que la gente de la Movietone para rodar un noticiario.

Oona llevó a sus hijas y nietos a ver el noticiario. Cassie quería que Nick y su padre también lo vieran. Finalmente recibió una postal de Nick que decía: «¡Te echamos de menos, *Skygirl*!» Se enfadó. Sabía que en el noticiario, vestida de uniforme, su aspecto era de representante de la empresa, pero Nick tendría que haber quedado impresionado por los aviones, que eran realmente fantásticos.

Cassie realizó los primeros vuelos en el Phaeton que estaban reformando y luego en el Starlifter. A continuación, Desmond Williams le pidió que pilotase un avión para vuelos de gran altura que estaba en fase de desarrollo y le rogó que tomara notas para los diseñadores. Cassie voló a 46.000 pies y por primera vez tuvo que utilizar máscara de oxígeno y equipo de vuelo calentado con electricidad. Logró reunir información muy valiosa. La empresa se proponía convertir ese aparato en un bombardero de grandes prestaciones para el ejército. Aunque en un par de ocasiones se llevó un buen susto, logró impresionar a Desmond Williams. Dos ingenieros y un piloto realizaron el vuelo con ella y confirmaron que pilotaba incluso mejor que Lindbergh; alguien comentó que, además, Cassie era más bonita. Desmond Williams se sintió muy satisfecho de comprobar que sus aptitudes como aviadora superaban las expectativas.

Durante su segunda semana en California, Cassie batió una marca de altura y, tres días después, un récord de velocidad con el Phaeton. La Federación Aeronáutica Internacional verificó las marcas y les dio carácter oficial.

Por fin la joven pilotaba los aviones con que siempre había soñado. Lo único que la incomodaba eran las ruedas de prensa, las sesiones fotográficas y los noticiarios. Le resultaban tediosos y a veces los periodistas la incordiaban. Llevaba tres semanas en Los Angeles y los reporteros la seguían allá donde fuese. Se había convertido en noticia. Aunque intentaba ser amable, a veces la crispaban. El día anterior, durante el despegue, había estado a punto de atropellar a un periodista.

—¡Maldita sea, apártese de la pista! —le gritó desde la carlinga cuando estaba a punto de emprender el vuelo.

Los reporteros la asustaban cuando se acercaban tanto al avión. Los hombres que estaban en tierra se limitaron a encogerse de hombros, pues empezaban a acostumbrarse al insólito frenesí que la rodeaba. La prensa no cesaba de publicar artículos y fotos de Cassie, que el público devoraba. Desmond Williams proporcionaba a los lectores exactamente lo que querían: lo justo para emocionarlos y mantener vivo el vínculo afectivo, pero ni un ápice más, para que no se hartaran de ella. Se trataba de un arte sutil que manejaba genialmente. Nancy Firestone le proporcionaba los pequeños detalles personales y para Cassie siguió siendo un apoyo imprescindible.

Cassie apareció en un anuncio de cereales para niños y en otro en su revista favorita. Cierto día, en el aeropuerto, Nick lo vio y lo tiró a la basura. Se enfadó e increpó a Pat:

—¿Cómo permites que tu hija haga publicidad? ¿A qué se dedica, a vender cereales o a pilotar aviones?

—Me parece que a las dos cosas. —En el fondo, a Pat no le importaba; aún seguía convencido de que profesionalmente las mujeres no tenían nada que hacer en la aviación—. A su madre le encanta.

—¿De dónde saca tiempo para volar? —masculló Nick.

Pat esbozó una sonrisa.

—Peliagudo, no tengo la menor idea. ¿Por qué no coges un avión, vas y se lo preguntas?

Desde que Cassie se había instalado en Newport Beach, Pat tomaba con calma la nueva situación. Lo único que lamentaba era que su hija no pudiera asistir a la universidad. A pesar de que no hizo comentarios, estaba muy orgulloso de su pequeña.

Nick había pensado varias veces en ir a visitarla, pero estaba tan atareado que el tiempo se le quedaba corto. A pesar de la útil presencia de Billy Nolan, parecía tener más vuelos que nunca. En el aeropuerto O'Malley las cosas iban viento en popa. Pat fue el primero en reconocer que el súbito estrellato de su hija les venía de perlas. Los chicos de la prensa aparecieron varias veces, pero no era mucho lo que podían decirles y, luego de tomar fotos y filmar la casa en que Cassie O'Malley había crecido, regresaron a Chicago.

La vida de Cassie en la Costa Oeste parecía discurrir a más velocidad que los aviones. Le costaba realizar tantos vuelos de prueba, trayectos cortos para poner a prueba los nuevos instrumentos incorporados y reuniones con los ingenieros para que le explicasen los aspectos aerodinámicos. Había asistido a varias reuniones de diseño para entender mejor a qué aspiraba Williams Aircraft y Desmond estaba sorprendido de lo mucho que participaba. Cassie quería conocer hasta el detalle más nimio de los aviones.

El magnate se sintió halagado, impresionado y muy orgulloso de su buen tino. Había heredado un imperio que en poquísimo tiempo duplicó y era uno de los hombres más ricos del país —si no del mundo—. Había estado casado dos veces, pero en ambos casos se había divorciado, no tenía hijos y lo único que le apasionaba era su empresa. La gente entraba y salía de su vida y, aunque se hablaba mucho de las mujeres que lo acompañaban, para Desmond Williams lo único que contaba eran los aviones y ocupar el puesto más alto de la industria aeronáutica. De momento, Cassie O'Malley lo ayudaba a conseguir sus objetivos.

Desmond apreciaba la extraordinaria comprensión que la joven tenía de la aviación y sus ingenuas pero claras percepciones sobre el negocio. A Cassie no le daba miedo expresarse y, llegado el caso, plantar cara. Le gustaba verla en las reuniones y le agradaba que se interesase. Lo emocionaban las marcas que la muchacha había conseguido. Se atrevía prácticamente a todo... siempre y cuando fuera razonable. Lo único que la contrariaba eran los acontecimientos sociales, pero Desmond insistía en que eran muy importantes.

—¿Para qué? —preguntaba Cassie a Nancy Firestone—. No puedo pasar la noche fuera y a las cuatro de la madrugada pilotar lúcidamente.

—Empieza a volar más tarde. El señor Williams lo comprenderá; él quiere que salgas por la noche.

—Pues a mí no me agrada. —Cassie no había dejado en Illinois su proverbial tozudez y estaba empeñada en salirse con la suya—. Prefiero quedarme en casa leyendo informes sobre los aviones de la empresa.

—No es eso lo que el señor Williams desea —repuso Nancy con firmeza.

Aunque Nancy solía ganar esa discusión, hubo algunas ocasiones en que Cassie se escapó. Por la noche prefería caminar por la playa o quedarse sola para escribir a Nick, a sus hermanas o a su madre.

Cassie echaba de menos a su familia y a las personas que estimaba. Cada vez que le escribía a Nick se le estrujaba el corazón. A veces tenía la sensación de quedarse sin resuello cuando le describía sus actividades. Añoraba los vuelos, las discusiones y poder bromear con él. Anhelaba confesarle que lo echaba en falta, pero por carta le resultaba extraño. Cassie siempre rompía la hoja y se limitaba a hablarle de los aviones que pilotaba.

Jamás mencionó a Nick, ni a nadie, su vida social, porque para ella carecía de importancia. Nancy había encontrado varios jóvenes dispuestos a acompañarla, la mayoría de los cuales no sabían nada de aviones, así como a algunos actores que necesitaban promocionarse. La estrategia consistía en «ser vista» dondequiera que fuese y con quien correspondía. A Cassie no le agradaba que la viesen con aquellos individuos, de modo que la mayoría de las veces posaba para las fotos y luego regresaba a casa, donde se tumbaba en la cama contenta de librarse de tanta frivolidad. Lo único que adoraba de su nueva vida digna de una estrella de cine eran los aviones.

Los vuelos eran decididamente increíbles. Lo mejor que consiguió —y probablemente lo más peligroso— fue salir al alba en el Phaeton y batir todos los récords de velocidad. Se sorprendió de que esas máquinas fabulosas le permitiesen pulir sus habilidades. Aprendió a pilotar aviones muy pesados, a resolver los problemas que planteaban, a señalárselos a los ingenieros y a colaborar con éstos. La empresa valoraba su información y su criterio; admiraba su forma de volar y aceptaba lo que ella proponía.

Una tarde, tras un corto vuelo sobre Las Vegas en el que tomó notas para el equipo de diseño, Cassie se apeó de un caza dotado de un motor Merlin para obtener mayor velocidad, y se encontró con que alguien le ofrecía ayuda para descender. Era Desmond Williams. Estaba tan impecable como de costumbre, con el pelo ligeramente enmarañado por la brisa, y de pronto le pareció menos formal y más joven que en anteriores ocasiones.

—¿Ha sido un buen vuelo?

—Sí, pero el motor Merlin me ha decepcionado. No sirve para lo que queremos conseguir de este avión. Habrá que hacer más pruebas. Se me han ocurrido varias ideas que mañana comunicaré a los diseñadores. Además, durante el despegue el avión se inclina hacia babor, lo que supone un serio problema.

Cassie siempre pensaba en los aviones de Williams Aircraft y en cómo perfeccionarlos. Por la noche soñaba con los aparatos y durante el día los llevaba al límite. Desmond Williams la miró, impresionado: aquella chica no dejaba de sorprenderlo.

—Es evidente que necesita un descanso. —Desmond sonrió. Cassie se apartó el cabello de la cara y se estiró el uniforme. A veces echaba de menos su mono y los tiempos en que no tenía que preocuparse de su aspecto—. ¿Qué le parece si esta noche cenamos juntos?

Cassie se preguntó qué se traía entre manos el magnate. Tal vez estaba descontento con ella. Hasta ese momento sus tratos eran estrictamente formales.

—Señor Williams, ¿hay algún problema?

Desmond rió. Quizá la chica temía que la despidiera, de modo que negó con la cabeza y la miró divertido.

—El único problema es que trabaja demasiado e ignora que es una mujer providencial. No padezca, no hay ningún problema. Simplemente pensé que sería agradable compartir la cena.

—Desde luego —replicó Cassie con timidez.

Se preguntó cómo sería cenar con el magnate. Era un hombre tan apuesto, meticuloso, inteligente y rico que la abrumaba. Nancy siempre mencionaba que era un acompañante mundano y entretenido. De todos modos, a Cassie todavía le infundía respeto.

—¿Qué clase de comida le gusta? ¿La francesa? ¿La italiana? ¿O prefiere la griega, o la parrilla argentina? En Los Angeles hay varios restaurantes fantásticos, aunque supongo que ya los conoce.

—Sí, así es —Cassie lo miró a los ojos y por unos instantes se sobrepuso a sus reparos—. Y lo lamento.

—Ya lo sé. —Desmond Williams esbozó una sonrisa—. Por lo que sé, los compromisos sociales la irritan.

A pesar de su edad, por un instante el magnate se volvió paternal y Cassie comprendió por qué lo apreciaba Nancy.

—Lo ha dicho con delicadeza. No entiendo por qué tengo que salir todas las noches si al día siguiente, a las cuatro de la mañana, tengo que montar en un avión.

—Quizá debería empezar a volar más tarde —sugirió Desmond Williams.

Cassie suspiró.

—Nancy dice lo mismo, pero lo que importa es volar; salir no cuenta.

Desmond Williams la miró de arriba abajo y Cassie se sorprendió al reparar en que era mucho más alto que ella. En más de un sentido, Desmond Williams era un hombre de gran estatura.

—Todo, absolutamente todo es importante, no sólo volar, sino también las salidas. Piense en lo que la prensa dice de usted, en lo que opina el público, en lo mucho que la quieren... Piense en lo que significa, en el acceso que usted tiene, en la influencia que ejerce sobre el público. Todos quieren saber qué come, qué lee, qué piensa. No subestime el poder del público norteamericano.

—Pues no lo entiendo —insistió Cassie con ingenuidad.

Desmond Williams sonrió. El magnate poseía una asombrosa capacidad para conocer a la gente.

—Claro que lo entiende —afirmó sin inmutarse—, pero no le gusta. Quiere jugar a este juego según sus propias reglas, aunque a la larga le será más rentable si se atiene a las mías. Confíe en mí.

—Cenar en el Coconut Grove o en el Mocambo no me convertirá en mejor piloto.

—No, pero sí en una mujer fascinante... alguien de quien todos desean saber algo más. De esta forma estarán pendientes de sus palabras y, en cuanto empiecen a escucharla, podrá decirles lo que quiera.

—¿O sea que si estoy en casa durmiendo no me oirán? —ironizó Cassie, aunque lo había entendido perfectamente.

—Señorita O'Malley, en ese caso lo único que oirán serán sus ronquidos.

Cassie rió.

Pocos minutos después Desmond Williams abandonó el hangar. Había quedado en recogerla a las siete.

En cuanto llegó al apartamento, Cassie le contó a Nancy con quién cenaría esa noche, pero ella ya lo sabía porque se lo había comunicado la señorita Fitzpatrick. En Williams Aircraft no había secretos. Nancy supuso que probablemente la llevarían a Perino's. La ayudó a elegir un vestido elegante y le aseguró que era el tipo de prenda que a Desmond más le gustaba.

—¿Por qué querrá cenar conmigo? —preguntó Cassie.

Aún temía que Desmond Williams estuviese descontento con ella. Tal vez le había molestado que se quejara de las salidas nocturnas.

—Yo diría que porque eres muy fea —contestó Nancy. La mujer trataba a Cassie como a su hija. En algunos aspectos, aquella chica todavía era una jovencita bastante parecida a Jane. A decir verdad, Jane y Cassie habían hecho buenas migas en las dos ocasiones en que Nancy la invitó a cenar. La habría invitado más a menudo, pero Cassie no tenía tiempo para pasar una velada tranquila—. Ve a lavarte la cara y deja de preocuparte. Desmond Williams es el caballero perfecto.

Y lo era, al margen de lo que quisiera, tanto en el plano empresarial como en el del placer. Era un hombre genial y de modales impecables. Pero no tenía corazón... o al menos eso decían las mujeres. En caso de que lo tuviera, de momento ninguna lo había descubierto. De todos modos, Nancy sabía que Desmond no iba tras el corazón de Cassie. Sólo buscaba su lealtad, su vida, su inteligencia, su opinión sobre los aviones y su arrojo. Era lo que pretendía de cuantos lo rodeaban. Lo quería todo, excepto lo realmente importante. En contrapartida, se ocuparía de Cassie como sabía hacerlo: con buenos contratos y dinero.

Cassie estuvo puntualmente preparada y Desmond Williams se presentó en un Packard último modelo. Las máquinas le gustaban y había adquirido todos los coches interesantes que merecía la pena poseer. El Zephyr con que Cassie lo había visto en Good Hope estaba de nuevo en California.

Cassie lucía el ceñido vestido negro que Nancy había elegido, medias de seda y zapatos de raso negros con plataforma, lo que le daba aspecto espigado. Aun así, Desmond Williams era más alto que ella y pensó que la joven estaba maravillosamente ataviada. Cassie se había recogido el pelo dejando unos rizos sueltos; además, en el mes y medio que llevaba en Los Angeles había aprendido a maquillarse a la perfección.

—¡Caramba! Está usted elegantísima —comentó Desmond radiante mientras se dirigía hacia la ciudad.

—Pensaba ponerme el mono, pero Nancy lo ha enviado a la lavandería —bromeó Cassie.

—Y yo no puedo decir que lo lamente. —El magnate le siguió el juego.

Durante el trayecto hablaron sobre el nuevo avión que la compañía estaba diseñando. Cassie le hizo unas cuantas preguntas sobre el fuselaje y, como de costumbre, sus observaciones sobre el diseño causaron una excelente impresión a Williams.

—Cassie, ¿cómo llegó a saber tanto sobre aviones?

—Porque me encantan. Entiéndame, son como las muñecas para las niñas. Toda mi vida he jugado con aviones. Tenía nueve años cuando monté en uno por primera vez. Me gustan desde muy pequeña. Cuando tenía cinco años mi padre me dejaba ayudarlo, pero le di un disgusto cuando aprendí a volar. Lo de meter mano en los motores le parecía muy bien, pero pilotar era cosa de hombres.

—¿Lo dice en serio? —preguntó Williams, extrañado. A su juicio, esa opinión correspondía a la edad de las cavernas.

—¡Ya lo creo! —Cassie sonrió y se acordó de su padre con afecto—. Es un dinosaurio entrañable y lo quiero mucho. Por si no lo sabe, aquel día tiró su tarjeta a la basura. Me refiero a la primera vez que usted estuvo en el aeropuerto.

—Supuse que su padre y su socio harían algo así. Por eso volví. —Cuando llegaron a Los Angeles, él la contempló—. Y no se imagina cuánto me alegro de haber regresado al aeropuerto. Cuando pienso en lo que este país y yo nos habríamos perdido... habría sido imperdonable.

El magnate se expresó con grandilocuencia y Cassie rió. Lo que decía era importante, pero a ella sólo le parecía una exageración. Aunque era consciente de su competencia como aviadora, ni remotamente era ningún genio, ni la beldad que Williams decía... si bien Estados Unidos empezaba a sacarla de su error, ya que el país entero coincidía con su jefe.

—¿Adónde vamos? —preguntó Cassie.

Aunque reconoció la zona, no logró deducir a qué restaurante irían. Él le respondió que al Trocadero.

En cuanto entraron en el restaurante, Cassie comprobó que era elegante y lujoso. La iluminación era tenue y la orquesta tocaba una rumba.

—Cassie, ¿ya había estado aquí?

La muchacha negó con la cabeza, impresionada por el entorno y por estar allí con él. Tenía veinte años y nunca había visto nada parecido.

—No, señor.

Desmond Williams se acercó y le cogió el brazo.

—Llámame Desmond.

Él sonrió y Cassie se ruborizó. Le resultaba extraño tratarlo con confianza. Al fin y al cabo, era un hombre muy importante, era su jefe y tenía unos cuantos años más.

—Sí, señor… quiero decir, señor Desmond.

Cassie aún estaba nerviosa cuando el *maître* los condujo a una de las mejores mesas.

—He de reconocer que señor Desmond suena divertido —dijo Williams—. No se me había ocurrido.

Desmond bromeó un poco más y la ayudó a elegir la cena. Logró que se sintiera cómoda a pesar de que estaba viviendo algo novedoso. En ningún momento la hizo sentir pueblerina o ingenua. Aseguró que se trataba de una gran ocasión, no sólo para ella sino para él. Todo el tiempo le dio a entender que se sentía muy afortunado de estar en su compañía. Desmond Williams era un maestro en el sutil arte de lograr que sus acompañantes estuvieran relajados y, antes de que les sirvieran la cena, se las ingenió para que Cassie riera y bailara con él en brazos como si lo hubiera hecho toda la vida. Después de la cena aparecieron los fotógrafos y obtuvieron una imagen maravillosa en la que Cassie sonreía a Williams como si lo idolatrara.

Al día siguiente, cuando vio la foto en el diario, Cassie se sintió incómoda. Esa instantánea sugería que estaba liada con Desmond Williams, lo cual era falso. Sin embargo, había algo especial en la forma en que él la miraba, aunque en ningún momento había ocurrido nada incorrecto o remotamente romántico. Desmond Williams era su jefe, el hombre que la había descubierto y le había ofrecido una oportunidad única. Por todo eso le estaba agradecida, pero entre ellos no había nada. Se preguntó si alguien de la empresa le haría algún comentario al respecto, pero nadie dijo nada.

Tres días después recibió una llamada de Nick. Esa noche haría un vuelo de transporte de correspondencia hasta San Diego y por la mañana iría a visitarla. Como era sábado, Cassie tenía el día libre y podía pasarlo con él. No obstante, esa noche debía asistir a un baile benéfico con uno de los jóvenes amigos de Nancy.

—Dime, ¿Williams, se ha lanzado sobre ti o estás fascinada por él? —preguntó Nick bruscamente una vez acordaron reunirse en el apartamento de Cassie cuando él terminara su trabajo en San Diego.

—¿De qué hablas?

—Cass, ayer estuve en Chicago y vi vuestra foto en el periódico. La escena era muy sugerente.

El tono de Nick contenía un reproche que hasta entonces nunca había notado y no le gustó nada.

—Da la casualidad de que trabajo para él. Me invitó a cenar, eso es todo. Está tan interesado en mí como en sus ingenieros, así que controla tu imaginación.

—No seas ingenua. Lo que llevabas puesto no era ropa de trabajo.

A Nick le carcomían los celos y ahora lamentaba que Pat la hubiese dejado ir a California. La clase de vuelos que Cassie realizaba para Williams Aircraft era muy peligrosa. Pero los vuelos no le preocupaban sino la expresión con que Desmond Williams la miraba en esa foto.

—Nick, sólo fue una cena de trabajo. Tuvo el detalle de invitarme. Probablemente se aburrió como una ostra. Lo creas o no, llevaba mi ropa de trabajo. Cuento con una dama de compañía que me compra el vestuario y cada noche me hacen salir como a un perro amaestrado para que hagan fotos. Lo llaman relaciones públicas.

—Pues a mí no me parece que tenga nada que ver con la aviación.

La contrariedad consumía a Nick, que sufría de soledad. Ardía en deseos de estar con ella. Cassie aún no había dispuesto de unos días para ir a Good Hope. Nick se había sorprendido al comprobar cuánto lo afectaba su ausencia. Se sentía como si hubiera perdido un brazo o a su mejor amigo. Y le sentaba fatal que Williams la invitara a cenar.

—Ya lo hablaremos personalmente —propuso Cassie y de repente se sintió más madura. Aunque no lo sabía, había cambiado y adquirido buena parte del refinamiento de una gran ciudad—. ¿Cuándo te marchas?

—A las seis. Haré el vuelo de regreso con más correspondencia.

Cassie se sintió decepcionada, pues no podría cancelar su «cita» y tendría que asistir al baile en beneficio de los niños afectados de poliomielitis.

—De acuerdo, aprovecharemos esas horas a tope. Procura llegar temprano.

—Chica, iré tan pronto como pueda. Recuerda que yo no piloto esos fantásticos aparatos que llevas tú.

—No padezcas. Tal como pilotas, podrías montarte en una caja de huevos y sacarle más provecho que a todo lo que he visto por aquí —repuso cariñosamente.

—Deja de halagar a este viejo —replicó Nick con tono más cálido—. Hasta mañana, Cassie.

A Cassie la espera se le hizo insoportable. Se levantó a las tres y media de la madrugada, pues ya no aguantaba más. Las manecillas del reloj parecieron inmóviles hasta que, a las siete y cuarto, Nick pulsó el timbre.

Cassie bajó la escalera corriendo y se arrojó en sus brazos con tanto ímpetu que estuvo a punto de derribarlo. Nick se sintió impresionado por su radiante belleza y por la fuerza de su cariño. Cassie también lo había echado de menos, incluso más de lo que imaginaba. Añoraba las confidencias, las largas charlas y los vuelos compartidos.

—¡Eh, espera… un momento! —Cassie lo besaba y lo abrazaba como una niña perdida que por fin encuentra a sus padres—. Cálmate, estoy aquí… —A Cassie se le llenaron los ojos de lágrimas. Nick la estrechó con todas sus fuerzas y no habría querido soltarla nunca. Cassie nunca había estado tan guapa ni tan cálida en sus brazos. Finalmente se obligó a soltarla y a apartarse—. ¡Cielos… qué maravilloso aspecto tienes! —Nick sonrió. Reparó en el corte de pelo, en el maquillaje y en que vestía pantalón beige y jersey blanco. Se parecía a Rita Hayworth—. No pareces haber sufrido mucho —bromeó. Después de ver el apartamento lanzó un silbido y comentó—: Vaya, vaya… hablando de penurias…

—¿No te parece de ensueño?

Cassie le sonrió con todo su poder de seducción y le dijo que se pusiera cómodo. Nick, cada vez más impresionado, recordó que esa mujer era la niña que conocía desde que tenía una semana y no una estrella cinematográfica. Esa chica era la hija de Pat O'Malley.

—Cass, ¡cuánta suerte has tenido! —reconoció. La muchacha se lo había ganado y sería injusto que no contase con esas comodidades. De todos modos, seguía preocupado por ella—. ¿Te tratan bien?

—Se desviven por mí. Me compran ropa, me alimentan y tengo una asistenta. Es mexicana, se llama Lavinia y me está enseñando español. También cuento con una dama de compañía, Nancy, que me elige el vestuario y lo organiza todo, desde los actos sociales y mis acompañantes hasta la gente que trato.

Cassie siguió parloteando y Nick la miró intrigado.

—¿Tus acompañantes? ¿Te conciertan citas con hombres?

Nick se sintió indignado mientras Cassie servía el desayuno y freía unos huevos.

—Es algo por el estilo, pero no exactamente… En realidad algunos no son… lo que quiero decir es que las mujeres no les interesan, ya me entiendes, pero son amigos o conocidos de

Nancy. Algunos son actores que necesitan exhibirse y nosotros… yo… verás, asistimos a actos sociales y fiestas y nos fotografían. —A medida que intentaba explicarlo, Cassie se sentía cada vez más incómoda. Era la faceta que más le desagradaba de su trabajo pero, después de la explicación que Desmond Williams le había dado la otra noche, intentaba asumirlo—. La verdad es que no me gusta, pero para Desmond es importante.

—¿Has dicho Desmond?

Nick frunció el entrecejo mientras tomaba los huevos fritos que Cassie había preparado. La repentina mención de Williams por su nombre de pila lo llevó a dejar de comer.

—Considera que las relaciones públicas son uno de los ingredientes más importantes de su empresa.

—¿Y qué me dices de pilotar aviones? ¿También lo considera importante? ¿Has logrado volar?

—Vamos, Nick, no seas injusto. Tengo que hacer lo que me piden. Fíjate en todo esto. —Abarcó con un ademán la amplia y moderna cocina y el resto del apartamento—. Mira lo que han hecho por mí. Si quieren que salga y que me fotografíen, supongo que se lo debo. Al fin y al cabo, no es mucho pedir.

Nick se enfurecía cada vez más.

—Es una mierda y lo sabes. No has venido a California para hacer de modelo ni para asistir a una escuela privada de señoritas a fin de que te pulan socialmente. La única obligación que tienes con ellos es jugarte el tipo probando sus aviones y batiendo marcas. Es lo único que les debes. El resto depende de ti, mejor dicho, debería depender de tus decisiones. Por favor, Williams no es tu dueño. ¿O me equivoco?

Nick la miró sombríamente y Cassie ladeó la cabeza. Se sentía en deuda y comprendía las aspiraciones de Desmond Williams: quería convertirla en una estrella para promocionar su trayectoria como aviadora y al tiempo hacer publicidad de sus aviones. No era una propuesta inmoral y las otras aviadoras también habían tenido que lidiar con estas cuestiones.

—Me parece que eres injusto —murmuró Cassie.

—Cada vez que pienso que te están usando me pongo frenético —afirmó Nick, que apartó el plato y bebió un sorbo de café—. Cass, sospecho que ese hombre quiere aprovecharse de ti.

—No es verdad. Sólo pretende ayudarme. Ha hecho mucho por mí…

—¿De veras? ¿Qué ha hecho por ti? Por ejemplo, te ha llevado a bailar la otra noche. ¿Cuántas veces habéis ido a bailar?

—Sólo una. Fue muy amable de su parte e intentó explicarme la importancia de cumplir las obligaciones sociales.

—Veo que todavía no te han lavado totalmente el coco. ¿Has salido mucho con él?

Cassie lo miró a los ojos antes de responder:

—Ya te he dicho que sólo la otra noche. Desmond Williams se mostró amable y respetuoso. Es todo un caballero. Sólo bailamos un par de veces y dio la casualidad de que nos hicieron una foto.

—¿Pretendes que me trague que fue casualidad?

Nick estaba sorprendido de la inocencia de Cassie. Para él las cosas estaban muy claras. Al principio le había parecido una gran oportunidad, siempre y cuando lo principal fuera pilotar aviones. Pero las tonterías sociales y los coqueteos con la prensa le demostraban que las cosas iban por otros derroteros: Williams se aprovechaba de Cassie en un sentido amplio. Pero ella era demasiado joven para entenderlo. ¿Qué más pretendía Williams? ¿Acaso la quería para él? Como era tan joven e ingenua, sin duda Cassie estaba obnubilada por el magnate. Esa posibilidad le sentaba fatal. Cassie era demasiado joven para enredarse con ese individuo. Además, Desmond Williams no la amaba. Lo había comentado con Pat e incluso le había sugerido que tal vez Williams hiciera propuestas deshonestas a su hija. Aunque había intentado sacar de quicio a su amigo, éste había caído bajo el embrujo de Oona, que estaba fascinada por haber visto a su hija en los noticiarios. Pat no intervendría. Cassie estaba a salvo, muy contenta y, a juzgar por lo que decía en sus cartas, la trataban como a una reina. Incluso tenía una dama de compañía, por lo que no había nada impropio. Y la guinda era la fortuna que le pagaban. ¿Qué más podía pedir?

Nick volvió a la carga:

—¿No te enteras de que ese tío va detrás de ti y que hizo un montaje para que parezca que estáis liados? Probablemente avisó a los reporteros que iríais a ese local. Estados Unidos tiene algo más que una cara bonita de la que prendarse: ahora hay un idilio en juego. El gallardo magnate Desmond Williams corteja a Cassie O'Malley, la novia de todos los norteamericanos, la chica de al lado y la maravillosa aviadora. Cassie, abre los ojos de una vez. Ese tipo te está usando y lo hace muy bien. Te convertirá en una estrella con tal de vender sus malditos aviones. ¿Y qué pasará después?

Eso era lo que angustiaba a Nick. ¿Y si Desmond Williams se casaba con Cassie? La perspectiva lo abrumaba, pero se abstuvo de mencionarlo.

—¿Qué más da? ¿Qué tiene de malo?

Cassie no veía los riesgos de que Nick hablaba.

—No lo hace por ti, sino por sí mismo y por su empresa. No juega limpio. Para él es un negocio más. Cass, te está explotando y eso me aterra.

—¿Por qué?

Cassie no entendía de ninguna forma los argumentos de Nick. ¿Por qué se oponía con tanto ahínco? ¿Por qué desconfiaba tanto de Desmond Williams? En lo que a ella se refería, sólo había hecho cosas buenas, pero para Nick acechaban otros peligros.

—Piensa en la experiencia de Amelia Earhart. La situación se le fue de las manos, se planteó algo que jamás debió emprender… Muchos pensaron que no estaba preparada para lo que fue su último vuelo y es evidente que no se equivocaron. ¿Y si Williams organiza algo parecido para ti? ¿Y si quiere conducirte a algo semejante? Cass, sufrirás mucho…

A Nick le habría gustado llevársela a Good Hope, donde sabía que siempre estaría a buen resguardo.

—Nick, te aseguro que Desmond Williams no hará nada por el estilo. No tiene ningún plan para mí. Además, soy mejor aviadora que Amelia Earhart.

Era un comentario exagerado y a Cassie se le escapó una risilla. Nick se lo tomó en serio y siguió contemplándola. En el último mes su belleza se había incrementado y ella ni siquiera se había enterado.

—No conoces los planes de Williams. Él no se anda con medias tintas y aspira a lo más alto.

—Puede que tengas razón —reconoció ella. Tal vez Williams quería que hiciese una gira mundial—. Te prometo que si me propone algo te lo diré.

—Ten cuidado.

Nick la miró con expresión severa y encendió un cigarrillo. Cassie cerró los ojos, aspiró el conocido aroma de los Camel y recordó el aeropuerto de su padre y los tiempos en que se reunía con Nick en la pista de Prairie City. Aquello le produjo una intensa nostalgia, no sólo de Nick sino de todos sus seres queridos. Pero era a Nick a quien más había echado en falta.

Al final el piloto se serenó y disfrutó del reencuentro. Estar tanto tiempo lejos de ella lo había llevado al borde de la locura. Día tras día había pensado en los trucos que Williams podía tramar para aprovecharse de Cassie. Pero finalmente dejó de fastidiarla con los supuestos planes de Williams y con la posibilidad de que la explotaran, y pasaron una tarde muy agradable.

Dieron un largo paseo por la playa, se sentaron en la arena bajo el tórrido sol de agosto y contemplaron el Pacífico. Era maravilloso volver a estar juntos y permanecieron en silencio mucho tiempo.

—Pronto estallará la guerra en Europa —profetizó Nick cuando reanudaron el diálogo—. Las señales están tan claras como el sol que brilla en el cielo. Alguien tendrá que pararle los pies a Hitler.

—¿Crees que Estados Unidos intervendrá?

A Cassie le encantaba hablar con Nick de política. En California estaba demasiado sola y ocupada. Con Nancy sólo hablaba de ropas y «sus acompañantes» se limitaban a posar para las fotos.

—La mayoría de ciudadanos cree que no participaremos, pero yo considero que tendremos que hacerlo —respondió Nick.

—En ese caso, ¿qué harás? —Cassie se preguntó si Nick intentaba decirle que sentía el mismo hechizo de hacía veinte años. Abrigaba la esperanza de que no fuese así—. ¿Irás?

—Creo que soy demasiado viejo. —Sólo tenía treinta y ocho años. Pat era demasiado mayor para librar otra guerra, pero Nick tenía más posibilidades—. Lo más probable es que decida participar.

Nick le sonrió con los cabellos agitados por la brisa. A Cassie le ocurría lo mismo con su melena. Estaban sentados en la playa y sus hombros y sus manos se rozaban. Cassie se sentía reconfortada de estar con su amigo. De Nick lo había aprendido todo y siempre había confiado en él. Era a quien más echaba de menos y Nick había descubierto que la ausencia de la muchacha le provocaba un dolor imposible de aplacar.

—No quiero que vayas —dijo y miró aquellos ojos azules. La idea de perder a Nick le resultaba insoportable. Quería que le prometiese que no iría a la guerra—. Nick, aquí estás a salvo. No soportaría que te ocurriera algo…

—Diariamente corremos los mismos riesgos —repuso él—. Mañana mismo puedes tener un problema, lo mismo que yo. Ambos lo sabemos.

—Es distinto.

—En el fondo es lo mismo. A mí también me preocupa lo que pueda pasarte aquí. Pilotar aviones de la Williams Aircraft es una actividad que entraña riesgos. Se trata de altas velocidades, aparatos pesados y motores retocados que suelen alcanzar alturas inusuales. Te buscas problemas e intentas batir marcas. Es muy peligroso… Temo que tengas un accidente. —Nick la miró y los dos fueron conscientes de los riesgos—. Además, tu padre dice que las aviadoras no saben pilotar. —Sonrió.

Cassie rió.

—Te agradezco el comentario.

—Sé que has tenido un instructor que no vale un pimiento.

—Exactamente. —Cassie le acarició la mejilla—. Te he echado mucho de menos… Añoro los días en que nos reuníamos en la pista abandonada.

—Y yo —musitó él con ternura y le cogió la mano—. Para mí fueron momentos inolvidables.

Cassie asintió y los dos guardaron silencio unos minutos.

Volvieron a caminar por la playa y hablaron de la familia y los amigos. Chris no había vuelto a subir a un avión desde la exhibición y a su padre no parecía importarle. Al benjamín sólo le interesaban sus estudios. Colleen estaba embarazada otra vez. Cassie pensó que era la historia de nunca acabar. Bobby había empezado a salir con Peggy Bradshaw; aquella pobre mujer había quedado viuda con dos hijos pequeños y en más de una ocasión Nick había visto la camioneta de Bobby delante de la casa de Peggy.

—Es una buena chica para Bobby —dijo Cassie, y se sorprendió de la frialdad de sus sentimientos hacia Bobby. Le asombraba que hubiesen estado prometidos un año y medio. No tendría que haber ocurrido jamás—. Supongo que ahora Peggy odia la aviación tanto como él —añadió, y recordó el terrible accidente.

—Con él habrías sido desdichada —afirmó Nick y la miró con intensidad. Le habría gustado quedarse e impedir que la utilizaran o la pusiesen en peligro.

—Lo sé y ahora tengo la impresión de que siempre lo supe, pero no encontré la forma de decírselo sin herir sus sentimientos. Francamente pensaba que tenía que casarme con Bobby. —Miró hacia el horizonte y musitó—: No sé qué haré. Un día de éstos todos me dirán que crezca de una vez y deje de volar. Nick, ¿qué haré entonces? Supongo que no podré soportarlo.

—Tal vez en el futuro encuentres la manera de salirte con la tuya. Me refiero a tener una vida plena sin abandonar la aviación. Yo nunca lo conseguí, pero tú eres más lista.

La mayoría de los pilotos tenían que escoger y Nick había elegido sus opciones... lo mismo que Cass, al menos de momento.

—Me resulta incomprensible que no se pueda tener una vida plena y seguir volando. Al parecer, nadie lo consigue.

—Para los cónyuges no es una buena vida y la mayoría lo sabe. Bobby se dio cuenta, lo mismo que mi ex esposa.

—Sí, supongo que es así.

Regresaron al apartamento y siguieron charlando. Nick prometió que contaría a Oona cómo vivía su hija.

Un rato después Cassie lo acompañó al aeropuerto. Subió con Nick al Bellanca que conocía de toda la vida y estuvo a punto de echarse a llorar. Era como volver a casa. Permaneció largo rato en el aparato, junto a Nick. Finalmente él condujo el avión hasta la pista.

Nick le dedicó la sonrisa que Cassie conocía y adoraba de siempre. Se le hizo un nudo en la garganta y estuvo a punto de suplicarle que la llevase a Good Hope. Sin embargo, cada uno debía hacer su vida: Nick tenía que regresar a Illinois y ella había firmado un contrato con Desmond Williams. La mayoría de los amantes de la aviación soñaba con lo que ella tenía; no obstante, una parte de su ser deseaba abandonarlo todo y regresar a Good Hope, donde todo era más sencillo.

—¡Cuídate, Cassie¡ No permitas que te hagan demasiadas fotos.

Nick volvió a sonreír. Seguía sin gustarle lo que Desmond Williams se traía entre manos, pero Cassie lo había tranquilizado. La joven tenía la cabeza bien puesta y no se dejaba agobiar. Además, no parecía enamorada de su patrón.

—¡Nick, vuelve pronto!

—¡Lo intentaré!

Se miraron fijamente. Era tanto lo que Nick deseaba decirle, pero ni el lugar ni el momento eran oportunos.

—Saluda a todos de mi parte... A mamá, a papá, a Chris y a Bill...

Cassie le daba largas, deseosa de que Nick se quedara un poco más.

—Por supuesto. —La contempló y deseó emprender el vuelo con ella. Pero en ese momento tuvo la certeza de que jamás lo conseguiría. No estaban destinados a unirse y no había nada que hacer—. No te fugues con Desmond Williams; si lo haces, iré a buscarte, aunque tu madre me mate por echar a perder tu gran oportunidad.

—Dile a mamá que no se preocupe. —Cassie rió—. Dile también que la quiero. —Cuando Nick aceleró, Cassie tuvo que gritar—: ¡Nick, a ti también te quiero… y te agradezco que hayas venido a verme!

El piloto asintió con la cabeza, deseoso de decirle que también la amaba, pero no pudo articular palabra. Se despidió, le hizo señas para que retrocediera y pocos minutos después despegó del aeropuerto de Pasadena. Cassie lo contempló mientras pudo, hasta que desapareció por el horizonte, convertido en un punto.

12

Dos semanas después de la visita de Nick a Los Angeles, los alemanes invadieron Polonia y el mundo se horrorizó ante la destrucción sembrada por Hitler. Al cabo de dos días, el 3 de septiembre, Gran Bretaña y Francia declararon la guerra a Alemania. Finalmente ocurrió: Europa estaba en guerra.

En cuanto se enteró, Cassie telefoneó a Good Hope, pero Nick había salido y su padre estaba realizando un vuelo a Cleveland. A mediodía comió con Desmond, que esa misma mañana había hablado con el presidente. Estaba claro que Estados Unidos no pensaba inmiscuirse en la contienda europea. Cassie experimentó un profundo alivio.

Comunicó a Desmond que quería ir a Good Hope y éste le prestó un avión particular para el fin de semana. Desde julio deseaba visitar a los suyos, pero no había tenido tiempo.

El viernes por la noche Cassie aterrizó en el aeropuerto O'Malley. Había salido de Los Angeles a mediodía y aterrizó en Good Hope a las ocho y media hora local. Aunque no había nadie, aún era de día cuando tomó tierra en la larga pista que discurría de este a oeste y rodó hasta detenerse lentamente. Se dirigió a la vieja furgoneta que su padre guardaba en el aeropuerto. No había avisado de su visita. Quería darles una sorpresa.

¡Y vaya sorpresa que les dio! Esa noche, pasadas las nueve, entró sigilosamente en su casa; sus padres ya estaban acostados. A la mañana siguiente, cuando Cassie salió de su habitación en camisón, su madre estuvo a punto de desmayarse.

—¡Dios mío, Cass, qué sorpresa! —exclamó su madre—. ¡Pat, mira lo que tenemos aquí!

Pat salió del dormitorio y sonrió pletórico de felicidad.

—Hola, mamá. Hola, papá. Tenía ganas de pasar a saludaros. —Cassie irradiaba alegría.

—Pues sí que eres sigilosa.

Su padre la abrazó sin dejar de sonreír y su madre se puso como una gallina clueca, le preparó un desayuno opíparo y despertó a Chris, que se alegró mucho de verla.

—¿Cómo te sientes en tu papel de estrella cinematográfica? —bromeó Pat. Aunque aún no estaba convencido de que le gustara, en el pueblo todos pensaban que era grandioso y le costaba mucho ignorarlo.

—Nick ha dicho que vives en un palacio —comentó Oona y examinó a Cassie de la cabeza a los pies. La encontró sana y feliz; con excepción del corte de pelo y las uñas cuidadas y pintadas de rojo, tuvo la impresión de que era la Cassie de toda la vida.

—Es un piso muy bonito —reconoció la joven—. Me alegra saber que a Nick le gustó.

Se sentaron a charlar sobre la vida de Cassie en Los Angeles. Finalmente la muchacha se vistió y acompañó a su padre al aeropuerto. Se alegró de reencontrar a sus viejos amigos.

En cuanto la vio, Billy lanzó un chillido de bienvenida. Cassie se puso un viejo mono, lo ayudó a reparar un avión y media hora después oyó el ronroneo del motor de la destartalada furgoneta de Nick. Alzó la cabeza y sonrió. Nick no salió del hangar para saludarla hasta la hora del almuerzo. Cassie se figuró que estaba ocupado y que no tardaría en ir a verla, pero le bastó con saber que estaba cerca.

—Por estos lares empezáis a trabajar muy tarde —bromeó Cassie en cuanto lo vio—. Todos los días, a las cinco de la madrugada, suelo estar a catorce mil pies de altura.

—¿De veras? —Nick sonrió, feliz de verla—. ¿Te reúnes en el cielo con la peluquera?

Los ojos del piloto parecían danzar y, mientras la contemplaba, creyó que el corazón le estallaría. Su amor por Cassie comenzaba a inquietarlo. Tal vez fuera una suerte que la joven viviese en California.

—¡Sigues tan bromista como siempre!

—Me han dicho que los chicos de la Movietone llegarán a las tres. —Nick miró sonriente a Billy y a dos empleados—. Será mejor que os pongáis ropa limpia.

—A ti una muda no te vendría nada mal —le espetó Cassie.

Nick se apoyó contra el avión que la joven había reparado con Billy y la estudió con atención: estaba más seductora que nunca.

—¿Has traído a la dama de compañía? —siguió bromeando.

—Me parece que de ti podré ocuparme yo sola.

—Sí, probablemente tienes razón. —Nick asintió con la cabeza—. ¿Quieres que almorcemos juntos? —le propuso. Nick no tenía por costumbre invitarla a salir. Generalmente se quedaban juntos en el aeropuerto.

—Me encantaría.

Cassie lo siguió hasta la furgoneta y fueron a la lechería de Paoli. En el fondo había un comedor donde servían buenos bocadillos y helados caseros.

—Espero que este local te parezca bien aunque no sea como el Brown Derby.

—Descuida.

Cassie se sentía tan feliz de estar con él que habría disfrutado aunque la hubiese llevado a un tugurio.

Nick pidió emparedados de rosbif y un batido de chocolate para la joven. Él sólo quería café.

—Por si te confundes, hoy no es mi cumpleaños —dijo Cassie.

Seguía sorprendida de que Nick la hubiese invitado a almorzar. Francamente, no se acordaba de la última vez que le había propuesto salir... si es que alguna vez había ocurrido.

—Me dije que como ahora estás tan mimada no te bastaría un bocadillo de queso en el hangar del fondo.

Nick no cabía de alegría por tenerla a su lado. Estaban en mitad del almuerzo cuando Cassie reparó en que su amigo apenas había probado bocado. En ese momento supo que la invitación incluía algo más que llevarla a comer. Nick parecía incómodo e inquieto.

—Nick, ¿qué pasa? ¿Has robado un banco?

—Todavía no, pero me lo estoy pensando.

Ahí concluyeron las chanzas. Nick la miró a los ojos y en ese instante Cassie supo qué ocurría y lo expresó en voz alta antes que él:

—¿Te has alistado como voluntario? —Se le hizo un nudo en el estómago cuando Nick asintió con la cabeza—. Oh, Nick, no... no puede ser... no es necesario que lo hagas. Nosotros no estamos en guerra.

—Digan lo que digan, acabaremos hasta el cuello. Apuesto a que Williams también lo sabe. Probablemente es lo que espera, ya que venderá muchísimos aviones. No me creo el cuento de que Estados Unidos permanecerá neutral. En Europa necesitan ayuda. Me voy a Inglaterra y me alistaré en la RAF. Sé que necesitan pilotos. Tengo lo que les hace falta y, en realidad, aquí estoy demás. Nadie necesita un genio para llevar el correo aéreo a Cincinnati.

—Pero tampoco hace falta que te derriben combatiendo en una guerra que no es la nuestra. —A Cassie se le llenaron los ojos de lágrimas—. ¿Lo sabe papá?

Nick asintió con la cabeza. Se lo había dicho a Pat en cuanto se enteró que Cassie estaba en Good Hope.

—Se lo dije ayer. De todos modos, ya se lo temía. —La miró de una manera peculiar—. Cass, te prometo que volveré. Aún me quedan muchos años para hacer de las mías. Además, nunca se sabe, puede que esta vez crezca. Hay muchos aspectos de mi vida que he descuidado desde la última guerra.

—Aquí también puedes cambiar los aspectos de tu vida

que te desagradan, para eso no hace falta que expongas el pellejo.

—Me disgusta haber sido tan perezoso y haberme puesto las cosas tan fáciles. Los últimos veinte años me he movido a velocidad de crucero porque me resultaba cómodo. El tiempo pasó tan deprisa que hasta olvidé dónde estaba. Pero ahora estoy aquí, más o menos en la mitad de mi vida, y me doy cuenta de que he perdido mucho tiempo. Necesito cambiar.

Cassie no sabía muy bien a qué se refería, aunque era evidente que Nick se arrepentía de muchas cosas. Solía decir que ya tendría tiempo para enmendarse. Y lo había tenido, pero le había faltado valor para jugársela. Nunca quiso volver a casarse, ni preocuparse demasiado por otra persona, ni liarse con una mujer y tener hijos. En tierra no estaba dispuesto a correr el menor riesgo porque temía perder. No le preocupaba morir. Se trataba de ese extraño tipo de cobardía específica de la mayoría de los aviadores: en el aire son muy valientes, pero cuando tocan el suelo se convierten en grandes cobardes.

—No vayas... —susurró Cassie. No sabía qué decir para detenerlo, pero no soportaba la idea de perderlo.

—He de ir.

—¡No, no tienes que hacerlo! —Cassie elevó el tono y los demás comensales se volvieron—. ¡Nadie te obliga a nada!

—A ti tampoco te obligó nadie, pero hiciste tu elección vital —le espetó Nick—. Yo también tengo derecho a escoger y no pienso quedarme de brazos cruzados mientras libran una guerra sin mí.

Siguieron discutiendo en la calle, bajo el sol de finales de verano.

—¿Te crees tan importante? ¿Eres el único piloto que puede hacerlo bien? Por Dios, Nick, crece de una vez. Quédate aquí... No te hagas matar en un combate que no es el tuyo, ni siquiera el nuestro... Nick, te lo suplico...

Cassie lloraba desconsoladamente y, de pronto, Nick la abrazó y le confesó lo mucho que la amaba. Se había jurado que jamás lo diría, pero ya no podía dominarse.

—Cariño, no llores, te lo ruego... Te quiero desesperadamente..., pero tengo que hacerlo... Cuando vuelva todo será distinto. Puede que para entonces te hayas hartado de jugar a *Skygirl* para Desmond Williams y que yo haya aprendido varias cosas. Aspiro a mucho más de lo que ahora tengo... pero, no he sabido conseguirlo.

—Basta con que estires la mano... eso es todo...

Cassie se había aferrado a Nick, que la abrazaba. De pronto lo único que la muchacha deseó fue escapar con él y olvidar la guerra.

—No es tan sencillo —reconoció el piloto y la miró. Era tanto lo que quería decirle... pero no se atrevía. Tal vez jamás podría expresarlo. Nick comprendió que le faltaban respuestas.

Caminaron cogidos de la mano hasta la furgoneta. Una vez en el aeropuerto, Nick se dirigió hacia el hangar donde guardaban el Jenny. Era el avión en que le había enseñado a pilotar y, sin que mediaran palabras, Cassie supo adónde iban. Por deferencia hacia Nick —el instructor siempre ocupaba el asiento trasero—, Cassie se sentó delante. Pocos minutos después habían hecho todas las comprobaciones de rutina y rodaban hacia la pista. Pat los vio pero no dijo nada. Estaba seguro de que Nick había comunicado su decisión a Cassie.

Cuando se aproximaron a la pista abandonada, Nick dejó que ella realizase el aterrizaje. Luego se instalaron bajo el árbol de siempre. Cassie apoyó la cabeza en el hombro de Nick y ambos permanecieron sentados sobre la hierba, contemplando el cielo. Costaba creer que al otro lado del océano se libraba una guerra y que Nick se iría.

—¿Por qué? —preguntó Cassie al cabo de unos minutos, mientras las lágrimas resbalaban por sus mejillas. Sus miradas se encontraron y, cuando le acarició el rostro y enjugó las lágrimas con los dedos, Nick pensó que se le partiría el corazón—. ¿Por qué quieres irte?

Después de tantos años, Nick le había confesado su amor pero se marchaba, tal vez para siempre.

—Porque creo en lo que hago. Creo en la libertad, en la dignidad y en un mundo seguro, convicciones que defenderé en los cielos europeos.

—Ya lo has hecho. Nick, deja que esta vez se ocupen otros. No es asunto tuyo.

—Por supuesto que es asunto mío. Además, aquí no tengo nada que importe de verdad, aunque reconozco que la culpa es mía.

—De modo que te vas porque estás hastiado.

En todos los hombres había una sensación de tedio, así como el espíritu del cazador. Pero le parecía una locura que Nick se fuera. Nick aseguró que no le pasaría nada.

—No olvides que soy un excelente piloto —bromeó.

—Pues cuando estás cansado vuelas fatal —repuso Cassie, sin llegar a creérselo del todo.

Nick rió.

—Te prometo que dormiré las horas necesarias. —Frunció el entrecejo y preguntó—: ¿Y qué me dices de ti? Sobrevuelas el desierto con esos aviones infernales. No creas que ignoro los riesgos que corres cuando los sometes a prueba. Muchos han muerto en el intento y probablemente pilotaban mejor que tú.

Cassie asintió porque esas palabras le recordaron al marido de Nancy. Desde luego su trabajo entrañaba riesgos, pero pilotaba estupendamente y en Las Vegas los alemanes no disparaban contra ella.

—Voy con mucho cuidado.

—Todos lo hacemos, pero a veces no es suficiente. A veces hace falta un poco de suerte.

—Espero que la suerte te acompañe... —murmuró Cassie.

Nick la contempló largo rato y, en silencio, hizo lo que había deseado durante mucho tiempo y a lo que no se había atrevido. Pero en ese instante comprendió que tenía que hacerlo. No podía irse sin transmitirle lo mucho que la amaba. Se inclinó con delicadeza y la besó. Cassie respondió con repentina pasión. Nunca había estado con un hombre, sólo con un chico, pero Nick era el hombre al que amaba desde que tenía memoria...

—Te quiero —susurró Nick sin aliento—. Deseaba algo más, pero sabía que no podía ser. Siempre he..., siempre querré... Cass, me gustaría ofrecértelo todo, pero tengo las manos vacías...

—¿Cómo dices esos disparates? —Nick acababa de partirle el corazón con esas palabras—. Me enamoré de ti cuando tenía cinco años... siempre te he querido. Y con eso me basta.

—Pero te mereces mucho más... Deberías tener una casa, hijos, y cosas como las que te han dado en California. Pero esas cosas tendría que proporcionártelas tu marido.

—Mis padres nunca tuvieron lujos. Contaban el uno con el otro y levantaron el aeropuerto a partir de cero. No me asusta imitarles.

—Cass, no puedo permitirlo. Además, tu padre me mataría. Soy dieciocho años mayor que tú.

—¿Y qué?

La joven no se dejó amilanar. En ese momento sólo pensaba en que Nick la amaba y en que no quería perderlo.

—Soy viejo, al menos para ti. —Nick intentó poner reparos—. Deberías casarte con alguien de tu edad y tener una prole numerosa, como tus padres.

—Si lo hiciera, probablemente me volvería loca. No quiero una prole numerosa, nunca me interesó. Me basta con ser madre de uno o dos hijos. —Con Nick, la posibilidad de ser madre no le resultaba tan aterradora como antaño.

Nick sonrió tiernamente mientras escuchaba cómo intentaba convencerlo de un imposible. Él se iba a la guerra y Cassie había firmado un contrato para pilotar aviones en California. Puede que algún día lo consiguieran... No, nunca tendría tanta suerte ni sería tan insensato. Cassie se merecía bastante más de lo que podía proporcionarle.

—Cassie, me encantaría darte hijos, me encantaría darte todo lo que tengo, pero nunca poseeré otra cosa que unos aviones destartalados y una pequeña casa en el aeropuerto de tu padre.

—Sabes perfectamente que papá te daría la mitad de lo que tiene. Te lo has ganado. Trabajasteis hombro con hombro para levantar el aeropuerto. Sabes que siempre quiso que fueras su socio.

—Cuando empecé a trabajar aquí era tan joven que sólo quería estar a sueldo, pero ahora me arrepiento... Tal vez has hecho bien al aceptar ese trabajo de locos en California. Gana un montón de dinero, ahórralo y regresa a donde perteneces con algo que merezca la pena. Yo no tengo nada y jamás me preocupé por ello... hasta que te convertiste en una mujer y tomé conciencia de todo lo que no podía darte. Hablo de mis carencias, de que te doblo la edad y de que tu padre probablemente me matará por confesarte que te quiero.

—Lo dudo —aseguró Cassie—. Estoy convencida de que no se sorprenderá. Creo que prefiere verme feliz a desdichada y casada con el hombre equivocado.

—Deberías casarte con alguien como Desmond Williams —repuso Nick a regañadientes.

Cassie soltó una carcajada. Nick detestaba esa posibilidad, pero Williams podía dárselo todo.

—Y tú deberías casarte con la reina de Inglaterra. Nick, déjate de tonterías.

Cassie sonrió, pero Nick siguió dudando.

—Estas cosas te preocuparán cuando seas mayor. No eres más que una niña. ¿Crees que a tus hermanas y tu madre les agrada ser pobres?

—Mi madre jamás se ha quejado y, en mi opinión, es feliz. Probablemente mis hermanas no serían tan pobres si dejaran de tener un hijo por año. —Cassie consideraba que sus hermanas eran demasiado prolíficas. A su juicio, uno o dos vástagos eran suficientes. Glynnis esperaba su sexto hijo y Colleen y Megan el quinto. Siempre le había parecido excesivo y apabullante.

Nick volvió a besarla y pensó en los hijos que le encantaría tener con ella y que jamás tendría. Nunca sería tan egoísta como para casarse con Cassie. No lo haría por mucho que la amase... o quizá precisamente por ello. Cassie se merecía mucho más.

—Nick Galvin, te quiero y no pienso dejar que huyas de mí. Si es necesario iré a buscarte.

Nick supo que Cassie hablaba en serio.

—¡Ni siquiera lo intentes! Si es necesario te haré expulsar de

Inglaterra. Y no permitas que Williams te persuada de realizar una maldita travesía mundial. Sospecho que ése es su plan a largo plazo, como en el caso de Amelia Earhart. Con Europa en guerra no estarás a salvo en ninguna parte. Cassie, quédate en Estados Unidos. Prométeme...

Nick estaba muy preocupado y Cassie asintió con la cabeza.

—Promételo tú también —pidió la joven, rebosante de ternura.

Nick la besó y tuvo que controlarse ante el frenesí de la pasión. Se tumbó en el suelo, junto a Cassie, la abrazó y deseó no separarse nunca de ella.

—¿Cuándo te vas? —preguntó Cassie roncamente.

El piloto vaciló unos segundos y luego respondió:

—Dentro de cuatro días.

—¿Lo sabe papá? —Cassie sabía que para su padre sería muy duro y lamentó no poder quedarse a su lado y ayudarlo.

—Por supuesto. Billy ha dicho que se ocupará de todo. Es un buen chico y un piloto estupendo. Sólo le hacía falta alejarse de su padre. A veces los viejos ases de la aviación le vuelven la vida imposible a sus hijos. Supongo que de estas historias sabes bastante, ¿verdad, cariño?

Cassie sonrió al recordar lo insufrible que había sido su padre. Se sentó y miró a Nick, pues quería aclarar la situación de ellos.

—Nick, ¿qué significa todo esto? Descubrimos que nos amamos y te vas. ¿Qué quieres que haga sin ti?

—Lo de siempre —respondió él—. Sal y sonríe ante las cámaras.

—¿Qué has dicho?

—Exactamente lo que has oído. No ha cambiado nada. Tú eres libre y yo marcho a Inglaterra.

—¡No lo harás! —exclamó Cassie—. ¿Es todo lo que se te ocurre? Nick, nos amamos y aun así te vas a la guerra...

—Me has entendido perfectamente.

De pronto Nick se puso muy serio. Hacía tiempo que había tomado una decisión y no estaba dispuesto a desdecirse.

—Y después ¿qué? ¿Regresas y, con un poco de suerte, volvemos a encontrarnos y empezamos de nuevo?

—No —replicó con pesar—. Si tú tienes suerte, volvemos a encontrarnos y me presentas a tu marido y tus hijos.

—¿Te has vuelto loco? —Cassie lo miró ofendida y sintió ganas de golpearlo.

—¿No me has oído? —exclamó Nick—. No puedo ofrecerte nada. Mientras yo esté fuera nada cambiará y es probable que a mi regreso las cosas no mejoren, a no ser que atraque un banco o acierte un pleno en Las Vegas. En más probable que seas tú la que gane el dinero.

—Si eso te preocupa, trabaja para Desmond Williams —repuso ella, pues no podía entender que Nick fuera tan cabezota.

—Mis piernas no son tan bonitas como las tuyas. Escucha, para él tú eres un producto. Pilotas como un ángel y eres bellísima. Eres una muñeca aviadora. Para Williams representas una mina de oro. Yo no soy más que un piloto del montón.

—¿Y crees que yo tengo la culpa? ¿Por qué te desquitas conmigo? ¿Qué he hecho, aparte de tener suerte? —Cassie sollozaba de ira y frustración. A veces los hombres eran muy injustos.

—Tú no has hecho nada. El problema consiste en que, en los últimos veinte años, yo tampoco hice nada, salvo pilotar cacharros y trabajar con tu padre. Me divertí e hicimos unas cuentas cosas buenas, la mejor de las cuales fue enseñarte a volar, mejor dicho, enseñarte a no estrellarte, ya que a pilotar aprendiste sola. Pero con eso no basta. Me niego a casarme contigo si tengo los bolsillos vacíos.

—¡Eres un idiota! —balbuceó en medio del llanto—. Posees tres aviones y construiste el maldito aeropuerto de mi padre.

—Cass, cabe la posibilidad de que yo no regrese —replicó Nick en voz baja. Este punto también era importante. No quería que Cassie estuviera pendiente de él y lo esperase. Dada su juventud, no era justo—. Las cosas son como son. Puede que pase cinco años fuera o que no regrese jamás. ¿Qué puedes esperar? ¿Querrías depender de mí y olvidar la vida y las oportunidades que ahora tienes? ¿Te haría feliz esperar a un hombre que te dobla la edad y que podría convertirte en viuda antes de empezar a vivir? Cass, olvídalo, mi vida es así. En esto la he convertido y es lo que quiero. Me gusta volar y no quiero ataduras ni promesas. Así son las cosas... déjalo estar...

—¿Cómo eres tan tozudo?

—Es muy simple: porque te amo. Quiero que vuelvas a California y ganes el premio gordo. Quiero que consigas tus objetivos, que pilotes todos los aviones que te gusten y que seas eternamente feliz. Y mientras lo consigues no quiero que te preocupes por mí.

—Eres un egoísta —lo acusó Cassie, colérica.

—Como la mayoría de las personas, sobre todo los aviadores —reconoció Nick—. Si no lo fuéramos, no haríamos estas cosas. No asustaríamos a los que amamos, no nos jugaríamos la vida a diario, ni nos mataríamos en las narices de los seres queridos durante las exhibiciones. Piénsalo un momento, piensa en lo que hacemos a los que queremos.

—Lo he pensado mucho. Tú y yo sabemos que es así, lo que en nuestro caso es una ventaja. En esto estamos igualados.

—No, no es verdad. Maldita sea, sólo tienes veinte años. La vida entera se despliega ante ti y te aguarda una existencia grandiosa. Por eso no quiero que me esperes. Te llamaré si vuelvo tras haber ganado la lotería irlandesa.

—¡Te detesto! —exclamó Cassie, al ver que no podía conmoverlo ni hacerle cambiar de idea.

En tozudez los dos se llevaban la palma.

—Lo sospechaba. Lo comprobé cuando te besé.

Nick volvió a besarla, y la ira y el dolor de Cassie estallaron con una pasión que él experimentó con idéntico ardor. A Nick le habría gustado cambiar muchas cosas, pero era imposible. Habría querido abrazarla y hacerle el amor hasta que los dos desfallecieran de placer, pero se obligó a apartarse antes de que fuese demasiado tarde.

—¿Me escribirás? —preguntó Cassie al cabo de unos minutos.

—No sé si podré. No cuentes con que te escriba ni te preocupes si no recibes noticias. No quiero que estés pendiente de mí ni que me esperes. Ésta es la historia de amor más breve del mundo. Te quiero y se acabó; eso es todo. Probablemente no tendría que habértelo dicho.

—Si eso piensas, ¿por qué me lo dijiste? —preguntó Cassie, acongojada.

—Porque soy un egoísta y no podía guardármelo un segundo más. Tuve que obligarme a callar cada vez que veníamos a esta pista. Y el silencio estuvo a punto de matarme cuando en California me despedí de ti. Hace mucho que necesitaba decírtelo. Pero, nada ha cambiado. Es hermoso saberlo, puede que lo sea para los dos, pero me marcho.

Discutieron largo rato, pero Cassie no consiguió hacerle cambiar de parecer. Después de besarse con pasión y de estar a punto de arrancarse la ropa, finalmente regresaron al aeropuerto.

Para Cassie fue un fin de semana largo y muy triste. Pasó la mayor parte del tiempo con Nick. El domingo por la tarde, antes de partir, se sintió desgarrada. Su padre había advertido lo que ocurría y habló con ella antes, pero no consiguió consolarla. Esa charla sólo sirvió para que se sintiese más cerca de Pat. Cassie amaba a Nick y éste estaba enamorado de ella, pero aun así insistía en que lo olvidara. Aunque no se lo explicó a su padre con tanta claridad, éste lo dedujo.

—Cass, Nick es así. Necesita ser libre.

—Esta guerra no nos pertenece.

—Nick quiere librar su propia guerra y se le da muy bien. Es un buen hombre.

—Eso ya lo sé. —La joven miró a su padre y añadió—: Cree que es demasiado mayor para mí.

—Y lo es. En otra época temí que se enamorase de ti, aunque también pienso que te haría mucho bien estar con él. Pero no hay modo de convencer a un hombre obstinado. Tiene que descubrirlo por sí mismo.

—Cree que te enfadarás con él.

—Sabe que no es verdad, que el problema no es ése... El problema está en sus convicciones y en lo que quiere para ti. De momento no hay respuestas. Con un poco de suerte, Nick regresará y entonces podréis aclarar la situación.

—¿Y si no vuelve?

—En ese caso, un hombre bueno te habrá amado y podrás considerarte afortunada de haberlo conocido.

Cassie abrazó a su padre y comprobó que las lecciones que la vida le preparaba le resultarían casi insoportables.

La joven se despidió de la familia en su casa y Nick la llevó al aeropuerto. La ayudó a acondicionar el avión y a realizar las comprobaciones en tierra. Admiró el extraordinario aparato en el que Cassie había viajado y, en el momento en que la joven encendió los motores, la abrazó y la estrechó en sus brazos.

—Cuídate —susurró Cassie angustiada—. Te quiero.

—Yo también te quiero. Pórtate como corresponde y haz un buen vuelo. Ahora entiendo por qué te han asignado una dama de compañía —bromeó para aligerar la tensión. Durante el fin de semana ambos habían estado muy próximos a perder la cabeza y a dejarse llevar por el frenesí de la pasión.

—Escríbeme y dime dónde estás... —suplicó Cassie mientras las lágrimas resbalaban por sus mejillas.

Nick sonrió apenado y señaló el cielo. Su mirada transmitió todo lo que Cassie quería saber y él ya no podía expresar. La dejaba y, en caso de que regresara, ya verían qué les deparaba el futuro. No había promesas ni certezas. Sólo existía el presente. Y ahora, en ese preciso instante, Nick la amaba como nunca había amado a nadie y como jamás volvería a amar.

—Cassie, tómalo con calma —susurró a medida que retrocedía—. No pierdas la alegría de vivir. —Aunque sonrió, sus ojos también estaban anegados en lágrimas—. Te quiero —repitió, y se apartó del avión.

Cassie lo contempló durante unos largos y lacerantes minutos, y las lágrimas le nublaban la visión cuando se dirigió a la pista. Fue la única vez en toda su vida que al levantar el vuelo no experimentó emoción alguna. Ladeó lentamente las alas a modo de despedida y puso rumbo al oeste mientras Nick la contemplaba.

13

Las semanas posteriores a la partida de Nick fueron muy duras para Cass. Pensaba en él constantemente aunque, cuando volaba, se obligaba a concentrarse en el pilotaje. Tenía la sensación de estar en el aire de la mañana a la noche, y en septiembre batió dos nuevos récords con el Phaeton.

En octubre Polonia cayó bajo el dominio alemán. Cassie sabía que Nick estaba en el aeródromo de Hornchurch, asignado como instructor a una unidad de pilotos de aviones de cazas. Adiestraba a los jóvenes para que hiciesen lo mismo que él había hecho durante la guerra del catorce y, de momento, no le habían encomendado ninguna misión de vuelo. Pat sostenía que tal vez la edad lo mantuviese al margen de la contienda, aunque lo consideraba improbable dada su extraordinaria reputación. De todos modos, hasta nueva orden Nick estaba a salvo. A pesar de que no le había escrito a Cassie, por intermedio de un piloto había enviado noticias a Pat, lo cual era mejor que nada.

La vida de la joven en Los Angeles era muy ajetreada y los compromisos sociales y las sesiones fotográficas la agobiaban más que antes. Desmond no dejaba de insistir en su importancia y, de vez en cuando, la invitaba a comer para atender las observaciones de Cassie —que siempre le sorprendían—, así como para machacar en la trascendencia de las relaciones públicas. Las charlas casi siempre versaban sobre aviones y con ella Desmond mantenía una actitud seria y formal. Existía respeto mutuo y, ocasionalmente, el magnate se mostraba algo amistoso, aunque lo único que le interesaba era su empresa. A Cassie le sorprendía que, tratándose dc un hombre tan interesado en la publicidad, la prensa sólo publicara excepcionalmente algo acerca de su vida privada.

Desmond siguió mostrándose generoso con Cassie. Cada vez que batía una marca le abonaba una considerable gratificación y la estimulaba a probar todos los aviones de Williams Aircraft.

Para Acción de Gracias Cassie viajó a Good Hope en un Williams P-6 Storm Petrel, un aparato negro brillante cuya belleza dejó boquiabierto a su padre. Cassie lo invitó a dar una vuelta y también se lo propuso a Chris, que se excusó, pues se había echado una novia en Walnut Grove y no quería perder ni un minuto en el aeropuerto.

Billy ardía en deseos de acompañarla, y había recibido noticias de Nick. Al parecer, con excepción de Cassie, todos sabían nuevas del piloto. Por lo visto, Nick pretendía demostrarle que se mantenía en su postura. Hacía mucho que Cassie había entendido el mensaje: «Te quiero pero no tenemos futuro.» La muchacha ya no podía hacer nada.

Una noche, de madrugada, Billy le dijo a Cassie que Nick era el mejor tipo que había conocido en su vida, aunque un solitario incorregible.

—Creo que está loco por ti. Lo comprendí la primera vez que os vi. Supuse que lo sabías y me sorprendió que no te hubieras dado cuenta. Creo que Nick está asustado. No está acostumbrado a contar con nadie. Probablemente calculó que quizá esta vez no regresaría y no quiso endilgarte semejante futuro.

—Estupendo. Me dice que me quiere y luego me deja en la estacada.

—Nick está convencido de que deberías casarte con un distinguido hombre de Los Angeles. Él mismo lo ha dicho.

—Me parece muy amable por su parte decidir por mí —repuso Cassie. ¿Qué más podía hacer?

Hablar con Billy la ayudó. Era como tener un hermano al que le gustara volar tanto como a ella. Billy pensaba visitarla en Los Angeles antes de Navidad.

Antes de partir, Cassie prometió que regresaría para las fiestas de fin de año. Hasta entonces estaría muy ocupada. Williams presentaba dos modelos nuevos y ella era un elemento clave en las presentaciones. Realizaría vuelos de prueba, entrevistas y sesiones fotográficas. Calculaba que, para Navidad, lo peor habría pasado. Desmond había accedido a darle vacaciones entre Navidad y Año Nuevo.

El día de su regreso a Los Angeles después de Acción de Gracias, los rusos invadieron Finlandia. Era evidente que en Europa las cosas no iban bien. Aunque estaba preocupada por Nick, su agenda era tan agotadora que apenas tuvo tiempo de estar al corriente de los acontecimientos. La aliviaba saber que, de momento, Nick sólo era instructor.

A mediados de diciembre, cuando Billy fue a visitarla, Cassie lo llevó a dar una vuelta en los mejores aparatos de Williams Aircraft.

—Cass, estas máquinas son un prodigio —dijo el muchacho. Sus ojos se habían encendido al ver la variante de avión de patrulla marítimo que Williams había desarrollado a partir de un transporte en el que había introducido las innovaciones del fabuloso aparato de carreras de Howard Hughes.

—Si te interesa, es probable que te contraten como piloto de pruebas —sugirió la joven. Seguramente su padre se enfurecería si ella se lo arrebataba. Pat confiaba plenamente en él y Billy lo sabía.

—No puedo dejar a tu padre. —Sonrió—. Visítanos de

vez en cuando en una de estas maravillas y me daré por satisfecho.

De todas maneras, Cassie le presentó a Desmond Williams. Cuando almorzaron juntos en la empresa, insistió en que Billy era un piloto excepcional. Aunque Williams mostró cierto interés por el chico, la persona de la que realmente estaba pendiente era Cassie. No admitía que existiese un aviador capaz de pilotar mejor que ella.

Últimamente también hablaban mucho de la guerra europea. Desmond tenía la expectativa de vender al extranjero y, al igual que Nick, suponía que tarde o temprano Estados Unidos entraría en liza.

—Sospecho que nuestros aliados nos obligarán a intervenir —afirmó.

En 1916 había sucedido lo mismo.

En uno de los días excepcionales en que hablaban de algo más que de Williams Aircraft, Cassie le dijo:

—Tengo un amigo que está en Europa. Lo han contratado como instructor de cazas de la RAF. Está estacionado en Hornchurch.

—Parece un tipo interesante —comentó Desmond mientras el camarero les servía café en su despacho.

—Pues, es rematadamente tonto —replicó ella.

Desmond rió.

—Cass, ¿qué me dices de ti? Desde que llegaste de California has conseguido muchas cosas. ¿Qué más deseas?

Cassie no entendió de qué hablaba su jefe, pero sospechó que se le había ocurrido algo que aún no estaba en condiciones de plantear.

—De momento, nada —replicó—. Soy feliz haciendo lo que hago. Desmond, has sido muy generoso conmigo.

El empresario reparó en lo mucho que la joven había madurado en los cinco meses que llevaba en Los Angeles. Se la veía muy refinada y preparada, en parte gracias a la colaboración de Nancy. Claro que ahora Cassie tenía sus propias ideas sobre la ropa. Se llevaba de maravillas con la prensa y el público la adoraba. En opinión de Desmond, aún la conocía muy poca gente, razón por la cual quería que en primavera participase en algunas exhibiciones aéreas. Cassie solía preguntarse si ese tipo de publicidad realmente servía para vender aviones. Las exhibiciones eran acontecimientos pueblerinos y carecían de importancia. Sin embargo, para Desmond tenían importancia. Le recordó que para el noticiario de Navidad debía visitar varios hospitales y orfanatos.

—Podrás hacerlo antes de visitar a tu familia —aseguró.

—Espero que así sea.

Cassie le sonrió y Desmond rió. La mirada de la joven siempre era traviesa y le resultaba muy atractiva. Desmond sabía hasta qué punto le desagradaban sus ideas publicitarias y solía preguntarse si alguna vez le daría una sorpresa desagradable. Tenía que reconocer que, al final, Cassie siempre hacía lo que se esperaba de ella.

—Por cierto, en enero volaremos a Nueva York —dijo Desmond como quien no quiere la cosa, aunque con los ojos brillantes—. Se celebrará un encuentro entre Cassie O'Malley, la reina de la carlinga, y el ilustre Charles Lindbergh.

Cassie pensó que esa noticia entusiasmaría a su padre. Hasta ella quedó impresionada mientras Desmond se lo explicaba.

Se trasladarían en el nuevo avión de Williams Aircraft, Cassie haría una demostración ante el celebérrimo piloto y, a continuación, Lindbergh daría su aprobación tanto a la joven como al aparato. Se lo había prometido a Desmond, de quien era amigo de muchos años. Al igual que el magnate, Charles Lindbergh era consciente de la importancia de las relaciones públicas. Además, deseaba conocer a la joven y célebre aviadora de Desmond.

Cassie se hizo un hueco en su agenda para visitar hospitales y orfanatos, Desmond quedó satisfecho con las imágenes que aparecieron en el noticiario y Cassie viajó a Good Hope en la fecha prevista.

Aunque su madre tenía la gripe, aguantó en pie y preparó la comida de Navidad para todos. Su padre estaba en plena forma. Billy había ido a San Francisco a reunirse con su padre. Chris estaba todo el tiempo con Jessie —su chica de Walnut Grove—, por lo que Cassie no tenía con quien entretenerse. De todos modos, estaba muy contenta. En Nochebuena dio un largo paseo a pie y por la noche fue a misa del gallo con sus hermanas. A la vuelta pasó por el aeropuerto a fin de echar un vistazo al avión. Siempre se mostraba responsable con los aparatos que le prestaban, pues eran muy valiosos y no le pertenecían.

Comprobó que nadie había tocado nada, que las ventanillas estaban cerradas y el motor cubierto. Su padre le había dejado el mejor hangar, pues los amigos de Pat irían a ver el magnífico avión que la había traído a casa. Poco a poco Cassie se convertía en una leyenda.

Después de repasarlo todo, salió lentamente. Era una noche fría, ventosa y el suelo estaba cubierto de nieve. Evocó las navidades de la infancia, cuando iba al aeropuerto con Nick y su padre. Allí era difícil no pensar en Nick. Había tantos recuerdos de los que él formaba parte... Miró hacia el cielo y la sangre estuvo a punto de helársele cuando a sus espaldas una voz susurró:

—Feliz Navidad.

Cassie se dio la vuelta y lanzó una exclamación al ver a Nick de uniforme, cual una aparición.

—¡Dios mío! —Lo miró incrédula—. ¿Qué haces aquí? —dijo sin aliento mientras se arrojaba a sus brazos y Nick la cobijaba.

—¿Quieres que me vaya? —preguntó sonriente, más guapo que nunca y abrazándola con todas sus fuerzas.

—No. Quiero que te quedes para siempre —replicó al tiempo que lo estrechaba con vehemencia.

Nick nunca había sido tan feliz como en aquel instante.

Pasaron unos días inolvidables. Hablaron, se divirtieron, volaron, dieron largos paseos, incluso patinaron sobre el hielo del lago y fueron al cine a ver *Ninotchka*, interpretada por Greta Garbo. Parecía un sueño. El tiempo compartido era tan precioso y escaso que se tornó idílico. Aunque estuvieron horas abrazados y besándose, Nick se mostró inflexible y no quiso que nadie supiese la relación que mantenían.

—De todas maneras, mi padre lo sabe. ¿Qué más da?

Cassie era muy pragmática, pero Nick insistió y la convenció.

—No quiero echar a perder tu reputación.

—¿Temes que la pierda si me besas? ¿De verdad eres tan anticuado?

—Lo que digas me da igual. El mundo no tiene por qué enterarse de que te has enamorado de un viejo.

—Te prometo que no revelaré tu edad.

—Muy amable de tu parte.

Nick seguía siendo muy empecinado. Entre ellos no había promesas ni futuro. Sólo existía el presente y la belleza y la agonía exquisitas del instante. Cada vez que estaban solos se fundían en un beso y les costó no ir más lejos, pero Nick no quería correr riesgos de embarazo.

Un día antes de su partida, el piloto habló sobre la guerra. Explicó que en Inglaterra la situación no era tan mala y que, hasta ese momento, no le habían encomendado ninguna misión.

—Dada mi edad, es probable que no me hagan volar. Al final de la guerra me tendrás aquí como una moneda oxidada. Te aseguro que entonces lo lamentarás.

—¿Y qué pasará cuando acabe la guerra?

Cassie intentó obtener una respuesta, pero Nick no se dejó acorralar.

—Tendré que convencerte de que te cases con Billy, que es lo que tendrías que hacer en lugar de amar a un zorro viejo como yo.

No se podía decir que, a sus treinta y ocho años, Nick fuera un zorro viejo, pero él seguía convencido de que era demasiado mayor para Cassie. A veces ésta se preguntaba si habría opinado lo mismo de no haberla visto en pañales.

—Por si te interesa saberlo, no estoy enamorada de Billy —dijo mientras paseaban a orillas del lago.

—Eso no viene a cuento. Pase lo que pase, tendrías que casarte con él.

—Te agradezco el consejo.

—No hay de qué.

—¿Se lo decimos a Billy?

Cassie adoraba estar con Nick; siempre la hacía reír, incluso cuando le conmovía el corazón, algo que en los últimos tiempos ocurría con demasiada frecuencia.

—Ya se lo diremos... Dejemos que el pobre chico siga tranquilo una temporada. Existe el riesgo de que, si se entera, huya por piernas.

—¡Se ve que me aprecias!

Cassie le dio un empujón y Nick estuvo a punto de caer sobre el hielo. El piloto le respondió con la misma moneda y al cabo de unos minutos rodaron por la nieve y se besaron.

Fueron unos días perfectos que llegaron a su término demasiado pronto, casi al mismo tiempo en que comenzaron. Cassie llevó a Nick en avión a Chicago, donde éste cogió el tren a Nueva York para regresar de allí a Inglaterra.

—¿Volverás pronto? —preguntó Cassie mientras aguardaban en el andén de Union Station.

—No lo sé. Este permiso fue un golpe de suerte. Ya veremos qué ocurre cuando esté en Hornchurch.

Cassie asintió.

Una vez más, no hubo promesas: sólo lágrimas y la dolorosa certidumbre de que Nick quizá no volvería.

Nick la besó antes de subir al tren. Cassie corrió junto a los vagones todo el tiempo que pudo. Finalmente se quedó sola en el andén.

El vuelo de regreso a Good Hope fue muy solitario y al día siguiente retornó a Los Angeles. Cassie echaba de menos a Nick y estaba harta de angustiarse, de no saber si él estaba bien, si volvería y si encontrarían la manera de estar juntos. Se preguntó si su amor conseguiría superar todos los escollos que él veía en la diferencia de edad. Era muy difícil saber qué sucedería.

En enero Cassie voló con Desmond a Nueva York para enseñarle el nuevo avión a Charles Lindbergh. Le hicieron montones de fotos y filmaciones.

Los meses invernales transcurrieron en medio de la monotonía hasta la llegada de la primavera, que le resultó tediosa y solitaria a pesar de los largos vuelos, las pruebas y las comprobaciones y correcciones de los nuevos instrumentos.

Dada su competencia y su pasión por la aviación, Cassie alcanzó una fama extraordinaria. Empezó a reunirse con algunas mujeres de las que durante años sólo había tenido información, mujeres como Pancho Barnes y Bobbi Trout. Su vida adquirió una nueva dimensión. También pasaba muchas horas con Nancy y Jane Firestone. Le divertía estar con ellas, aunque al final comprobó que con Nancy no intimaba tanto como había supuesto al principio. Tal vez la diferencia de edad era insalvable.

Una noche de abril Cassie se reunió con Desmond para cenar y el magnate le preguntó si estaba liada con alguien. Como la relación que sostenía era estrictamente profesional, la pregunta sorprendió a Cassie. No obstante, le respondió que no estaba comprometida con nadie y que Nancy seguía eligiéndole los «acompañantes».

—Resulta difícil de creer —dijo Desmond.

—Creo que soy una chica fea.

Cassie le sonrió y Desmond celebró la ocurrencia. A decir verdad, la joven estaba más despampanante que nunca. En todo caso, se había vuelto más bella. Desmond nunca se había sentido tan contento con sus planes y proyectos.

—Tal vez trabajas demasiado —comentó, y la miró a los

ojos—. ¿O en Good Hope hay alguien que te ha robado el corazón?

—Se ha ido. —Cassie sonrió con pesar—. Está en Inglaterra. Y no es mío —añadió en voz baja—. Se pertenece sólo a sí mismo y es un empecinado.

—Comprendo, pero podría cambiar.

Desmond sentía curiosidad por todo lo que se relacionaba con Cassie. A los mandos de un avión era tan buena como el mejor, y se tomaba muy en serio su trabajo. La vida social no le importaba y, menos aún, convertirse en una celebridad. Esa actitud formaba parte de su encanto y era uno de los elementos que el público percibía y por lo cual la apreciaba. A pesar de su éxito arrollador y de sus continuas apariciones públicas en los últimos nueve meses, los triunfos no se le habían subido a la cabeza. Desmond no conocía muchas mujeres como Cassie, y se sorprendía de que aquella joven le cayese tan bien. Era excepcional que él se interesase personalmente por sus empleados, salvo cuando se trataba de casos inusuales, como el de Nancy.

—La guerra ejerce extrañas influencias en los hombres —dijo mientras pensaba en las palabras de Cassie—. A veces cambian... a veces se dan cuenta de lo que realmente importa.

—Sí, sólo se preocupan de sus bombarderos —repuso Cassie y sonrió nostálgica—. Creo que los aviadores somos una raza aparte. Al menos, los que conozco. Y en lo que digo incluyo a las mujeres, porque todas estamos un poco chifladas.

—Forma parte del encanto.

Desmond sonrió y Cassie pensó que nunca lo había visto tan relajado.

—Recordaré lo que acabas de decir —replicó. Bebió un trago de vino y observó a Desmond.

Se preguntó qué lo emocionaba, pues el magnate resultaba un hombre impenetrable. Mantenía la guardia alta hasta en los momentos en que se mostraba amistoso. No había manera de conocerlo. Nancy le había contado que Desmond siempre guardaba las distancias.

—Y después estamos los demás... —Desmond volvió a sonreír—. Los que vivimos con los pies en la tierra. Así de sencillo y de modesto.

—No comparto tu opinión —lo contradijo Cassie—. Yo diría que sois más sensibles, más sensatos ante la vida, más directos a la hora de dirigiros a vuestras metas. A mi parecer, esa actitud es muy loable.

—Cassie, ¿dónde encajas tú? ¿Cuál es tu sitio? ¿Estás en el cielo o en la tierra? Por lo que he visto, te mueves con éxito en ambos mundos.

Cassie prefería el cielo, pues vivía para volar, y Desmond lo sabía. En tierra se limitaba a pasar el tiempo hasta que volvía a encumbrarse y volaba como las aves.

Desmond decidió hacerla partícipe de sus proyectos. Aunque era prematuro, podía empezar a sembrar la simiente, como si se tratara de un hermoso bebé.

—¿Qué piensas de la posibilidad de hacer una gira mundial? —preguntó con cautela.

Cassie se sobresaltó. Nick le había advertido de los peligros que eso entrañaba. Le había asegurado que Williams no pensaba en otra cosa. ¿Cómo lo había intuido? Puso expresión de desconcierto mientras buscaba una respuesta.

—¿Ahora? ¿No es demasiado arriesgado? —Los alemanes habían invadido Noruega y Dinamarca y en esos momentos avanzaban hacia Bélgica y Holanda—. Buena parte de Europa es inaccesible y el Pacífico se ha convertido en una zona explosiva.

Tres años antes, Amelia Earhart había tenido problemas para trazar su ruta y ahora las cosas habían empeorado notoriamente.

—Supongo que podremos resolverlo. No será fácil pero, si es necesario, lo conseguiremos. Siempre he pensado que el viaje alrededor del mundo es la cumbre para un piloto. Pero hay que hacerlo bien. Ha de ser minuciosamente planificado y genialmente ejecutado. Requiere, como mínimo, un año de planificación.

—Me parece fantástico, pero creo que dentro de un año no estaremos en condiciones de emprenderlo.

Aunque la idea despertó su interés, Cassie estaba nerviosa a causa de las advertencias de Nick. Sin embargo, Desmond estaba muy seguro de lo que pretendía.

—Deja que de esos aspectos me ocupe yo —propuso y le cogió la mano. Hacía un año que se conocían y Cassie lo vio sinceramente entusiasmado. Desmond acababa de compartir con ella sus sueños—. Bastará con que vueles en el mejor avión, el resto corre de mi cuenta. Pero sólo si quieres hacerlo.

—Tendré que pensarlo.

Sin duda, algo así cambiaría su vida. Su nombre sería definitivamente famoso y popular, como había ocurrido con Cochran, Lindbergh, Elinor Smith y Helen Richey.

—Volveremos a hablarlo este verano.

El contrato de la joven expiraba a comienzos del estío. No había motivos que a Cassie le impidieran renovarlo. No ocultaba que estaba encantada con su trabajo, pero la gira mundial era algo muy distinto. También era su gran ilusión, pero Nick había insistido en que no la emprendiera con Desmond Williams. ¿Por qué? ¿Qué tenía de malo? ¿Qué se lo impedía? Al fin y al cabo, Nick hacía lo que quería y apenas se tomaba la molestia de escribirle. Desde Navidad sólo había recibido dos cartas, en las que únicamente le hablaba de sus actividades, sin mencionar sus sentimientos. Él no hacía el menor esfuerzo por mantener encendida la llama del amor. Opinaba que no era un buen partido para ella y se abstenía de darle ánimos o de pedirle que lo esperase. Sus misivas parecían boletines de la academia de aviación.

Esa noche, Desmond la llevó a bailar y, mientras evolucionaban por la pista del Mocambo, no hizo más que hablar de la vuelta al mundo. Estaba convencido de que Cassie mostraría tanto entusiasmo como él.

Una semana después Desmond volvió a recordárselo; no la presionó, se limitó a mencionarlo al pasar, como si se tratara de un secreto que compartían, de una meta que ambos deseaban alcanzar. Para el magnate se trataba de algo trascendental y, después de hablarlo con Cassie, se sentía más próximo a ella.

Como Desmond Williams era un hombre muy ocupado, Cassie se llevó una sorpresa cuando él la invitó a celebrar su cumpleaños, y más le asombró que supiera que cumplía los veintiuno, aunque Desmond contaba con muchos asistentes que le recordaban hasta el más ínfimo detalle. Asignaba mucho importancia a los detalles, pues le fascinaban y consideraba que marcaban la frontera entre lo vulgar y la perfección.

Cassie se alegró de que el magnate se acordara, pues no tenía a nadie especial con quien celebrar su cumpleaños. Desmond la llevó a cenar al Victor Hugo y, más tarde, a bailar a Ciro's. Pasaron una velada maravillosa. Desmond se ocupó de que en el restaurante llevasen un pastel de cumpleaños a la mesa y bebieron champán en los dos locales que acudieron. Era evidente que había consultado a Nancy Firestone sobre las preferencias de Cassie, pues la cena incluyó sus platos predilectos y su pastel favorito, y en Ciro's la orquesta interpretó las canciones que más le gustaban.

Cassie se sintió como una chiquilla que festeja un cumpleaños mágico. Desmond le regaló una broche de diamantes con forma de avión, el «21» grabado en la alas y «Cassie» en el fuselaje. Hacía un par de meses lo había encargado a Cartier. Lo comentó después de que Cassie abriera la cajita y la muchacha no pudo creer que su jefe se hubiese tomado tantas molestias.

—¿Por qué lo has hecho?

Cassie miró el broche y se ruborizó. Jamás había visto un objeto tan bello y, por algún motivo, pensó que no lo merecía.

Desmond la observaba con seriedad. Sólo miraba de esa forma cuando examinaba un avión para introducir cambios en el diseño.

—Siempre he creído que algún día serías muy importante para mí. Lo supe la primera vez que te vi. —Aunque Desmond habló con formalidad, Cassie se rió al recordar la escena.

—¿Con aquel mono y la cara cubierta de grasa? Supongo que debí de causarte una magnífica impresión. —La joven reía y contemplaba el extraordinario broche. Al tocar la hélice comprobó que giraba.

—Exactamente —reconoció Desmond—. Eres la única mujer que conozco que, aun con la cara sucia, no deja de ser bellísima.

—Desmond, eres incorregible.

Cassie rió y se sintió muy próxima al magnate. Por extraño que parezca, a pesar de la distancia que los separaba, tenía la sensación de que eran amigos. Desmond era una de las pocas personas que conocía en Los Angeles. Aparte de él, sólo tenía amistad con Nancy y con uno o dos pilotos. En realidad, no había intimado con nadie. Respetaba profundamente a Desmond, todo lo que éste representaba y lo mucho que se esforzaba. Williams creía en la perfección al precio que fuera, tanto a nivel personal como empresarial. Jamás se conformaba con menos. El broche que le había regalado lo confirmaba: el pequeño avión también era perfecto.

—Cassie, ¿realmente crees que soy incorregible? —le preguntó después de que ella hiciera ese comentario desenfadado—. Varios diseñadores me han dicho lo mismo y sospecho que tienen razón.

Repentinamente Cassie le compadeció. A pesar de su posición y de los lujos de que disfrutaba, era un hombre solitario. No tenía hijos, no estaba casado, sus amigos se contaban con los dedos de una mano y, según los comentarios de la prensa, no salía con ninguna mujer. Sólo tenía los aviones y la empresa.

—Sabes bien que no es así —afirmó Cassie con ternura.

—Me gustaría que fuéramos amigos —dijo Desmond y extendió la mano por encima de la mesa.

Cassie no sabía muy bien a qué se refería, pero se sentía conmovida por todo lo que el magnate había hecho por ella.

—Desmond, soy tu amiga. Has sido muy generoso conmigo... y tengo la sensación de que no me lo merezco.

—Eso es precisamente lo que me gusta de ti. —Sonrió—. No esperas nada pero te lo mereces todo. —Señaló el pequeño avión de diamantes que Cassie sostenía en la mano, lo cogió y, por encima de la mesa, se lo prendió en el vestido—. Eres una mujer muy singular. No conozco a nadie como tú.

La muchacha sonrió enternecida y feliz de contar con la amistad de Desmond.

Esa noche el magnate la acompañó a su apartamento, pero no pidió para entrar. Al día siguiente le envió flores y el domingo la llamó y la invitó a pasear.

Hasta entonces Cassie no se había preguntado qué hacía Desmond los fines de semana. Por lo general, ella salía a volar o Nancy organizaba las obligaciones sociales que tenía que cumplir con algún miembro de la interminable lista de acompañantes.

Desmond Williams la recogió a las dos en punto, fueron en coche a Malibú y caminaron por la playa. El día era espléndido y había poca gente.

Desmond habló sobre su pasado, los años que había pasado en el internado y sus estudios en Princeton. A lo largo de ese período apenas había estado en casa. Su madre había muerto cuando era muy pequeño y su padre se entregó por entero a la empresa. Aunque erigió un imperio, durante el proceso se olvidó de su único hijo. Ni siquiera se ocupó de que pasara las vacaciones en casa. Desmond estuvo interno en diversos centros de estudios: Fessenden, Saint Paul y, por último, Princeton. Para entonces ya no le importaba y pasaba las vacaciones solo o con amigos.

—¿No tenías más parientes?

Cassie estaba sobrecogida por el relato de esa niñez terriblemente solitaria.

—No. Tanto mi padre como mi madre eran hijos únicos. Mis abuelos murieron antes de mi nacimiento. Nunca tuve a nadie, salvo a mi padre y, si he de ser sincero, no llegué a conocerlo. Supongo que es una de las razones por las que no he tenido hijos. No me gustaría causarle tantos sufrimientos a nadie. Tal como estoy soy feliz y no quiero decepcionar a un niño.

Tras revelar su faceta desolada y penosa, Cassie empezó a comprenderlo. Había percibido su soledad, el aislamiento en que había vivido durante años. Si bien él lo había aprovechado, tuvo que resultarle muy doloroso.

—Desmond... no creo que puedas decepcionar a alguien. Conmigo has sido muy generoso.

Desmond Williams encarnaba la perfección como caballero, amigo y jefe. Nada indicaba que no pudiese convertirse en marido y padre perfecto. Había estado casado en dos ocasiones y no tenía hijos. Las revistas atribuían mucha importancia al hecho de que no hubiera un heredero de esa gigantesca fortuna. Cassie comprendió a qué se debía: Desmond no quería herederos.

Finalmente se sentaron en la arena a contemplar el mar y Desmond siguió contándole episodios de su vida:

—Me casé muy joven. Aún estudiaba en Princeton. Fue un grave error. Amy era muy bonita y sus padres la habían consentido siempre. Cuando me gradué nos trasladamos a California. A ella le sentó muy mal. —Divertido, el magnate miró a Cassie—. Por aquel entonces yo tenía tu edad, pero me consideraba maduro y sabía lo que quería. Amy pretendió que fuéramos a vivir a Nueva York y me negué. Quería estar cerca de su familia, lo que a mí me resultó sospechoso. Opté por llevarla de safari a África y después pasamos seis meses en la India. Luego viajamos a Hong Kong, donde Amy me abandonó y regresó a casa de sus padres. Dijo que yo la había maltratado y llevado a sitios horribles. Llegó a decir que los salvajes la habían tomado como rehén. —Desmond sonrió.

Cassie rió y pensó que su jefe le daba un cariz cómico a la historia.

—Cuando regresé, los abogados del padre de Amy habían presentado una demanda de divorcio —prosiguió Desmond—. Por lo visto ignoraba que ella sólo quería estar cerca de su madre y que a mí me apetecía una vida más estimulante. Mi segunda esposa resultó más interesante. Yo tenía veinticinco años y ella era una inglesa fascinante que conocí en Bangkok. Era diez años mayor que yo y había llevado una existencia muy movida. Pero ya estaba casada y su marido apareció inesperadamente, mientras convivíamos en armonía. Nuestra boda fue anulada. Regresé a California y, paulatinamente, senté cabeza. Reconozco que lo he pasado bien, pero creo que mis experiencias no se parecen en nada a un auténtico matrimonio. Una vez aquí, no volví a intentarlo ni hice lo que de mí se esperaba. Cuando heredé la empresa ya no tuve tiempo para esas cosas. mejor dicho, no tuve tiempo para nada... salvo los negocios. Y aquí me tienes, diez años después, convertido en un ser solitario y aburrido.

—No puedes decir que tu vida haya sido aburrida... Safaris, la India, Bangkok... Ciertamente no tiene nada que ver con Illinois, la tierra donde nací. Soy la cuarta de cinco hijos, me crié en un aeropuerto y tengo dieciséis sobrinos. En Illinois no es fácil llevar una vida mundana. Soy el primer miembro de la familia que va a la universidad, la primera mujer que pilota un avión y también la primera que deja el hogar paterno, aunque mis padres son de Nueva York y mis antepasados de Irlanda. Mi historia es absolutamente corriente.

—Cassie, eres encantadora —afirmó Desmond en voz baja y la observó.

—Humm... Sé que no he dejado de ser la chica del mono con la cara tiznada de grasa.

—Lo que los demás ven es muy distinto.

—Puede ser, pero no lo entiendo.

—No se puede decir que tengamos muchas cosas en común, pero a veces funciona —comentó Desmond pensativo—. A decir verdad, ya no sé qué es lo que funciona. Ha pasado tanto tiempo desde que intenté entender que ya no me acuerdo. —Cassie sonrió y súbitamente tuvo la sensación de que le hacía una entrevista laboral, aunque no sabía para qué cargo—. Cass, ¿qué te pasa? ¿Por qué una joven de veintiún años y dos días aún no está casada?

Desmond sólo bromeaba a medias. Quería saber hasta qué punto Cassie era libre. Nunca lo había tenido muy claro, pero le parecía que no estaba comprometida con nadie, aunque algo había con el piloto que estaba en Inglaterra.

—Nadie me quiere —contestó ella, sintiéndose cómoda en su compañía, y los dos rieron.

—Esa explicación no cuela. —Desmond se tumbó en la arena, la miró divertido y se sintió relajado con esa joven sin pretensiones—. Tendrás que darme una respuesta más convincente. —Cassie era demasiado hermosa para que nadie la pretendiera.

—Lo dije en serio. Los chicos de mi edad tienen terror a las aviadoras, a no ser que sean pilotos, en cuyo caso lo último que desean es que les salga una competidora.

—¿Y qué pasa con los chicos de mi edad? —preguntó él.

Cassie pensó que Desmond era cuatro años más joven que Nick, que a la sazón contaba treinta y nueve.

—Por lo visto, la diferencia de edad los trastoca. Al menos a algunos, a los que... a los que tienen cuatro años más que tú.

—Ya. ¿Te consideran inmadura? —el magnate pensó que no era inmadura.

—No. Piensan que son mayores, que no han prosperado lo suficiente y que no tienen nada que ofrecerme. Se largan a Inglaterra y me aconsejan que me entienda con los de mi edad. No quieren promesas ni esperanzas.

—Comprendo... ¿Y te entiendes con los chicos de tu edad?

—No —respondió—, no tengo tiempo para salir con chicos de mi edad. Tu empresa y los compromisos sociales absorben todo mi tiempo.

Además, Cassie no quería comprometerse con nadie. Amaba demasiado a Nick, pero no lo manifestó.

—Cassie, los compromisos sociales son importantes.

—Para mí, no —sonrió.

—Señorita Cassie O'Malley, no es usted fácil de contentar. Hace prácticamente un año que sale cinco noches por semana en compañía de un hombre distinto. ¿No se ha relacionado con ninguno?

—No. Estoy muy ocupada, no tengo tiempo y no me interesa. Esos hombres me aburren. —No mencionó que sus acompañantes solían ser modelos o actores que de viriles no tenían nada. De todos modos, a ella no le importaba.

—Eres muy exigente.

Cassie rió.

—Tú eres el responsable. Piensa en todo lo que me has dado. Apartamento de lujo, ropa elegante, aviones maravillosos... incluido éste de diamantes... —Cassie sonrió agradecida—. Por no mencionar coches, hoteles y restaurantes de categoría... Después de todo esto, ¿hay alguien que no se convierta en exigente?

—Ya, pero tú conservas la naturalidad —afirmó Desmond llanamente.

El magnate la ayudó a ponerse en pie, volvieron a caminar descalzos por la playa e intercambiaron recuerdos divertidos.

Comieron en un pequeño restaurante mexicano próximo al apartamento de Cassie. Desmond le advirtió que la comida era pésima, pero a ella le encantó. Por último la acompañó a casa y dijo que la llamaría a la mañana siguiente.

—No estaré. Recuerda que empiezo a trabajar a las cuatro —repuso.

—Yo también. Ya sabes que trabajamos para el mismo tirano. Te llamaré a las tres y media.

Williams era un hombre peculiar y muy solitario. Sus historias de la infancia habían conmovido a Cassie. No le sorprendía que nunca hubiera amado a nadie o que no le hubieran querido. Despertó en ella el deseo de protegerlo y de compensar tantas desdichas. Lo curioso era que Desmond hacía muchas cosas por ella. Era una insólita combinación de calor y frío, de hombre invulnerable aunque profundamente herido.

Por la tarde, Desmond la recogió en el aeropuerto y la llevó a casa, pero no entró en el apartamento.

A partir de ese momento se veían todos los días y varias veces por semana cenaban juntos en restaurantes recogidos. Desmond jamás sugería nada y Cassie se convenció de que sólo eran muy buenos amigos, relación que en poco tiempo se consolidó. El magnate no volvió a mencionar la vuelta al mundo en avión, aunque a veces Cassie lo recordaba y también evocaba las advertencias de Nick. Le parecía absurdo que su amado se hubiera preocupado tanto. Desmond no le propondría nada que pudiera ponerla en peligro. Sólo quería lo mejor para ella y Cassie lo sabía. Por encima de todo, ahora Desmond era su amigo. Solía presentarse en momentos insólitos, cuando Cassie estaba a punto de apearse de un avión o llegaba a trabajar a las cuatro de la madrugada. Lo tenía a su lado por si lo necesitaba, pero jamás se inmiscuía en su vida ni reclamaba más de lo que ella estaba dispuesta a dar. Desmond pretendía muy poco de ella, pero Cassie siempre era consciente de su presencia.

A finales de junio Desmond le entregó el nuevo contrato. Cuando lo leyó Cassie se quedó sin aliento. Las condiciones eran prácticamente las mismas, aunque algunos compromisos sociales ahora eran optativos. Pero le había doblado el salario. Y la última cláusula del contrato la dejó sin habla: por ciento cincuenta mil dólares, más los beneficios derivados, Desmond le ofrecía una gira mundial en el mejor avión de la empresa, siguiendo la ruta más segura, a partir del 2 de julio de 1941 —fecha para la que faltaba poco más de un año—, cuarto aniversario de la desaparición de Amelia Earhart. Se convertiría en la gira más publicitada de la historia, y sin duda Cassie batiría varias marcas.

Era una propuesta tentadora, pero la joven decidió hablarlo con su padre. Esa semana iba a Good Hope para asistir a la exhibición aérea.

—¿Crees que se opondrá? —preguntó Desmond con expresión de niño que teme que alguien le quite su juguete favorito.

Cassie sonrió e intentó tranquilizarlo.

—Lo dudo. Puede que mi padre piense que es peligroso, pero si dices que puede organizarse sin correr riesgos, confío en ti.

Desmond nunca le había mentido. Y no la había decepcionado como amigo ni como empresario. Pasaban muchas horas juntos y sostenían una relación peculiar, ya que se basaba exclusivamente en los negocios y la amistad. No había nada más. Desmond nunca intentó besarla, aunque se ocupó de comprobar que no estaba atada sentimentalmente. De todos modos, algo había con ese tal Nick, que hacía meses que no le escribía. Sabía que el piloto se opondría firmemente a ese contrato.

—Mi padre es un hombre razonable —agregó Cassie.

—Siempre he soñado con la gira mundial, pero jamás conocí a nadie capaz de cumplirla, me refiero a una persona en la que confiar o con la que yo quisiera trabajar. Confío totalmente en ti y nunca he conocido mejor piloto.

Cassie se sintió muy halagada.

—Lo hablaremos cuando regrese —prometió.

Cassie necesitaba unos días para pensárselo, pero la tentación era irresistible y a Desmond no le pasó inadvertido.

—¿Este año participas en la exhibición?

La joven negó con la cabeza. Su vida cotidiana ya era una continua exhibición aérea.

—No. Mi hermano sí participa. Sólo Dios sabe por qué, pues no le gusta volar, aunque supongo que lo hace para contentar a mi padre.

—¿De veras? En Princeton formé parte del equipo de lucha porque mi padre lo había hecho. Es el deporte más detestable que existe, pero supuse que mi padre estaría encantado de mi participación. Pero no sé si se enteró, y me enfado cada vez que recuerdo las tortícolis, hemorragias nasales y morados que sufrí.

Cassie rió al oír esa descripción y le prometió llamar desde Good Hope para contarle cómo había ido la exhibición aérea.

—Te echaré de menos. Ya no tendré a quién telefonear a las tres de la madrugada.

—Llámame a Good Hope. Me levantaré para hablar contigo, aunque allá serán las cinco.

—Diviértete, regresa y apúntate a la vuelta al mundo. —El magnate sonrió y a continuación recuperó su seriedad—. Recuerda que, si decides no hacerlo, seguiremos siendo amigos. Lo comprenderé.

Cassie sintió unas súbitas ganas de abrazarlo y decirle que lo quería. Desmond era un alma solitaria, quería ser justo y hacer las cosas bien. La gira mundial lo ilusionaba y Cassie no quería frustrar sus expectativas.

—Desmond, intentaré no dejarte en la estacada. Sólo necesito unos días para pensarlo. —Afortunadamente Nick estaba en Inglaterra.

—De acuerdo.

Desmond la besó en la mejilla y le pidió que transmitiese sus mejores deseos a su hermano. Cassie se lo agradeció.

Cassie voló a Good Hope en un bimotor de transporte de la Williams Aircraft. Se preguntaba cómo reaccionaría su padre ante la proyectada gira mundial. Sin duda era peligroso, incluso sin guerra en Europa y aunque no hubiese conflictos en el Pacífico. Ese tipo de vuelos de larga distancia podía resultar trágico si no sabías lo que hacías, tenías mala suerte o te topabas con tormentas inesperadas. Nadie había descubierto qué le había ocurrido realmente a Amelia Earhart. Su desaparición parecía inexplicable, a menos que se hubiera quedado sin combustible y hubiese caído al mar. Era la única explicación posible. Había partidarios de hipótesis más descabelladas, en las que Cassie nunca creyó.

La idea de la gira mundial la embargó durante el vuelo. Peligrosa o no, se moría de ganas de realizarla.

14

La exhibición aérea de Monmouth repitió el mismo espectáculo maravilloso que Cassie recordaba. Se sintió muy feliz cuando llegó con Billy y su padre. Oona y sus hermanas circulaban por ahí con los pequeños. Chris caminaba nervioso de un lado a otro y comía perritos calientes.

—¡Tranquilízate de una vez! —lo regañó Cassie.

Chris le dedicó su mejor sonrisa.

Allí estaban sus amigos de toda la vida, los colegas de su padre y los pilotos más jóvenes. A sugerencia de Pat, la mayoría de los fanáticos del vuelo habían asistido. La exhibición aérea de Monmouth era un evento importante. Aquel año incluso participaban un par de chicas en las pruebas más sencillas. Chris aspiraba al habitual premio de altitud correspondiente a la última carrera de la tarde. No era nada excepcional, pero los dos sabían que su padre se pondría muy contento.

—Hermanita, ¿quieres intentarlo? Papá podría dejarte un aparato.

El avión con que Cassie había volado desde California era demasiado grande y pesado. Además, su precio era astronómico y pertenecía a Desmond. Cassie lo había sometido a todo tipo de pruebas y hacía muy poco que habían incorporado las reformas que ella propuso. Pese a que sólo tenía veintiún años, su trabajo era de alta responsabilidad. Todos sabían que era una aviadora famosa y se habló mucho de su presencia en la exhibición. Por sugerencia de Desmond, la prensa acudió a Monmouth.

—No estoy preparada —respondió a su hermano—, Chris, he pasado un año pilotando otra clase de aviones. Además, no he practicado.

—Yo tampoco —replicó Chris sonriente.

A los veinte años, el muchacho era el vivo retrato de su padre. Era buen estudiante y seguía empeñado en hacerse arquitecto, para lo que necesitaba obtener una beca para asistir a la Universidad de Illinois. De momento, pasaba cada instante libre con Jessie, a quien adoraba. Pat comentó que acabarían casándose.

A pesar de la diferencia de edad, Billy no parecía mayor que Chris. Este año aparentaba tener más pecas; después de su primera intervención, fue evidente que, a diferencia de Chris, había practicado. Consiguió dos premios y, media hora después, otro en tres de las pruebas más difíciles.

—¿Has dedicado todo el año a practicar? Chico, por lo visto aquí tenéis mucho tiempo libre —bromeó Cassie y le pasó un brazo por los hombros en el momento en que un fotógrafo los retrataba.

Cassie proporcionó al periodista el nombre de Billy y le recordó que, pese a que la exhibición acababa de comenzar, su amigo ya había obtenido tres premios.

—Pero la jornada aún no ha terminado —bromeó Billy.

—Señorita O'Malley, ¿y usted? —preguntó un reportero—. ¿Hoy no la veremos actuar?

—Me temo que no. Hoy les toca a mi hermano y al señor Nolan.

—¿Existe algún vínculo sentimental entre el señor Nolan y usted? —inquirió el periodista.

Cassie sonrió mientras Billy simulaba atragantarse con la limonada.

—Ninguno —replicó ella.

—¿Y entre el señor Williams y usted?

—Somos excelentes amigos —respondió con jovialidad.

—¿No hay nada más entre ustedes? —insistió el reportero.

Su padre se asombró de la paciencia y el aplomo de Cassie. Desmond era un buen maestro y Cassie había aprendido a llevarse bien con la prensa, aunque a veces sentía deseos de ahuyentarlos con cajas destempladas. Los periodistas se lo tomaban todo a pies juntillas y ella no.

—El señor Williams no me ha dicho nada al respecto —contestó afablemente, y se alejó para hablar con algunos amigos.

—¡Los periodistas son unos pesados! —exclamó Billy—. ¿No te sacan de quicio?

—Ya lo creo, pero el señor Williams insiste en la importancia de llevarse bien con la prensa.

Cuando volvieron a estar a solas, Billy le preguntó:

—A propósito, ¿hay algo de cierto en eso? ¿Existe algo entre Williams y tú?

—No —respondió Cassie—, sólo somos amigos. No creo que quiera comprometerse con nadie. Probablemente sostengo con él la misma relación que el resto de sus colaboradores. Es un hombre muy solitario y me da pena —musitó para que nadie la oyera.

Billy no estaba de humor para tomarse las cosas en serio y los magnates multimillonarios le desagradaban.

—¿De veras? Pues yo también lo compadezco. Tiene que ocuparse de una fortuna de viejo cuño y de las estrellas cinematográficas con las que se codea. ¡Es muy desdichado!

—¡Calla, Billy!

Cassie le dio una empujón.

Más tarde, Chris se reunió con ellos. De nuevo estaba comiendo y Cassie frunció el entrecejo. Desde que tenía catorce años engullía todo lo que encontraba y sin embargo seguía delgado como un palo de escoba. Jessie, que le acompañaba, le sonrió con adoración. La joven trabajaba en la biblioteca local, era muy seria y entregaba el sueldo a sus padres para ayudar a mantener a sus cuatro hermanas pequeñas. Resultaba muy claro que amaba a Chris. Se mostraba encantadora con todos los O'Malley, sobre todo con los sobrinos de Cassie.

—¿Nunca dejas de comer? —preguntó Cassie a Chris con fingida irritación.

—Lo intento. Si lo calculas bien, puedes llevarte cosas a la boca desde que te levantas hasta que te acuestas. Mamá dice que como más que toda la familia junta.

—Algún día te convertirás en un viejo obseso —terció Billy y guiñó el ojo a Jessie, que lanzó una risilla.

Estaban de magnífico humor. Habían visto algunas hazañas aéreas, pero ninguna equiparable a la que Cassie había realizado el año anterior, con su trepidante barrena y recuperación de altura en el último momento.

—Al verte hacer aquella locura te odié con toda mi alma —reconoció Chris—. Te aseguro que me quedé sin respiración. Pensé que te estrellarías.

—Soy demasiado lista para estrellarme —repuso Cassie.

De todas maneras, se alegraba de que su hermano no participase en las pruebas de alto riesgo. Con la altura nunca había problemas.

—¿Qué novedades hay en Los Angeles? —preguntó Billy.

Cassie le habló de su trabajo y de los nuevos aviones, pero no mencionó el proyecto de la gira mundial. Quería que su padre fuese el primero en enterarse. Luego lo hablaría con Billy. Lo había pensado a fondo y, si aceptaba, quería que Billy la acompañara. Era el mejor piloto que conocía, a pesar de que llevaba un año en Los Angeles y de que había conocido a auténticos ases de la aviación.

Un rato después, Billy volvió a despegar y consiguió otro premio, como si quisiera confirmar la opinión de Cassie.

El desastre pareció inminente cuando dos aviones estuvieron a punto de chocar, pero al final todo quedó en meras exclamaciones de espanto y la situación volvió a la normalidad. Empero, todos recordaron que el año anterior Jimmy Bradshaw se había estrellado. Desde luego, Peggy no asistió a la exhibición. Chris le había dicho a Cassie que Bobby Strong y Peggy iban a casarse. Ella no albergaba remordimientos con relación a Bobby. El joven ya era parte de su pasado. Le deseaba lo mejor y se alegró por Peggy.

Poco antes de la gran prueba, Chris se reunió con su hermana. Estaban hablando de los viejos amigos cuando por los altavoces se solicitó a los participantes que se acercaran a los aviones.

—Ha llegado mi turno. —Chris estaba nervioso. Miró a su hermana y sonrió.

Cassie le acarició la cara.

—Buena suerte, chico. Cuando bajes te daremos algo de comer. Hasta entonces procura aguantar.

—Eso está hecho.

Chris sonrió a Cassie mientras Jessie iba a reunirse con las hermanas de su novio. Mientras se alejaba y sin más motivo que el orgullo que sentía por él, Cassie gritó:

—¡Chris, eres mi hermano preferido!

El muchacho se dio la vuelta, le hizo señales de que la había oído y siguió su camino. Por fin le llegó el turno en el pequeño avión rojo.

A medida que subía y ganaba altura, Cassie lo observaba atentamente. Creyó percibir algo, entrecerró los ojos para protegerse del resplandor del sol y estuvo a punto de comentarlo con Billy. A veces presentía las cosas antes de que ocurrieran. En ese momento vio lo más temido: un delgado rastro de humo. Rogó que su hermano descendiera lo más rápidamente posible. No sabía si Chris se había percatado de que tenía un problema. Un segundo después, el motor se incendió por completo y el avión cayó en picado a mayor velocidad de la que se había elevado.

Se oyeron los jadeos del público que presagiaban la tragedia; todos estaban pendientes del cielo. Cassie ordenó mentalmente a su hermano que accionara la palanca de mando a medida que caía y se aferró al brazo de Billy, sin apartar la mirada del avión.

El aparato chocó contra el suelo envuelto en una columna de llamas. Cassie y todos los presentes corrieron hacia allí. El fuego era intenso y el humo, negro como el carbón.

Billy llegó el primero junto a Chris y Cassie a continuación. Lo apartaron de las llamas, pero estaba inconsciente y todo su cuerpo ardía. Alguien se acercó con una manta para sofocar las llamas que envolvían a Chris. Cassie se echó a llorar y abrazó a su hermano, aun a riesgo de provocarse quemaduras. Lo único que sabía era que Chris estaba en sus brazos y que ya no volvería a reír ni llorar, no crecería, no bromearía con ella ni se casaría.

Cassie no podía dejar de llorar mientras abrazaba a su hermano. Oyó una exclamación gutural cuando el aparato estalló y arrojó fragmentos de metal en todas las direcciones. Billy intentaba apartarla, pero Cassie seguía aferrada a Chris mientras su padre intentaba quitárselo.

—Mi hijo... —Pat sollozaba desconsoladamente—. Mi hijo... Oh, Dios mío, no puede ser... mi pequeño...

Lo sostenían entre los dos, mientras la gente corría y gritaba. Unos vigorosos brazos le quitaron a Chris y alguien se llevó a su padre. A lo lejos, Jessie lloraba. Billy sostenía a Cassie, que vio a su madre deshecha en lágrimas en los brazos de Pat. Todos lloraban. La tragedia se había repetido, pero esta vez era peor porque se trataba de Chris... su hermano.

Cassie no supo qué ocurrió después. Sólo sabía que estaba en el hospital en compañía de Billy. Aunque el brazo no le dolía, alguien aseguró que se trataba de una quemadura de tercer grado, pero no dejaba de hablar del accidente... y a Cassie le remordía no haber sido ella quien se hubiese estrellado. Se lo repetía a Billy una y otra vez.

—Lo sé, Cass. Pero tú no tienes culpa de nada.

—¿Chris está bien?

Billy se limitó a asentir con la cabeza. Cassie sufría una conmoción y se encontraba en estado de *shock*.

Le dieron un sedante. Cuando despertó, el brazo le dolía mucho, pero no le importó. Para entonces lo recordaba todo.

Billy seguía a su lado y lloraron juntos. Sus padres fueron a verla al hospital. Oona estaba al borde de una crisis de histeria y Pat tenía el corazón destrozado. Glynnis y Jack, su marido, también fueron. Todos lloraban desconsoladamente. Glynnis le dijo que unos amigos de Chris habían llevado a Jessie a su casa y que sus padres habían tenido que llamar al médico.

El cuerpo de Chris estaba tan quemado que el ataúd permaneció cerrado. El velatorio tuvo lugar por la noche en la funeraria de Good Hope. Las exequias se celebraron al día siguiente en Saint Mary. Asistieron todos sus compañeros de estudios, sus amigos y Jessie. La chica estaba inconsolable, rodeada por sus hermanas, y Cassie fue a saludarla. Resultaba una experiencia terrible para una joven enamorada de diecinueve años.

Bobby Strong se acercó a hablar con Cass. Peggy no estaba en condiciones de asistir. También se presentaron algunos compañeros de universidad de Chris y prácticamente todos los que habían acudido a la exhibición, tal como había ocurrido en el funeral de Jim un año atrás. Parecía una muerte absurda, una forma ridícula de morir, ganándole metros al cielo para demostrar hasta dónde podías llegar o, mejor dicho, que eras incapaz de conseguirlo.

Cassie sintió que una parte de su ser moría con su hermano. Al acompañar el féretro a la salida de la capilla, Cassie y su padre tuvieron que sostener a Oona. Era lo peor que Cassie había vivido, la experiencia más terrible.

Cuando salieron de la capilla levantó la cabeza y vio a Desmond Williams. Probablemente la noticia del accidente había aparecido en todos los periódicos. Como ahora Cassie era una celebridad, la muerte de su hermano en una exhibición aérea era noticia nacional. De todas maneras, ver a Desmond la reconfortó. Se acercó al magnate y le dio las gracias por haber ido. Lo invitó a ir más tarde a su casa. Desmond aceptó y en ese momento Cassie se deshizo en lágrimas, por lo que él tuvo que abrazarla, para su embarazo. El empresario no sabía qué decir ni qué hacer, se limitó a abrazarla con la esperanza de que eso bastara. En ese momento vio que Cassie llevaba el brazo vendado y la apartó con delicadeza.

—¿Estás bien? ¿Es muy grave?

Desmond se había preocupado al enterarse de que Cassie se había provocado quemaduras intentando auxiliar a su hermano.

—Estoy bien. Billy y yo lo sacamos y... y Chris todavía estaba en llamas.

La imagen era tan espeluznante que a Desmond se le revolvió el estómago. Se tranquilizó cuando Cassie añadió que los médicos no daban importancia a sus quemaduras. Desmond dijo que, cuando regresara a Los Ángeles, consultase con otros médicos. También se ocupó de hablar con los padres de Cassie y con Billy. Luego dijo que debía marcharse para coger el vuelo de esa misma noche. Sólo había querido estar presente por Cassie y ella se alegró de su gesto. Le parecía muy humano y así se lo dijo.

—Muchas gracias, Desmond... gracias por todo...

El magnate no mencionó la gira mundial, pero Cassie sabía que eso estaba pendiente. Aún no se lo había dicho a su padre. De todas maneras, pidió a Desmond un par de semanas para estar con los suyos; el magnate respondió que se quedara todo el tiempo que fuese necesario.

Cassie lo acompañó a la puerta. Desmond se despidió con un abrazo y se alejó con expresión compungida. Al volver a entrar, la muchacha vio a su padre llorar y le oyó decir que Chris lo había hecho por él y que jamás se lo perdonaría.

—Papá, lo hizo porque quiso —dijo Cassie—. Todos lo hacemos porque queremos, y tú lo sabes. —Aunque en su caso era cierto, no lo era en el de Chris, pero pensó que esas palabras consolarían a su padre—. Antes de subir el avión me dijo que le gustaba hacerlo. —Esa mentira piadosa prácticamente se le escapó de los labios.

—¿De veras?

Pat se sintió aliviado y se enjugó las lágrimas mientras bebía un sorbo de whisky.

—El gesto que tuviste con tu padre ha sido conmovedor —dijo Billy un rato más tarde.

Cassie se limitó a asentir, pues estaba absorta en otros pensamientos.

—Ojalá Nick estuviera aquí —murmuró.

Fue entonces cuando Billy decidió contárselo.

—La noche del accidente le envié un telegrama. Creo que los ingleses son muy razonables a la hora de conceder permisos a los voluntarios. No sé si he obrado bien, pero pensé... —Temía que Cassie se enfadara, pero en ese momento supo que había actuado correctamente.

—No sabes cuánto me alivia —repuso ella agradecida.

No era un motivo agradable para reencontrarse. Cassie se preguntó si Nick conseguiría transporte y si le autorizarían a viajar.

Esa noche estuvo muchas horas con sus padres. Hablaron de Chris y de las trastadas que había hecho de pequeño. Lloraron, rieron y evocaron todas las nimiedades que adquieren importancia cuando un ser querido se va para siempre.

Por la mañana Cassie fue al hospital para que le examinasen el brazo. Le cambiaron el vendaje y luego emprendió el regreso a casa para hacer compañía a su padre.

Desde el accidente Pat no había vuelto al aeropuerto y Billy estaba a cargo de todo. De camino, Cassie pasó a verlo. El joven le preguntó por su padre.

Cassie dijo que estaba bastante mal. Esa mañana, después del desayuno, había empezado a beber. Todavía no estaba en condiciones de asumir la tragedia. Pat sólo bebía en momentos de gran tensión o en las fiestas.

Cuando llegó a casa, Cassie lo encontró en la sala, hecho un mar de lágrimas.

—Hola, papá. —Cassie había pasado la noche en vela recordando lo enfadada que había estado con su padre y la infinidad de veces que había pensado que él prefería a su hermano. Se preguntó si Chris lo había sabido y deseó que no hubiera sido así—. ¿Estás mejor?

Pat se encogió de hombros y no respondió. Cassie le habló de las visitas que habían recibido y le contó que había pasado por el aeropuerto para ver a Billy. Su padre guardaba silencio.

—¿Viste ayer a Desmond Williams? —preguntó Cassie, buscando tema de conversación.

Pat la miró como si no la entendiera, pero finalmente reaccionó.

—¿Estuvo aquí? —Cassie asintió y se sentó junto a su padre—. Ha sido muy amable. Dime, Cass, ¿cómo es?

Aunque había hablado unos instantes con él, dada la agonía de la situación, Pat no se acordaba.

—Es un hombre tranquilo y honrado... laborioso... solitario... —Era un modo peculiar de describir a su jefe—. Yo lo definiría como un hombre con iniciativa. Vive para su empresa, que es lo único que le importa.

—¡Qué terrible desgracia! —exclamó Pat y se echó a llorar. Su pobre hijo sólo tenía veinte años. En medio de las lágrimas añadió—: Cass, podría haberte ocurrido a ti el año pasado. En mi vida había estado tan asustado como el año pasado, mientras observaba lo que hacías.

—Lo sé. —La joven sonrió—. También aterroricé a Nick, pero yo sabía lo que hacía.

—Eso es lo que todos creemos —afirmó Pat sombríamente—. Probablemente Chris pensaba lo mismo.

—Papá, Chris no estaba seguro, no era como nosotros.

—Es verdad —coincidió. Chris nunca había sabido realmente lo que hacía—. No hago más que pensar en su aspecto cuando Billy y tú lo sacasteis del avión.

Se demudó al recordar. Cassie le sirvió otra copa. A mediodía, Pat arrastraba la voz y estaba adormilado. Finalmente se quedó dormido y Cassie lo dejó descansar.

Su madre regresó por la tarde con dos de sus hermanas y para entonces Pat estaba despierto y se le habían pasado los efectos del alcohol. Cassie preparó la merienda y se sentaron a charlar en la cocina.

Era extraño reunirse con toda la familia y Cassie tuvo la sensación de que sus seres queridos esperaban algo. Aún no habían asimilado la ausencia de Chris y esperaban que franquease el umbral o que alguien les dijera que no había pasado nada. Sin embargo, la tragedia había ocurrido.

Glynnis y Megan se marcharon cuando Colleen llegó con sus hijos. El caos que se formó les hizo bien. Finalmente volvieron a quedarse a solas. Cassie preparó la cena para sus padres, contenta de estar con ellos. Aún no había decidido cuándo se marcharía. Su madre volvió a llorar al terminar de cenar y Cassie la llevó a la cama como si fuera una niña. Su padre parecía algo más animado. Estaba más tranquilo y lúcido y, cuando Oona se acostó, mostró interés en hablar con Cassie.

Pat le preguntó por su trabajo y por su vida en Los Angeles. Sabía que el contrato se había cumplido e ignoraba si Cassie se quedaría allá o regresaría a Good Hope. La muerte de Chris había acentuado sus preocupaciones.

—Me han propuesto un nuevo contrato.

—¿Y qué te ofrece? —inquirió Pat.

—El doble de salario que el año pasado. He pensado enviaros la diferencia a mamá y a ti porque yo no la necesito.

—No es mala idea —opinó su padre roncamente—. Nunca se sabe lo que puede ocurrir. Tus hermanas están casadas y sus maridos pueden cuidar de ellas, pero Chris y tú... —Los ojos se le volvieron a llenar de lágrimas. Cassie le cogió la mano y la apretó con fuerza—. De pronto me parece que...

—Lo sé, papá..., a mí me pasa lo mismo.

Esa tarde Cassie había pensado en su hermano, creyendo que estaba en Walnut Grove con Jessie, hasta que recordó la tragedia. Sus corazones y sus mentes no querían aceptarlo. Había hablado con Jessie por teléfono y a la muchacha le pasaba otro tanto. Le contó que estaba pendiente del motor de la furgoneta de Chris. Todos estaban destrozados.

—Quiero que te quedes ese dinero —declaró Pat—. Te lo has ganado.

—Me parece absurdo.

—¿Por qué te paga tanto? ¿Acaso pretende que realices actividades deshonestas o peligrosas?

—Lo que hago no es más peligroso que lo que realizan los pilotos de pruebas que trabajan para él. Probablemente mis actividades son menos arriesgadas. Ha invertido mucho en mí. Cree que soy útil para la empresa por mi condición de mujer, por la publicidad que eso genera... y las marcas de velocidad que he batido con sus aviones también son importantes.

Cassie miró a su padre y se preguntó si era demasiado pronto para darle la noticia. Pero necesitaba planteárselo. Quería firmar el contrato nada más volver a Los Angeles. A lo largo de los últimos días no había pensado en otra cosa y, a pesar del accidente de Chris, sabía lo que quería. Así pues, decidió decírselo.

—Papá, Desmond Williams quiere que realice una gira mundial.

Se produjo un prolongado silencio mientras Pat asimilaba las palabras de su hija.

—¿Qué clase de gira? Por si no lo sabes, hay guerra.

—Claro que lo sé. Desmond dijo que tendremos que trazar un itinerario seguro. Está convencido de que puede hacerse sin riesgos.

—Lo mismo decía George Putnam —opinó su padre. Acababa de perder un vástago y no quería arriesgar un segundo—. Cass, con guerra o sin ella es imposible dar la vuelta al mundo sin asumir riesgos. Hay demasiadas variables y peligros. Pueden fallar los motores, puedes equivocar el rumbo, puedes encontrarte en medio de una tormenta. Podrían ocurrir un millón de contratiempos inesperados.

—No habrá tantos si vuelo en uno de sus aviones y cuento con el copiloto adecuado.

—¿Has pensado en alguien? —Pat pensó en Nick, pero en ese momento no estaba allí.

—Me figuro que Billy podría ser el copiloto adecuado —sugirió Cassie.

Pat se lo pensó y finalmente admitió que era una elección atinada.

—Es muy competente... y muy joven. —Las dudas parecieron asaltarlo—. Aunque tal vez la juventud es uno de los elementos esenciales. Nadie con más años que vosotros está tan loco como para intentarlo. —Pat estuvo a punto de sonreír y Cassie se sintió mejor. Al parecer, su padre aprobaba el proyecto—. ¿Por eso te pagan tanto?

—No. Están dispuestos a pagarme una suma extra por la gira mundial. —Cassie no se atrevió a mencionar la cifra. Ciento cincuenta mil dólares era una fortuna para Pat... y para la mayoría de personas. Además, Cassie no quería que su padre pensase que lo haría por codicia—. Además de gratificaciones, premios y otros contratos a los que la gira pueda dar lugar. A mí me parece una ocasión estupenda.

—No tendrá nada de estupenda si te matas —dijo Pat bruscamente—. Cassandra Maureen, será mejor que lo analices hasta las últimas consecuencias. No es un juego. Si decides emprender esa gira, pondrás tu vida en tus propias manos.

—Papá, ¿qué me aconsejas?

Pat se dio cuenta de que Cassie suplicaba su aprobación.

—No lo sé —respondió, cerró los ojos y pensó. Tras una breve pausa, la miró, le cogió las manos y se las estrechó—. Cass, debes hacer lo que consideres correcto, lo que tu mente y tu corazón te indiquen. No puedo ni debo decidir tu futuro, que podría ser grandioso. Pero si sufres algún daño jamás me lo perdonaré... ni se lo perdonaré a Desmond Williams. Me gustaría que te quedaras en casa y que no volvieras a correr riesgos... sobre todo ahora. Pero no sería justo. Tienes que seguir los dictados de tu corazón. Le dije lo mismo a Nick cuando decidió viajar a Inglaterra. Tú eres muy joven y sería fantástico que lo lograras. Si no lo consigues, para nosotros representará una tremenda congoja.

Pat la miró, sin saber si debía decirle algo más. En última instancia, la decisión estaba en manos de Cassie. Un año atrás, cuando se fue a Los Angeles, no se equivocó, pero ahora Pat no estaba seguro de nada.

—Me gustaría hacer esa gira —afirmó Cassie quedamente y Pat asintió.

—A tu edad yo habría decidido lo mismo. Si alguien me lo hubiera propuesto, lo habría considerado la mejor oportunidad de mi vida. Pero nadie me lo propuso. —Pat sonrió y Cassie lo vio más animado—. Eres una joven muy afortunada. Ese hombre te ha abierto las puertas para que te conviertas en una persona importante..., pero puede ser muy peligroso. Sólo espero que Desmond Williams sepa lo que hace.

—Yo también, papá. Confío en él. Es demasiado inteligente para correr excesivos riesgos. Está convencido de lo que hace.

—¿Cuándo se hará esa gira mundial?

—Dentro de un año. Quiere planificarla hasta en los mínimos detalles.

—Me parece correcto. Piénsatelo y hazme saber tu decisión. Si decides aceptar, durante una temporada no se lo diré a tu madre.

Cassie asintió.

Un rato después, apagaron las luces y se retiraron a sus habitaciones. La conversación con su padre le había proporcionado un gran alivio. Daba la sensación de que, finalmente, Pat la aceptaba tal como era. Su padre había cambiado mucho desde que le había prohibido tomar lecciones de vuelo. Cassie esbozó una sonrisa.

Al día siguiente Cassie habló con Billy, que brincó de emoción cuando le comunicó que le había propuesto como navegante y copiloto.

—¿Por qué me has elegido? ¿Me quieres para la gira? —chilló Billy, la abrazó y le dio un beso—. ¡No me lo puedo creer! ¡Es la repanocha!

—¿Estás dispuesto a acompañarme?

—¿Te estás burlando de mí? ¿Cuándo salimos? Ahora mismo voy a hacer las maletas.

Cassie rió.

—Cálmate, aún falta mucho. Partiremos exactamente el 2 de julio del próximo año. Desmond quiere que la fecha coincida con el aniversario de la desaparición de Amelia Earhart. Sé que suena macabro, pero es lo que quiere.

La fecha tenía que ver con la publicidad, punto en el que Cassie confiaba plenamente en las opiniones de Desmond.

—¿Por qué hay que esperar tanto? —preguntó Billy.

—Porque Desmond quiere planificarlo al detalle, organizarlo bien y someter el avión a todo tipo de pruebas. Ha pensado en el Starlifter, lo que representaría una gran publicidad para este modelo en cuanto a resistencia y autonomía de vuelo.

En el fondo, ése era el objetivo de la gira mundial y, si la cumplían, sus vidas no volverían a ser las mismas. Cassie sabía que el proyecto incluía cincuenta mil dólares para el copiloto y se lo dijo a Billy.

—¡Yuuupi! Con ese dinero me lo pasaré en grande. —Al igual que para ella, lo que más le atraía no era el dinero sino la aventura y el reto que el proyecto suponía. Era lo mismo que había despertado el interés de Desmond y que incluso había provocado una chispa de entusiasmo en su padre—. Avísame en cuanto tengas noticias.

Al igual que Pat, Billy sospechaba que Cassie ya había elegido. Y así era, pero quería afinar ciertos puntos, meditarlo a fondo y cerciorarse de que el joven estaba en condiciones de asumir el compromiso. Trabajar otro año para Desmond le parecía fácil, pero algo muy distinto era la gira mundial. Si aceptaba, los riesgos y los beneficios serían altísimos. Bastaba pensar en lo que se habría convertido Amelia Earhart de haberlo conseguido. Era difícil imaginar que su leyenda hubiera crecido aún más, pero es lo que habría ocurrido si no...

Esa tarde Billy realizó un vuelo a Cleveland. Como su padre no se movía de casa, Cassie se ofreció a quedarse en el aeropuerto y cerrar la oficina. Tras ordenar los papeles, se puso un mono y salió a repostar varios aviones.

Acababa de llenar el depósito del último aparato y guardar las herramientas cuando vio un pequeño avión que se aproximaba a la pista principal. El aparato tomó tierra y rodó hacia el hangar más lejano. Cassie supuso que se trataba de un piloto habitual. Se dio cuenta de que ya no conocía al equipo de hombres que trabajaba con su padre. El piloto de aquel avión sabía exactamente adónde dirigirse y qué hacer. Cassie lo observó un minuto, pero el sol la cegó. Finalmente lo vio. Era imposible... pero ahí estaba: Nick había vuelto a casa.

Cassie se echó a llorar de emoción y corrió hacia él. Se arrojó en sus brazos y Nick la estrechó. La conmoción de haber perdido a Chris se fundió con la alegría de ver a Nick. El piloto la besó con frenesí, y Cassie se sintió a salvo y en paz.

—En cuanto me enteré pedí un permiso —dijo Nick—. Me

costó mucho llegar a Nueva York. Tuve que volar desde Lisboa; anoche, en el último momento, me dieron una plaza y por la mañana alquilé este trasto en Nueva York. Pensé que no llegaría nunca. Esa maldita cafetera apenas consiguió despegar en Nueva Jersey.

—Oh, Nick, cuánto me alegro de que estés aquí.

Cassie volvió a abrazarlo, sintiéndose aliviada. Nick estaba muy guapo con el uniforme de la RAF, pero su expresión era de gravedad.

—¿Cómo está tu padre?

—Muy mal. Se animará al verte. Te llevaré a casa y te quedarás con nosotros. —Aunque se le quebró la voz, Cassie añadió—: Puedes ocupar la habitación de Chris... o la mía. Yo dormiré en el sofá.

Actualmente Billy ocupaba la casita de Nick, que era demasiado pequeña para dos.

—También puedo dormir en el suelo. —Nick sonrió—. Estoy acostumbrado. Los ingleses no se distinguen por la comodidad de sus cuarteles. Desde septiembre pasado no he dormido bien una sola noche.

Luego, mientras lo conducía a la casa de sus padres, Cassie preguntó:

—¿Cuándo volverás?

—Cuando acabe la guerra.

La contienda tardaría en resolverse. Con la caída de Francia, hacía tres semanas, Hitler controlaba la mayor parte de Europa. Los británicos intentaban impedirle que se apoderase de lo que quedaba de la flota francesa en el norte de África. Los problemas no estaban resueltos.

Llegaron a la casa y encontraron a Pat sentado en el porche, con expresión desolada.

—As, ¿tienes un catre para este soldado? —preguntó Nick mientras subía los escalones del porche. Se acercó a su viejo y entrañable amigo y lo abrazó.

Los dos lloraron y compartieron el dolor por la pérdida de Chris. Cassie los dejó a solas y entró a preparar la cena. Su madre se había acostado porque tenía una jaqueca terrible.

Antes de acostarse, su madre había preparado una gran ensalada, por lo que Cassie hizo emparedados y sirvió cerveza. Fue suficiente. Ninguno tenía hambre. Mientras comían, Nick les contó lo que ocurría en Europa. Había oído comentarios sobre la toma de Francia y la desgarradora caída de París. Los alemanes estaban en todas partes. Los británicos sospechaban que Hitler intentaría aplastarlos y se temía que tuviese éxito, aunque nadie lo expresaba en voz alta.

—¿Ya te han encomendado misiones? —preguntó Pat y sonrió al evocar los días compartidos con Nick a finales de la Gran Guerra.

—As, son muy espabilados y saben que ya no estoy para esos trotes.

—No eres tan mayor. Dales tiempo. Cuando las cosas se pongan difíciles te sentarán a los mandos de un caza.

—Espero que no.

Cassie se sintió indignada. La guerra les encantaba y estaban de acuerdo en correr riesgos.

Esa noche, a última hora, Cassie los dejó charlando en el porche. Le habría gustado hablar con Nick, pero sabía que su padre lo necesitaba más. Ya tendrían tiempo. Nick pasaría tres días en Good Hope.

Al día siguiente su padre finalmente decidió ir a la oficina y se alegró de encontrar todo en orden. Billy había cuidado esmeradamente los aviones. Cassie había ordenado los papeles y los pilotos estaban preparados y aguardaban instrucciones. A Pat le sentó bien volver al trabajo.

A media mañana Cassie recibió una llamada de Desmond. Le preguntó si podían hablar con tranquilidad, así que ella entró en el despacho y cerró la puerta.

—Te agradezco la llamada, Desmond.

—Cassie, estoy preocupado por ti, pero no he querido inmiscuirme en un momento como éste. ¿Qué tal tu brazo?

—Sanará. —No quería inquietarlo contándole que todavía le dolía bastante—. ¿Cómo van las cosas en Los Angeles? —Llevaba casi una semana en Good Hope, pero Desmond le había dicho que no había prisas. La muchacha volvió a disculparse y el magnate le reiteró que se quedara todo el tiempo que quisiese.

—¿Cómo están tus padres?

—Bastante mal. Hoy mi padre ha vuelto al aeropuerto. Supongo que le sentará bien, sobre todo si alguien lo enfurece con cualquier nadería. Así dejará de pensar en lo ocurrido.

Desmond le preguntó si había pensado en la gira mundial. Cassie sonrió y replicó que no sólo había pensado, sino que lo había hablado con su padre.

—¿Se lo has dicho? Pues no has elegido el mejor momento. —Desmond experimentó contrariedad. No quería ni imaginarse la respuesta del padre de Cassie. Pero la joven lo dejó de una pieza cuando dijo:

—De hecho, lo sopesamos y él no se opuso. Creo que hay aspectos que no lo convencen del todo, pero se mostró inusualmente sensato. Considera que para mí es una gran oportunidad y dijo que debía decidir por mi cuenta y riesgo.

—¿Y lo has decidido? —preguntó Desmond y contuvo el aliento.

Desde la partida de Cassie, el magnate no las tenía todas consigo. No entendía por qué la echaba tanto de menos. También temía que la joven no regresase a Los Angeles ni renovara el contrato a causa de la reciente tragedia familiar. La verdad es que Cassie se había convertido en una parte importante de su vida.

—Más o menos —contestó ella—. Tomaré una decisión definitiva cuando regrese a Los Angeles. Desmond, prometo que te lo diré en cuanto esté allí.

—No sé cómo haré para soportar tanto suspense... —Hablaba en serio, ya que ese asunto estaba a punto de sacarlo de quicio.

—Me parece que acabarás por reconocer que valía la pena esperar.

Desmond sonrió. Las palabras de la joven lo apaciguaron. Mientras hablaban no dejó de imaginarla. Incluso la había encontrado hermosa durante el funeral, con el rostro demudado y el brazo vendado. Le pareció que tener esos pensamientos no estaba bien.

—Vuelve pronto, te echo de menos.

—Y yo —afirmó Cassie como se lo habría dicho a un amigo. Añoraba las charlas que compartían a horas inusuales y los comentarios que intercambiaban sobre aviones.

—Hasta pronto.

—Adiós, Desmond. Y gracias por llamar.

Cassie salió del despacho y se reunió con Nick y su padre. Pat le preguntó quién había telefoneado y ella se lo dijo.

—¿Qué quería? —quiso saber Nick, y frunció el entrecejo.

—Hablar conmigo —repuso Cassie con frialdad.

No le agradó la forma en que Nick lo preguntó. Se comportaba como si ella fuese de su propiedad, pero en tres meses él no se había molestado en mandarle unas líneas.

—¿De qué quería hablar? —insistió Nick.

—De negocios —repuso Cassie secamente y cambió de tema.

Pat sonrió y se alejó. Se dio cuenta de que se avecinaba un conflicto y de que no podría impedirlo. Cassie era una O'Malley de armas tomar.

Cuando se quedaron a solas, Nick preguntó:

—¿Qué tal el brazo?

—Recuperándose —contestó ella—. Me duele mucho, pero los médicos dicen que es buena señal.

Cassie se encogió de hombros y le propuso dar un paseo. Nick aceptó y echaron a andar hacia un extremo del aeropuerto.

—Cass, ¿qué has hecho últimamente? —preguntó Nick con mayor afecto que antes.

A Cassie se le derritió el corazón cuando el piloto le rodeó los hombros con el brazo.

—Lo de siempre, pilotar aviones y llegar hasta el límite. Esta semana expira mi contrato y me han ofrecido uno nuevo.

—¿En las mismas condiciones? —preguntó Nick.

—No; mejores.

—¿Piensas firmarlo?

—Supongo que sí.

Nick le hizo una pregunta que no se esperaba:

—¿Estás enamorada de él?

La joven sonrió.

—¿De Desmond? Claro que no. Somos amigos, eso es todo. Es un hombre muy solitario.

—Como yo en Inglaterra. —Nick no se compadecía de sí mismo, sino que estaba enfadado con Desmond... y celoso.

—Por lo visto no te sientes tan solo, ya que ni siquiera me has escrito —replicó ella con acritud.

A Cassie le indignaba no recibir noticias de Nick, ya que a veces éste enviaba unas líneas a Pat y a Billy.

—Ya sabes lo que pienso. No tiene sentido que estés pendiente de mí ni que entablemos una relación en serio. Cass, ésta es una historia que carece de futuro.

—Sigo sin entenderlo. Lo comprendería si no me amaras, pero esto me parece un desatino.

—Es muy sencillo: la semana que viene yo podría estar muerto.

—Lo mismo que yo. Para eso somos pilotos. Yo estoy dispuesta a arriesgarme contigo. ¿Tú estás dispuesto a hacerlo conmigo?

—Ésa no es la cuestión y lo sabes. Si sobrevivo, para mí sería una suerte, pero puede que para ti no tanto. ¿Qué pasaría entonces? ¿Vivirías en una cabaña y pasarías privaciones el resto de tus días? Soy piloto y nunca tendré un céntimo. Antes no me importaba, y ahora tampoco. Cass, nuestra relación no incluye tu futuro y no quiero hacerte daño. Tu padre me mataría si yo permitiera que siguiéramos adelante.

—Puede que te mate antes por no querer entrar en razón. Cree que los dos estamos locos, yo por quererte y tú por escapar.

—Puede que tenga razón. Aunque nunca se sabe, yo veo las cosas de otra manera.

—¿Y si ahorro?

—Me alegraré por ti. Espero que lo disfrutes. Prácticamente te has convertido en una estrella cinematográfica. Cada vez que veo un noticiario rodado en Estados Unidos, te dedican más tiempo que a Hitler.

—¡Vaya cumplido!

—Pero es verdad. Williams sabe muy bien lo que hace. ¿Qué me propones? ¿Quieres saber si estoy dispuesto a vivir de ti y de tu dinero? La respuesta es no.

—No me lo pones fácil, ¿eh? —Cassie se sentía contrariada. Nick lo volvía todo imposible. Nick había trucado los dados, por lo que Cassie tenía todas las de perder—. ¿Estás diciendo que si en los últimos años hubieras ahorrado, al volver te casarías conmigo, y que no está bien que yo gane dinero? ¿Es eso lo que estás diciendo?

—Por fin lo has comprendido —respondió Nick. Había decidido no arruinarle la vida a Cassie y estaba empeñado en mantenerse fiel a su elección—. Yo no vivo de las mujeres.

—Qué tontería. Eres la única persona más terca que mi padre. Y hay que reconocer que él, a medida que se hace mayor, ha dejado de ser tan cabezota. Dime, ¿cuánto tendré que esperar? —Cassie sonrió impaciente.

—Hasta que me cambie de cerebro. —Nick esbozó una sonrisa—. No creo que falte mucho.

Estaba cansado de discutir con Cassie. Lo único que deseaba era abrazarla y besarla. Se ponía frenético cada vez que la veía en un noticiario. Le habría gustado gritar a los cuatro vientos que era su chica, pero no podía ser. No estaba dispuesto a permitirlo. Era la hija de su mejor amigo y dieciocho años menor que él. Y eso era algo imposible de explicar a sus colegas de la RAF. Se sintió muy mal cuando sus compañeros sujetaron con chinchetas una foto de Cassie en la pared; la consideraban la mujer ideal.

—Ven aquí —graznó Nick, pues Cassie se mantenía a distancia, cruzada de brazos y dando pataditas en el suelo—. Y no me mires así.

—¿Para qué? —La joven tenía el entrecejo fruncido.

—Cass, es posible que sea un pelmazo incurable y que quiera que te cases con alguien de tu edad y que seas madre de cinco hijos, pero no he dejado de amarte... Cariño, siempre te querré... y lo sabes.

—¡Oh, Nick!

Cassie se sintió conmovida y, en cuanto Nick la estrechó entre sus brazos, el mundo dejó de existir. Se besaron largo rato y olvidaron discusiones y problemas. Después regresaron lentamente al aeropuerto.

Pat los vio desde el despacho y pensó que finalmente habían aclarado las cosas. Se preguntó si se espabilarían de una vez y se darían cuenta de que su relación era importante. Lo cierto es que los dos eran insufriblemente tercos y Pat no estaba dispuesto a intervenir. Sintió curiosidad por saber si Cassie le había mencionado la gira mundial y por la respuesta de Nick.

El tema surgió al día siguiente, mientras los tres estaban en el despacho.

—¿De qué habláis? —quiso saber Nick.

Pat había aludido a la gira y su amigo no sabía a qué se refería. Pat miró a su hija, frunció el entrecejo y preguntó:

—¿No piensas decírselo?

—¿Qué me tiene que decir? Vamos, ¿cuál es el gran secreto?

Nick sabía que Cassie no estaba enamorado de otro ni salía con nadie, a pesar de que era lo que él le había aconsejado. Ciertamente tampoco estaba embarazada, porque Nick sabía que aún era virgen. En su vida sólo habían existido Bobby y él. Y con Bobby se había limitado a hacer manitas en el porche.

—¿Qué diablos ocurre? —insistió Nick.

Cassie había decidido comunicárselo personalmente y como un hecho consumado. Ahora estaba segura. En cuanto regresara a Los Angeles le diría a Desmond que aceptaba.

—Williams Aircraft me ha hecho una oferta muy interesante.

—Sí, quieren renovarte el contrato por un año, ya me lo has dicho.

Cassie lo miró y meneó lentamente la cabeza. Su padre la observaba.

—Tiene que ver con una gira mundial programada para el año próximo. Lo he meditado y lo he hablado con papá antes de tu llegada. Quería tomar una decisión clara antes de decírtelo.

—¿Has dicho una gira mundial? —Nick se incorporó de un salto.

—Exactamente, Nick —replicó Cassie. No mencionó lo que le pagarían porque no era la razón principal.

—¡Te dije que el muy bastardo tenía esa idea en la cabeza! Maldita sea, Cassie, ¿nunca le haces caso a nadie? —Nick, frenético, la señalaba con el dedo—. Ése es el motivo de tantos noticiarios y publicidad. Williams se empeñó en hacerte famosa y ahora te explotará y pondrá en peligro tu vida. Hay guerra en todas partes, ¿cómo demonios crees que se puede hacer una gira mundial? ¡Maldición, Cass, no permitiré que lo hagas!

—Nick, la decisión no depende de ti —precisó Cassie sin alterarse—. Soy yo quien debe tomarla. Cada uno toma sus decisiones y yo no tuve nada que ver con que te alistaras en la RAF.

—¡Genial! ¿Conque se trata de una venganza porque me alisté voluntario o porque no te escribí? Cass, ¿no te das cuenta de lo que ese tipo pretende? Te está usando. Por el amor de Dios, abre los ojos antes de que te cueste la vida.

Nick estaba desesperado por el proceder de Williams y Cassie se negaba a ver la realidad de las cosas.

—No digas tonterías, Desmond Williams no arriesgará mi vida.

—¿Te has vuelto loca? ¿Ignoras que es muy peligroso? Es un suicidio. Además, no lo conseguirás porque careces de la experiencia y la resistencia imprescindibles.

—Las he adquirido.

—No digas estupideces, sólo realizas vuelos de prueba, que son un juego en comparación con dar la vuelta al mundo. ¿Cuándo fue la última vez que hiciste un largo recorrido?

—La semana pasada, cuando vine a Good Hope. Nick, vuelo cada día.

—¡Maldita insensata, acabarás matándote! Y tú ¿qué dices? —increpó a Pat—. ¿Estás dispuesto a permitirlo?

—No me hace ninguna gracia —reconoció Pat—. Nick, para bien o para mal, Cassie es lo bastante mayor para tomar sus propias decisiones. No tengo derecho a elegir por ella.

Cassie estuvo a punto de aplaudir esas palabras.

—¿Qué te ocurre? —Nick estaba desconcertado—. ¿Cómo puedes decir semejante cosa?

—Porque he madurado y me he vuelto más sabio. Puede que necesites una ración de madurez. Por un lado le dices que se arregle sola, que no te casarás con ella porque eres demasiado mayor o sabe Dios por qué y, por el otro, pretendes enseñarle qué tiene que hacer. Nick, las cosas no funcionan así. Aunque te casaras con ella, puede que Cassie no te permitiera dictarle sus actos. Ha surgido una nueva generación de mujeres. He tenido que aprender deprisa. Te aseguro que me alegro de haberme casado con Oona en su momento, pues las nuevas mujeres me resultan muy complicadas.

—¡No me lo puedo creer! ¡Es una traición! ¡Tu hija te ha manipulado a su antojo!

—¡No, de ninguna manera! Ni siquiera me ha comunicado su decisión. Y ésta le pertenece exclusivamente a ella. No es tuya ni mía. No me gustaría ser quien se lo impida, y creo que tú tampoco debes intervenir.

—¿Y si se mata? —le espetó Nick.

—Si se mata jamás me lo perdonaré, pero no puedo impedírselo —respondió Pat con franqueza. Los ojos se le llenaron de lágrimas.

Cassie se acercó y le dio un beso. Nick miraba fijamente a la joven.

—Y bien, ¿qué has decidido?

Los dos hombres contuvieron el aliento mientras aguardaban la respuesta. Cassie asintió sin vacilar y Nick pareció a punto de echarse a llorar.

—Sí, la haré. Desmond aún no lo sabe.

—No es de extrañar que ayer te telefoneara —masculló Nick, angustiado.

No acababa de creerse que Cassie estuviese dispuesta a emprender la vuelta al mundo. Él mismo le había enseñado a volar y la sabía capaz de grandes hazañas, pero no de una gira de esas características... todavía no... y puede que nunca.

—Llamó para interesarse por nosotros.

—¡Muy conmovedor! —Nick la miró con renovada ira—. Y después, ¿qué?

—No te entiendo.

Ninguno de los tres sabía a qué se refería Nick, pero éste escapó por la tangente:

—Más publicidad y más hazañas. No fue casual que el año pasado te llevara a un restaurante y os fotografiaran bailando. De esta forma la situación sigue siendo emocionante y misteriosa para los periodistas..., pero ahora tendrá que llegar más lejos para mantener el interés y que todo funcione. ¿Qué te apuestas a que te pide en matrimonio? —Nick estaba fuera de sí.

Cassie miró enfadada al piloto y divertida a su padre.

Pat nunca había visto a su viejo amigo en pleno acceso de celos, y le causó gracia.

—Es lo más ridículo que he oído en mi vida —se lamentó Cassie, pero Nick se mantuvo pertinaz.

Pat le preguntó:

—¿Qué esperabas después de haberle dicho que a tu regreso no te casarás con ella y que ahora ni siquiera le escribirás? ¿Pretendes que se pase en el convento el resto de su vida? Nick, Cassie tiene derecho a vivir. Si no puede ser feliz contigo, que lo intente con otro. A mi juicio, Desmond Williams parece un hombre correcto, al margen de los móviles comerciales de la gira y de sus intereses promocionales. Al fin y al cabo, vende aviones, necesita hacerlos atractivos y si le sirve que los pilote una chica bonita que, encima, es una aviadora de primera, mejor para él. Si no quieres casarte con Cassie y el sí, no creo que tengas voto en la cuestión, ¿no te parece?

Cassie tuvo que reprimir una sonrisa. Jamás había oído a su padre soltar una perorata parecida y lo más gracioso era que tenía razón. Sin embargo, Nick no estaba dispuesto a ceder.

—Pat, él no la ama... y yo la quiero con toda mi alma.

—Si es así, cásate con ella —repuso Pat en voz baja, y abandonó el despacho para dejarlos solos.

Una hora después, seguían discutiendo y no se habían aclarado. Nick la acusaba de ser ingenua y de seducir a Desmond, y Cassie de comportarse como un adolescente. Pasaron una tarde infernal y al cabo del día estaban extenuados. Por la mañana Nick regresaría a Nueva York.

Pasaron casi toda la noche en vela, hablando, pero no resolvieron nada. Nick repitió hasta el hartazgo que tenía treinta y nueve años y que no se casaría con ella para arruinarle la vida.

—¡Entonces déjame en paz! —gritó Cassie, y se fue a dormir.

Por la mañana, antes de la partida de Nick, seguían enojados.

—Te prohíbo que hagas la gira mundial —dijo Nick antes de subir al avión alquilado.

Cassie le rogó que fuese sensato y no adoptase posturas intransigentes.

—¿Por qué no lo dejamos? Todavía falta un año y tú estás a punto de volver a Inglaterra.

—Da igual que me vaya a la luna, lo que quiero es que no firmes ese contrato.

—No tienes ningún derecho a exigirme algo así. ¡Basta, Nick, por favor!

—¡No, maldita sea, no cejaré hasta que decidas dejarlo!

—¡Pues haré la gira! —chilló Cassie, con la melena pelirroja revuelta por el viento, mientras Nick la sujetaba para abrazarla.

—No, no la harás.

La besó bruscamente, pero en cuanto sus labios se separaron siguieron discutiendo.

—La haré.

—Calla.

—Te quiero.

—Si me quieres no hagas esa gira.

—¡Por Dios!

Nick volvió a besarla, pero, como era de prever, cuando partió nada estaba resuelto.

Cassie permaneció llorando junto a la pista a medida que Nick emprendía el vuelo. Cinco minutos después, entró en el despacho de su padre hecha una tromba.

—¡Ese hombre me hace perder los estribos!

—Cualquier día os arrancaréis los ojos. Me sorprende que aún no haya ocurrido —comentó Pat sonriente—. Sois más tercos que las mulas. Sería una pena que no os casarais, porque estáis hechos el uno para el otro. Supongo que alguno de los dos acabará por agotar al otro. —Por unos segundos Pat la contempló con seriedad—. ¿Crees que Nick tiene razón? ¿Es posible que Williams te proponga matrimonio como aliciente publicitario de la gira mundial?

—No, es imposible. —Cassie estaba enfadada—. Las relaciones personales lo intimidan. Ha pasado por dos matrimonios desastrosos. Creo que, si volviera a casarse, sólo lo haría por amor.

—Eso espero. —Pat se sintió aliviado con los comentarios de su hija—. ¿Ha mostrado algún interés especial por ti?

—Yo diría que no. Sólo somos amigos. Nick sólo dice tonterías.

—La verdad es que te podría ir mucho peor aunque no te casaras con ese lunático que ahora regresa a Inglaterra. Estoy convencido de que algún día acabará conmigo. En otra época también nos peleábamos frenéticamente. Es el cabrón más empecinado que conozco.

Cassie no contradijo a su padre y regresó a casa para ver cómo estaba su madre.

La semana siguiente abandonó Illinois y regresó a Newport Beach, a su apartamento, a su trabajo y a firmar el nuevo contrato con el doble de salario.

Nada más llegar, fue al despacho de Desmond para hablar con él.

—¿Hay algún problema? —preguntó él, levantándose. Siempre adoptaba la misma actitud, que complacía a Cassie—. Fitzpatrick me dijo que era urgente.

—Depende de cómo lo mires. Supongo que quieres mi respuesta sobre la gira mundial.

De pronto, por la expresión de Cassie, Desmond temió que se negara a realizarla.

—Cassie, lo comprendo... pensé que después del accidente de tu hermano... supongo que tus padres se oponen... no sería justo con ellos...

Desmond intentaba aceptar dignamente la decisión de Cassie, pero para él era una tremenda decepción. La gira era su sueño dorado. Quería participar y ayudarla a que la realizase.

—No, no sería justo con mis padres —coincidió la joven—. Y a mi padre no le hizo gracia. Sin embargo, dijo que la decisión dependía exclusivamente de mí, así que la he tomado. —El magnate no pronunció palabra mientras la miraba. Cassie avanzó un paso—: Desmond, haré la gira.

—Repítelo, por favor —murmuró.

—He dicho que haré la gira. Quiero hacerla por ti.

—¡Oh, Cassie...!

Desmond se dejó caer en el sillón con los ojos cerrados. Luego se incorporó ágilmente y rodeó el escritorio para darle un beso. Aunque amistoso, ese beso transmitía su eterno agradecimiento hacia ella. Nunca había vivido nada tan trascendente ni nada volvería a ser tan importante. Se ocuparía de que así fuera. Tenía infinidad de planes que ahora podrían compartir. Los aguardaba un año increíble.

Cuando el magnate volvió a tomar asiento y le expuso sus ideas, le cogió la mano y no dejó de darle las gracias. Cassie se sintió más feliz que nunca. ¡Al diablo con Nick! ¡Su vida le pertenecía!

15

El lanzamiento publicitario de la gira mundial tuvo lugar en una rueda de prensa celebrada en Newport Beach. Le siguieron varias declaraciones de Cassie, que Desmond organizó meticulosamente. La joven habló ante diversas audiencias, en asociaciones políticas y en clubes. La entrevistaron por radio y le dedicaron un noticiario completo. Al cabo de dos semanas, la prensa estaba saturada con las noticias de su vuelo alrededor del mundo. A mediados de agosto, Cassie abandonó los titulares a causa de la escalada de la guerra en Europa. Había comenzado la batalla de Inglaterra. La Luftwaffe machacaba Inglaterra con intención de arrasarla. Cassie supo que, por el mero hecho de estar en la isla, Nick corría peligro. Por muy enfadada que estuviese con él, la noticia la aterrorizó y sólo pensaba en su amado.

Llamó a su padre para preguntarle si sabía algo de Nick, pero a finales de agosto no habían recibido ni una sola noticia.

—Cass, no creo que pueda llegar correspondencia. Hemos de suponer que está bien. Nick me ha designado como su familiar más cercano y si le ocurre algo me enteraré.

No era una respuesta alentadora y ambos supusieron que Nick había entrado en servicio activo. Lo más probable era que hubiese dejado la instrucción para pilotar bombarderos o cazas. Como el principal objetivo de la Luftwaffe consistía en destruir la RAF, Cassie suponía que Nick combatía valientemente. Estaba muy preocupada y se arrepintió de que se hubiesen separado tan enfadados. Lo único que le importaba era que estuviese sano y salvo.

A pesar de la guerra, Desmond siguió organizando hasta el más mínimo detalle de la gira. Había decidido qué avión emplearía y empezaron a prepararlo y a equiparlo con depósitos adicionales de combustible e instrumentos de seguimiento de largo alcance. Dada la meticulosa atención de Desmond a los pormenores, Cassie estaba segura de que todo saldría bien.

El único cambio importante que tuvieron que incorporar correspondió a la ruta, que hubo que modificar a causa de la guerra. En 1940 la contienda estaba muy extendida. Diversas zonas del Pacífico, grandes extensiones del norte de África y toda Europa habían dejado de ser seguras. Era imposible pensar en circunvalar el planeta. Sin embargo, aún quedaban marcas extraordinarias por batir e inmensas distancias que recorrer. Dado su acrecentado interés por los aviones de combate, Desmond deseaba demostrar la fiabilidad de sus aparatos para cubrir grandes trayectos sobre el océano.

Decidieron sobrevolar el Pacífico, realizando ocho etapas en diez días y cubriendo 25.000 kilómetros. El avión volaría de Los Angeles a la capital de Guatemala y de allí a las Galápagos. Proseguirían hasta la isla de Pascua y luego a Tahití. De allí volarían a Pago-Pago para trasladarse a la isla de Howland, donde Desmond pensaba organizar una ceremonia en honor a Amelia Earhart; de Howland se dirigirían a Honolulú. En este último punto habría celebraciones; allí Desmond se reuniría con ellos y volaría a San Francisco a fin de realizar la última y triunfal etapa de la gira. Le decepcionó la imposibilidad de circunvalar el planeta, pero la gira por el Pacífico —así la llamó— permitía cumplir los mismos objetivos. La gira mundial se celebraría más adelante, después de que acabase la guerra en Europa. La distancia que cubrirían permitiría demostrar casi lo mismo, no sólo en lo referente a la capacidad de la joven piloto, sino a la fiabilidad de sus aparatos.

Cassie reparó en la sensatez con que Desmond se adaptó a

las circunstancias. Hasta cierto punto, esa actitud refutaba las acervas críticas de Nick. Desmond era un hombre sensato. Era evidente que aquel año a nadie se le habría ocurrido sobrevolar Europa.

En otoño, Desmond organizó nuevas ruedas de prensa para Cassie y se ocupó de que estuviera constantemente en el candelero. Quería que los medios de comunicación se centraran en Cassie, pues se trataba de un proyecto saludable, cargado de expectativas y emocionante; en las fotos, Cassie salía hermosa y todos la adoraban y deseaban que lo lograra. La gente la paraba por la calle, los hombres se asomaban por las ventanillas de los coches para saludarla y le pedían autógrafos. En este aspecto, Nick no se había equivocado: la trataban como a una estrella del celuloide.

Por esas fechas Desmond redujo los compromisos sociales de Cassie. Al parecer, quería mantenerla «pura» y al margen de todo cotilleo romántico. Nancy Firestone seguía colaborando con ella, pero ya no le seleccionaba los acompañantes. Si tenía que asistir a un sitio importante iba con Desmond. El magnate insistía en estar presente para controlar mejor la situación. Asistieron a inauguraciones y estrenos en Hollywood; una noche fueron a bailar y otra al teatro. Desmond era muy agradable como acompañante, a Cassie le gustaba estar con él y, como los dos madrugaban, el magnate solía retirarse temprano.

Entretanto, la Luftwaffe seguía bombardeando implacablemente Inglaterra. Pat recibió noticias de Nick, quien hasta principios de octubre pilotaba los Spitfire de la escuadrilla 54 y seguía estacionado en el aeródromo de Hornchurch. Al parecer lo pasaba bien y había asegurado que, si de él dependía, los británicos no tardarían en darles su merecido a los alemanes. Pedía a Pat que transmitiese su afecto a la insensata de su hija. La disputa entre ellos no había cesado, pero al menos Nick estaba sano y salvo, lo que supuso un gran alivio para los O'Malley.

Desmond tuvo la amabilidad de preguntar por Nick y Cassie le contó lo que sabía. En noviembre la Luftwaffe suavizó sus incursiones. Hasta entonces los bombardeos habían sido incesantes e implacables.

A Estados Unidos llegaron niños británicos que serían cuidados hasta el fin de la guerra. Colleen se hizo cargo de dos pequeños, lo que conmovió a Cassie. Eran adorables y los pobrecillos aún estaban aterrorizados cuando Cassie los conoció, el día de Acción de Gracias. Los dos eran tan pelirrojos como ella. Annabelle tenía tres años y Humphrey cuatro. Eran hermanos, sus padres habían perdido su casa de Londres y no tenían parientes en las zonas rurales. La Cruz Roja había organizado su traslado a Nueva York y Billy había ido allí para recogerlos, durante el vuelo le preguntaron si iba a bombardear el aeropuerto.

Los dos niños dieron a Oona nuevas razones de vivir. Aquel día de Acción de Gracias fue muy triste para todos, pero lograron superarlo y se alegraron de permanecer unidos. Cassie fue a visitar a Jessie y comprobó que la chica lo había asumido mejor que ellos. Era muy joven y volvería a enamorarse, pero ella jamás tendría otro hermano.

También vio a Bobby y a Peggy. Dedujo, correctamente, que Peggy estaba embarazada. Les dio la enhorabuena y tuvo la impresión de que Bobby había madurado mucho y estaba floreciente desde su matrimonio. Su padre había fallecido y la tienda era suya. Aún soñaba con una cadena de tiendas por todo Illinois pero, de momento, lo entusiasmaba más la llegada de su hijo.

—Cass, ¿qué me cuentas de tu vida? —preguntó.

Bobby estaba al tanto de la gira y se preguntaba si Cassie dedicaba su vida a algo que no fuese volar.

—Estoy muy ocupada con los preparativos para la gira del Pacífico —respondió ella.

A Bobby no le pareció gran cosa, pero era sorprendente la cantidad de horas que requería leer informes, hacer comprobaciones en el avión y contrastar cada modificación introducida por los ingenieros, por pequeña que fuese. Además, realizaba largos vuelos a fin de habituarse y estudiaba los pormenores de la ruta del Pacífico.

Durante su estancia en Good Hope, Cassie se lo explicó a su padre con detalle y Pat quedó fascinado. Deseaba ver el avión y Cassie le dijo que fuera a visitarla a California. Pat replicó que no tenía tiempo, que en el aeropuerto había mucho trabajo y que estaría cada vez más ajetreado. Después de las fiestas navideñas Billy se trasladaría a Newport Beach a fin de prepararse para la gira. El joven estaba tan entusiasmado que no hablaba de otro tema y Pat se quejaba de que era un incordio que se marchara por varios meses. Suponían que la gira duraría menos de un mes, pero después se celebrarían ruedas de prensa y entrevistas. Todo esto suponiendo que Billy decidiera regresar. Al igual que Cassie, se convertiría en un héroe y le harían ofertas más tentadoras que el trabajo en el aeropuerto O'Malley. A Pat no le hacía gracia perderlo.

En diciembre Cassie intentó dejar solucionada infinidad de cosas antes de pasar las Navidades en Good Hope. Los días se le quedaron cortos y finalmente tuvo que pedirle a Nancy que comprase juguetes para sus sobrinos, así como para Annabelle y Humphrey. Se ocupó personalmente de los regalos para sus hermanas, sus padres y sus cuñados. Se apenó al pensar que nunca más compraría un regalo para Chris. Cuando su hermano era un crío, solían cambiar coches por muñecas. En aquellos tiempos habría hecho por él lo que fuera, pero ahora no existía. Cassie aún no acababa de creérselo.

Cassie sabía que ese año la Navidad sería muy triste. La víspera de su partida se emocionó cuando Desmond le llevó un regalo. Ella le había comprado un precioso pañuelo de cachemira azul marino en Edward Bursals, de Beverly Hills, y un elegante maletín en la tienda en que Nancy compraba artículos de marroquinería. Habría sido incapaz de obsequiarle con una frivolidad como una corbata chillona o un jersey holgado. La idea le causaba gracia.

Cassie se alegró al comprobar que a Desmond le gustaban sus regalos. Comentó que, más que personales, eran útiles. Los presentes que él le hizo le confirmaron, una vez más, que era un hombre muy considerado. Desmond le regaló un ejemplar de *Listen! The Wind*, de Anne Morrow Lindbergh —esposa del famoso piloto y aviadora por derecho propio—, y una hermosa acuarela de la playa de Malibú, pues sabía que le encantaba. A continuación le entregó una cajita y Cassie sonrió a medida que le quitaba el papel de regalo.

—No sé si será de tu agrado —titubeó Desmond, lo cual era insólito en él. La detuvo y le cogió la mano—. Cassie, si no te convence, bastará con que me lo devuelvas. Lo comprenderé. No estás obligada a aceptarlo.

—Me cuesta imaginar que tenga que devolverte un regalo —dijo Cassie.

El magnate le soltó la mano. Bajo el papel rojo había un pequeño estuche negro y Cassie no conseguía imaginar qué contenía. Era tan pequeño que supuso se trataba de un objeto minúsculo. Desmond volvió a detenerla y le cogió las dos manos.

Cassie nunca lo había visto tan inseguro. Parecía arrepentido de ese regalo o temeroso de la reacción de la joven.

—Nunca he hecho algo así —admitió con preocupación—. Puede que pienses que estoy loco.

—No padezcas —lo tranquilizó Cassie. Sus rostros estaban muy próximos y, por primera vez en un año y medio, Cassie percibió que entre ellos fluía una extraña corriente—. Sea lo que sea, estoy segura de que me encantará.

Desmond pareció serenarse, pero seguía dubitativo. Era un hombre rico y poderoso y sin embargo parecía presa de la inquietud. Cassie no entendía qué le ocurría. Pensó que las fiestas navideñas lo afectaban porque estaba solo. Se compadeció de su soledad y sonrió.

—Desmond, te aseguro que no pasa nada.

Cassie deseaba tranquilizarlo. Eran amigos y los preparativos de la gira del Pacífico los habían unido cada vez más.

—No digas nada hasta que veas mi regalo.

—Está bien, pero entonces déjame abrirlo.

Desmond apartó las manos y finalmente Cassie abrió el estuche. Se quedó hipnotizada: en el interior había una sortija de compromiso con un gran diamante de quince quilates bellamente tallado. El magnate se la puso en el dedo anular.

—Desmond, yo... —Cassie no sabía qué decir. No se esperaba algo así; ni siquiera se habían besado nunca.

—Cualquiera que sea tu decisión, no te enfades —pidió—. Jamás me lo propuse... no me imaginé que ocurriría... pero... —Desmond la miró suplicante, repentinamente vulnerable—. Siempre pensé que sólo seríamos amigos, pero... no sé cómo ocurrió. Lo comprenderé si no quieres casarte conmigo. Seguiremos como hasta ahora, realizaremos la gira... Cass, por favor, di algo... por Dios, Cassie... te amo.

Desmond hundió la cara en los cabellos de Cassie, que se sintió abrumada de ternura. No lo amaba como a Nick, eso era imposible, pero lo quería como a un amigo entrañable. Deseaba ayudarlo a tener un vida dichosa y estar a su lado, pero no se le había ocurrido la idea de casarse con él.

—Ay, Desmond... —murmuró Cassie quedamente mientras el magnate se erguía para mirarla a los ojos y descubrir el significado de esas palabras.

—¿Estás enfadada?

—¿Crees que puedo enfadarme por esto...? —La expresión de Cassie denotaba azoramiento y ya no sabía qué decir.

—Cassie, no sabes cuánto te amo —susurró Desmond y la besó por primera vez.

El ardor de Desmond la sobresaltó. Jamás había imaginado que fuese tan apasionado. Era un hombre muy reservado y probablemente durante años había silenciado sus sentimientos.

Desmond volvió a besarla y Cassie se sorprendió de su propia respuesta súbitamente apasionada. La experiencia era vertiginosa y todo lo que sentía acrecentaba su confusión. Desmond era mucho más fuerte que ella.

—Se supone que es el compromiso, no la luna de miel —bromeó Cassie.

El magnate sonrió con expresión esperanzada.

—¿De veras? Cassie, ¿es nuestro compromiso? —Desmond no daba crédito a sus oídos.

Pero Cassie aún no estaba segura. Todo era muy inesperado.

—No lo sé... no me lo esperaba...

La joven no estaba enfadada con él y no lo había rechazado.

—No espero que de la noche a la mañana te enamores de mí. Sé que aprecias a tu amigo de la RAF... y si... si crees que... Cassie, has de hacer lo que consideres mejor para ti... ¿Qué relación mantienes con él?

—Aún le quiero. —Se consideraba incapaz de amar a alguien que no fuese Nick—. Pero dice que nunca se casará conmigo... la última vez que lo vi se enfureció a causa de la gira y desde entonces no he tenido noticias ni creo que las tenga. —Lo miró desolada al recordar su último encuentro con Nick y pensó que con Desmond todo era distinto.

—¿Cuál es nuestra situación? —preguntó el magnate.

Cassie lo miró y tembló. Desmond era muy bueno y comprensivo. Después de todo lo que había hecho por ella, no podía abandonarlo. Pero no le parecía justo amar a un hombre y casarse con otro. Básicamente era injusto con Desmond, que, de todos modos, parecía dispuesto a aceptar la situación. Estaba convencida de que Nick jamás se casaría con ella. El piloto era demasiado terco. Por otra parte, Desmond y ella tenían muchas cosas en común, compartían las mismas inquietudes y proyectos. Juntos podrían hacer grandes cosas. Con tiempo tal vez llegase a amarlo tanto como a Nick. En muchos aspectos se interesaba por él. Y el matrimonio sería el vínculo definitivo entre ellos. De todos modos, le costaba pensar en casarse con alguien que no fuese Nick Galvin.

—No lo sé. No quiero decepcionarte. Has pasado por dos matrimonios fracasados. Yo...

Cassie percibió la decepción de Desmond. Parecía suplicarle sin pronunciar palabra y lo único que ella deseaba era satisfacerlo. Quería ayudarlo y estar a su lado... tal vez eso significaba que lo apreciaba mucho.

—Sé cuánto representa ese hombre para ti —dijo Desmond—. Cass, no pretendo reemplazarlo de la noche a la mañana... lo entiendo... pero te quiero.

—Yo también te quiero —murmuró ella. Desmond sólo había hecho cosas buenas por ella. Desde el principio había sido maravilloso y ahora quería dárselo todo, quería convertirla en su esposa. La idea la hizo sonreír. La situación era realmente asombrosa.

—Si no funciona, nos divorciaremos —aseguró el magnate como si quisiera darle garantías.

Semejante sugerencia horrorizó a la joven.

—Yo jamás me divorciaría. —Su única referencia era el matrimonio de sus padres—. No quiero parecer desagradecida... ni vacilante... —Buscaba las palabras mientras Desmond la observaba.

Los ojos del magnate no se apartaron de ella y Cassie percibió la fuerza de su deseo, que pareció taladrarla. Se sobresaltó cuando Desmond le asió la mano y se sentó a su lado. Notó la fuerza del deseo de Desmond y todo lo que quería darle.

—Cass, jamás te haré daño y siempre dejaré que seas tú misma. Si nos casamos podrás ser y hacer lo que quieras.

—¿Deseas tener hijos? —preguntó Cassie con cierto apuro, pues se trataba de una cuestión íntima y la relación hasta entonces no se había planteado en esos términos.

—Para mí no son importantes —repuso él—. Quizá algún día me apetezca, si tú también lo quieres. Creo que es un punto muy delicado. Te aguardan muchas cosas importantes en la vida. Ser madre es más adecuado para mujeres como tus hermanas. Es su trabajo. Tú tienes el tuyo, que es trascendental. No me niego a tener hijos, sólo pregunto si de verdad aspiras a ser madre.

—Nunca he estado segura. Hasta hace poco pensaba que no me interesaba.

Sólo cuando Nick le declaró su amor Cassie empezó a pensar que le encantaría ser madre. No estaba dispuesta a rechazar precipitadamente la maternidad. Era demasiado joven para tomar esa decisión y el magnate lo percibió.

—En el futuro tendrás tiempo para decidir. A los veintiún años eso no es tan importante. Además, debes pensar en la gira.

Esto era lo que realmente los unía.

—Desmond, no sé qué responder. —Cassie estaba al borde de las lágrimas.

—Di que te casarás conmigo —repuso él y le posó el brazo sobre los hombros—. Di que confías en mí... di que, pese a que ahora no estás segura, algún día me amarás. Cass, te adoro. Te quiero con toda mi alma.

Cassie no podía darle más largas. Tampoco podía esperar toda la vida a Nick. Su padre se lo había dicho claro la última vez que el piloto había estado en Good Hope: si no estaba dispuesto a casarse con ella, no tenía derecho a entrometerse en su futuro ni en sus decisiones.

—Sí... —susurró Cassie finalmente. Desmond la miró azorado—. Sí —repitió Cassie con un hilo de voz. Desmond la besó largamente. Cassie temblaba de emoción—. Mis padres se quedarán de piedra —dijo. De pronto pensó que a partir de ahora todo sería distinto. Se le ocurrió una idea—: ¿Quieres venir a casa a pasar las Navidades conmigo?

Si se casaban, era importante que Desmond tratase a sus padres, que ni siquiera recordaban que lo habían conocido durante el funeral de Chris. Sin duda el anuncio de la boda supondría una Navidad inesperadamente feliz para los O'Malley.

La invitación pareció incomodar al magnate. Hacía años que no pasaba las Navidades en familia. Ya ni siquiera las echaba de menos.

—Cass, cariño, no deseo molestar... No creo que sea bueno que vaya este año. Tus padres tendrán que asimilar demasiadas cosas. Además, las fiestas no son mi fuerte.

Cassie se sintió decepcionada.

—Por favor, Desmond, ven conmigo. Pensarán que me lo he inventado y que robé la sortija.

—No digas tonterías. Te llamaré tres veces por día. Como sabes, tengo muchísimo trabajo. Cuando vuelvas iremos un fin de semana a esquiar. —Lo que menos le interesaba era pasar las navidades de Illinois en compañía de los O'Malley.

—No quiero ir a esquiar, quiero que vengas a casa conmigo —insistió ella. Pero las emociones pudieron con ella: acababa de prometerse con Desmond Williams. ¡Era asombroso!

—Te prometo que iremos el año que viene —declaró Desmond con firmeza.

—De acuerdo —cedió Cassie—. Pero ten en cuenta que no sólo te casas conmigo, sino con mi familia... y somos un montón. —Cassie sonrió al pensar en el alboroto que provocaría cuando anunciase su compromiso.

—Pero recuerda que tú eres única —repuso él impetuoso, y volvió a besarla.

Cassie pensó en Nick durante una fracción de segundo y comprendió que lo había traicionado. También se acordó de sus advertencias sobre Desmond. Estaba equivocado: Desmond era un buen hombre. La amaba, y con el tiempo ella llegaría a quererlo y vivirían una existencia maravillosa.

—¿Para cuándo fijamos fecha? —preguntó el magnate, interrumpiendo los pensamientos de Cassie, al tiempo que servía champán—. Me parece que no podré esperar demasiado ahora que me has dado el sí. Tendrás que pedirle a Nancy que te proteja. —Desmond sonrió y Cassie se ruborizó.

—Descuida, se lo diré —musitó Cassie.

—¿Qué te parece el día de San Valentín? —propuso Desmond—. Sé que suena trillado, pero me gusta.

El magnate hablaba como si estuviera planeando la gira, pero a Cassie no le importó. Se había acostumbrado a que Desmond lo controlara todo y sabía que tomaba en cuenta sus opiniones. ¡Todo era tan romántico...! Contraería matrimonio con el hombre por el cual cualquier mujer habría dado el brazo derecho, y quería que se casaran el día de los Enamorados. Cassie se dijo que la situación era casi perfecta. Sólo habría sido perfecta si... si Nick hubiera pensado de otra manera... Pero ahora no podía pensar en él, debía olvidarlo. Se aferraría para siempre a su sueño, y ya no habría nada más.

—Faltan menos de dos meses para el día de San Valentín —comentó—. ¿Celebraremos una boda por todo lo alto?

Cassie miraba la sortija y la movía para hacer centellear el diamante, que parecía un foco. Todo le resultaba irreal.

—¿Te gusta? —preguntó Desmond, y la abrazó y la besó.

—Me encanta —admitió Cassie.

Ni ella ni nadie de su familia había visto jamás un diamante tan grande. Era increíble... y Desmond Williams también lo era.

—En respuesta a tu pregunta —dijo el magnate mientras Cassie volvía a jugar con la sortija y bebía champán—, prefiero que no celebremos una boda rimbombante. Me gustaría que fuera sencilla y que sólo asistan personas muy escogidas. —La besó otra vez y prosiguió—: Amor mío, puede que para ti sea la primera boda... pero no es mi caso. Tratándose de la tercera, debería ser discreta para provocar pocos comentarios.

—Entiendo...

A Cassie no se le había ocurrido, pero Desmond tenía razón. Además, como él estaba divorciado no podían casarse por la iglesia. Se preguntó si a sus padres les importaría, aunque en realidad nunca habían sido muy religiosos.

—Antes que lo olvide, ¿qué religión profesas? —preguntó con inocencia—. Yo soy católica.

Desmond sonrió. En algunos aspectos Cassie seguía siendo una niña, y eso le encantaba.

—Lo suponía. Soy episcopalista. Creo que con un juez simpático y amable será suficiente, ¿no estás de acuerdo? —Cassie se dejó arrastrar por la oleada de entusiasmo del magnate y asintió—. Necesitarás un hermoso vestido... yo diría que corto y muy elegante, de raso blanco. Y un sombrero con un pequeño velo. Es una pena que no podamos encargarlo en París...

Sombreros de París, sortijas con diamantes de quince quilates, la boda con Desmond Williams el día de San Valentín... Cassie lo miró y se preguntó si estaba soñando. El magnate, sentado a su lado, hablaba de un vestido blanco y de un sombrero con velo. Ella lucía en el dedo el diamante más grande que había contemplado en su vida y de pronto, los ojos se le llenaron de lágrimas.

—Desmond, dime que no estoy soñando.

—Cariño, no estás soñando. Estamos prometidos y muy pronto nos casaremos, para bien o para mal, hasta que la muerte nos separe.

—¿Prefieres que nos casemos en California? —preguntó Cassie y se apoyó en su hombro.

No podía asimilar tantas cosas, de sólo mirarlo le temblaban las piernas. Comprendió con mayor claridad que nunca que

Desmond era un hombre muy poderoso y de buena planta. Poseía una sensualidad que siempre controlaba, pero en ese momento percibió su proximidad y su excitación. Desde que le propuso matrimonio no había dejado de besarla y Cassie sentía que el mundo le daba vueltas.

—Me parece que deberíamos casarnos aquí. Cass, no podemos celebrar una ceremonia religiosa en Illinois. Aquí será más sencillo, más discreto y habrá que dar menos explicaciones.

—Supongo que tienes razón. Espero que mis padres asistan.

—Por supuesto. Iremos a buscarlos en avión y se hospedarán en el Beverly Wilshire.

—A mi madre le dará un desmayo. —Sonrió.

—Esperemos que no.

Desmond la estrechó entre sus brazos y se olvidaron de cuanto habían organizado. Cassie era tan joven, tan dulce y tan inocente que estuvo a punto de sentirse culpable de besarla... aunque ahora aspiraba a mucho más. Pero todavía era prematuro para eso.

Esa noche, el magnate le telefoneó en cuanto llegó a su casa y nuevamente, como siempre, a las tres y media de la madrugada. Para Cassie era muy emocionante saber que pronto se convertiría en su esposa y que unirían sus vidas para siempre. Decidieron mantenerlo en secreto hasta que ella lo comunicase a sus padres. Los dos sabían que el país compartiría su alegría.

Desmond la llevó al aeropuerto y Cassie hizo las comprobaciones de rigor en el avión en el que volaría a Good Hope. En esta ocasión el magnate insistió en que pusiera mucho cuidado.

—No te preocupes. El compromiso no me ha afectado el cerebro. —Cassie sonrió y lo besó. Uno de los miembros del personal de tierra los miraba y reía—. Si no nos andamos con cuidado la prensa se enterará.

—Señorita O'Malley, la prensa podría publicar algo más espectacular si no se da prisa y se casa pronto conmigo.

—¡Sólo me lo has pedido anoche! Por Dios, necesito tiempo

para comprar un vestido y un par de zapatos. No pretenderás que me case de uniforme, ¿verdad?

—¿Por qué no? O tal vez con menos ropa. Tendría que ir contigo a Illinois. —Sólo era una broma. Desmond estaba muy ocupado con la preparación de la gira del Pacífico. De todos modos, lamentó que no la acompañara.

—Mis padres se llevarán un fiasco. —Pat y Oona querrían ver a Desmond cuando se enterasen de la gran noticia. Cassie aún no terminaba de creérselo, a pesar de que llevaba la sortija. Jamás olvidaría la delicadeza con que la había pedido en matrimonio.

—Amor mío, pilota con serenidad —le repitió por enésima vez.

Minutos después, Desmond se apartó del aparato y la despidió con la mano a medida que el avión rodaba por la pista. El vuelo transcurrió sin novedad. Durante el trayecto tuvo mucho tiempo para pensar en Desmond y en Nick. En el fondo lo adoraba, pero Nick había elegido y ella también. Ahora cada uno debía seguir su camino.

El vuelo a Good Hope duró siete horas. Aterrizó a la hora de comer y Billy fue la primera persona con quien se encontró.

—¿Estás listo para viajar conmigo a California la semana próxima? —preguntó.

Billy estaba dispuesto a viajar esa misma noche. Hacía semanas que no pensaba en otra cosa. Cuando Cassie firmó el diario de navegación, el muchacho vio el anillo y se sorprendió.

—¿Qué es eso? ¿Un ovni?

—Más o menos. —Cassie lo miró y repentinamente se sintió incómoda, aunque pensó que tarde o temprano tendría que decírselo—. Es mi sortija de compromiso. Desmond y yo nos prometimos anoche.

—¿Te has prometido? —Billy la miró incrédulo—. ¿Qué pasa con Nick?

—¿Con Nick? —repitió Cassie fríamente.

—Perdona... lamento haber hecho esta pregunta... ¿Lo sabe?

¿Se lo has dicho? —Cassie negó con la cabeza—. ¿Piensas decírselo? ¿Le has escrito?

—Él no me escribe —repuso con pesar. Le pareció que Billy intentaba hacerla sentir culpable—. Tarde o temprano se enterará.

—Sí, supongo que sí —murmuró Billy, confundido. Sabía que Nick y Cassie se querían mucho—. ¿No crees que se volverá loco?

Cassie se esforzó por contener las lágrimas, pero había tomado una decisión y no podía dar marcha atrás. El magnate quería casarse con ella. Nick se había negado.

—Billy, no puedo evitarlo —reconoció con pena—. Cuando se fue dijo que esperaba que me casase con otro.

—Espero que hablara en serio —repuso Billy, y llevó a Cassie a casa de sus padres.

Todos la esperaban. Una de sus hermanas lanzó una exclamación y señaló la mano de Cassie.

—¡Dios mío! ¿Qué es eso? —preguntó Megan.

Glynnis y Colleen se lo dijeron a Oona, que jugaba con sus nietos.

—Me parece que es una bombilla —bromeó el marido de Colleen.

—Creo que tienes razón. —Megan le siguió el juego mientras sus padres cambiaban una mirada.

Cassie no había hecho ningún comentario al respecto cuando hablaron por teléfono.

—Es mi sortija de compromiso —explicó Cassie.

—¿Y quién es el afortunado? —dijo Glynnis—. ¿Alfred Vanderbilt?

—No. Es Desmond Williams.

En ese momento sonó el teléfono. Era Desmond.

—Acabo de comunicarles la noticia. A mis hermanas les dio un ataque cuando vieron el anillo.

—¿Qué han dicho tus padres?

—De momento no han tenido tiempo de reaccionar.

—¿Puedo hablar con tus padres?

Cassie le pasó el auricular a Pat. Sus hermanas estaban muy

agitadas y sus cuñados le tomaban el pelo. Acababa de contarles que se casaría en Los Angeles el día de los Enamorados y que Desmond llevaría a sus padres en avión para la boda.

Oona y Pat habían terminado de hablar por teléfono. Su madre lloraba quedamente, algo que en los últimos tiempos hacía a menudo, y la abrazó con todas sus fuerzas.

—Parece una buena persona. Me prometió que siempre cuidará de ti.

Oona besó a Cassie. Pat también parecía contento. El magnate le había dicho todo lo que esperaba oír.

Esa noche, cuando se quedaron a solas, Pat le hizo dos preguntas a su hija.

—Cass, ¿qué pasa con Nick? Algún día regresará. No puedes estar eternamente enfadada con él ni casarte con otro por despecho. Es una actitud pueril y el señor Williams no se lo merece.

Aunque la conversación telefónica lo había satisfecho, Pat quería confirmar que su hija jugaba limpio con el magnate y consigo misma.

—Te juro que no me caso por despecho. Me lo propuso la otra noche y me sorprendió... Está muy solo y ha tenido una vida tan triste... Es un buen hombre. Por extraño que parezca, lo quiero, aunque no como a Nick. Somos amigos y estoy en deuda con él por lo mucho que ha hecho por mí.

—Cassie O'Malley, tú no le debes nada a nadie. El señor Williams te paga un salario que ganas con el sudor de tu frente.

—Lo sé. Pero ha sido muy generoso conmigo. Me gustaría ayudarlo. Sabe mi relación con Nick y dice que lo comprende. Papá, estoy segura de que con el tiempo acabaré amándolo.

—¿Y Nick? ¿Qué pasa con Nick? —Pat la miró a los ojos—. ¿Ya no lo amas?

—Papá, todavía lo amo, pero nada cambiará. —Cassie suspiró—. Cuando vuelva me repetirá las razones por las que no puede casarse conmigo: es demasiado mayor y no tiene dinero. Quizá, en el fondo, no me ama. Desde que se marchó no me ha escrito. Y al marcharse insistió en que nada de vínculos, compromisos ni futuro. Papá, Nick no me desea y Desmond sí. Además, me necesita.

—¿Podrás soportarlo sabiendo que amas apasionadamente a otro hombre?

—Creo que sí —replicó en voz baja.

Reconoció que el mero hecho de pensar en Nick aún le hacía temblar las rodillas. El piloto se había vuelto más real ahora que Cassie estaba en Good Hope. Pero tenía que apartarlo de su mente.

—Cassie O'Malley, será mejor que estés totalmente segura antes de casarte con el señor Williams.

—Lo sé y lo estoy.

—Cuando Nick regrese no permitiré que engañes a tu marido y te largues con él. En esta familia una mujer casada es una mujer casada.

—Sí, papá.

Cassie quedó impresionada por las palabras de Pat.

—Da igual donde se celebre la boda, el matrimonio es una promesa solemne y sagrada.

—Papá, lo sé.

—Espero que no lo olvides y que honres a tu futuro marido. El señor Williams te quiere.

—Te prometo que no defraudaré a Desmond... ni a ti.

Pat asintió, satisfecho. Aún estaba pendiente una cuestión. Tal vez fuera injusto, pero necesitaba plantearlo.

—¿Recuerdas lo que dijo Nick acerca de que Williams intentaría casarse contigo antes de la gira para obtener publicidad? ¿Crees que se trata de eso, o es sincero? Yo no lo conozco, pero quiero que reflexiones al respecto.

Las palabras de Nick habían resonado en los oídos de Pat en el mismo momento en que Cassie había anunciado su boda con Desmond Williams. Al fin y al cabo, su hija sólo tenía veintiún años y era muy ingenua. Williams, de treinta y cinco, era un hombre de mundo. No le habría costado nada engañarla. Cassie lo pensó y negó con la cabeza. Tenía la certeza de que Nick se equivocaba.

—No creo que sea capaz de hacerme algo así. Es una coincidencia. Hemos trabajado juntos desde que accedí a hacer la gira... y Desmond se sentía muy solo. Considero que lo que dijo Nick también es una coincidencia. Fue muy mezquino de su parte. Sospecho que estaba celoso.

Pat asintió, deseoso de creerle.

—Eso no es nada comparado con lo que dirá cuando se entere de que te has casado. Y eso que se lo avisé.

—Ya lo sé. Nick no quiere comprometerse con nadie... y aún menos conmigo...

Ciertamente Cassie tenía un futuro esplendoroso y Pat se alegró de sus respuestas. La miró con ternura, le cogió la mano y le dio un beso en la mejilla. A ambos se les llenaron los ojos de lágrimas cuando él dijo:

—Cassandra Maureen, tienes mi bendición.

16

Cassie estuvo en Good Hope hasta la mañana del 31 de diciembre. Billy y ella volaron juntos a Los Angeles. La partida fue muy emotiva para todos. En esta ocasión toda la familia acudió al aeropuerto, incluidos los pequeños Annabelle y Humphrey.

Cassie quería pasar la Nochevieja con Desmond. Cuando llegó a Los Angeles, éste la esperaba en la pista. Llevaba un abrigo azul marino que el viento agitaba y a sus espaldas el sol se hundía en el horizonte. Era muy apuesto, muy alto y distinguido. Se trataba de un hombre realmente aristocrático y formaban una pareja de ensueño.

Desmond subió ágilmente a la carlinga y la besó sin darle tiempo a que se levantara del asiento. El magnate prácticamente no reparó en Billy, que mientras se besaban, volvió la cabeza divertido.

—Por fin, señorita O'Malley... la he echado mucho de menos.

—Y yo —replicó ella y sonrió.

La víspera, Cassie había cenado con su familia en pleno y todos brindaron por su compromiso. Estaban entusiasmados con la boda, que tendría lugar en seis semanas, y deseaban conocer al novio. Cassie se había convertido en la gran triunfadora de la familia. Era una estrella y la sortija que centelleaba en el anular de su mano izquierda parecía demostrarlo.

En cuanto Desmond le dio la bienvenida, Billy recogió sus cosas y se dispuso a bajar del aparato.

—Tengo una sorpresa para ti —le dijo Desmond rebosante de euforia.

—¡Por favor, basta de sorpresas! —exclamó ella encantada, y se recostó en el asiento—. Hace una semana que vivo de sorpresa en sorpresa.

Aún le costaba creer que se habían prometido. Tenía la sensación de que siempre había pertenecido a Desmond. Empezaba a asumirlo y le gustaba, pues su novio era un hombre fascinante.

Durante su estancia en Illinois había pensado mucho en Nick, pero él había renunciado a ella deliberadamente. En cambio Desmond la deseaba y la necesitaba. Estaba decidida a ser una buena esposa. Sonrió mientras estas ideas discurrían por su mente y el magnate volvió a besarla y la acarició el rostro. El personal de tierra aguardaba al pie del avión. La noticia había corrido como reguero de pólvora: O'Malley no tardaría en convertirse en la esposa de Desmond Williams.

—¿De qué sorpresa se trata? —preguntó Cassie.

Mientras les observaba, Billy se dijo que era evidente que Williams estaba enamorado de Cassie; lo lamentó por Nick Galvin. Cuando se enterase de que la había perdido se derrumbaría.

—Afuera aguardan unos amigos —dijo Desmond y ladeó la cabeza con una mueca juvenil que hizo sonreír a Cassie—. Me siento tan exultante que me he ido de la lengua... Unos chicos de la AP quieren hacernos una foto. Se pelean por ver quién lo consigue primero. Les expliqué que estabas fuera y pensaron... les dije que regresabas esta tarde, pero cuando llegué me los encontré aquí... Cass, te ruego que no te enfades conmigo. ¿Estás muy cansada? Me resultó imposible ocultarles nuestro compromiso... estoy tan orgulloso...

Desmond parecía más pueril y vulnerable que nunca. A veces se mostraba como un magnate o un aguerrido hombre de negocios, y otras se asemejaba a un adolescente. Cassie tuvo ganas de abrazarlo.

—No importa. Yo tampoco puedo mantener la boca cerrada. En Illinois se lo conté a todos. Supongo que si hubiera habido periodistas se habrían apostado en la puerta de casa.

Cassie se puso de pie en la reducida carlinga y recogió el bolso de vuelo, en el que llevaba el diario de navegación y los mapas. Desmond se lo quitó de las manos y miró a Billy, como si de repente reparara en él.

—Creo que no nos vendrá nada mal contar con tu copiloto. Puede reunirse con nosotros.

Desmond sonrió a Billy, pero éste se sintió incómodo.

—No me gustaría importunar...

—Tranquilo, chico, tranquilo.

El magnate insistió en que Billy los acompañara mientras Cassie se peinaba y se pintaba los labios.

Desmond fue el primero en apearse del avión y luego Cassie. Al bajar se dispararon los flashes y quedó medio cegada. Desmond y ella saludaron a la prensa y, a renglón seguido, el magnate se volvió y la besó. Cassie se sorprendió al comprobar que les aguardaban cerca de veinte fotógrafos. Éstos ni siquiera se percataron de la presencia de Billy.

—¿Cuándo es el gran día? —preguntó el cronista del *Los Angeles Times* mientras el reportero del *Pasadena Star News* hacía otra foto.

El fotógrafo del *New York Times* tomó dos instantáneas y el periodista del *San Francisco Chronicle* preguntó por la gira del Pacífico y por la luna de miel.

—Con calma, con calma... —Desmond rió afablemente—. El gran día es el de San Valentín... La gira del Pacífico se realizará en julio... y he de decir que no pasaremos la luna de miel en el *Estrella polar*. —Era el nombre con que Cassie había bautizado el avión en que realizaría la gira.

Les hicieron muchas preguntas más y todo el tiempo Desmond estuvo a su lado, sin dejar de sonreír y complacer a la prensa, mientras Cassie intentaba recuperar el aliento y asimilar los acontecimientos.

—Chicos, creo que eso es todo —concluyó finalmente el magnate con cordialidad—. Mi prometida acaba de hacer un largo vuelo y está exhausta. Gracias por venir.

Les hicieron unas cuantas fotos más mientras subían al Packard de Desmond, al tiempo que un miembro del personal de tierra acompañaba a Billy. Cassie saludó a los periodistas mientras se alejaban. Se había convertido en la prometida del año y en la novia de América, con su traje de piloto.

—¿No te resulta extraño? —preguntó Cassie, que todavía no acababa de asimilarlo—. Nos tratan como a estrellas del cine. Están pendientes de todo.

En Illinois la habían parado por la calle para preguntarle por la gira del Pacífico... y todavía no se habían enterado de su compromiso.

—Cass, la gente adora los cuentos de hadas —precisó Desmond mientras la llevaba a su apartamento. La había echado de menos—. Es muy agradable poder contárselos.

—Supongo que sí, pero no deja de resultarme extraño formar parte de un cuento de hadas. Sigo siendo la Cassie de siempre y sin embargo actúan como si... no lo sé... como si fuera otra persona, alguien que ni siquiera yo conozco... Y ahora quieren saberlo todo, quieren entrometerse en mi vida privada.

Cassie tenía la sensación de que el público quería apoderarse de ella y eso la incomodaba. Una noche había intentado explicárselo a su padre y Pat dijo que, después de la gira, sería aún peor. Bastaba con pensar en el precio que el pobre Lindbergh había pagado, el secuestro y asesinato de su hijo pequeño... El precio de la fama podía resultar aterrador. De todos modos, Pat suponía que Desmond la protegería de esos inconvenientes.

—Cass, ahora les perteneces —dijo él. Daba la impresión de que lo aceptaba—. Desean saber de ti y ocultarse no sería justo. Les gustaría compartir tu felicidad. Puedes ofrecerles algo muy bonito.

Cassie pensó que Desmond parecía tener una gran deuda con el público.

Cassie no estaba preparada para el interés que despertó durante las seis semanas anteriores a la boda. La seguían a todas partes y la fotografiaban allá donde fuese: en el hangar, en el despacho mientras estudiaba cartas y mapas con Billy, a la salida del apartamento, de camino al trabajo, en los grandes almacenes, mientras seleccionaba el vestido de novia y siempre que estaba con Desmond.

Cada vez que salía se hacía acompañar por Nancy Firestone y en ocasiones intentó ocultarse tras un gran sombrero o un pañuelo y gafas de sol. La perseverancia de la prensa era pasmosa. Los periodistas se colgaban de escaleras de emergencia y de cornisas, se subían a las marquesinas, se ocultaban entre los arbustos y en el interior de los coches. La asediaban constantemente y desde los sitios más insólitos. A principios de febrero Cassie pensó que se volvería loca. Nancy no le servía de mucha ayuda. Pese a ser una mujer muy organizada, parecía que en ese momento la acuciaban muchos problemas y se mostró menos interesada que de costumbre por los detalles de la boda de Cassie. Desmond le dijo que no se preocupara y encomendó a la señorita Fitzpatrick y a una colaboradora la solución de los pormenores. Bastaba con que Cassie tratase con la prensa y se preparara para la gira del Pacífico. El magnate no quería que se distrajera organizando la boda.

Cuando Cassie intentó hablarle de Nancy Firestone, Desmond no le prestó atención. Deseaba decirle que en los últimos tiempos Nancy parecía molesta con ella. La mujer se había mostrado irritable y distante desde el anuncio de la boda. Su actitud era incomprensible. Parecía pasar menos tiempo con ella y la única vez que Cassie la invitó a cenar, Nancy replicó que tenía que quedarse en casa y ayudar a Jane con las tareas escolares.

—No sé qué le pasa. Me siento fatal. Por momentos pienso que me detesta.

No habían llegado a intimar como Cassie había supuesto, pero siempre se habían llevado bien y disfrutaban de su mutua compañía.

—Es probable que la boda la haya trastornado —reconoció

Desmond con la fría racionalidad con que los hombres analizan una situación—. Seguramente recuerda a su marido y ha tomado distancias para no involucrarse demasiado. Supongo que evoca recuerdos dolorosos. —El magnate sonrió. Cassie era demasiado inocente—. Ya te he dicho que la señorita Fitzpatrick se ocupará de todo.

—De acuerdo. Creo que tienes razón. Me siento como una tonta por no haberme dado cuenta.

Cuando volvió a ver a Nancy, pensó que la explicación de Desmond encajaba perfectamente. Nancy se mostró distante y susceptible cuando Cassie le pidió consejo sobre algo relacionado con la boda. A partir de ese momento y por el bien de Nancy, Cassie se tomó al pie de la letra las palabras de Desmond y no volvió a consultarla.

Hizo lo imposible por mostrarse amable con los periodistas, pero hubo momentos en que la abrumaron.

—¿Nunca me dejarán en paz? —preguntó un día en que entró en casa de Desmond por la puerta de servicio y, agotada, se dejó caer en una silla.

Había intentado llevar cosas de su piso a la residencia de Desmond y seguramente alguien había pasado el dato a los chicos de la prensa. Llegaron en tropel sin darle tiempo a franquear la puerta y a partir de ese momento se produjo un caos.

Media hora más tarde, Desmond se asomó por la puerta principal y los periodistas lo asediaron. Desmond la convenció de que saliera y posara para unas pocas fotos. El magnate tenía mano ancha con la prensa y procuraba satisfacerla en todo.

—¿Está nerviosa? —preguntó un cronista.

Cassie sonrió y asintió.

—Lo único que temo es encontrarme con vosotros el día de mi boda —bromeó.

Los periodistas rieron y exclamaron:

—¡Allí estaremos!

Pocos minutos después, Desmond y Cassie entraron en la residencia y los reporteros se fueron... hasta la mañana siguiente.

Los padres de Cassie llegaron la víspera de la boda. Desmond les había reservado una suite en el Beverly Wilshire. Al final sus hermanas no pudieron asistir. Era demasiado complicado con tantos niños. Cassie se emocionó cuando Desmond pidió a Billy que fuera su testigo. Durante la boda todo quedaría en casa. Su padre la entregaría al novio y la ceremonia estaría presidida por un juez. Cassie había pedido a Nancy Firestone que fuese su dama de honor. Al principio se había negado, aduciendo que tendría que serlo una de sus hermanas, pero finalmente cedió. Escogieron para Nancy un vestido de raso gris y para Cassie uno blanco, de corte exquisito, firmado por Schiaparelli. I. Magnim le confeccionó un sombrerito a juego, de velo blanco corto, y Cassie llevaría en la mano un ramo de orquídeas blancas, muguete y rosas del mismo color.

Desmond le había regalado el collar de perlas de su madre y un espectacular juego de pendientes con perlas y diamantes.

—Hija mía, te convertirás en la novia del año —comentó Oona, orgullosa y emocionada cuando vio a su hija en el hotel. Se le llenaron los ojos de lágrimas y pensó que nunca había visto tan radiante a Cassie. La muchacha estaba muy nerviosa—. Cassie, qué guapa estás. —Suspiró y añadió ufana—: ¡Cada vez que cojo un diario o una revista veo tu foto!

El día de la boda transcurrió según lo previsto. Fotógrafos, reporteros y equipos de filmación de los noticiarios aguardaban a las puertas del juzgado en que contrajeron matrimonio. Hasta la prensa internacional hizo acto de presencia. Les lanzaron arroz y flores cuando se encaminaron al Beverly Wilshire, donde Desmond había organizado una pequeña recepción. Encontraron una multitud en las puertas y en el vestíbulo del hotel porque alguien había filtrado a la prensa que irían allí.

Desmond invitó a un puñado de amigos y también asistieron algunos de los ingenieros más importantes de Williams Aircraft, incluido el que diseñó el avión que pilotaría Cassie en la gira del Pacífico. El grupo era impresionante y la recién casada parecía una celebridad de Hollywood. Cassie era la mujer más hermosa que Desmond había visto en su vida y se sintió exultante mientras bailaban el *Danubio azul*.

—Amor mío, estás deslumbrante —la piropeó orgulloso y sonrió—. Nadie podía imaginar que la chica cubierta de grasa que conocí bajo la panza de un avión sería tan hermosa. Cuánto lamento no tener una foto tuya de aquel día... jamás lo olvidaré.

Cassie le golpeó el hombro con el ramillete de novia y rió dichosa mientras sus padres la contemplaban extasiados.

Fue un día perfecto. Cassie bailó sucesivamente con Desmond, su padre y Billy. El joven estaba muy apuesto con el traje que había comprado para la ocasión. Se lo pasaba en grande en Los Angeles, sobre todo con la fortuna que ganaba. Además, disfrutaba con los vuelos y los aviones con que siempre había soñado.

—Señora O'Malley, tiene usted una hija maravillosa —dijo Desmond a su suegra.

Cassie le había regalado un vestido azul, del mismo color que sus ojos, y un sombrero a juego. Oona estaba muy elegante y se parecía mucho a su hija.

—Es una joven muy afortunada —reconoció Oona tímidamente. Estaba tan impresionada por la elegancia y la mundanidad de Desmond que apenas se atrevía a dirigirle la palabra. Pero el magnate se mostraba amable con ella.

—Digamos que el afortunado soy yo —dijo.

Al cabo de un rato, Pat propuso un brindis y les deseó muchos años de felicidad y muchos hijos.

—¡No antes de la gira del Pacífico! —señaló Desmond y todos rieron—. ¡Eso será inmediatamente después!

—¡Viva los novios! —exclamó Pat.

Desmond dejó entrar a los fotógrafos para que los retrataran. Los reporteros entraron atropelladamente, guiados por Nancy Firestone. Tomaron conmovedoras fotos de la novia bailando con Desmond y luego con su padre. Alguien recordó que Pat era un as de la aviación de la Gran Guerra y Cassie les proporcionó todos los detalles, pues sabía que eso le gustaría a su padre.

Finalmente, bajo una lluvia de pétalos de rosa y de arroz, escaparon hacia la limusina que los aguardaba. Cassie se había puesto un vestido verde esmeralda y una gran pamela. Como después comprobaría en las fotos, estaba espectacular cuando Desmond la cogió en brazos y la introdujo en la limusina. Los recién casados se despidieron con la mano a través del cristal trasero mientras se alejaban. Oona lloraba y agitaba la mano mientras Pat permanecía junto a ella, con los ojos anegados en lágrimas.

Los desposados pernoctaron en el Bel Air Hotel y por la mañana volaron a México, a la playa desierta de una isla diminuta, en la que Desmond alquiló todas las habitaciones del único hotel a fin de preservar su intimidad. Era un establecimiento pequeño pero absolutamente privado. La arena de la playa tenía el color de las perlas, el sol era brillante y ardiente, en todo momento soplaba una suave brisa y por la noche los mariachis les daban serenatas. Era el rincón más romántico que Cassie había visto en su vida.

Cuando se tumbaron en la arena, Desmond mencionó que durante la gira visitaría sitios incluso más bellos y exóticos.

—No creo que tenga tiempo de ir a la playa o de estar contigo. —Sonrió—. Te echaré de menos.

—Cassie, realizarás una hazaña de la aviación. La gira es lo más importante. —Lo dijo con firmeza, como se habla a un niño que no presta atención a las lecciones.

—Para mí no hay nada más importante que nosotros —lo corrigió ella.

Desmond negó con la cabeza.

—Te equivocas. Lo que vas a hacer es muchísimo más importante. Te recordarán durante un siglo. Los hombres intentarán seguir tu ejemplo. Bautizarán aviones con tu nombre y diseñarán aparatos siguiendo las innovaciones del tuyo. Demostrarás que, si se dispone del avión adecuado, la travesía aérea intercontinental es segura. Influirás en infinidad de personas y de ideas. Ni por un instante pienses que la gira no es de la máxima importancia.

Desmond habló con tanta solemnidad que parecía que ella era una desconocida. A veces Cassie se preguntaba si Desmond exageraba la importancia de la gira, como si una actividad lúdica dejase de ser divertida y se volviese decisiva para la vida de todos. Claro que su propia vida dependía de esa actividad, lo mismo que la de Billy, pero ella jamás perdía de vista el placer de volar, que Desmond no conocía.

—Pues sigo pensando que lo más importante eres tú —insistió Cassie.

La joven se tendió boca abajo con su nuevo bañador blanco, hundió los codos en la arena y apoyó la cara en las manos. Desmond esbozó una sonrisa.

—Sabes, tu belleza es inaudita —declaró y clavó la mirada en su tentador escote. El cuerpo de Cassie era realmente provocador—. Me desconcentras.

—Me alegro —respondió ella—. Te hacía mucha falta.

—¡Eres una descarada!

El magnate se agachó y la besó. Poco después regresaron al hotel.

Desmond estaba tan sorprendido como ella por la facilidad con que habían congeniado. Al principio Cassie sintió cierto temor ante el hecho de hacer el amor, pero Desmond no se lo impuso y la noche que pasaron en el Bel Air se limitó a abrazarla, a acariciarla y a hablar de sus vidas, sus sueños y su futuro. Incluso hablaron de la gira y de lo mucho que significaba para los dos.

Ese ambiente permitió que Cassie se relajara. La tarde siguiente, cuando llegaron al hotel de la isla, Desmond la había desnudado suavemente y luego había contemplado su esbelto cuerpo. Cassie era alta y delgada, de pechos turgentes y redondos, cintura de avispa, muslos prietos pero atractivos y piernas casi tan largas como las de él. Entonces la había poseído lenta y delicadamente y, a lo largo de la última semana, le había enseñado el exquisito éxtasis de la unión de los cuerpos. Como en todo, Desmond hacía el amor con destreza y extraordinaria precisión. Cassie estaba preparada para recibirlo. Quería ser su esposa, estar a su lado, hacer el amor con él y demostrarle que alguien lo quería. Era lozana, joven, vital, entusiasta y excitante. Desmond era más reservado, pero Cassie lo arrastró a cumbres que había olvidado hacía mucho y gozó de la juventud y la espontaneidad que ella le ofreció.

Esa tarde, después de hacer el amor, el magnate murmuró:

—No se por qué, pero eres peligrosa.

Haciendo el amor con Cassie gozaba mucho más de lo que esperaba. La joven poseía calidez y sinceridad que, sumadas a su ardor, conmovían a Desmond.

—Quizá deberíamos quedarnos en casa fabricando niños —bromeó Cassie.

Pero al punto se arrepintió y se dijo que hablaba como sus hermanas. Se preguntó si a ellas les había ocurrido lo mismo. Era muy fácil dejarse llevar por el hombre amado y entregarse a los placeres del sexo y a sus consecuencias según el orden natural.

—Siempre pensé que mis hermanas se perdían muchas cosas por haberse casado muy jóvenes y tener muchos hijos —comentó mientras descansaban en la cama, con los cuerpos ardientes, húmedos y saciados—. Creo que ahora comprendo lo que ocurre. Es muy fácil dejarse llevar, casarse y tener hijos.

Desmond negó con la cabeza.

—Cass, tú nunca podrás hacerlo. Estás destinada a logros muy superiores.

—Tal vez, al menos de momento. —Quizá Desmond tenía razón. Pero en el presente sólo estaba destinada a los brazos de su marido y no deseaba nada más. Con eso le bastaba. Se conformaba con ser suya para siempre. Su descubrimiento de la faceta física de la relación la condujo a un lugar desconocido que hasta entonces no había comprendido y le encantó—. Pero algún día me gustaría ser madre.

El magnate le aseguró que él estaría dispuesto a complacerla.

—Pero antes tienes que hacer muchas cosas importantes. —Desmond volvió a hablar con tono de profesor.

Cassie sonrió, se volvió y lo acarició seductora con un dedo.

—Ahora mismo se me ocurren varias cosas importantes... —dijo con picardía la recién casada.

Desmond rió y se dejó mimar. Ocurrió lo que tenía que ocurrir.

El sol se ponía en la isla cuando se separaron después de hacer otra vez el amor.

—¿Qué tal la luna de miel? —preguntaron los periodistas desde el jardín de la residencia. Se habían enterado de que los Williams estaban a punto de llegar y, en cuanto la limusina se acercó, avanzaron en tropel.

En ocasiones Cassie se sorprendía de que siempre supieran dónde estarían y adónde irían.

Desmond se detuvo un momento a hablar con ellos y le tomaron numerosas fotos.

En la portada del número de *Life* de la semana siguiente, Desmond llevaba en brazos a Cassie mientras franqueaban el umbral.

A partir de ese momento la luna de miel terminó para Cassie. Habían sido dos semanas idílicas. La mañana siguiente al regreso, Desmond la despertó a las tres y a las cuatro Cassie ya estaba entrenando en el *Estrella polar*.

El programa era agotador y Billy y ella repitieron las maniobras mil veces y simularon todos los contratiempos imaginables: despegaron y aterrizaron con un solo motor y con los dos; volaron con los motores apagados y practicaron aterrizajes en pistas cortísimas y con racheados vientos de lado; también ensayaron aterrizajes bajo todo tipo de condiciones, desde las más favorables hasta las casi imposibles. Asimismo, simularon vuelos de larga distancia durante muchas horas. Cuando no volaban estudiaban gráficos, mapas meteorológicos y tablas de consumo de combustible. Celebraron reuniones con ingenieros y diseñadores y los mecánicos les enseñaron a realizar toda clase de reparaciones. Billy practicó muchas horas con el equipo de radio y Cassie con el simulador, a fin de aprender a volar a ciegas.

Cassie y Billy perfeccionaron notablemente sus habilidades. Formaban un buen equipo. En abril realizaron acrobacias que habrían dejado boquiabiertos a los aficionados de las exhibiciones aéreas. Estaban juntos catorce horas diarias.

Desmond la llevaba a trabajar a las cuatro de la madrugada y la recogía a las seis de la tarde. Regresaban a casa, donde Cassie tomaba una ducha, y luego cenaban. A continuación Desmond se retiraba a su estudio con el maletín lleno de notas y planes sobre la gira y, en los últimos tiempos, de solicitudes de visados. También se ocupaba de organizar el transporte de combustible a cada una de las etapas de la gira. También negociaba los contratos de los artículos y los libros que se escribirían una vez concluido el periplo. Por lo general, también llevaba papeles a los que Cassie debía echar un vistazo, información referente a las condiciones meteorológicas en el mundo, a nuevos e importantes avances aeronáuticos o a zonas que tendrían que evitar dada la gravedad de la situación mundial. Era como hacer las tareas escolares por la noche y, tras las agotadoras jornadas de vuelo, Cassie no solía estar de humor para ello. De vez en cuando le habría gustado salir a cenar con su marido o ir al cine. Al fin y al cabo, sólo tenía veintiún años y sin embargo Desmond la trataba como a un robot. Sólo asistían a los actos sociales que el magnate consideraba útiles para la promoción de su esposa.

—¿No podemos hacer algo que no tenga relación con la gira? —se quejó Cassie la noche en que Desmond le entregó un montón de papeles y le recordó que tenía que ocuparse de ellos sin demora.

—Ahora no. Ya te divertirás el invierno que viene, a no ser que te hayas propuesto emprender otro vuelo para batir récords. De momento sólo debes ocuparte de lo que tienes entre manos —repuso Desmond.

—Pero si es lo único que hacemos —insistió.

El magnate la miró con expresión de desaprobación.

—¿Te gustaría acabar como el *Estrella de las Pléyades*? —inquirió. Era el nombre del avión de Amelia Earhart y había ocasiones en que Cassie se sentía harta de oírselo repetir.

Le arrebató los papeles de las manos, subió al primer piso y cerró de un portazo la puerta de su estudio. Al cabo de un rato

Cassie se disculpó y, como de costumbre, Desmond se mostró comprensivo.

—Cassie, quiero que estés preparada al máximo para que no haya sorpresas desagradables.

Los dos sabían que había factores imprevisibles, como tormentas o problemas con los motores. De momento, Desmond había pensado hasta en el mínimo detalle.

Pat quedó impresionado por lo que su hija le contó sobre los preparativos. Desmond Williams era un genio de la planificación y la precisión, e incluso más en lo referente a las relaciones públicas. Pese a ser compulsivo a la hora de elaborar los planes, tomaba en consideración la seguridad y el bienestar de Cassie.

Como recompensa por tanto trabajo, a finales de abril la llevó a pasar un romántico fin de semana en San Francisco. Cassie disfrutó mucho, a pesar de que Desmond había concertado tres entrevistas.

En mayo, la campaña publicitaria se intensificó. Todas las semanas celebraban ruedas de prensa y Cassie aparecía en los noticiarios. Billy y ella hablaron por la radio y en clubes de mujeres. Recibieron diversos apoyos y posaron asiduamente para los fotógrafos.

Cassie tenía la impresión de que ya no tenía vida propia y, de hecho, era así. Cuanto más trabajaban y más se aproximaba la fecha del inicio de la gira, menos tiempo compartía con Desmond. Algunas noches el magnate incluso pasaba varias horas en su club para tomarse un respiro. A partir de finales de mayo, casi todas las noches repasaba documentos en su estudio hasta quedarse dormido.

Cassie estaba tan harta que Desmond le sugirió que pasara un fin de semana en Good Hope. Ella accedió encantada. Anhelaba ver a sus padres. Aunque suponía que no pasaría su cumpleaños con su marido, éste le regaló un hermoso brazalete de zafiros antes de que se fuera y dijo que celebrarían juntos los siguientes cincuenta. A Cassie no le resultó dramático que no estuviesen juntos en fecha tan señalada. Estaba tan tensa a causa de la gira que prácticamente no disfrutaba de nada. Parecía que, en los últimos tiempos, Desmond y ella se habían distanciado, pues su marido sólo se preocupaba de la gira.

Era absurdo. Estaba a punto de cumplir veintidós años y se había casado con uno de los hombres más importantes del mundo, era una de las mujeres más célebres y, sin embargo, se sentía inquieta y desdichada. Desmond sólo hablaba de la gira, sólo leía material referente a ella y pretendía que su esposa se dedicara exclusivamente a posar para los fotógrafos y a volar quince horas diarias. La vida no podía ser tan estrecha, pensaba Cassie; últimamente Desmond parecía ignorar que su mujer existía.

Ciertamente, la vida que compartían carecía de amor, sólo contaban la gira y la infinidad de preparativos.

—Maldita sea, ¿cuánto más podremos resistirlo? —preguntó a Billy durante el vuelo a Good Hope. El joven piloto había decidido acompañarla—. Te aseguro que a veces pienso que odio la aviación.

—Cass, te sentirás mejor cuando comience la gira. La espera se ha vuelto muy tensa.

Sólo faltaban cinco semanas y los dos estaban desquiciados. Cassie empezaba a recriminarle. Se había casado hacía tres meses y medio y tenía la impresión de que no había logrado aproximarse a Desmond más que antes de la boda. Sus noches no eran nada románticas, pensó mientras volaban hacia Illinois, pero no lo comentó con Billy.

Hablaron de las ruedas de prensa que Desmond había organizado en Los Angeles y Nueva York. Después de ese puente de descanso les esperaban en Chicago para una serie de entrevistas, aunque Cassie todavía no había aceptado.

—Cielos, ¿no es agotador? —preguntó Cassie y sonrió a Billy.

La joven estaba muy contenta de ir a Good Hope, pues necesitaba estar con sus padres.

—Supongo que, una vez lo hagamos, pensaremos que valió la pena —la alentó Billy.

Cassie se encogió de hombros.

—Ojalá no te equivoques.

Volaron un rato en silencio. Billy la observó. Últimamente la notaba muy cansada y alicaída. Sospechaba que la presión de la prensa la afectaba. Con él no se metían tanto. Los periodistas asediaban a Cassie y Billy no creía que Desmond hiciera el menor esfuerzo por protegerla, más bien parecía lo contrario.

—Cass, ¿estás bien? —Para el joven piloto Cassie era como su hermana o su mejor amiga. Pasaban juntos la mayor parte del día y nunca había roces ni discusiones. Cassie sería la acompañante perfecta en la gira del Pacífico y Billy se alegró de que lo hubiera elegido.

—Sí, estoy bien... me siento mejor. Tengo ganas de estar en casa y ver a mi familia.

Billy asintió. La semana pasada había ido a San Francisco a ver a su padre, que estaba muy orgulloso de él. Como sabía la importancia que Cassie atribuía a la familia, comprendía que ahora quisiera estar con los suyos, de la misma forma que él había tenido necesidad de ver a su padre. De repente, a solas en el avión, sintió el impulso de hacerle una pregunta que hasta entonces no se había atrevido a formular. Y no se contuvo:

—¿Has sabido algo de Nick?

Cassie contempló las nubes y luego negó con la cabeza.

—Nada. Nunca me ha escrito. Siempre quiso que los dos fuéramos libres y supongo que lo ha conseguido.

—¿Lo sabe? —inquirió Billy, apenado porque entre ellos las cosas no habían funcionado. Nick era un gran hombre y Cassie lo amaba. Lo supo desde el día en que los conoció y le pareció que estaban hechos el uno para el otro.

—¿Te refieres a Desmond? —puntualizó Cassie. Billy asintió con la cabeza—. No. No me agrada escribirle para comunicárselo. —Además, no quería perturbar el extraño equilibrio que existía entre ambos. Una noticia de ese cariz podía trastocarle lo suficiente como para cometer un error fatal a los mandos de un caza, y Cassie no quería que le ocurriese nada—. Supongo que ya lo sabe. Sé que suele cartearse con mi padre.

Cassie nunca había preguntado a Pat si se lo había dicho a Nick. Era un tema que todavía resultaba muy doloroso y se obligó a apartar a Nick de sus pensamientos mientras sobrevolaban Kansas.

Al aterrizar en Illinois, se encontraron con los periodistas que llevaban un día de espera en el aeropuerto O'Malley. Cassie tomó conciencia de que no volvería a tener un instante de paz hasta después de la gira.

Hizo lo que Desmond siempre había querido: les dedicó tiempo, se dejó hacer fotografías, los contentó respondiendo a sus preguntas y luego dio por concluida la entrevista.

Sus padres la esperaban y posaron con ella para varias fotos, igual que Billy. Finalmente los periodistas se marcharon y Cassie lanzó un suspiro de alivio. Billy y ella metieron el equipaje en la furgoneta de su padre. Pat la miró y esbozó una lenta sonrisa. Cassie se percató de que su padre no tenía buen aspecto.

—Papá, ¿te sientes bien?

Pat estaba pálido. Tal vez había pillado la gripe; Oona la había padecido cuando regresaron de California. Pat trabajaba demasiado para un hombre de su edad... e incluso más ahora que Nick, ella, Billy y Chris ya no estaban. Contaba con personal contratado y con el habitual grupo de pilotos errantes.

—Estoy bien —respondió con escasa convicción y miró angustiado a su hija. Oona lo había regañado por no habérselo dicho por teléfono. De todos modos, ahora tenía que enterarse. Nick había llegado la noche anterior, y aún nadie le había mencionado la boda de Cassie.

—¿Qué pasa? —Cassie percibió los titubeos de su padre.

—Nick está aquí —dijo Pat sin desviar la vista del camino.

—Ah, ¿sí? ¿Dónde se aloja? —preguntó Cassie, sorprendida.

—En su casa. Supongo que nos visitará. Pensé que era mejor decírtelo.

—¿Sabe que he venido?

Pat negó con la cabeza y Billy miró a Cassie, expectante.

—Todavía no. Llegó anoche y sólo se quedará unos días. No he tenido ocasión de decírselo.

Cassie no se atrevió a preguntarle si le había comunicado su boda a Nick. La joven no preguntó nada más y minutos después se fundió en un abrazo con su madre. Billy llevó el equipaje de Cassie y Pat acompañó al muchacho a la habitación de Chris. Todo estaba como cuando él vivía y a Cassie se le encogió el corazón cuando paseó la mirada por el dormitorio de su hermano. Era como si Chris fuese a entrar en cualquier momento.

Cassie se instaló en su habitación de soltera. Oona tenía la cena lista. Fue una comida sencilla con los platos preferidos de su hija: pollo frito con puré de patatas y panochas.

—Si viviera aquí engordaría como una foca —comentó Cassie entre bocado y bocado.

—Yo también. —Billy sonrió.

Oona se sintió halagada y dijo:

—Has adelgazado.

—Señora O'Malley, hemos trabajado sin cesar —explicó Billy—. Hacemos vuelos de prueba durante quince horas diarias. Realizamos trayectos largos por todo el país y queremos verificarlo todo antes de julio.

—Me parece muy bien —opinó Pat.

Mientras Oona recogía los platos y se disponía a servir pastel de manzana con helado casero de vainilla sonaron pisadas en el porche. Cassie se quedó sin respiración. Tenía la vista fija en el plato y tuvo que obligarse a mirar a Nick cuando franqueó la puerta. No quería verlo, pero sabía que no le quedaba otro remedio. Sofocó una exclamación: Nick, estaba más apuesto que nunca con su pelo negro como el azabache, los brillantes ojos azules y un bronceado profundo. Cassie se ruborizó. Nadie se movió ni pronunció palabra. Todos parecían saber lo que se avecinaba.

—¿Interrumpo algo? —preguntó Nick. Percibió la tensión. En ese momento vio a Billy—. Hola, chico, ¿cómo te va?

Nick se dirigió a estrecharle la mano. Billy se puso en pie sonriente, con su cara pecosa y la mirada encendida de alegría.

—Me va muy bien. Peliagudo, ¿qué tal estás?

Nick se fijó en Cassie y sus miradas se encontraron. La de la joven contenía un mundo de desdichas y la de Nick un profundo asombro. El piloto la había añorado mucho más de lo que suponía.

—Hola, Cass —la saludó en voz muy baja—. Tienes muy buen aspecto. Supongo que te estás preparando para la gira.

En el último noticiario que Nick había visto mencionaban la gira, pero lo habían rodado hacía cinco meses. Por razones obvias, las noticias llegaban con retraso al aeródromo de Hornchurch. A lo largo del último año Nick se había dedicado a volar ininterrumpidamente. Se había consagrado a pilotar aviones y a retirar los cadáveres de los edificios incendiados de Londres. Había sido un año muy duro, pero sentía que hacía algo útil. Era mejor que quedarse en Good Hope, quitarse granos de maíz de los dientes y hacer el reparto de sacas de correo por todo Minnesota.

Oona le ofreció un trozo de pastel con helado y Nick se sentó. Percibió que había interrumpido algo o que su presencia los había perturbado. Tal vez sólo eran imaginaciones suyas. Charló animadamente con Billy y con Pat. Cassie permaneció callada y luego fue a la cocina a ayudar a su madre. Regresó mientras comían el postre. No probó el pastel de manzana, a pesar de que su madre sabía que le encantaba. Pat y Billy sabían qué le ocurría, pero Nick ignoraba todo lo que había sucedido en su ausencia.

Después del postre el piloto encendió un cigarrillo, se puso en pie y se desperezó. Había perdido varios kilos y su aspecto era juvenil, firme, esbelto y muy saludable.

—¿Quieres dar un paseo? —propuso a Cassie.

Nick se había dado cuenta de que pasaba algo y quería preguntárselo directamente. Durante unos segundos de espanto se preguntó si Cassie se había enamorado de Billy. Hacía casi un año, desde la muerte de Chris, que no visitaba Good Hope. Por una extraña jugada del destino había regresado justo cuando ella estaba allí. Sentía revivir su corazón y lo único que deseaba era besarla, pero Cassie se mostraba reservada y él lo notó. Probablemente seguía enfadada. En todo el año Nick no le había escrito ni una línea porque no quería que se hiciera ilusiones.

—Cass, ¿hay algún problema? —preguntó cuando llegaron al río que discurría en las lindes de la propiedad de Pat.

Hasta ese momento Cassie había guardado silencio.

—En realidad, no —musitó, y procuró no mirarlo.

Fue inútil: le era imposible apartar los ojos de Nick. Al margen de todo lo que se había dicho a sí misma a lo largo del año —que estaba en condiciones de hacer su vida, que quería a Desmond y que éste la necesitaba—, en ese momento supo que seguía enamorada de Nick. Así estaban las cosas. Sin embargo, no estaba dispuesta a traicionar a Desmond. Recordó las palabras de su padre cuando ella le dijo que iba a casarse con el magnate. Estaba decidida a honrar su matrimonio... aunque fuese su ruina personal. Cuando miró a Nick se dio cuenta de que podría morir de amor por él. Su mera presencia le arrebataba el corazón.

—Querida, ¿qué pasa? Cuéntamelo... Somos amigos y siempre lo seremos. —Nick se sentó junto a Cassie. Le cogió la mano y al bajar la cabeza vio el delgado anillo de oro en su anular izquierdo. En esta ocasión Cassie no llevaba la sortija de compromiso, sino la alianza matrimonial, que lo explicaba todo. Sus miradas se encontraron y Cassie asintió con la cabeza—. ¿Te has casado...?

La cara de Nick se demudó en una expresión de azoramiento absoluto.

—Sí, me he casado —confirmó apenada, sintió que lo había traicionado. Podría haber esperado pero no lo hizo—. Me casé hace tres meses... Te lo habría dicho pero tú nunca me escribiste... y no sabía cómo comunicártelo... —Las lágrimas resbalaron lentamente por sus mejillas y se le quebró la voz.

—¿Con quién...? —Nick recordó que durante la cena Billy se había sentido muy incómodo y que ellos habían viajado juntos. Siempre pensó que formaban una buena pareja y el chico tenía la edad adecuada. Era con lo que había soñado para ella, pero pensarlo le resultaba tan doloroso que las lágrimas afloraron a sus ojos—. ¿Te has casado con Billy? —preguntó con gran esfuerzo e intentó mostrarse comprensivo.

Cassie rió en medio de las lágrimas.

—Claro que no. —Titubeó una eternidad, desvió la cabeza y finalmente volvió a mirarlo a los ojos. Tenía que decírselo—: Me he casado con Desmond.

En la cálida noche se instaló un silencio interminable y luego se oyó una exclamación de incredulidad, casi de dolor.

—¿Con Desmond Williams? —preguntó atónito. Nick la miró y sufrió lo indecible cuando ella asintió con la cabeza—. Por el amor de dios, Cassie... ¿cómo has podido ser tan tonta? Te lo dije, ¿no? ¿Por qué crees que se casó contigo?

—Nick, porque me quiere —replico—. Me necesita.

Cassie se dijo para sus adentros que en la vida de Desmond sólo había sitio para los aviones y el papeleo.

—Lo único que necesita es un director de vuelo y un equipo de rodaje de noticiarios, y tú lo sabes. Durante el último año no he visto ningún noticiario de actualidad pero apuesto la cabeza a que ha aprovechado al máximo la publicidad y a que tú has posado para los fotógrafos más horas que la Garbo.

—Nick, sólo faltan cinco semanas para que comience la gira. ¿Qué esperabas?

—Esperaba que fueses más inteligente y que le descubrieras el juego. Es un bocazas y un gilipollas. Recuerda que lo digo desde el día en que lo conocí. Te utilizará y te hará volar hasta que caigas rendida o te estrelles contra un árbol. Sólo le interesa una cosa: la publicidad y su puñetera empresa aeronáutica. Ese hombre es una máquina y un genio de la publicidad, pero el resto es cartón piedra. ¿También me dirás que lo amas? —Nick gritaba y Cassie se había encogido.

—Pues sí, lo quiero. Y él me ama. Piensa constantemente en mí. Se preocupa de... sí, de sus aviones y de la gira, pero también hace cuanto está en su mano por protegerme.

—¿De veras? ¿Qué hace? Dímelo. ¿Te envía a la gira con cámaras sumergibles y un equipo de hombres rana? Vamos, Cassie, no te engañes. ¿Puedes negar que ha pregonado la boda con bombos y platillos? Estoy seguro de que aquí no se ha hablado de otro tema. Apuesto a que lanzaste el ramo de novia delante de las cámaras.

—Si fuera así, ¿qué tiene de malo? —Desmond siempre pedía a Cassie que tuviera paciencia y cooperase, sostenía que la prensa era una parte muy importante de sus vidas y de la gira. Pero Nick no tenía ningún derecho a criticarla porque ni siquiera le había escrito—. A propósito, ¿a ti qué te importa? —Cassie le plantó cara—. Tú no estuviste dispuesto a casarte conmigo, ni a escribirme, ni a volver a mi lado ni a darme la mínima esperanza para cuando regreses de Inglaterra. Lo único que te apetece es participar en un combate aéreo que no es el tuyo. Adelante, piloto, yo no te intereso. Me lo dijiste así de claro. Estuviste dispuesto a tontear conmigo mientras vivías aquí, pero luego te largaste a hacer tu vida. Adelante. Pero yo también tengo derecho a hacer mi vida, y estoy en ello.

—No, tú no tienes vida —replicó Nick—, lo que tienes sólo es producto de tu imaginación. En cuanto acabe la gira y ese tío ya no necesite alimentar a la prensa, te dejará en un tris, aunque también podría mantenerte a su lado e ignorarte.

Cassie se dio cuenta de que era exactamente lo que Desmond hacía, pero se debía a que tenía mucho trabajo preparando la gira. Ansiaba que Nick se equivocase. Sus palabras eran injustas, era un mal perdedor y se sentía mortificado. A continuación el piloto empeoró la situación acercándose a Cassie. Le habría gustado estrecharla en sus brazos, pero se abstuvo.

—Cass, me han dicho que tiene varias amantes discretas. ¿Alguien te lo ha comentado o lo has descubierto por ti misma? —Nick habló airado, pero parecía convencido de decir la verdad.

—¡Qué disparate! ¿De dónde sacas eso?

—Los comentarios corren deprisa. Desmond Williams no es el santo ni el marido que supones —respondió. Se arrepintió de no haberse casado con ella, pero le había parecido que no era justo. Y seguía pensando lo mismo. Pero también encontraba injusto que ella se hubiese casado con Desmond—. Cass, es un cabrón. Probablemente no te ama. Afróntalo. Es un comediante y un estafador. No te casaste con él, lo único que has hecho es unirte al espectáculo.

Cassie sintió tanto pánico que intentó abofetear a Nick para que callase. Alzó la mano para golpearlo con todas sus fuerzas pero Nick le sujetó el brazo, se lo llevó a la espalda y ya no pudo contenerse: la besó con más ardor que nunca, con más del que había puesto en ningún momento, pero Cassie ya no era una niña, se había convertido en toda una mujer.

Sin reflexionar, Cassie respondió y durante una eternidad se besaron con pasión desenfrenada. Fue ella la que finalmente se apartó mientras las lágrimas resbalaban copiosamente por sus mejillas. Se odiaba a sí misma por lo que le había hecho a Nick, aunque en su momento le había parecido muy correcto casarse con Desmond. Quizá se había equivocado.

Pero no era ése el problema, sino Nick y todo aquello a lo que ya no tenían derecho.

—Cassie, te quiero —dijo él con apremio mientras la estrechaba entre sus brazos—. Siempre te amé y siempre te amaré. No quise arruinar tu vida y jamás imaginé que cometerías semejante insensatez... pensé que te casarías con Billy.

Cassie rió ante esa idea y cuando volvieron a sentarse tomó conciencia del lío que había organizado. Estaba enamorada de dos hombres... aunque quizá sólo de uno... pero estaba casada con el otro y le sería fiel.

—Casarme con Billy sería como contraer matrimonio con Chris. —Cassie esbozó una sonrisa exánime.

—¿Y casarte con Williams? —preguntó Nick con la voz quebrada.

—Es un hombre muy serio y en este momento se ocupa de la gira. —Suspiró—. Creo que lo hace por mí. Nick, no estoy segura... pensé que actuaba correctamente. Tal vez cometí una error, no lo sé.

—Cancela la gira —sugirió Nick—. Divórciate. —Sentía pánico. Haría lo que fuera necesario. Se casaría con Cassie si ella lo quería. Estaba seguro de que corría peligro.

—Nick, no puedo —admitió—. No sería justo. Desmond se casó conmigo de buena fe. Ahora no puedo dejarlo plantado. Le debo mucho. Ha depositado tantas esperanzas en la gira, ha invertido tanto, no sólo en el avión... —Pensarlo le resultaba insoportable.

—No estás preparada.

Cassie estaba preparada y lo sabía.

—Lo estoy.

—No lo amas.

De repente Nick le pareció muy joven y vulnerable. Lamentó no haberlo esperado, pero ya era tarde.

—No estoy enamorada de él, nunca lo estuve y lo sabe. Le hablé de ti y lo aceptó. Pero lo quiero. Ha sido muy bueno conmigo. Nick, no puedo dejarlo en la estacada.

—¿Y después? ¿Qué pasará después de la gira? ¿Te has unido a él para siempre?

—Nick, no lo sé, no es fácil contestar a tus preguntas.

—Si lo deseas las respuestas pueden ser muy directas —insistió tercamente.

—Nick, te dije lo mismo hace dos años, antes de que te fueras, pero no quisiste escucharme.

—Algunas cosas parecen más complejas de lo que realmente son. Nosotros las enredamos cuando, en realidad, podrían ser muy sencillas.

—Nick, para bien o para mal, me casé con Desmond y ahora no puedo abandonarlo porque tú me lo pidas.

—Tal vez no, pero algún día, cuando concluya la gira, él te abandonará, al menos emocionalmente. Sólo lo ha hecho por razones promocionales. Ya lo verás, Cassie, y si no, el tiempo lo dirá.

—Puede ser, pero hasta entonces estoy en deuda con él y no pienso faltar a mi palabra ni traicionarlo. Es mi marido y no se merece que lo engañe. No estoy dispuesta a hacerlo.

Nick la contempló largo rato y pareció derrumbarse cuando por fin encajó las palabras de Cassie.

—Cassie, eres una buena chica. Desmond Williams es un hombre afortunado. Sospecho que lo he hecho todo mal. Pensé que era demasiado viejo, demasiado pobre y demasiado insensato para estar contigo. Creo que en parte tenía razón. —Nick no pudo evitar un sarcasmo—: ¿Cómo te sientes casada con uno de los hombres más acaudalados del mundo?

—No muy distinta a como me sentiría casada contigo —replicó—. Los dos sois unos empecinados que queréis hacerlo todo a vuestra manera. Quizá todos los hombres están cortados por el mismo patrón, sean ricos o pobres —añadió y le sostuvo la mirada.

El piloto rió. Cassie no había perdido su espíritu combativo.

—Está bien. Cass, me gustaría decir que me alegro por ti, pero mentiría.

—Inténtalo. No nos queda otra salida.

Cassie quería ser consecuente con su elección y lo deseaba por el bien de todos. Era una mujer honesta.

Nick asintió con la cabeza y poco después regresaron a la casa, cogidos de la mano bajo el firmamento estrellado. El piloto fue consciente de que había sido un imbécil, pero lo había hecho por ella y se había estrellado contra la realidad. Pat tenía razón: la había dejado libre y Cassie se había casado con otro. Pero Desmond Williams... Nick detestaba al magnate. Por añadidura, tenía la certeza de que estaba usando a Cassie. La muchacha era demasiado joven e inocente para comprenderlo. Él tenía cuarenta años y adivinaba las intenciones de Desmond Williams como si estuviera leyendo los titulares del *New York Times*. Y, de momento, esos titulares le sentaban fatal.

Cassie se despidió de Nick en el porche de su casa. No volvieron a besarse. Hasta que la joven entró el piloto no vio a su viejo amigo, sentado en una silla.

—As, ¿me vigilas? —preguntó Nick con sonrisa cansina y tomó asiento junto a Pat.

—Exactamente. Hace meses le dije a Cassie que no permitiría que deshonrase su matrimonio.

—Y no lo hará. Es una buena chica. Y yo soy un gilipollas irrecuperable. Pat, tenías razón.

—Me lo temía. —Dada la camaradería masculina, Pat habló claro con su viejo amigo, con el chico que en otra guerra, hacía veinticinco años, había sido su protegido—. Lo más doloroso es que ella aún te ama. Se nota. Dime, ¿es feliz con él?

—Me parece que no, pero está convencida de que se lo debe todo.

—Desde luego le debe mucho.

—¿Y si se hace daño? —Nick no quería decir «¿Y si se mata?» delante de su padre. Pero podía ocurrir y ambos lo sabían—. ¿Qué le deberemos entonces?

—Es el riesgo que todos los pilotos corremos y lo sabes.

Cassie sabe lo que quiere y lo que hace. Sólo está insegura respecto a ti.

—Pues yo también lo estoy. Creo que ni siquiera ahora me hubiera casado con ella. No me agradaría convertirla en viuda. —Nick rió sin ganas—. Pensé que era muy viejo para ella, pero Williams tiene casi mi edad.

—Todos cometemos errores. Hace treinta y dos años estuve a punto de no casarme con Oona. Pensaba que era demasiado buena para mí y mi madre me preguntó si me había vuelto loco. Insistió en que comprara la sortija de compromiso. Y acerté. Oona es demasiado buena para mí... pero hasta hoy sigo amándola y ni un solo día me he arrepentido de haberme casado con ella.

Ese comentario era más explícito de lo que Pat jamás le había dicho a Oona, pero para Nick el consejo llegaba tarde. Claro que si Nick tenía razón cuando decía que Williams la abandonaría, puede que algún día Cassie volviera a ser libre.

Estuvieron largo rato charlando en el porche. Cuando se levantaron, Nick notó que Pat jadeaba.

—As, ¿has estado enfermo?

—Bueno... no es nada del otro mundo. Una gripe, un poco de tos... estoy demasiado grueso y Oona cocina de maravilla. A veces me quedo sin resuello, pero no pasa nada.

—Tómalo con calma —aconsejó Nick y frunció el entrecejo.

—¡Mira quién da consejos! —Pat rió—. Todos los días combates con los alemanes. Tú eres quien tiene que tomárselo con más calma.

Nick sonrió, agradecido por todo lo que Pat le había dicho sobre Cassie.

—Buenas noches, As, nos veremos mañana.

Nick regresó andando a su cabaña y encontró todo cubierto de polvo. Se alegró de estar allí. Estaba contento con todo, salvo con el matrimonio de Cassie. Aún no acababa de creérselo. Se acostó, la echó de menos y se negó a admitir que ahora pertenecía a otro hombre... aquel tierno rostro... la chiquilla que tanto amaba y que ya no era suya ni jamás lo sería. Ahora pertenecía a Desmond Williams. A medida que se sumía en el sueño, las lágrimas resbalaron por sus mejillas y mojaron la almohada.

17

La estancia en Good Hope fue dolorosa tanto para Cassie como para Nick. Ella intentó mantenerse apartada del piloto, pero su mundo era muy pequeño. Se encontraban en todas partes: en la casa, en el aeropuerto, incluso en la tienda donde Cassie iba a hacer la compra para su madre. Nick intentó guardar las distancias —por el propio bien de ella, no por el de Desmond—, pero no lo consiguió.

Acabaron uno en brazos del otro la víspera de la partida de Cassie. Era la noche de su cumpleaños. Nick había cenado con ella y su familia. Durante la cena se sintieron irresistiblemente atraídos. Sabían que era la última noche que pasarían juntos y que quizá no volverían a verse. Esa idea los trastornó y el pánico les embargó.

—Nick, no puedo hacerlo —dijo Cassie después de besarlo con frenesí—. Se lo prometí a papá. No puedo hacerlo, de verdad...

Dada la forma en que la prensa la asediaba, lo único que le faltaba era un escándalo. Esa misma mañana los reporteros habían intentado fotografiarlos en el aeropuerto y Nick había desaparecido discretamente hasta que se fueron. Cassie se lo agradeció. Sabía que Desmond se habría alterado si hubiese visto a Nick en las fotos. Cuando su marido le telefoneó, ella no le había dicho que Nick estaba en Good Hope.

—Lo sé, Cassie... ya lo sé.

Nick no discutió porque no quería herirla. Se sentaron en el porche a charlar. Hacía una hora que Pat y Oona se habían acostado, pero no pusieron reparos a que Nick se quedase hablando con Cassie. Sabían que su hija partía por la mañana y que era su última oportunidad de estar juntos.

—Dime, ¿estás realmente preparada para la gira? Billy dice que el avión es condenadamente pesado.

—Me las arreglaré.

—¿La ruta es segura?

—Más vale que lo sea. Desmond la repasa todos los días.

—Supongo que para ti resulta muy emocionante —comentó con sarcasmo y sonrió pesaroso—. Eres una insensata. Podrías haberte casado con Bobby Strong y dedicarte a vender embutidos, pero has contraído matrimonio con el principal magnate del país. Cassie, ¿no sabes hacer nada bien?

Nick bromeó y Cassie rió, aunque la situación no tenía nada de gracioso. Claro que si no reía acabarían llorando.

En los escasos días que habían estado en el pueblo, los dos habían comprobado que estaban condenados a amarse de por vida. Cada vez que se encontraban o se miraban a los ojos, la fuerza de sus sentimientos los unía un poco más. No había escapatoria. Cassie supo que con el paso del tiempo nada cambiaría. Nick y ella estaban indisolublemente unidos y siempre lo estarían. Negarlo era inútil. Jamás había querido tanto a Nick y ahora tendría que vivir con la agonía de amarlo y de ser fiel a Desmond.

Esa noche los dos sabían que era la última ocasión que tenían de estar juntos. Nick regresaba a la guerra y Cassie correría todos los peligros imaginables en su vuelo por el Pacífico. Era demasiado tarde para vacilaciones y arrepentimientos. Tenían que seguir viviendo de acuerdo con lo que habían elegido. Los dos habían sido insensatos y eran conscientes del error.

—Cass, ¿qué podemos hacer? —preguntó Nick apesadumbrado mientras contemplaban la luna llena en el firmamento estrellado.

Era la noche perfecta para los enamorados. Los dos añoraban los tiempos de la pista abandonada. En aquellos días eran libres de hacer lo que querían, pero ambos tomaron decisiones absurdas: él se fue a otra guerra y ella se casó con un hombre al que apreciaba pero no amaba. Pese a su fidelidad a Desmond, Nick era el único hombre al que amaba y al que amaría toda su vida. Tal vez algún día las cosas cambiaran, pero de momento estaban como estaban y la joven temía que el cambio jamás se produjese.

—Me gustaría volar contigo a Inglaterra —respondió.

—Y a mí me encantaría. De momento no hay mujeres que piloten aviones de combate, pero los ingleses son muy amplios de miras.

—Tal vez debería escapar y alistarme en la RAF —dijo Cassie. No sabía cómo seguiría soportando la vida que llevaba. Hasta cierto punto, se alegró de que faltara muy poco para la gira, pues así estaría ocupada y lejos de Desmond.

—Ahora pienso que tal vez no debí haberme ido —dijo Nick y sorprendió a Cassie.

La joven se inquietó. Si se desilusionaba, a Nick podría ocurrirle algo grave. Conocía demasiadas historias de hombres que perdían a sus novias o esposas y acababan muriendo en combate.

—Pues ahora es un poco tarde —lo regañó—. Más te vale prestar atención a lo que haces.

—¡Ja! —Nick rió al pensar en lo que Cassie afrontaría en poco más de un mes. La idea de la gira no dejaba de angustiarlo.

Caminaron lentamente de la casa hacia el aeropuerto, que parecía atraerlos como un imán. Nick le habló de lo que para él representaba Inglaterra y Cassie se refirió a la gira y la ruta que seguirían para cruzar el Pacífico.

—Es una pena que la guerra te impida dar la vuelta al mundo correctamente. Me dejaría más tranquilo que esas larguísimas etapas sobrevolando el Pacífico.

Dadas las circunstancias, ésa era la gloria de la hazaña y ambos lo sabían.

Llegaron al aeropuerto y se encaminaron hacia el viejo

Jenny. La noche era cálida y la luna despedía tanta luz que veían claramente el otro extremo del aeropuerto.

—¿Te gustaría volar? —preguntó Nick.

—Me encantaría —respondió con ternura.

Sin más palabras, Cassie ayudó a Nick a sacar el avión y a realizar las comprobaciones de rutina. Surcaron el cielo de medianoche, rodeados de sensaciones y sonidos conocidos. Allí estaban en su propio mundo, un universo cargado de estrellas y sueños, en el que nadie podía alcanzarlos o herirlos.

Nick posó el pequeño avión en la vieja pista en que solían reunirse, iluminado por los rayos de luna. Apagó el motor y ayudó a bajar a Cassie.

No sabían adónde iban pero necesitaban estar juntos, en su propio mundo, apartados de todo y de todos. Ese sitio era muy sereno. Caminaron hacia el lugar donde tantas veces se habían sentado a charlar. Cassie se sintió más madura y triste. Su hermano había muerto y ya no tenía esperanzas de unirse a Nick. Era allí donde el piloto la había besado por primera vez y declarado su amor, el día en que le comunicó que se había alistado en la RAF. Desde entonces sólo habían tomado decisiones erróneas.

—¿No te gustaría retroceder en el tiempo? —inquirió Cassie.

—Cass, si fuera posible, ¿qué cambiarías del pasado?

—Te habría dicho que te amaba. Pensé que yo no te importaba porque era una niña. Temí que te rieras de mí.

Nick la encontró más hermosa que nunca mientras permanecía de pie a su lado.

—Y yo temí que tu padre me denunciaría a la policía.

Ahora era extraño comprobar que Pat no se habría opuesto. Hacía mucho tiempo que se querían, pero Cassie se había casado con otro y todo parecía una locura.

—Es probable que mi padre te denunciara ahora.

Cassie sonrió. Su padre sabía lo mucho que se amaban, a pesar de que le había advertido acerca de lo que no debía ocurrir. Con el correr de los años, Pat se había vuelto más comprensivo. Ahora era su mejor amigo, sobre todo en ausencia de Nick. Su padre se había mostrado tolerante con todo lo que ella hacía y no acababa de sorprenderla.

Se acercaron al familiar tronco y notaron que la hierba estaba húmeda. Nick se quitó su gastada chaqueta de piloto para que Cassie se sentara. Se acomodó a su lado, la abrazó y la besó. Los dos sabían por qué estaban allí: porque se amaban y necesitaban una experiencia para llevarse cuando se separaran.

—No quiero cometer tonterías —murmuró Nick cuando Cassie se acurrucó junto a él.

Experimentaba las mismas inquietudes que cuando había marchado a Inglaterra, pero ahora la situación era muy distinta y, por extraño que parezca, casi abrigaba la esperanza de dejarla embarazada. Puede que así tuviese un buen motivo para dejar a Desmond.

Cuando se tendió junto a Nick y ésta la abrazó con sus fuertes brazos mientras la besaba, Cassie deseó exactamente lo mismo.

En segundos el futuro se desdibujó y sólo hubo el presente. Mientras se besaban, ardientes llamas abrasaban a Cassie y minutos después su cuerpo resplandecía junto al de Nick a la luz de la luna. Ninguno de los dos olvidaría esa noche, que tendría que perdurar años, quizá para siempre.

—Cassie... te quiero con toda mi alma... —susurró Nick dulcemente, y sus cuerpos se unieron en el tibio aire nocturno y sobre la hierba mojada por el rocío.

Luego, Nick se recostó de lado, la contempló y grabó cada instante en su memoria. Al claro de luna Cassie semejaba una diosa.

Ella sólo deseaba ese instante, era lo único que importaba.

—Puede que un día de éstos tomemos una decisión acertada... o que la suerte nos sonría —dijo.

Pero las cosas se habían complicado demasiado. Sólo tenían ese instante, esa noche bajo el resplandor de la luna.

Permanecieron largo rato tumbados uno al lado del otro y, poco antes del amanecer, hicieron el amor otra vez. Se quedaron dormidos y despertaron abrazados, ansiosos de volver a unirse en la fragante alborada. Salió el sol, que pareció sonreírles, y

Nick contempló el exquisito cuerpo de Cassie iluminado por los dorados rayos. Después se abrazaron con todas sus fuerzas, deseosos de no separarse nunca.

Cuando regresaron al aeropuerto O'Malley, el cielo se teñía de rosa, dorado y malva. Los dos se sentían en paz mientras aseguraban el Jenny. Cassie se volvió y le dedicó una larga y sugerente sonrisa. No se arrepentía de nada de lo que habían vivido porque ése era su destino.

—Nick, te quiero.

—Y yo siempre te querré.

Nick la acompañó a casa de sus padres. Ahora se pertenecían y compartían un vínculo indestructible.

Cuando llegaron, la casa de los O'Malley permanecía en silencio. Era muy temprano y nadie se había levantado. Nick abrazó a Cassie, le acarició la llameante cabellera y se negó a pensar en el futuro y en Desmond Williams. Estuvieron largo rato así, sin separarse, mientras Nick la besaba y Cassie le repetía lo mucho que lo amaba.

Finalmente Nick se marchó cuando oyó que los padres de Cassie se levantaban. No sentían culpa ni remordimiento. Cada uno necesitaba el coraje del otro para continuar con su vida, para afrontar los peligros y los desafíos que los aguardaban.

—Te veré antes de irme —prometió Cassie. Lo abrazó y lo besó en la boca con dulzura.

Nick se preguntó cómo soportaría separarse de ella o verla partir, sobre todo ahora que sabía que regresaba con su marido.

—Cass, no permitiré que te vayas.

—Lo sé, pero no podemos hacer otra cosa.

Sabían que no tenían otra salida.

Nick se alejó y Cassie entró lentamente en su habitación de soltera, pensando en él y deseando que todo fuese distinto.

Se duchó y se vistió sin dejar de pensar en Nick. Desayunó con sus padres. Al igual que el piloto, notó que su padre tenía dificultades respiratorias. Pat insistió en restarle importancia.

En cuanto terminaron de desayunar, Pat llevó a Cassie y a Billy al aeropuerto. Cassie prometió telefonear a menudo a su madre y, si podía, regresar una vez más antes de la gira. Se preguntó si Desmond se lo permitiría.

Cuando llegaron Nick estaba en la oficina. Miró largamente a Cassie mientras ésta se despedía de los suyos y los acompañó al avión, al tiempo que hablaba con Billy. En todo momento Cassie percibió su cercanía, sintió la caricia del cuerpo de Nick junto al suyo y el excelso placer que habían compartido. El verdadero vínculo que los ligaba estaba formado por el tiempo, el afecto y el cuidado, a los que ahora se sumaba la pasión. Cassie comprendió que la llama de su amor por Nick ardería eternamente.

—Iros de una vez —los regañó Nick, sin dejar de pensar en la gira—. Billy, ocúpate de que esta chica no se estrelle contra un árbol —bromeó con el joven y le estrechó la mano.

Mientras Cassie hacía las comprobaciones de tierra, Nick la observaba; le resultaba imposible apartar los ojos de ella. A la joven le satisfizo sentirlo tan cerca de ella.

Cassie besó a su padre mientras Billy se instalaba en el aparato. Había llegado el momento de despedirse de Nick. Sus miradas se encontraron, sus manos se rozaron y Nick la abrazó y la besó delicadamente delante de todos. Ya nada le importaba. Quería transmitirle su amor.

—Cass, cuídate —susurró hundiendo la cabeza en sus cabellos después de besarla—. No hagas locuras durante la gira.

Nick habría preferido que no emprendiese ese viaje, pero sabía que retenerla era imposible.

—Te adoro —murmuró Cassie con los ojos anegados en lágrimas y con una expresión que transmitía todo lo que sentía hacia él—. Hazme saber dónde estás.

Nick asintió y Cassie subió a la carlinga mientras él le apretaba la mano por última vez. En esta ocasión la separación les resultó insoportable. Pat los miraba y sufría por los dos, pero no pronunció palabra.

Su padre y Nick siguieron junto a la pista mientras el avión de Williams Aircraft despegaba. Cassie ladeó las alas a modo de despedida y luego ganaron altura.

Nick se quedó largo rato contemplando el cielo, después incluso de que Pat entrara en su despacho y de que el avión de Cassie se perdiera en la lejanía. Sólo pensaba en las horas que había estado junto a Cassie a la luz de la luna. Hasta cierto punto se alegraba de regresar a Inglaterra la mañana siguiente. Ya no soportaba estar en Good Hope sin ella.

Billy y Cassie apenas hablaron durante el vuelo a Los Angeles. Oona les había preparado pollo frito y un termo con café. No tenían hambre. La expresión de Cassie revelaba mil historias, pero a lo largo de las dos primeras horas Billy no le preguntó nada. Al final ya no pudo soportar el silencio.

—¿Cómo estás?

Cassie sabía qué le preguntaba Billy y suspiró antes de responder.

—No lo sé. Me alegro de haber visto a Nick. Al menos ahora conoce mi situación.

Cassie se sentía esperanzada y desesperada al mismo tiempo. Le resultaba muy difícil explicárselo a Billy. Ahora Nick sabía qué pasaba con Desmond pero, hasta cierto punto, las horas íntimas compartidas con el piloto dificultaban su retorno a California.

—¿Cómo se lo tomó?

—Lo mejor que pudo. Al principio se puso furioso y dijo muchas tonterías. —Cassie miró a su amigo—. Cree que Desmond se casó conmigo como estratagema promocional de la gira.

—Y tú, ¿qué crees?

Cassie lo meditó y dudó porque esa perspectiva no le gustaba nada.

—Yo creo que hay algo de despecho —agregó Billy—. Me parece que a Nick le cuesta aceptar que Desmond te quiere de verdad.

¿La quería realmente? En los últimos tiempos se mostraba distante, estaba absorto con la gira y no se ocupaba de ella. ¿Y si Nick tenía razón? Era difícil verlo con perspectiva, sobre todo después de la noche pasada con Nick en la pista abandonada. Pero ahora debía desechar esas ideas. Quería ser justa con

Desmond y debía concentrarse en la gira. Lo demás quedaría para más adelante.

Volvió a recordar todo lo que le debía a Desmond. Nick no era ecuánime. Cassie no creía que Desmond tuviese amantes. Estaba totalmente centrado en su trabajo, obsesionado. En cierto modo, ése era el problema que los aquejaba. Eso y Nick Galvin. De todos modos, Cassie regresaba a Los Angeles decidida a jugar limpio. No permitiría que Nick provocase ninguna duda sobre su matrimonio.

Desde el momento en que Cassie posó los pies en tierra, Desmond hizo todo lo que Nick había predicho. Sólo se dedicó a hablar con la prensa y a ultimar la gira del Pacífico. Ni siquiera le preguntó si lo había pasado bien con sus padres. Cassie receló de la frialdad de Desmond y de su coqueteo con los fotógrafos y los cámaras de los noticiarios. La joven puso en duda la conveniencia de algunas entrevistas que su marido había programado, insistió en que no eran necesarias y la tensión entre ambos afloró.

—¿De qué te quejas? —preguntó Desmond a las doce de la noche del día siguiente al regreso de Cassie.

Ella estaba agotada, pues había volado doce horas, a las que siguieron cinco horas de reuniones, por no mencionar que Desmond remató la jornada con un grupo de periodistas y fotógrafos que la asediaron.

—Estoy harta de encontrarme con la prensa cada vez que me levanto de la cama o que salgo de la bañera. Hay periodistas hasta en la sopa y no aguanto más. Deshazte de ellos.

—¿Tienes problemas? —preguntó el magnate, irritado—. ¿Te molesta haberte convertido en la noticia más importante o que este año hayas aparecido dos veces en la portada de *Life*? ¿Qué te pasa?

—Mi problema es que estoy cansada y harta de que me traten como a una atracción de circo.

Las advertencias de Nick la habían afectado. Ahora recelaba de Desmond, y estaba harta de la prensa.

A Desmond le disgustaba que cuestionasen sus decisiones y se enfureció con Cassie. Al cabo de media hora de inútil discusión, el magnate se trasladó a la pequeña habitación de huéspedes contigua a su estudio. Allí durmió y trabajó el resto de la semana, arguyendo que estaba demasiado ocupado para regresar al dormitorio conyugal. Hasta cierto punto, representó un alivio para Cassie, ya que le dio tiempo para aclarar las ideas.

Finalmente las aguas volvieron a su cauce. La tensión flotaba en el ambiente y todos tenían los nervios de punta a causa de la inminencia de la gira. Desmond se disculpó por haber estado tan malhumorado. Una vez más intentó explicarle la importancia de los medios de comunicación y Cassie pensó que Nick se había equivocado con respecto a su marido. Las palabras de Desmond contenían un elemento de verdad. Tenía razón, la publicidad era muy importante para la gira del Pacífico y realizarla en silencio no tenía sentido.

Desmond era una buena persona, lo que ocurría es que sus opiniones eran muy categóricas. Y era evidente que sabía lo que hacía.

A pesar del acuerdo con relación a la prensa, hubo cosas que no mejoraron. Hacía meses que no hacían el amor. Muchas veces Cassie se había preguntado si a Desmond le pasaba algo o si era ella la que fallaba, pero jamás se atrevió a plantearlo. Desmond sólo pensaba en la gira. La pasión que habían compartido durante la luna de miel se había enfriado. Ésa era una de las razones por las que se había sentido más vulnerable ante Nick. También sabía que su amor por Nick era algo con lo que Desmond no tenía nada que ver. La falta de relaciones sexuales con Desmond hizo que a Cassie le costara sentirse próxima a él. Pensó en comentarlo con Nancy Firestone, pero ésta había tomado distancias. Parecía que se sentía incómoda de sostener una relación amistosa con Cassie desde que ésta se había convertido en la esposa del jefe. Sin más amigos que Billy, Cassie se sintió más sola que la una.

A pesar de las tensiones, las cosas discurrieron como estaban programadas. Faltaba una semana para el inicio de la gira y todo estaba a punto.

Los fotógrafos la seguían a todas partes para hacer la crónica de la semana previa al gran viaje y eran testigos de cuanto hacía, de cada reunión y de cada uno de sus movimientos. Cassie tenía la impresión de que vivía sonriendo y saludando. No tuvo intimidad ni paz con Desmond. Lo único que existía era la gira del Pacífico y sus interminables preparativos. Y ésa era su única vida.

El frenesí se había apoderado de todos. Cassie apenas podía conciliar el sueño. Sólo faltaban cinco días cuando una tarde, a última hora, Glynnis telefoneó a su hermana menor, que estaba en la pista. Cassie se sorprendió al oírla.

—Hola, Glynnis. ¿A qué se debe tu llamada?

—Tiene que ver con papá —respondió y se echó a llorar desconsolada. A Cassie se le encogió el corazón—. Esta mañana ha sufrido un infarto. Está ingresado en el hospital Mercy. Mamá no se separa de su lado.

Cassie rogó a Dios que su padre se recuperase.

—¿Es grave? —preguntó.

—Todavía no se sabe.

—Iré a casa en cuanto pueda, esta misma noche. Avisaré a Desmond y saldré enseguida.

—¿Podrás venir? —Glynnis estaba preocupada. Al principio los médicos habían dicho que Pat no lo superaría, pero hacía una hora se había estabilizado y había cierto optimismo—. ¿Cuándo comienza la gira?

—Faltan cinco días. Glynnis, no te preocupes, tengo tiempo. Iré a veros... Os quiero. Dile a papá que le quiero mucho...

—Pequeña, yo también te quiero... Hasta pronto. Vuela sin correr riesgos.

—Transmite mis cariños a mamá.

Cassie colgó y, sollozando, fue a contárselo a Billy y a comunicarle que volaría a ver a su padre. Sin vacilar, Billy dijo que la acompañaría. Últimamente eran inseparables, como siameses. Después de seis meses de entrenamiento, cada uno se había convertido en la sombra del otro. A veces daba la impresión de que se adivinaban el pensamiento.

—Nos reuniremos aquí en media hora. Reposta el Phaeton. Iré a decírselo a Desmond.

Cassie creía que su marido lo comprendería. Pero, una vez en el despacho del magnate, se llevó una sorpresa mayúscula.

—No puedes irte —dijo Desmond gélidamente—. Aún has de cumplir cinco días de entrenamiento y preparativos y dos ruedas de prensa. Además, tenemos que afinar la ruta definitiva de acuerdo con las condiciones meteorológicas.

—Volveré en dos días —repuso Cassie. No atinaba a creer que Desmond discutiera con ella tratándose de algo tan grave.

—No te irás —repitió con firmeza mientras la señorita Fitzpatrick abandonaba discretamente el despacho.

—Desmond, mi padre acaba de sufrir un infarto y es posible que no lo supere.

Pero Desmond no lo entendía; mejor dicho, no quería entenderlo.

—Cass, seré claro: no irás. Te ordeno que te quedes.

Desmond hablaba como un mariscal del aire en plena batalla. Era absurdo, al fin y al cabo, se trataba de su marido. ¿Qué estaba diciendo Desmond? Cassie lo miró perpleja.

—¿Qué has dicho?

Él repitió sus palabras y Cassie lo miró anonadada.

—Desmond, mi padre puede morir y, te guste o no, iré a verlo. —Su mirada relampagueó.

—Irás en contra de mi voluntad y no volarás en uno de mis aviones —respondió él con frialdad.

—Si no me queda más opción, robaré un aparato —replicó Cassie, furiosa—. No doy crédito a mis oídos. Tienes que estar muy cansado o muy enfermo... ¿qué te pasa?

Cassie sollozaba, pero Desmond se mantuvo inflexible. Lo único que le importaba era la gira. ¿Quién era aquel hombre con el que se había casado?

—¿Tienes idea de las sumas de dinero que se han invertido en la gira? ¿Ya no te interesa? —espetó Desmond Williams.

—Claro que sí, y no haré nada por poner en peligro el proyecto, pero estamos hablando de mi padre. Te prometo que volveré dentro de dos días.

Cassie intentó recuperar la serenidad y recordó que los dos estaban sometidos a terribles presiones.

—No irás —insistió Desmond.

Parecía una conversación de sordos. ¿Qué pretendía hacerle Desmond? Cassie lo miró y empezó a temblar.

—¡No tienes opción! ¡Me voy y Billy viene conmigo! —gritó, perdiendo el dominio de sí misma.

—No lo permitiré.

—¿Y cómo piensas impedirlo? —De pronto Cassie vio a su marido bajo una nueva luz. Jamás se había mostrado tan cruel con ella. Acababa de descubrir otra faceta de la personalidad de Desmond—. ¿Piensas despedirnos? La gira está por comenzar y no creo que puedas sustituirnos.

—Tarde o temprano, nadie es irreemplazable. Y, ya que hablamos del asunto te diré algo: si no regresas a tiempo, me divorciaré de ti y te demandaré por incumplimiento de contrato. ¿Está claro? Has firmado un contrato conmigo para realizar esta gira y espero que lo cumplas.

Cassie no daba crédito a sus oídos. ¿Quién era aquel individuo? Si Desmond hablaba en serio, más que un ser humano era un monstruo.

Abrió la boca mientras lo escuchaba pero fue incapaz de articular palabra. Nick no se había equivocado: a Desmond sólo le importaba la gira. Cassie, sus sentimientos o la gravedad de su padre lo traían sin cuidado. Sería capaz de divorciarse si ella suspendía la gira. Parecía increíble... tan increíble como todo lo que acababa de oír.

Cassie se acercó lentamente al escritorio y lo miró, al tiempo que se preguntaba si alguna vez había conocido a su marido.

—Haré la gira por ti, y todo saldrá bien, pero en cuanto termine tú y yo tendremos una conversación.

Desmond no respondió. Cassie se dio la vuelta y abandonó

el despacho. Ella ponía en peligro lo único que a Desmond le importaba, pero la verdadera sorpresa era que, para él, la gira representaba más que su matrimonio.

Cassie no hizo ningún comentario a Billy mientras subía al avión y llenaba los papeles de rigor. De pronto sintió que era un empleado más de Williams Aircraft.

Cuando despegaron su expresión era tensa. Billy se limitó a observarla. Cassie quería pilotar, así que el muchacho no se ofreció a hacerse cargo de los mandos. Así mantendría la mente ocupada en lugar de inquietarse por su padre. Billy notó que estaba afectada, aunque más que preocupada parecía colérica.

—¿Qué te dijo? —preguntó—. Me refiero..., me refiero a nuestra partida.

—¿De veras quieres saber qué me dijo Desmond? —preguntó Cassie gélidamente y Billy asintió con la cabeza—. Dijo que nos divorciaremos si no hago la gira. También añadió que me demandará por incumplimiento de contrato.

Billy tardó un minuto en asimilarlo y entonces reaccionó.

—¿Qué dices? Seguramente bromeaba.

—No estaba bromeando. Habló con absoluta seriedad. Si cancelamos la gira nos quitará hasta la camiseta. Al menos a mí. Para él la gira representa más de lo que supuse. Billy, se trata de la gran ocasión. Grandes inversiones, grandes sumas de dinero, grandes apuestas, y grandes castigos si la fastidiamos. Tal vez sería capaz de demandar a nuestras familias si nos estrellamos con su avión —acotó sarcásticamente.

Billy la escuchó azorado. Cassie estaba contrariada y profundamente decepcionada.

—Cass, eres su esposa. —El joven piloto no entendía claramente lo que Cassie acababa de decir.

—Parece que no —repuso ella—. Sólo soy una empleada. —El magnate la había desilusionado y Cassie recordó que las familias no eran su fuerte—. Le dije que en dos días volveríamos. Billy, si no regresamos acabará con nosotros.

Cassie rió. Estaban metidos en un buen lío... pero al menos

estaban juntos. Agradecía que Billy hubiese decidido acompañarla; era el único amigo auténtico que tenía.

—No padezcas, volveremos a tiempo. Tu padre se recuperará. —Billy intentaba tranquilizarla.

Una vez en el Mercy Hospital, comprobaron que Pat estaba muy grave. Tres monjas y una enfermera se encontraban junto a su lecho y el cura acababa de darle la extremaunción. Sus hijas y nietos estaban presentes y Oona lloraba quedamente.

Cassie se ocupó de los niños y los mandó fuera con Billy, que se las arreglaría porque tenía mucha mano con los niños. Uno de sus cuñados se ofreció a ayudarlo. Luego abrazó a su madre y habló con sus hermanas. Pat no se había recuperado ni había recobrado el conocimiento desde que Glynnis la llamó. Pocos minutos después el cardiólogo habló con Cassie y dijo que era muy difícil que Pat superara ese trance.

Cassie no daba crédito a sus oídos ni entendía qué le había ocurrido a su padre. Lo había visto hacía cuatro semanas y, aunque no estaba rozagante, tampoco daba para pensar que se encontraba tan mal. Por lo visto, hacía tiempo que el corazón le enviaba señales, pero las ignoró a pesar de que Oona insistió en que consultase al médico.

Oona, Cassie y las tres hermanas pasaron la noche junto al lecho de Pat. Por la mañana no hubo novedades. A última hora del día siguiente, recobró el conocimiento y sonrió débilmente a su esposa. Fue el primer indicio esperanzador. Al cabo de dos horas Pat volvió a abrir los ojos, apretó la mano de Cassie y le dijo que la quería.

Ella pensó en lo mucho que había querido a su padre de pequeña, en lo bueno que había sido con ella y en cuánto le gustaba volar con él... Pensó muchas cosas y evocó un centenar de momentos imborrables.

Después de otra noche insomne para las O'Malley —mientras las monjas las acompañaban en la silenciosa vigilia y rezaban el rosario—, por la mañana el estado de Pat se estabilizó y el médico afirmó que se trataba de una recuperación milagrosa.

Previó dos meses de reposo absoluto, básicamente en casa, después de los cuales, con un poco de suerte, Pat quedaría totalmente repuesto. De todos modos, tendría que cuidarse, fumar menos, beber menos whisky y privarse de los helados preparados por Oona. Cassie se sintió muy aliviada y lloró en el pasillo con sus hermanas. Su madre seguía en la habitación y decía a su marido que tendría que cuidarse con los helados.

—¿Quién se ocupará del aeropuerto? —preguntó Megan mientras estaban en el pasillo.

Actualmente Pat no tenía ayudantes y, desde la partida de Nick, Cassie y Billy, llevaba toda la responsabilidad. El médico había dicho que tal vez ése había sido un factor coadyuvante. En los últimos tiempos Pat no contaba con nadie que le echase una mano en el aeropuerto.

—¿Conoces a alguien? —preguntó Cassie a Billy. Hacía dos días que el muchacho acompañaba a los O'Malley, como habría hecho Chris. Billy se había convertido en un hijo más.

El joven no conocía a nadie que pudiera ayudarlos. La mayoría de los aviadores jóvenes sin trabajo estable habían ingresado en la RAF como voluntarios después de que lo hiciera Nick. Cassie lo miró significativamente.

—¿En qué piensas? —preguntó Billy. Esa misma noche tenían que regresar a Los Angeles. Tres días después comenzaba la gira del Pacífico. Billy le adivinó el pensamiento o creyó adivinárselo—. ¿Estás pensado lo que creo que estás pensando?

—Es posible. —Ella lo miró con ceño. Se trataba de un gran paso, sobre todo después de las amenazas de Desmond. Era un paso de gigante, probablemente definitivo. Y para Cassie, el único paso posible. Y si por eso Desmond pedía el divorcio, allá él. Se trataba de su padre—. No es necesario que te quedes conmigo. Regresa para que no se enfade contigo.

—No me iré sin ti —repuso Billy con firmeza.

—Puede que Desmond encuentre un piloto que me sustituya.

Pero eso era imposible. Después de la promoción del año anterior y de la minuciosa organización, sin Cassie la gira no tendría el mismo impacto y Desmond lo sabía.

—¿Qué vas a hacer? —preguntó Billy. Sobre lo que Cassie iba a hacer no existía duda, lo que estaba por verse era cómo lo haría.

—Lo llamaré y le diré que postergue la gira. No hace falta que la suspenda, bastará con que la postergue. Sólo necesito dos meses, tres como máximo, hasta que papá se recupere. Me quedaré aquí y me encargaré del aeropuerto.

—Me quedaré contigo... definitivamente. —Billy sonrió—. Dentro de diez minutos los dos estaremos sin trabajo. —De repente reparó en que para Cassie se trataba de algo más que de un trabajo: era su matrimonio lo que estaba en juego.

Después de las amenazas de Desmond, ella no sabía si su matrimonio existía, o si alguna vez había existido. Tal vez Nick siempre había tenido razón o quizá Desmond se dejó arrastrar por las emociones del momento y ahora estaba arrepentido. Todavía no la había llamado. Hacía dos días que Cassie no sabía nada de él.

Cinco minutos más tarde, Cassie telefonéo desde la centralita del hospital. La señorita Fitzpatrick la atendió impávida y fue en busca de Desmond.

El magnate se puso casi inmediatamente al teléfono y Cassie lamentó la falta de intimidad del vestíbulo del hospital.

—¿Dónde estás? —preguntó Desmond sin más.

—En el hospital de Good Hope, junto a mi padre. —Lo dijo como para recordárselo, pues el magnate no había preguntado por ella ni por la salud de Pat. Al parecer, le importaba bien poco—. Desmond, lamento que haya ocurrido esto...

—Cassie, no estoy dispuesto a escucharte —la interrumpió con aspereza—. Recuerda lo que te dije antes de tu partida. Hablaba absolutamente en serio.

Cassie respiró profundamente y recordó que estaba hablando con el hombre con quien se había casado hacía cuatro meses y medio. De repente le costó creerlo. Desmond era tal como Nick había dicho.

—¡Recuerdo perfectamente tus palabras! —exclamó—. Y también recuerdo que me casé contigo. Por lo visto lo has olvidado. En la vida hay otras cosas aparte de las giras mundiales. No soy una máquina, un piloto con faldas ni uno de tus empleados. Soy un ser humano con familia y hace dos días mi padre estuvo al borde de la muerte. No estoy dispuesta a dejarlo. Tendrás que aplazar la gira dos o tres meses. Lo haré en septiembre u octubre. Ya te ocuparás de fijar la fecha más conveniente. Introduce las adaptaciones necesarias de acuerdo con las condiciones meteorológicas y, si es necesario, modifica la ruta. Haré lo que me pidas, pero ahora no emprenderé la gira. Aquí me necesitan y aquí me quedo.

—¡Maldita puta! —chilló Desmond—. ¡Eres una zorra egoísta y caprichosa! ¿Acaso ignoras todo lo que he invertido en este proyecto? Y no sólo me refiero al dinero, sino al tiempo, al interés y al esfuerzo. ¿Ignoras lo que esto significa para mí y para el país? Lo único que te importa es tu patética vida con tu penosa familia y el miserable aeropuerto de tu padre. —El magnate habló con profundo desprecio.

Cassie no atinaba a creérselo, estaba totalmente desconcertada. En ese momento experimentó un profundo dolor físico y comprendió que Desmond Williams y ella jamás habían sido un matrimonio. Sólo había sido un instrumento al servicio de sus propósitos.

—¡Desmond, tus insultos no me afectan! —exclamó, en medio de la entrada del hospital y no le importó que pudieran oírla—. Aplaza o cancela la gira. Haz lo que quieras. Ahora no me moveré de aquí. En otoño haré el vuelo que quieras, pero dentro de tres días no emprenderé ninguna gira. Me quedo con mi padre.

—¿Y Billy? —preguntó Desmond, furioso y con ganas de despedirlos a los dos, pero se dio cuenta de que no le convenía.

—Se queda a mi lado, con mi penosa familia y en nuestro miserable aeropuerto. Además, quiero que sepas que no haré la gira sin Billy. Si te interesa, tenlo en cuenta. Comunícame tu decisión. Ya sabes dónde encontrarme.

—Cassie, nunca te lo perdonaré.

—Lo sé. —La joven no pudo contenerse y preguntó—: ¿Por qué estás contrariado si sólo propongo un aplazamiento?

—Me fastidian las molestias y el aplazamiento. No tengo por qué aguantar tus ramalazos de sentimentalismo.

—Podría haber sido yo la que enfermara... soy un ser humano. ¿Por qué no le dices a la prensa que estoy enferma o algo así? Dile que estoy embarazada.

—No digas tonterías.

—A decir verdad, me decepcionas profundamente. Avísame cuando tomes una decisión. Los próximos dos meses estaré en el aeropuerto. Llámame a la hora que sea —concluyó con los ojos llenos de lágrimas y colgó.

Había pensado decirle que lamentaba aplazar la gira, pero Desmond la trató tan desaprensivamente que al final calló. No se alegraba de ese aplazamiento y sabía que sería muy duro para todos, pero no podía fallarle a su padre. Pat siempre la había apoyado y Cassie quería que supiese que ahora contaba con ella. Tras colgar se sintió frustrada y las manos le temblaban. Alzó la vista y su mirada se encontró con la de la anciana monja que atendía la centralita. La religiosa le sonreía y, desde su asiento, le hizo la uve de la victoria con los dedos.

—¡Así se habla! —exclamó la monja—. Cass, este país te idolatra y puede esperar dos o tres meses más. Haces muy bien quedándote junto a tu padre.

Cassie le sonrió agradecida y fue en busca de Billy para comunicarle las novedades.

—¿Qué te dijo? —preguntó el joven.

—Todavía no lo sé claramente. Le dije que aplazara la gira hasta septiembre u octubre. Se puso hecho un basilisco. También le dije que te quedas aquí conmigo y que no volaré sin ti. Le dije que lo tomara o lo dejara, pero insistí en que tú y yo estamos juntos.

Billy lanzó un silbido ante esa muestra de coraje por parte de Cassie y le palmeó el hombro.

Cassie comprendió que se enfrentaba a muchas cosas: la gira, su matrimonio, todo lo que Desmond le había dicho... y lo que no le había dicho. El magnate había mostrado su verdadero rostro. Ella ya no se hacía ilusiones: después de cuatro meses y medio, su matrimonio había dejado de existir en la realidad, por mucho que legalmente siguiera teniendo validez.

Sin embargo, Cassie no contaba con que al día siguiente Desmond se presentaría en Good Hope acompañado por más de cien periodistas y dos equipos de rodaje de noticiarios.

Desde la escalinata del Mercy Hospital, el magnate comunicó que, debido a circunstancias ajenas a su voluntad, la gira del Pacífico se aplazaba hasta octubre. Explicó que Pat O'Malley, su suegro, estaba gravemente enfermo y que Cassie no se separaba de su lado. Ella se ocuparía durante dos meses del aeropuerto de su padre y en septiembre volvería a entrenarse para la gira.

Desmond la pilló totalmente desprevenida y confirmó una vez más todo lo que Nick había dicho: Desmond Williams era un cabrón de la cabeza a los pies.

El magnate ni siquiera le había avisado de su llegada. Se presentó en el hospital, preguntó por Cassie y, cuando ella salió, se encontró con el vestíbulo atiborrado de periodistas. A continuación, Desmond celebró una rueda de prensa en la escalinata del hospital. Cassie estaba ojerosa, cansada y distraída, que era exactamente lo que su marido pretendía. Desmond deseaba que el país entero la compadeciera y le perdonase el aplazamiento de la gira. En este aspecto no había nada que temer, pues el público estaba dispuesto a perdonárselo todo. Era Desmond el que no la perdonaba, y obtuvo de ella todo lo que buscaba. Cassie estaba tan agobiada, extenuada y dolida que se echó a llorar cuando los periodistas le preguntaron por su padre. Y eso era precisamente lo que Desmond esperaba.

Cuando la prensa se retiró, el magnate caminó con Cassie por el jardín del hospital y le explicó lo que pretendía. Le dijo que sólo disponía de dos meses «de permiso» y que luego haría la gira. El 1 de septiembre debía regresar a Los Angeles y el 4 de octubre emprender la gira, siguiendo la misma ruta e introduciendo ligeros cambios para adaptarse a las condiciones meteorológicas. La modificación de dicho plan o la negativa de Cassie a presentarse en Los Angeles en la fecha prevista acabaría en los tribunales. Para cerciorarse de que no quedaban cabos sueltos, Desmond llevaba contratos que tanto ella como Billy debían firmar. Asimismo, le comunicó que regresaba a

Los Angeles en el avión con que Cassie había volado a Good Hope.

—¿Algo más? —repuso ella con frío sarcasmo—. ¿Quieres mi ropa interior o mis zapatos? Creo que también los has pagado. He dejado en Los Angeles la sortija de compromiso, pero puedes quedártela, al fin y al cabo es tuya. Y aquí tienes la alianza.

Cassie se quitó el anillo del dedo y se lo ofreció. Todo lo ocurrido en los últimos días era una pesadilla. Desmond la miró con frialdad. Ese hombre no sentía nada por nadie, ni siquiera por la chica con quien se había casado.

—Será mejor que la lleves hasta que termine la gira, así no darás pie a cotilleos. Cuando concluya el viaje podrás deshacerte discretamente de ella. Hazlo como quieras.

—Sólo lo has hecho por la publicidad, ¿no? Todo ha sido una estratagema promocional para la gira, me refiero a la novia de América y al gran magnate. ¿Para qué te has tomado tantas molestias? ¿Quién eres en realidad? ¿Sólo lo haces para castigarme porque he aplazado la gira? ¿Acaso es tan grave? Sé que cambiar los planes es incómodo y costoso. Pero ¿qué habría ocurrido si hubiéramos tenido un problema con el avión... o yo hubiera enfermado? ¿Y si me hubiese quedado embarazada?

—Ese riesgo jamás existió. Soy estéril.

Hasta entonces Desmond no se lo había dicho. Le había permitido creer que algún día, cuando ella estuviera preparada, podrían tener hijos. A Cassie le costó aceptar hasta qué punto la había engañado. Desmond acababa de mostrarle claramente sus cartas. Todo le daba igual. Lo único que pretendía era que ella hiciese la gira; sabía que podía demandarla e incluso destruirla públicamente. Pero a Cassie le traía sin cuidado lo que el magnate pudiese hacerle. Lo único que le importaba era que le había mentido; le había propuesto matrimonio y le había dicho que la amaba, y todo era un simulacro. Desmond sólo vivía para su gira y sus aviones... y para la publicidad que obtendría de todo ello.

—¿Qué quieres de mí? —Cassie lo miró con pena.

—Que vueles. Es lo único que siempre he querido de ti.

Quiero que vueles y que todos se enamoren de ti. El que yo te ame o no nunca fue importante.

—Para mí sí —reconoció con lágrimas en los ojos. Ella había creído sinceramente en él.

—Cassie, eres muy joven y algún día te alegrarás de haber hecho todo esto.

—No hacía falta que te casaras conmigo para que realizase la gira. Lo habría hecho de todos modos.

—Pero no habrías tenido el mismo impacto en el público —dijo Desmond sin ambages.

Casarse con ella había sido un negocio más. Cassie se preguntó si alguna vez el magnate se había interesado realmente por ella. Probablemente hasta la luna de miel había sido una impostura. Además, desde que regresaron todo lo que habían compartido se redujo al trabajo y los negocios. Desmond no había perdido ni un instante en el romance.

—Nunca te tomaste la gira en serio y este aplazamiento lo demuestra —añadió Desmond—. Tendría que haber elegido a otro piloto, pero tú parecías la persona adecuada.

El magnate la miró como si ella lo hubiese engañado y Cassie lo observó azorada.

—Ojalá hubieses elegido a otro piloto —murmuró.

—Pues ya es demasiado tarde para los dos. Pase lo que pase, tenemos que seguir adelante. Ya no hay camino de retorno.

—Yo creo que sí. —Cassie lo miró significativamente.

Desmond no tenía nada más que decir. No se disculpó, no se mostró arrepentido ni la reconfortó. Le repitió que debía estar en Los Angeles en la fecha acordada.

El magnate regresó al aeropuerto y una hora después emprendió el vuelo. Había obtenido lo que quería: el compromiso de que realizarían la gira y más publicidad a costa de Cassie.

Una semana después todo el país estaba enterado del infarto sufrido por su padre; sus compatriotas la habían visto llorar y se solidarizaban plenamente con ella. La gira se volvió incluso más emocionante.

El hospital Mercy se llenó de ramos de flores, regalos y tarjetas en las que deseaban a Pat una pronta recuperación. Cassie no se esperaba una respuesta tan efusiva, pero Desmond sí. Como de costumbre, lo había calculado al dedillo.

El magnate no dejó de informar a la prensa y desde Los Angeles ofreció entrevistas sobre el trabajo de Cassie en Good Hope y los progresos que Williams Aircraft hacía en el avión en que emprendería la gira.

En agosto unos de los ingenieros detectó un posible fallo en uno de los motores. Llevaban a cabo pruebas en el túnel aerodinámico del Instituto de Tecnología de California cuando el motor se incendió y causó graves daños al avión. Aunque se comunicó a la prensa que podían repararlo, el aplazamiento de la gira resultó providencial. La aviadora se enteró por el periódico. Le leyó la noticia a Billy y éste lanzó un silbido de sorpresa.

—Muy bonito, ¿eh? ¿Te habría gustado salir a orinar sobre el motor número uno mientras sobrevolábamos el Pacífico? —bromeó Cassie.

—Capitana, si me das la cerveza necesaria soy capaz de grandes hazañas.

Para Cassie fue un verano complicado. No había terminado de asumir sus problemas con Desmond. Pensaba mucho en Nick y deseaba escribirle, pero no sabía qué decirle. Por extraño que parezca, costaba reconocer que Desmond era tan hipócrita como Nick había asegurado. Era un ser patético...

Al final, le escribió una carta en la que le contaba el quebranto de salud de su padre y el aplazamiento de la gira. Le reiteró que siempre lo amaría. Decidió dejar para más adelante todo lo que se había dejado en el tintero. La atraía la posibilidad de alistarse voluntaria en la RAF, pero no quería pensar en esa alternativa hasta después de realizar la gira del Pacífico. Tal vez en noviembre podría volar a Inglaterra a verlo. Hacía dos meses que no tenían noticias de Nick, lo cual no era insólito. La guerra en Europa causaba estragos, pero suponían que el piloto estaba a salvo.

Cassie lo añoraba y se informaba todo lo que podía sobre los combates aéreos en Inglaterra.

La gira prácticamente había perdido su encanto. Hacerla bajo amenaza no era lo mismo que llevarla a cabo por amor o como proyecto compartido. De todas maneras, sería interesante y Cassie quería realizarla de una vez. Sólo entonces podría seguir el curso de su vida.

Desde que le dieron el alta en el hospital, Pat no había dejado de hacer progresos en casa. Perdió varios kilos, dejó de fumar, apenas probaba el alcohol y tenía un aspecto más saludable. A finales de agosto iba diariamente al aeropuerto. Se sorprendió de todo lo que Cassie y Billy habían hecho y agradeció su ayuda al joven piloto. Su hija conquistó definitivamente el corazón de Pat. Comentaba con todos que era una muchacha excepcional y maravillosa y, como si nadie lo supiera, que había aplazado la gira del Pacífico para cuidarlo. Cassie no le había hablado de sus problemas con Desmond, pero Pat no tardó en advertir que algo la afectaba. Se preguntó si tenía que ver con Nick o si se trataba de otra cosa. Padre e hija hablaron la víspera de su partida.

—Cass, ¿estás preocupada por Nick? —A Pat le inquietaba la intimidad que esos dos habían compartido la última vez que se vieron. Lamentaba que no hubieran conseguido ponerse de acuerdo. Sin embargo, Cassie no podía esperarlo indefinidamente. Pat había intentado explicarle a su amigo que cometía un grave error, pero los jóvenes nunca escuchan a los mayores. Claro que Nick tampoco era tan joven y, por experiencia, tendría que haber sabido un par de cosas. Como la mayoría de los hombres, cuando de las mujeres se trataba, no se enteraba de nada—. Cassie, no puedes pensar en él, recuerda que estás casada con otro. —Su hija asintió, reacia a contarle la verdad. Estaba muy avergonzada de su error con Desmond, que la había engañado por completo—. Cassandra Maureen, ¿me ocultas algo?

A pesar de sus reticencias, finalmente Cassie le reveló sus

angustias. Pat se quedó alelado. Coincidía exactamente con lo que Nick había dicho.

—Papá, Nick tenía razón en todo.

—¿Y qué piensas hacer?

A Pat le habría gustado darle una paliza a Desmond. Había jugado sucio con una buena chica como su hija y la había explotado vilmente en beneficio propio y para cubrirse de gloria.

—No lo sé. Desde luego realizaré la gira. Se lo debo. Cumpliré mi palabra, aunque sospecho que Desmond no está seguro de que lo haga. Pero después... —Cassie tomó aliento y por enésima vez se repitió que no le quedaban más opciones—. Supongo que nos divorciaremos. Estoy convencida de que él lo presentará como si yo hubiera hecho algo espantoso. Manipulará a la prensa para que se ponga de su parte. Es más taimado de lo que suponía, y bastante más infame.

—¿Te compensará? —preguntó su padre. Desmond Williams era muy rico y podía pagar generosamente ese desengaño.

—Lo dudo. Ganaré la cifra acordada por la gira. Desmond pensaba reducirla a causa del aplazamiento, pero no lo hizo. Y yo no necesito nada más. No quiero nada de él, ya ha sido bastante generoso.

Cassie podría vivir toda la vida de la fama que Desmond le había ayudado a conseguir, lo cual era pago más que suficiente. No quería nada más del magnate.

—Lo siento, Cassie, lo siento muchísimo. —Pat se sintió muy afectado por la situación. Padre e hija decidieron no decírselo a Oona para no angustiarla—. Ahora lo único que importa es que realices la gira y regreses sana y salva. Después resolverás el resto de tus problemas.

—Puede que a mi regreso lleve bombarderos a Inglaterra, como Jackie Cochran.

En junio, Jackie Cochran había pilotado un bombardero Hudson de la Lockheed a Inglaterra y demostrado definitivamente que las mujeres eran capaces de pilotar aviones pesados.

—¡No digas disparates! ¡Pilotar bombarderos a Inglaterra! —Su padre puso los ojos en blanco y gimió—. Me provocarás otro infarto. Lamento el día en que te subí a un avión. Dime, ¿no puedes hacer algo corriente como atender una centralita, cocinar o ayudar a tu madre a llevar la casa? —bromeó Pat, que sabía que no existía la menor posibilidad de que ella dejase de volar. Luego le advirtió—: Cass, no corras riesgos innecesarios y ten cuidado. Presta atención a todos los detalles, por nimios que sean, y aguza tus sentidos.

De todos modos, Pat sabía que Cassie era muy competente: no conocía mejor piloto que su hija.

Por la mañana, cuando Cassie partió, todos lloraron, conscientes de los peligros de la gira del Pacífico. Ella y Billy también se deshicieron en lágrimas.

Pat y otro piloto llevaron a los jóvenes a Chicago, desde donde viajarían a California en un vuelo regular. Para variar, fue un cambio agradable. Las *skygirls* prodigaron atenciones a Cassie.

Billy y ella se instalaron en sus asientos y hablaron del mes de entrenamiento que los aguardaba. Había pasado el verano en paz, trabajando en el aeropuerto como en los viejos tiempos. Habían madurado y les esperaban días interesantes. A pesar de la actitud de Desmond, Cassie estaba entusiasmada con la gira.

—¿Dónde vivirás cuando lleguemos a Newport Beach? —preguntó Billy.

—Aún no lo he decidido. Me siento confundida... Supongo que no podré instalarme en un hotel. —Seguramente Desmond se lo impediría para evitar el escándalo. Después de lo ocurrido le parecía imposible convivir con él bajo el mismo techo. En los dos últimos meses no le había telefoneado ni una vez y las únicas cartas que recibió fueron de sus abogados o de la empresa.

—Si quieres, puedes quedarte en casa. En caso de que alguien se entere, diremos que forma parte del entrenamiento.

—Me encantaría —contestó ella, consciente de que no tenía otro sitio al que ir.

Esa noche Cassie fue a casa de Billy con el equipaje que había llevado desde Illinois y varios monos de piloto. Al día siguiente fueron al trabajo en la vieja cafetera de Billy. A pesar de que había ganado mucho dinero, el joven no se había comprado un coche nuevo ni pensaba hacerlo. Adoraba su destartalado modelo A, aunque la mitad de las veces ni siquiera arrancaba.

—Puesto que eres un piloto que lleva los mejores aviones, ¿cómo puedes conducir esta cafetera? —preguntó Cassie. Eran las tres y media de la mañana.

—Lo hago porque me gusta.

Cuando salió el sol estaban enfrascados en su trabajo y esa noche terminaron muy tarde. Tenían programado un vuelo nocturno de prácticas.

Cassie llevaba dos días en Newport Beach y no vio a Desmond hasta que se encontraron en un hangar próximo al despacho del magnate. Desmond mostraba a alguien las instalaciones de la empresa. Más tarde él fue a verla. Quería cerciorarse de que Cassie no diría nada inconveniente a la prensa.

—¿Dónde te hospedas? —preguntó.

Desmond había imaginado que Cassie no regresaría con él. En el fondo, le importaba un bledo siempre y cuando ella mantuviese la discreción. Había reunido las pertenencias de su esposa para almacenarlas en cajas selladas en un hangar. Lo único que le preocupaba era que Cassie no revelara la verdad. De todos modos, la conocía lo suficiente como para saber que no lo haría. Cassie era una mujer íntegra y leal. Estaba dispuesta a realizar la gira del Pacífico por él, y lo haría bien.

—Estoy en casa de Billy —respondió ella.

—Te agradeceré que seas discreta —añadió Desmond fríamente, aunque sabía que, a esas alturas, no pasaría nada si la prensa aireaba una trifulca de la pareja.

—Por supuesto. Nadie sabe que estoy viviendo en casa de Billy.

Cassie había pensado pedir ayuda a Nancy Firestone, pero no se había atrevido; ya no eran amigas.

Curiosamente, poco después de cruzarse con Desmond se encontró con Nancy Firestone. Ésta había terminado su jornada.

—El gran día se acerca, ¿no? —preguntó Nancy sonriente.

Todo el personal de Williams Aircraft contaba los días y los minutos de la cuenta atrás. Cassie sonrió y asintió con la cabeza; estaba muy cansada y tensa. El encuentro con Desmond al final de un largo día no la había animado. El magnate se mostraba tan seco y frío con ella que resultaba imposible imaginar que hubieran compartido algo más que una relación comercial. Por suerte Nancy se mostró afectuosa. Cassie se alegró de verla.

—Está cada vez más cerca. ¿Cómo está Jane? Hace mucho que no la veo.

—Está muy bien.

Las dos mujeres se observaron y Cassie percibió que Nancy la miraba de una forma extraña. Parecía a punto de decirle algo, pero no lo hizo. Cassie se preguntó si alguna vez ella la había ofendido y si ésa era la razón por la que Nancy se mostraba tan distante después de su boda con Desmond. Tal vez la incomodaba la nueva posición de Cassie. Esa posibilidad la hizo sonreír. Si eso era lo que había perturbado a Nancy, ya podía quedarse tranquila.

—Un día de estos deberíamos reunirnos —añadió Cassie e intentó mostrarse amistosa. Había sido Nancy la que la había ayudado cuando llegó a Los Angeles y se sentía tan sola.

Nancy la miró como si no diera crédito a sus oídos.

—Cassie, sigues sin entenderlo, ¿no?

—¿A qué te refieres? —Cassie se sintió idiota, pero estaba preocupada por muchas cuestiones y no podía jugar a las adivinanzas con Nancy.

—A que Desmond no es como esperabas. Son muy pocos los que lo conocen de verdad.

Cassie se puso tensa. No caería en la trampa de criticar a Desmond ante ella. Por lo que todos sabían, seguía siendo su marido.

—No te entiendo —respondió Cassie.

Miró a Nancy y de repente descubrió en ella mucho más de lo que hasta entonces había percibido: cólera, celos y envidia. ¿Acaso Nancy estaba enamorada de Desmond? ¿Había sentido celos de Cassie? De pronto comprendió que había sido muy ingenua y tuvo la sensación de que nadie era lo que parecía.

—No creo que debamos hablar de Desmond —agregó Cassie en voz baja—, a menos que él esté presente.

—Ya —replicó Nancy con arrogancia—. Sabía que contigo no duraría mucho. Sólo lo hizo para impresionar al público. Es una pena que no te enteraras a tiempo.

¿Qué sabía Nancy? ¿Qué le había contado Desmond? Cassie se ruborizó y se encogió de hombros.

—Reconozco que me resulta algo complicado. Allá en Illinois la gente suele casarse por otras razones.

—Estoy segura de que se prendó de ti y, si hubieras jugado bien tus cartas, incluso podrías haberlo retenido. Lo cierto es que no le gusta hacerlo con jovencitas. Cassie, lo que ocurrió es que, por encima de todo, lo aburriste.

Cassie la miró y finalmente comprendió de qué hablaba. En un instante lo entendió todo y supo que los dos la habían engañado vilmente.

—Nancy, ¿y tú no lo aburres? ¿Es eso lo que estás diciendo?

—Es evidente que no. Claro que yo soy más madura y le sigo el juego mejor que tú.

—¿A qué juego te refieres?

—Al juego de hacer exactamente lo que él quiere, cuando quiere y a su manera.

A Cassie le pareció que, más que de un matrimonio, se trataba de una transacción comercial.

—¿Eso estipula el contrato que has firmado con él? ¿Así conseguiste tu casa y aseguraste los estudios universitarios de Jane? Siempre pensé que era muy generoso pero está claro que hay más de lo que se ve a simple vista.

A todo eso se había referido Nick. Desmond Williams tenía amantes a las que pagaba elevadas sumas a cambio de que estuviesen a su servicio y pendientes de sus caprichos. En el caso de Nancy, encima había tenido que acompañar a Cassie a todas partes. Sin duda Nancy se había sentido muy dolida. Hasta cierto punto, a Cassie le habría divertido si no lo hubiese considerado repugnante.

—Desmond es muy generoso conmigo, pero no me hago ilusiones —apostilló Nancy con frialdad y la miró a los ojos—. Jamás se casará conmigo ni se comprometerá públicamente, pero sabe que estoy de su parte. Y el acuerdo funciona perfectamente para los dos.

Al oír la verdad de la situación y el calculado vacío con que presuntamente Desmond satisfacía sus necesidades, Cassie sintió ganas de abofetear a Nancy.

—¿Se acostó contigo mientras duró nuestro matrimonio? —preguntó Cassie, indignada por las revelaciones de Nancy.

—Por supuesto. ¿Dónde crees que pasaba las noches cuando no trabajaba? ¿A qué crees que se debe que no te hiciera el amor? Cassie, ya te lo he dicho, no le gusta hacerlo con jovencitas. Tampoco es tan perverso como parece. Pensó que no tenía sentido acostarse contigo y confundirte aún más. Todo lo hizo en aras de la gira. En ciertos aspectos Desmond es un perfeccionista.

—Y un auténtico malnacido. —Las palabras escaparon impulsivamente de sus labios.

Cassie miró a Nancy y repentinamente la detestó tanto como a Desmond. Para ellos todo había sido un juego, un engranaje más del proyecto de la gira del Pacífico y de una trama aún más sórdida. La boda sólo había sido un truco publicitario, ya que Desmond no dejó de acostarse con Nancy. No era de extrañar que ésta se hubiera mostrado tan fría desde la boda. Quizá al principio Nancy temió perder su posición, pues tenía diez años más que Cassie y no era tan excitante ni guapa.

—¿Y no temiste que se enamorara de mí? —preguntó Cassie, y se alegró de ver que la mujer se sobresaltaba.

—En absoluto. Además, lo hablamos. Realmente no eres su tipo.

—Dadas las circunstancias, tu respuesta es un cumplido. —Cassie decidió darle un pequeño golpe de gracia—: Supongo que también sabes que no eres la única que tienes un arreglo con Desmond. —Lo dijo en tono confidencial y el comentario inquietó a Nancy. Su vida y su futuro dependían de su «arreglo» con el magnate.

—¿Qué quieres decir?

—Que hay otras como tú, con su casa, su contrato, su arreglo... Desmond no es de los que se sienten satisfechos con una sola mujer.

Nancy la miró aterrorizada.

—Mientes. ¿Quién te ha dicho semejante cosa?

—Alguien que lo conoce. Me contó que hay varias más. Ya me entiendes, una especie de competencia...

—No te creo. —Las palabras de Nancy parecían una bravuconada.

—Nancy, yo tampoco me lo creía, pero ahora lo sé. Bien. Me alegro de verte. —Sonrió—. Saluda de mi parte a Desmond.

Cassie se alejó. Se le había quitado el apetito. El encuentro con Nancy Firestone le había cerrado el estómago. Se sentía mareada cuando se reunió con Billy en el hangar.

—¿Has traído mi cena? —preguntó Billy.

En menos de media hora debían participar en una reunión y el chico estaba famélico.

—Me la comí por el camino —bromeó Cassie.

Billy notó que estaba muy pálida.

—Cass, ¿estás bien? Tienes cara de haber visto un espectro. ¿Ocurre algo con Pat?

—No, mi padre está bien. Esta mañana hablé con mamá.

—Entonces, ¿qué te pasa?

Cassie vaciló, pero finalmente se sentó en una silla y le contó su encuentro con Nancy Firestone y todo lo que ésta le había dicho.

—¡Maldito hijo de puta! —exclamó Billy apretando los dientes—. Su juego es diabólico. La pena es que se dedique a arruinar vidas ajenas, sería mejor que sólo se mezclara con los de su calaña.

—Me figuro que es lo que hace, al menos parcialmente. —Cassie se dijo que Nancy Firestone jamás había sido la amiga que supuso—. Después de la gira abandonaré Los Angeles y pasaré una temporada en Good Hope. Creo que aquí ya no tengo nada que hacer.

Billy asintió, y la compadeció. Cassie era una buena chica.

Ahora Cassie entendía por qué no habían hecho el amor y

337

Desmond no mostraba interés por ella. Había seguido viéndose con Nancy y Dios sabe con cuántas más. Tal vez era una suerte que el magnate no se hubiera interesado sexualmente por ella, pues en ese caso probablemente ahora se sentiría peor. Se sentía traicionada y muy imbécil. Lo peor era que había creído ciegamente en el muy cabrón.

—¿Y ahora qué haremos? —quiso saber Billy. Pensaba que, en virtud de la traición de Desmond, Cassie sería capaz de largarse, con o sin contrato de por medio. Pero la joven estaba decidida a cumplir sus compromisos. Su actitud dejó admirado a Billy.

—Pues realizaremos la gira. Para eso hemos venido, lo demás no cuenta.

—¡Así se habla!

Billy la abrazó y la invitó a cenar, pero Cassie apenas probó bocado.

A partir de ese momento las ruedas de prensa fueron continuas y en público Desmond se mostraba amable con ella. Hubo muchas bromas, anécdotas divertidas y ligeras muestras de afecto. En apariencia todo era conmovedor y genuino. Resultaban muy convincentes para los que no les conocían personalmente.

Ella se mostraba más seria que antes, hecho que los periodistas atribuyeron a las tensiones de la cuenta atrás. Cassie se había propuesto una hazaña de gran envergadura, no cesaba de entrenarse y, como Desmond repitió a la prensa hasta el hartazgo, había pasado el verano cuidando de su padre.

—¿Cómo está su padre? —preguntó uno de los reporteros.

—Se ha recuperado muy bien. —A continuación dio las gracias al pueblo norteamericano por las flores, las tarjetas y las cartas que le habían enviado—. Le sirvieron de apoyo. Vuelve a volar, aunque con copiloto.

La prensa se lo creyó, de la misma forma que todo lo que Desmond decía. Pero ahora Cassie conocía su juego. Billy se maravilló de lo bien que interpretaba su papel.

—¿Estás bien? —le preguntó el joven piloto en voz baja al concluir una rueda de prensa.

Desmond se había mostrado muy afectuoso con ella y Billy notó que Cassie se sentía incómoda.

—No te preocupes —respondió ella. Billy sabía lo dolida y traicionada que se sentía.

Cassie odiaba tanta hipocresía. Por la noche tenía pesadillas. Cierta vez Billy la oyó llorar en la habitación contigua.

Cassie no volvió a encontrarse a solas con Desmond hasta la víspera del inicio de la gira. Esa tarde había ofrecido una multitudinaria rueda de prensa y después Billy y ella habían cenado en el restaurante mexicano preferido de la aviadora.

Cuando regresaron se encontraron con Desmond, que los esperaba. Estaba sentado en el coche. Se apeó y dijo a Billy que quería hablar a solas con Cassie.

—Sólo quiero desearos suerte... Te veré mañana antes del despegue, pero quería que supieras que... bueno, que lamento que las cosas no salieran como esperábamos. —El magnate intentaba mostrarse magnánimo, pero Cassie se enfureció.

—No sé qué esperabas tú, pero yo esperaba tener una vida, un marido e hijos.

Desmond sólo esperaba una gira mundial y una amante.

—Pues tendrías que haberte casado con otro. Yo sólo buscaba una socia, nada más. Se trata de un negocio, ¿lo entiendes, Cassie?

Tuvo el descaro de hablar como si las cosas hubieran salido como él esperaba, como si no le hubiese mentido en todo. Cassie podría haberlo soportado, podría haber aguantado muchas cosas si Desmond hubiese sido sincero.

—Desmond, creo que no tienes ni la más remota idea de lo que significa la palabra matrimonio.

—Es posible —admitió sin inmutarse—. A decir verdad, es algo que nunca me ha interesado.

—¿Por qué te casaste conmigo? Habría hecho la gira sin necesidad de llegar a esto, no hacía falta mentir, ni la boda, ni ninguno de tus montajes. Me has usado —lo acusó, aliviada de expresarlo.

—Nos hemos usado mutuamente. En dos meses te convertirás en la estrella más fulgurante de la aviación. Yo te he subido a ese pedestal en uno de mis aviones. Cassie, es una apuesta muy arriesgada. Estamos en paz.

El magnate estaba satisfecho de sí mismo. Era lo único que quería. Ella no significaba nada para él. Nunca le había importado, y eso era lo más difícil de asumir.

—Te felicito. Espero que disfrutes tanto como esperabas.

—Ya lo creo. —Desmond no tenía ninguna duda—. Y tú también lo disfrutarás, lo mismo que Billy. En este caso todos ganaremos.

—Siempre y cuando no surjan contratiempos. Das demasiadas cosas por supuestas.

—Estoy en mi derecho. Vuelas en un avión extraordinario y eres una excelente aviadora. No hace falta nada más, salvo un poco de suerte y condiciones meteorológicas favorables. —La observó atentamente, esperanzado en que hiciera las cosas bien por él, pero no le ofrecía nada a cambio, salvo gloria y dinero. El amor no formaba parte de sus planes. Era incapaz de sentir afecto—. Cass, os deseo mucha suerte —concluyó en voz baja.

—Gracias —replicó la joven, y entró en el apartamento de Billy.

—¿Qué quería? —preguntó Billy. Temía que Williams le hubiese dicho algo perturbador.

—Desearnos suerte; a su manera, por supuesto. Es un ser vacío. Al final lo he comprendido... no tiene nada en su interior.

Aquello era más cierto de lo que Cassie imaginaba: Desmond Williams no tenía alma, sino codicia, capacidad de cálculo y una inagotable pasión por los aviones, no por las personas. Cassie no era más que un instrumento, no se diferenciaba de una llave inglesa de las utilizadas para ajustar los motores. Era el vehículo de su éxito, la rueda dentada de una de sus máquinas, un engranaje insignificante. Desmond Williams era el titiritero, el diseñador, el espíritu sustentador. A sus ojos, Cassie era un detalle irrelevante.

18

El *Estrella polar* despegó a la hora prevista la mañana del 4 de octubre. Varios centenares de personas lo despidieron. El arzobispo de Los Angeles bendijo el avión. Hubo champán para todos y Cassie puso rumbo al horizonte siguiendo una ruta indirecta destinada a batir récords de distancia y soslayar los peligros que el mundo ofrecía en esos días.

Volaron hacia el sur, hasta la capital de Guatemala, y en una sola etapa cubrieron 3.540 kilómetros sin repostar. Cuando tomaron tierra consultaron los mapas, comprobaron la situación meteorológica y reunieron información sobre la zona. La gente estaba fascinada con el avión y una multitud acudió al aeropuerto. Desmond había hecho un buen trabajo: todo el mundo estaba enterado de la gira de Cassie.

Un enjambre de periodistas los aguardaba en el aeropuerto de Guatemala; también había embajadores, emisarios, diplomáticos y políticos. La banda de marimbas interpretó canciones locales y Cassie y Billy posaron para los fotógrafos. Desde las hazañas de Charles Lindbergh, nadie había llamado tanto la atención de la prensa.

Al día siguiente, cuando partieron rumbo a San Cristóbal, en las islas Galápagos, Cassie bromeó con Billy:

—No es una vida desagradable, ¿eh?

Había menos de 1.800 kilómetros de distancia y apenas tardaron tres horas en recorrerlos con el extraordinario avión construido por la Williams Aircraft. En esa etapa Desmond vio cumplido su primer deseo: acababan de batir una marca de velocidad y distancia.

—Tal vez deberíamos hacer un alto y tomarnos unas vacaciones —propuso Billy.

Cassie sonrió mientras la saludaban los funcionarios ecuatorianos, el personal militar norteamericano y los lugareños. Hubo más fotos y el gobernador de las islas los invitó a cenar.

La gira del Pacífico iba viento en popa. Pasaron un día en San Cristóbal, examinaron el avión y consultaron los mapas y las previsiones meteorológicas.

De las Galápagos cubrieron casi 3.900 kilómetros hasta la isla de Pascua y tardaron exactamente siete horas. En esa etapa encontraron vientos inesperados y, aunque estuvieron muy cerca, no superaron el récord.

—Chica, espero que la próxima vez haya más suerte —dijo Billy mientras rodaban por la pista de la isla de Pascua—. Si no batimos más marcas es probable que tu marido queme nuestras naves.

Sabían que a Desmond le preocupaban los japoneses, que desde hacía un año ponían a punto un avión capaz de volar sin escalas de Tokio a Nueva York —casi 11.300 kilómetros— aunque, hasta ahora, sólo habían encontrado problemas y ni siquiera habían llegado a Alaska. El primer vuelo experimental estaba programado para dentro de un año. Desmond estaba empeñado en ganarles de mano, razón por la cual le interesaban tanto los vuelos de larga distancia sobre el Pacífico.

Mientras repostaban, comprobaron que la isla de Pascua era un lugar fascinante. Estaba habitada por aborígenes y vieron esculturas gigantescas. Oyeron leyendas que se remontaban a la prehistoria y descubrieron misterios que a Cassie le habría encantado desentrañar.

Pernoctaron en la isla de Pascua para emprender al otro día la larga etapa hasta Papeete, Tahití. Esta vez superaron el récord por los pelos. Cubrieron 4.350 kilómetros en siete horas y catorce minutos, sin sufrir ningún contratiempo.

Aterrizar en Tahití fue como llegar al paraíso. Cuando vio a las jóvenes de sarong desplegadas a lo largo de la pista, que les saludaban con guirnaldas de flores en las manos, Billy lanzó un grito de entusiasmo y Cassie rió.

—Por Dios, Cassie, ¿nos pagan por estas vacaciones? ¡Vaya, no me lo puedo creer!

—Pórtate bien o nos meterán en prisión.

Billy estaba prácticamente sin aliento y a punto de babearse. Era un niño grande y travieso, pero también un extraordinario navegante y un mecánico genial.

Cuando despegaron de la isla de Pascua el joven había percibido un ruido que no le gustó nada. Después de rendir el merecido homenaje a las jóvenes del lugar, regresaría al aparato y le echaría un vistazo. Por la noche, cuando telegrafiaron a Los Angeles, mencionaron el asunto, pero insistieron en que no era nada grave. Presentaban informes diarios de sus progresos y se alegraron de comunicar que acababan de batir otro récord.

En Papeete la mayoría hablaba francés. Billy chapurreaba lo imprescindible. El embajador de Francia ofreció una cena en su honor, pero Cassie se excusó porque no tenía más ropa que el mono de piloto. Alguien le prestó un hermoso sarong. Cassie se puso una gran flor rosa en el pelo y finalmente Billy la escoltó a la cena.

—Te aseguro que no te pareces en nada a Lindbergh —comentó el joven y la rodeó con el brazo mientras se dirigían desde el hotel hacia la embajada.

La relación entre ambos era estrictamente fraternal. Más tarde, mientras paseaban por la playa y hablaban del viaje, Cassie comentó que le gustaría que Nick estuviera allí. Papeete era un sitio mágico y sus habitantes, seres maravillosos. Era el lugar más hermoso que había visto en su vida, pero se negó a compararlo con la isla mexicana en que había pasado su luna de miel. Se trataba de un recuerdo que prefería enterrar.

Aquella noche Billy y Cassie permanecieron en la playa largo rato, hablando de las personas que conocían y de cuanto habían visto. La cena en la embajada había sido muy ceremoniosa y, con el sarong, Cassie sintió que no estaba a la altura de las circunstancias, aunque tampoco tan desharrapada como con su mono de vuelo.

—Algunas cosas todavía me asombran —dijo Cassie y acarició la flor con que esa noche había adornado sus cabellos—. ¿A qué se debe que tuviéramos tanta suerte? Fíjate en el avión que pilotamos por todo el mundo, en las personas que conocemos, en los sitios que visitamos... es como si fuera la vida de otro... ¿Cómo he llegado yo aquí? Billy, ¿alguna vez te sientes así?

En ocasiones Cassie se sentía muy joven, y en otras una anciana. Consideraba que en sus veintidós años había tenido mucha suerte.

—Cass, tú has pagado un alto precio por este viaje, pero reconozco que sí, que a veces me siento como si fuese otra persona —replicó Billy, y recordó el matrimonio de la aviadora—. Tengo la sensación de que en cualquier momento alguien me cogerá por el cuello y me preguntará qué hago aquí, ya que no es mi sitio.

—Desde luego que es tu sitio —afirmó Cassie—. Eres el mejor. Yo no habría podido hacer esta gira de no haber contado contigo. —Sólo existía otra persona con la que le habría gustado realizar la gira: Nick. Tal vez algún día...

—Cass, recuerda que acabará antes de que te des cuenta. Pensé en ello cuando llegamos a Papeete. Planificas, haces prácticas y sudas la gota gorda, todo un año, y después, en diez días, todo ha terminado.

Estaban en mitad de la gira del Pacífico y Cassie se apenó de sólo pensarlo. No quería que esa experiencia maravillosa concluyera tan pronto.

Regresaron lentamente al hotel y la joven hizo un comentario que sorprendió a Billy:

—Supongo que debería estarle agradecida a Desmond por esta oportunidad... y lo estoy, pero de una manera peculiar. Ya no me parece que se trate de su gira. Contó mentiras e intrigó, pero este viaje nos pertenece. Somos nosotros los que lo hacemos y los que estamos aquí. Desmond sigue en Los Angeles. De repente me parece que Desmond no es importante.

Billy se alegró de que Cassie no se atormentase con el maldito acuerdo que había firmado con el que hasta hacía poco consideraba su marido.

—Cass, olvídate de él. Cuando regresemos todo será agua pasada y recogerás los laureles.

—Yo nunca he querido la gloria —reconoció ella—. Sólo me interesaba la experiencia y saberme capaz de afrontarla.

—Sí, claro, coincido contigo —dijo Billy, que no se llamaba a engaño sobre el jaleo que estallaría cuando la gira acabara—. De todos modos, la gloria nunca sienta mal.

El copiloto sonrió jovialmente. Cassie rió y lo miró con ceño.

—Antes de partir estaba dispuesta a presentar una demanda de divorcio, pero decidí esperar hasta después de la gira para que no se enterase ningún periodista fisgón. No quise estropearla adelantando acontecimientos. De todos modos, los papeles están firmados y listos. —Cassie suspiró al recordar su visita al bufete. Había sido doloroso contarle lo ocurrido al abogado.

—¿En qué te basarás? —preguntó Billy.

Se le ocurrieron como mínimo seis puntos, desde adulterio hasta haberle roto el corazón a Cassie, si es que legalmente era causa de divorcio.

—En principio, en que tuvo una actitud fraudulenta. Sé que suena espantoso, pero el abogado sostiene que nos sobran motivos. Creo que intentaremos llegar a un acuerdo sin demasiados aspavientos. Tal vez un divorcio en Reno, si es que Desmond accede. En ese caso todo será rápido.

—Seguramente se avendrá a razones —opinó Billy.

Luego, se despidieron y se fueron a dormir.

Por la mañana se reunieron para desayunar en la terraza del hotel.

—¿Qué te parece si nos quedamos aquí para siempre? —Billy sonrió dichoso.

Desayunó tortilla francesa, varios *croissants* y un tazón de fuerte café, atendido por una tahitiana de dieciséis años y cuerpo espectacular.

—¿Y no nos aburriríamos?

Cassie sonrió y tomó asiento junto a su amigo. Papeete le gustaba, pero deseaba seguir viaje, llegar a Pago-Pago y de allí a la isla de Howland.

—Creo que jamás me aburriría —contestó, sonrió a la tahitiana y miró dichoso a Cassie—. Me encantaría acabar mis días en una isla. ¿Y a ti?

—Puede ser. Es probable que acabe mis días tal como los empecé, es decir, bajo la panza de un avión. Quizá alguien me fabrique una silla de ruedas adaptada.

—Yo te haré esa silla.

—Será mejor que antes eches un repaso al *Estrella polar*.

—¿Me estás diciendo que no puedo pasar el día tumbado en la playa? —Billy fingió escandalizarse.

Media hora después los dos llevaron a cabo un minucioso y riguroso examen del avión. Se habían acabado las bromas. Como era de prever, los fotógrafos y los lugareños se acercaron a observarlos.

El *Estrella polar* almacenaba ingentes cantidades de combustible y poco más: provisiones de emergencia, la radio, chalecos y una balsa salvavidas. Tenían cuanto necesitaban. En cada escala se acrecentaba la tentación de llevarse algunos recuerdos. Pero no había espacio ni querían cargar el aparato con un solo gramo de cosas que no fueran absolutamente imprescindibles.

Cenaron en el hotel, contemplaron una puesta de sol extraordinaria, dieron un paseo por la playa y se acostaron temprano. Por la mañana partieron hacia Pago-Pago. Cubrieron la distancia en cuatro horas y media y no batieron marcas. Fue un vuelo fácil, salvo por el leve ruido que Billy creyó percibir en un motor. Era lo mismo que había oído el día anterior y le pareció extrañamente persistente.

Aunque sólo estuvieron una noche, que pasaron en el aeropuerto, Pago-Pago les pareció un lugar de ensueño. Billy quería averiguar de dónde procedía ese sonido que tanto le preocupaba y a medianoche pensó que lo había localizado. Estaba convencido de que no se trataba de algo grave.

Telegrafiaron a Los Angeles, como hacían en cada escala, y por la mañana emprendieron el vuelo hacia la isla de Howland. Llevaban recorridos más de 14.500 kilómetros y a Cassie le parecía que prácticamente habían cumplido la gira, aunque aún los separaban más de 4.800 kilómetros de Honolulú.

En todo caso, ya habían cubierto más de la mitad de la gira y Cassie sintió tristeza cuando se aproximaron a la isla de Howland, zona en la que todos creían que había caído Amelia Earhart.

—¿Qué harás cuando concluyamos la gira? —preguntó mientras compartían un bocadillo dos horas después de dejar Pago-Pago.

—No tengo ni idea. —Billy se lo pensó—. No lo sé... supongo que invertiré lo que he ganado, tal vez en algo como lo que hizo tu padre. Me gustaría organizar un servicio de flete de aviones, quizá en un sitio tan disparatado como Tahití. —Billy se había quedado prendado de Papeete—. ¿Y tú, Cass?

—No lo sé. Estoy confundida. Hay momentos en que pienso que la aviación es lo mío y que es lo único que me importa... pero en otros me pregunto si debería dedicarme a otra cosa. —Miró hacia el horizonte—. Creí que con Desmond lo había encontrado, pero es evidente que me equivoqué. —Se encogió de hombros—. No tengo ninguna certeza. Supongo que cuando la gira acabe tendré que replanteármelo. Está claro que he metido la pata.

—Tus ideas eran buenas pero te equivocaste de hombre. A veces pasa. ¿Qué me dices de Nick?

—¿Qué quieres saber?

Cassie seguía abrigando muchas dudas. Nick había sido inflexible en su negativa de casarse con ella, pero cabía la posibilidad de que, después del fracaso con Desmond, la situación cambiara. Cassie aún no le había contado nada ni tenía idea de cuándo se reencontrarían. En ese momento no necesitaba saber nada, salvo lo que Billy y ella estaban haciendo. Por esta vez, la vida era sencilla.

La escala de Howland fue conmovedora para la aviadora. Era el sitio donde la mayoría de expertos consideraba que Amelia Earhart se había perdido y Cassie y Billy llevaban una corona que arrojarían desde el *Estrella polar* justo antes de llegar a la isla.

Cuando se aproximaron, Billy abrió una ventanilla y Cassie lanzó la corona y pronunció una oración por la mujer que no había llegado a conocer y que siempre había admirado. Le agradeció que le hubiera servido de ejemplo, deseó que hubiese tenido una muerte rápida y una vida plena de satisfacciones personales. Al analizar trayectorias como la de Amelia Earhart, costaba entender lo que las personas sentían o cómo eran realmente. Desde que la prensa se había apoderado de ella, Cassie sabía que la mayoría de las cosas no tenían ningún significado. Experimentó un curioso vínculo con Amelia cuanto aterrizaron lentamente, después de volar 1.930 kilómetros. Para ellos fue simple y sin contratiempos. ¿Por qué no tuvo la misma suerte Amelia Earhart?

Cuando el avión se detuvo, Billy le palmeó en la rodilla. Cassie era muy expresiva y precisamente por eso el copiloto la apreciaba tanto.

En la isla de Howland los esperaban los fotógrafos, cortesía de Desmond Williams. Como era de prever, también trazaron los paralelismos de rigor entre Amelia Earhart y Cassie O'Malley.

Pensaban pasar una noche en la isla antes de emprender el vuelo de poco más de 3.200 kilómetros hasta Honolulú. En esta ciudad Desmond había organizado ceremonias, celebraciones, premios, honores, ruedas de prensa, películas e incluso la presentación del *Estrella polar* a los militares en el aeródromo de Hickam. Era una idea emocionante, aunque los intimidaba un poco. En ciertos aspectos, ésa sería la última noche en paz de la que disfrutarían en mucho tiempo. Además, a Cassie le desagradaba la perspectiva de volver a ver a Desmond. Le bastó con pensarlo para deprimirse.

Esa noche, mientras cenaban, Cassie se mostró reservada. Billy no se sorprendió pues sabía lo que los esperaba y que la aviadora seguía sumida en la evocación de Amelia Earhart.

—Volver a la civilización da un poco de miedo, ¿no te parece? —preguntó Cassie después de la cena, mientras tomaban café.

—Ya lo creo..., pero también tiene su aspecto emocionante. —Para Billy era menos complicado porque no cargaba con las tensiones emocionales que agobiaban a Cassie—. Muy pronto todo terminará con un gran fogonazo. —Sonrió—. Será como los fuegos artificiales del 4 de Julio. Durante un breve instante seremos famosos y cuando alguien vuele más lejos y más rápido nos olvidarán —profetizó.

Era indudable que serían recordados durante mucho tiempo. Su fama no se borraría tan rápidamente como suponía Billy. En ciertos aspectos Desmond tenía razón y lo que estaban haciendo era un hito histórico para la aviación.

—Señorita O'Malley, mañana a esta hora estaremos en Honolulú —añadió Billy y brindó con la copa de vino. Apenas probó unos sorbos pues sabía que despegarían a primera hora—. Piensa en la fanfarria y en lo emocionante que será.

A Billy se le iluminaron los ojos y Cassie esbozó una débil sonrisa.

—Prefiero olvidarlo. Quizá deberíamos dar la vuelta y regresar por el mismo camino. —Cassie rió y, divertido, Billy meneó la cabeza. Siempre lo pasaban bien.

—Señor Williams, lo siento, el piloto se confundió. —Billy impostó la voz—. Verá, ya sabe cómo son estas cosas... sólo es una chica... y las mujeres no saben pilotar un avión, todos conocemos sus limitaciones... en realidad, consultó el mapa del revés...

Los dos rieron, divertidos con esas bromas.

Por la mañana, cuando despegaron, algunos comentarios que Cassie había hecho la noche anterior se tornaron proféticos.

Trescientos kilómetros más adelante se encontraron con una inesperada tormenta eléctrica y, tras evaluar la situación y los vientos, decidieron regresar a la isla de Howland. Cuando intentaron tomar tierra se cernió una tormenta tropical de sorprendentes proporciones y Cassie se preguntó si a Earhart y Noonan les había ocurrido lo mismo. Tuvo que agudizar todos sus sentidos para posar el avión en medio de vientos huracanados que estuvieron a punto de impedirles aterrizar. Al final lo consiguieron gracias al viento de lado y estuvieron en un tris de salirse de la pista.

—Permite que te recuerde que si echas el avión al agua tendremos problemas con el señor Williams —comentó Billy mientras Cassie se debatía para dominar el aparato.

La joven no lamentaba tener que pasar otra noche en la isla de Howland. No era un sitio muy interesante, pero podían estar en paz, quizá por última vez. No quería pensar en lo que ocurriría cuando aterrizaran en Honolulú.

Durante la noche la tormenta amainó. Por la mañana descubrieron que el radiogoniómetro se había estropeado. Después de evaluar la situación, ambos decidieron seguir adelante, aunque hablaron por radio con Honolulú para comunicar la avería.

La mañana estaba soleada y despejada y partieron temprano para cubrir los casi 3.200 kilómetros que los separaban de Honolulú.

A 500 kilómetros de la isla de Howland tuvieron otro problema. Uno de los motores no funcionaba correctamente. Con el entrecejo fruncido y en silencio, Billy examinó una fuga de aceite mientras Cassie lo observaba y permanecía atenta a los indicadores.

—¿Quieres que regresemos? —preguntó ella sin apartar la mirada del panel de mandos.

—Todavía no lo sé —respondió el copiloto.

Billy manipuló varias herramientas, ajustó y acomodó varias piezas y, 160 kilómetros más adelante, todo estaba bajo control.

No obstante, Cassie no le quitó ojo a los indicadores porque quería cerciorarse de que todo iba bien.

Cassie no dejaba nada al azar, razón por la cual era una piloto tan competente. Billy parecía más despreocupado que ella, aunque también era meticuloso. Poseía un sorprendente sexto sentido, factor por el que Cassie valoraba su compañía. Se complementaban perfectamente.

A primera hora de la tarde Billy echó un vistazo al cielo otoñal e, inmediatamente después, a la brújula.

—¿Estás segura de que volamos en la dirección correcta? Tengo la sensación de que nos hemos desviado.

—Confía en la brújula.

Era el único instrumento en que Cassie siempre confiaba y la única información fiable de la que disponían, ya que la tormenta había averiado el sextante y el radiogoniómetro.

—Confía en tu vista, tu olfato y tu instinto... y después en la brújula.

Billy tenía razón. El viento los había desviado ligeramente, aunque no tanto como para preocuparse. Después de echar un vistazo a los indicadores, Cassie detectó humo en el motor número dos e hilos de combustible que caían sobre el otro motor.

—¡Mierda! —maldijo Cassie e indicó a Billy lo que estaba ocurriendo mientras desconectaba el motor número dos y ponía la hélice en bandera—. Será mejor que regresemos.

Ya estaban muy lejos de la isla de Howland. Llevaban dos horas de vuelo y no podían ponerse en contacto por radio.

—¿No hay ningún sitio más cerca? —Billy consultó el mapa y vio una isla pequeña—. ¿Qué es esto?

Cassie miró el mapa.

—Parece una cagarruta de pájaro.

—Dime qué indica la brújula. ¿Dónde estamos?

Cassie le leyó las coordenadas mientras Billy observaba el motor. Aquello no tenía buen aspecto. Recordó que junto al motor transportaban más de 1.500 litros de combustible.

Decidieron dirigirse a la isla que habían visto en el mapa. Cassie no sabía si podría tomar tierra. Si la isla era muy pequeña, no podrían aterrizar. Acordaron que, en última instancia, se posarían en la playa. Billy volvió a examinar el motor. Luego se puso los auriculares y envió un S.O.S. a los barcos que se encontrasen en las proximidades.

—Feliz cumpleaños, Cass. Lamentablemente eso no son las velitas del pastel.

El motor estaba en llamas.

—¡Mierda!

—¿A qué distancia estamos de la isla Cagarruta de Pájaro?

—A unos ochenta kilómetros.

—Estupendo. Lo que nos faltaba. Quince minutos de vuelo con una tonelada de litros de combustible en el culo. ¡Oh, maldita sea!

—Tranquilízate.

—Tienes unas ideas magníficas... —dijo Billy mientras comprobaba el estado del motor número uno—. No me extraña que te cueste conseguir un buen trabajo.

Aunque bromeaban, la situación no tenía gracia. El *Estrella polar* estaba en dificultades.

Diez minutos después avistaron la isla. No había zonas llanas, sino árboles y algo que semejaba un monte.

—¿Sabes nadar? —preguntó Billy y, como si fuera lo más normal del mundo, le pasó el chaleco salvavidas. El joven sabía que Cassie nadaba muy bien—. Patito feo, parece que vamos a darnos un baño.

—Puede que sí, vaquero... —Cassie se concentró en mantener el avión a la altura adecuada. El *Estrella polar* se sacudía de mala manera y el motor número uno también echaba humo—. ¿Qué está pasando?

Los dos estaban desconcertados, pero no sabrían las dimensiones del fallo hasta que tomaran tierra. Al principio Billy había pensado que los conductos del combustible estaban atascados, pero no era ése el problema. Había alguna avería.

—¿Crees que hay suficiente gasolina para el mechero?

—No lo sé, pero no se te ocurra encender un Lucky —advirtió Cassie y se dispuso a aterrizar.

Rodeó la isla dos veces, sobrevoló la playa y volvió a cobrar altura con los dos motores en llamas. Sabía que era urgente verter combustible, pero no tenía tiempo.

—¿Quieres llegar a Nueva York? —preguntó Billy mientras la miraba maniobrar el pesado bimotor.

—Prefiero Tokio —respondió Cassie sin desviar la mirada—. Tachikawa pagará una fortuna por el vuelo experimental.

—Es una buena idea. Adelante. ¿Para qué queremos a Desmond Williams?

—De acuerdo... allá vamos... Maldita sea, la playa es demasiado corta...

Los motores estaban al rojo vivo y escupían largas lenguas de fuego.

—Querida, detesto tener que decirlo —observó Billy mientras se ajustaba el chaleco salvavidas—, pero si no abandonamos este aparato nos freiremos como ratas. Supongo que a los nativos de Cagarruta de Pájaro les causará muy mala impresión.

—Ya lo intento —repuso Cassie con los dientes apretados.

—¿Quieres ayuda?

—¿De un crío como tú? Claro que no.

Cassie descendió todo lo que pudo y concentró sus energías en sujetar la palanca. Estuvo a punto de posarse, pero se pasó de la playa y aterrizaron en el mar. El avión se detuvo, se hundió lentamente un metro y la aviadora accionó los interruptores con la esperanza de que el aparato no estallara.

—Buen aterrizaje. ¡Y ahora larguémonos!

Billy intentó sacarla del avión sin darle tiempo a nada. Instintivamente Cassie cogió el botiquín de primeros auxilios, mientras el muchacho forcejeaba para abrir la portezuela. Para entonces los dos motores ardían y el calor arreciaba en la carlinga. Por fin Billy logró abrir la portezuela y gritó:

—¡Ahora!

Le dio un empujón y Cassie se encontró fuera del aparato. Billy llevaba en la mano el diario de navegación y una pequeña mochila con medicamentos y provisiones.

Vadearon el agua rápidamente y se dirigieron a la playa. Corrieron quince metros, hasta el final de la playa, y en ese momento se produjo una explosión ensordecedora. El avión, envuelto en llamas, despedía piezas y trozos que caían entre los árboles y mar adentro. El combustible formó una impresionante lengua de fuego que durante horas contemplaron con horrorizada fascinación.

—Adiós, *Estrella polar* —lo despidió Billy cuando el combustible se consumió.

Del avión sólo quedaba el esqueleto. Tantos hombres y tantos esfuerzos, tantos meses, horas y fatigas, y prácticamente se habían volatilizado...

Habían cubierto 17.700 kilómetros y la gira había tocado a su término. Pero estaban vivos: había sobrevivido y eso era lo único importante.

—Aquí estamos, en la isla Cagarruta de Pájaro —comentó Billy y le pasó unos caramelos que sacó de la mochila—. Te deseo unas felices vacaciones.

Cassie rió. Estaba demasiado cansada y afectada para echarse a llorar o a gritar. Esperaba que, al ver que no llegaban a Honolulú, alguien pidiera a la Fuerza Aérea que los buscaran. Recordó la operación de rescate organizada hacía cuatro años y medio para dar con Amelia Earhart. También se acordó de las protestas que hubo por los gastos que la búsqueda ocasionó. Pero Desmond no repararía en gastos, aunque sólo fuese por la publicidad en juego y para recuperar el aparato. Si no le quedaba otra alternativa, telefonearía al presidente Roosevelt. El magnate explotaría al máximo el hecho de que ella era la novia de América y el pueblo la adoraba. Tendrían que encontrarla.

—Veamos, señorita O'Malley, ¿qué tal si llamamos al servicio de habitaciones y pedimos unas copas? —Llevaban cuatro horas en la isla—. Aunque esto no hubiera pasado, tampoco habríamos batido marcas —afirmó Billy, seguro de que en uno o dos días los rescatarían.

—Desmond pensará que lo hice por despecho.

Cassie sonrió; la aventura tenía su faceta divertida. No debían desmoralizarse. Se preguntó si a Earhart y a Noonan les había pasado lo mismo o si habían vivido una peripecia más espectacular. Tal vez habían muerto al estrellarse o quizá seguían en una isla como ésa, a la espera de que los rescatasen.

La perspectiva era improbable y no daba pie a grandes esperanzas.

—Lo has hecho adrede. —Billy siguió bromeando—. Y no te lo reprocho, pero habría preferido que cayéramos más cerca de Tahití. Aquella camarera prendó mi corazón.

—Has dicho lo mismo de todas las chicas desde que salimos de Los Angeles.

Cassie no estaba tan animada pero, de todos modos, agradeció su sentido del humor.

La isla estaba totalmente deshabitada.

Emprendieron una expedición de reconocimiento y encontraron un riacho y arbustos con bayas. También descubrieron una cueva que parecía bastante confortable. Vieron varias frutas desconocidas y por la noche, cuando las probaron, comprobaron que eran deliciosas. Era extraño encontrarse en una isla tan pequeña, pero no les pareció terrible mientras no tuviesen que quedarse allí definitivamente. Esa posibilidad era aterradora y Cassie se obligó a desecharla cuando esa noche se acostaron en la cueva y recapitularon la situación. Los dos permanecieron despiertos largo rato y al final Cassie decidió plantear lo que más le preocupaba.

—¿Billy?

—¿Sí?

—¿Qué ocurrirá si no nos encuentran?

—No te preocupes. Nos encontrarán.

—Pero, ¿y si no lo hacen?

—Tienen que hacerlo.

—¿Por qué? —insistió Cassie. Billy le cogió tiernamente la mano—. ¿Por qué tienen que encontrarnos?

—Porque Desmond querrá llevarte a los tribunales por destrozarle el avión. No permitirá que salgas bien librada de ésta.

Billy sonrió en la oscuridad y Cassie rió.

—¡Calla, tonto!

—Veo que me has entendido... No te preocupes más.

Billy la abrazó, pero no mencionó que también estaba asustado. En su vida había tenido tanto miedo y lo único que pudo hacer por Cassie fue abrazarla.

19

Despertaron a Desmond en mitad de la noche, exactamente veintidós horas después de que Cassie y Billy partieran de la isla de Howland. Las autoridades estaban convencidas de que el *Estrella polar* había desaparecido; probablemente hundido en el océano Pacífico. Sin embargo, no habían recibido señales ni mensajes de socorro. Nadie sabía qué había ocurrido.

Desmond recabó toda la ayuda posible. Antes del inicio de la gira habían elaborado un plan de emergencia y decidieron llevarlo a la práctica. Contactaron con la Marina, el Pentágono y las embajadas extranjeras. El vuelo del *Estrella polar* era un acontecimiento internacional y todos querían colaborar en la búsqueda.

Un portaaviones se dirigió a la zona donde se suponía que el aparato había desaparecido y cuarenta aviones la rastrearon, además de contar con el apoyo de dos destructores. La búsqueda no fue muy distinta a la que habían practicado cuatro años atrás, pero ahora estaban mejor preparados y equipados debido a la guerra. El presidente telefoneó personalmente a Desmond y luego a los O'Malley, que seguían en Illinois. Pat y Oona estaban en estado de *shock* desde que les habían comunicado la noticia. No podían admitir la posibilidad de perder a Cassie. Oona temía por el corazón de Pat, quien lo encajó con toda la calma de que fue capaz. Estaba muy preocupado por su hija, pero confiaba en la Fuerza Aérea. De todos modos, le habría gustado contar con la ayuda de Nick. La búsqueda se prolongó durante días a lo largo y ancho de una zona que abarcaba cientos de kilómetros.

Entretanto, Billy y Cassie intentaban mantener el ánimo en alto y se alimentaban de bayas. Cassie había contraído disentería y Billy se había hecho una herida profunda en la pierna cuando, mientras nadaba, raspó contra los corales. Por lo demás, se encontraban en buena forma.

Comían la fruta que encontraban y tenían agua suficiente. No vieron indicios de que los estuvieran buscando: ni un avión ni un barco. Ignoraban que la búsqueda tenía lugar en otra zona, a 800 kilómetros de allí. Habían modificado el rumbo poco después de salir de la isla de Howland y no lo habían comunicado. La radio había dejado de funcionar poco antes de que se estrellaran. Ni siquiera sabían muy bien dónde estaban.

Desde Los Angeles, Desmond hacía cuanto podía para que la búsqueda no se interrumpiera. Empero, la prensa empezó a criticar esos gastos desorbitados y le volvió la espalda. Los periodistas destacaron la inutilidad de la búsqueda y la casi certeza de que hubiesen muerto al estrellarse o de que, al cabo de tantos días, no siguiesen con vida.

No obstante, la búsqueda prosiguió durante dos semanas y a lo largo de la tercera se realizaron varios reconocimientos en avión. Dos días más tarde, exactamente un mes después de la salida de Los Angeles, la búsqueda se suspendió. Todo había terminado.

—Sé que está viva —insistió Desmond, pero nadie quiso creerle—. Es una experta. No puedo creer que haya desaparecido.

Los técnicos supusieron que el avión había tenido algún fallo, quizá algún defecto desconocido que a la postre resultó fatal. Aunque nadie puso en duda las aptitudes de Cassie, siempre existía un elemento azaroso o fortuito.

Cuando se enteraron de que la búsqueda se suspendía, Oona y Pat se sintieron desolados. No podían creer que hubiesen perdido otro hijo de una manera tan cruel. Su madre permanecía en vela noche tras noche, rogando que Cassie siguiese con vida en alguna parte. A Pat le parecía muy improbable.

El día de Acción de Gracias se cumplían seis semanas de la desaparición y para todos fue un festivo sombrío. Ni siquiera lo celebraron, se limitaron a comer silenciosamente en la cocina.

—No puedo creer que Cassie no esté con nostros —sollozó Oona en brazos de Megan.

Para todos fueron días espantosos.

Para Desmond representaba el fin del sueño de su vida. Se atormentaba intentando deducir qué había ocurrido. Si al menos lograran encontrar algún resto... pero no había nada, ninguna prueba, ni piezas del avión ni vestimenta de los pilotos. Eso lo llevó a abrigar la esperanza de que seguían vivos en alguna parte. Acosó al Pentágono, pero para los militares la búsqueda estaba cumplida. Tenían la certeza de que el *Estrella polar* se había hundido sin dejar rastros y de que no había supervivientes.

Las revistas y los periódicos publicaron fotos de Cassie. La prensa siempre la había mimado. Como era de prever, Desmond representó el papel de viudo inconsolable. Aquel año no celebró el día de Acción de Gracias.

En Inglaterra, Nick tampoco lo festejó. Se había enterado de la desaparición de Cassie una semana después de la caída del avión. La noticia era tan importante que la prensa inglesa la publicó en titulares. No podía creérselo. Se ofreció voluntario para llevar a cabo las misiones más peligrosas hasta que alguien expuso su situación al comandante. Le concedieron tres días de permiso y le recomendaron que tomara un descanso. Era evidente que algo lo preocupaba y corría excesivos riesgos.

El veterano piloto pensó en ir unos días a Estados Unidos, pero aún no estaba en condiciones de encontrarse con Pat. Había sido tan ciego, insensato y cobarde... Jamás se perdonaría no haberse casado con ella ni haberla protegido de Desmond Williams. Temía que Pat no le perdonara. Si se hubiera casado con Cassie todo habría sido distinto...

Había visto una foto de Desmond, con expresión taciturna al salir de un oficio en memoria de Cassie. Lo odió por haber proporcionado a la joven la posibilidad de matarse y el avión para hacerlo. Sabía que probablemente Williams la había forzado a realizar la gira porque a él le convenía. Cassie se había merecido un hombre mucho mejor que él y que Desmond.

En la isla sin nombre, el día de Acción de Gracias, Cassie sirvió a Billy bayas y un plátano. Hacía más de un mes que comían esos frutos. A Billy se le había infectado la herida de la pierna. Aunque en el botiquín de primeros auxilios había algunas aspirinas, hacía muchos días que se habían terminado. Cassie había tenido problemas con una picadura de araña pero, con excepción de las quemaduras solares, estaban en bastante buena forma, salvo por las frecuentes fiebres de Billy.

Desde el accidente habían contado los días y sabían que era Acción de Gracias. Hablaron del pavo, del pastel de calabaza, de asistir a los oficios religiosos y de reunirse con familiares y amigos. Billy estaba preocupado por su padre, que no tenía a nadie más. Cassie echaba de menos a sus padres, hermanas, cuñados y sobrinos. Habló de Annabelle y Humphrey, los dos niños ingleses. Con relación a Nick, lo recordaba con frecuencia; en realidad, pensaba en él constantemente.

—¿Qué pensarán que nos ha ocurrido? —preguntó Cassie mientras compartían un plátano.

Billy volvía a tener fiebre y sus ojos brillaban.

—Probablemente nos dan por muertos.

En los últimos días Billy no bromeaba tanto. Se limitaba a

esperar, a reflexionar y a comer bayas y plátanos. En la isla no había otros alimentos y, hasta entonces, no habían logrado pescar nada, pero tampoco pasaban hambre.

Dos días después estalló una tormenta que refrescó la atmósfera. Cassie aún vestía su mono de piloto, desgarrado y bastante sucio, y Billy sólo llevaba pantalón corto y camiseta. La mañana siguiente a los primeros fríos, Cassie vio que Billy temblaba incluso bajo el sol.

—¿Estás bien? —le preguntó, preocupada.

—Claro —repuso él, exánime—. Iré a buscar unos plátanos.

Para cogerlos tenía que trepar a un árbol, pero no lo consiguió porque tenía la pierna muy inflamada. Regresó cojeando con un plátano que encontró caído.

Cassie ya no sabía qué hacer. La pierna de Billy estaba muy mal y cada vez tenía más fiebre. Le hizo tomar baños de agua de mar, pero no sirvió de nada.

Billy pasó esa tarde dormitando y al despertar sus ojos estaban más vidriosos. Cassie le apoyó la cabeza en su regazo y le acarició la frente. Cuando el sol se ocultó Billy empezó a temblar. Ella se tumbó a su lado e intentó transmitirle el calor de su cuerpo.

—Cass... gracias —musitó Billy esa noche en la penumbra de la cueva.

Cassie lo abrazó y rogó a Dios que los encontraran. Habían pasado tantos días que parecía imposible. Se preguntó si pasarían años allí o si morirían en la isla. Sabía perfectamente que para entonces la búsqueda se había suspendido. Sin duda los daban por muertos, como anteriormente habían hecho con otros desaparecidos.

Durante la noche a Billy no dejaron de castañetearle los dientes y por la mañana deliraba. Cassie le humedecía la cabeza con agua fría. Aquel día estalló otra tormenta y la joven bebió tanta agua de lluvia que acabó por sufrir otro acceso de disentería. Con el agua, las bayas y los plátanos, la disentería no remitía. Por lo holgado que le sentaba el mono de vuelo comprobó que había perdido muchos kilos.

Ese día Billy no recuperó el conocimiento y por la noche

Cassie lo arrimó a sus brazos y lloró quedamente. Nunca se había sentido tan sola, y encima tenía fiebre. Pensó que quizá había contraído una enfermedad tropical. Los dos estaban muy enfermos.

La mañana siguiente Billy pareció mejorar y estaba más lúcido. Se incorporó, dio una vuelta por la cueva, la miró y dijo que se iba a nadar. Fuera hacía frío, pero Billy insistió en que tenía calor y de repente se mostró agresivo. Cassie no pudo detenerlo. Entró en el mar por la zona donde estaba el casco del avión. Las tormentas no lo habían arrastrado y seguía allí, como recordatorio de todo lo que habían tenido y perdido. Para Cassie también representaba un recordatorio de Desmond.

Vio a Billy nadar más allá de los restos del avión y luego regresar. Cuando salió del mar, Cassie comprobó que su amigo se había herido la otra pierna, pero él dijo que no le dolía. Insistió en que no tenía nada y Cassie lo vio trepar a un árbol y coger un plátano. Billy parecía presa de una insólita energía y de una incipiente demencia. Por las cosas que dijo y la forma en que la miró, Cassie se dio cuenta de que deliraba. El desasosiego le embargaba y tenía los ojos desorbitados. Al anochecer se metió en la cueva, se echó a temblar y habló con alguien imaginario sobre un coche, una vela y un niño. Ella no entendía de qué hablaba. Después, el muchacho la miró con extrañeza y Cassie se preguntó si la reconocía.

—¿Cass...?

—¿Sí, Billy?

Ella lo abrazó con fuerza y notó sus huesos y cómo tiritaba.

—Estoy cansado.

—No te preocupes, duerme.

—¿No hay de qué preocuparse?

—Todo va bien... Cierra los ojos.

—Los tengo cerrados —dijo Billy, pero Cassie comprobó que los tenía abiertos.

—La cueva está muy oscura. Hazme caso y cierra los ojos. Mañana te sentirás mejor.

Cassie se preguntó si saldrían de ésa. La fiebre le había subido y temblaba casi tanto como Billy.

—Cassie, te quiero —murmuró Billy al cabo de unos minutos.

Billy hablaba como un niño y Cassie se acordó de sus sobrinos, de lo encantadores que eran y de lo afortunadas que podían considerarse sus hermanas por tener hijos.

—Billy, yo también te quiero.

Billy seguía cobijado en sus brazos cuando Cassie despertó por la mañana. Le dolía la cabeza, tenía el cuello rígido y supo que, lentamente, se estaba agravando tanto como Billy.

Pensó que su amigo ya estaba despierto; permanecía inmóvil y con la mirada fija. Pero lanzó un grito ahogado al comprobar que no respiraba: había muerto por la noche, en sus brazos. Ahora sí estaba sola.

Permaneció largo rato junto al cuerpo de Billy. Lloró desconsolada, se rodeó las rodillas con los brazos y se meció. Sabía que tenía que hacer algo con Billy, retirarlo de la cueva o enterrarlo, pero no quería separarse de él.

Por la tarde lo sacó lentamente de la cueva, cavó con las manos una fosa poco profunda en la arena, cerca de las rocas, y lo depositó en el interior. Mientras lo hacía recordó que Billy le había dicho que le gustaría terminar sus días en una isla. Palabras proféticas. Todo eso parecía pertenecer a un pasado remoto, formaba parte de otra vida en lugares que no volvería a ver. Ahora tenía esa certeza: moriría como Billy.

Se arrodilló a su lado y contempló su rostro delgado, con los ojos cerrados e infinidad de pecas. Le acarició la mejilla y los cabellos por última vez.

—Te quiero, Billy —murmuró.

Billy no respondió y Cassie lo cubrió lentamente con arena.

Hambrienta, helada y aterida, pasó la noche en la cueva. No había probado bocado en todo el día. Tenía el estómago demasiado revuelto para comer y estaba acongojada por la muerte de Billy. Tampoco había bebido agua. Por la mañana se sintió débil y confundida y tuvo la sensación de que su madre la llamaba. Su dolencia la estaba matando, de la misma forma que había acabado con Billy. Ya no tenía motivos para vivir. Chris había muerto... Billy acababa de morir... había perdido a Nick... su matrimonio había sido una farsa... había estrellado el avión de Desmond... les había fallado a todos... también a sus seres queridos.

Fue a duras penas hasta la playa, trastabillando. Se encontraba demasiado débil para trepar a las rocas en busca de agua. Ya no le importaba. Seguir viva requería demasiados esfuerzos. Cada vez oía más voces. Vio salir el sol, oyó las voces que la llamaban y cuando se incorporó avistó un barco en el horizonte. Era una nave muy grande y se aproximaba, pero seguramente no la verían.

El *Lexington* estaba de maniobras en la zona. Solían navegar regularmente cerca de aquellos islotes.

Cassie ni se molestó en hacer señales. Regresó a la cueva y se acostó. Hacía frío, demasiado frío... y eran tantas las voces que le hablaban...

El *Lexington* avanzaba a velocidad de crucero acompañado por dos barcos más pequeños. El vigía de la nave de menor envergadura avistó el esqueleto quemado del *Estrella polar* que se balanceaba en el agua, a unos cientos de metros.

—¿Qué es aquello? —preguntó al oficial que tenía al lado—. Parece un espantapájaros.

Dada la distancia y en virtud del ángulo desde el que lo veían, parecía realmente un espantapájaros. Aunque una parte se había hundido, los restos del avión seguían a flote. El oficial volvió a mirar.

—Señor, ¿es posible que se trate del avión que pilotaban O'Malley y Nolan? —preguntó el vigía.

—Lo dudo. Cayeron a unos ochocientos kilómetros de aquí. No sé qué es eso. Será mejor que nos acerquemos.

Se aproximaron lentamente y varios marineros observaron los restos a través de los prismáticos. El esqueleto se meció en el agua. Eran los restos de un avión. La mitad de la carlinga seguía intacta, una de las alas había desaparecido y la otra estaba quemada.

—Que algunos hombres se lancen al agua —ordenó un oficial—. Quiero que lo suban a bordo.

Media hora más tarde los restos del avión de Cassie estaban sobre la cubierta del *Lexington*. No era mucho lo que quedaba, pero habían encontrado una pieza que lo identificaba. Estaba pintada de verde claro y amarillo, que, como todos sabían, eran los colores de Cassie, y aún se leía la palabra *Estrella*. Llamaron al capitán para que examinara los restos y éste no tuvo dudas: había encontrado al *Estrella polar*. Estaba prácticamente calcinado y era obvio que había estallado. Por ninguna parte hallaron indicios de vida ni restos humanos. Hicieron un minucioso registro, pero no había señales de Cassie ni de Billy.

Se comunicaron por radio con los buques escolta y con otros que navegaban en las cercanías. Al caer la tarde todos batían las aguas en busca de cadáveres con chalecos salvavidas. En Los Angeles emitieron un boletín de noticias que Desmond oyó antes de que las autoridades se comunicaran con él: se habían encontrado restos del avión, pero no había señales de los pilotos. Llevaban siete semanas desaparecidos y, aunque improbable, no era imposible que siguieran con vida. Se había reiniciado la búsqueda de O'Malley y Nolan.

En las naves se organizaron pelotones de desembarco para reconocer las islas circundantes. Había tres, dos bastante grandes y una tercera tan pequeña que no parecía posible que estuvieran allí. Llegaron a la conclusión de que la vegetación era tan escasa que nadie podría mantenerse con vida una semana, y aún menos un mes. El oficial a cargo de la operación decidió que, de todos modos, la explorarían. No encontraron nada: ni señales de vida, ni restos de ropa ni utensilios.

Cassie aguzó el oído y le pareció oír ruidos y voces. Se preguntó si Billy había percibido lo mismo antes de morir. Había olvidado preguntárselo.

Sonaron silbatos y voces humanas; Cassie se dio cuenta de que estaba a punto de morir cuando una luz cegadora le iluminó el rostro. Volvió a oír voces y gritos humanos y de nuevo la iluminó aquella luz. Se quedó dormida mientras la miraba. Le costaba aguzar el oído. De pronto sintió que la movían. La trasladaban a alguna parte, del mismo modo que ella había hecho con Billy...

—¡Señor! ¡Señor!

El silbato sonó tres veces para pedir ayuda. Cuatro hombres echaron a correr en dirección a la señal. Llegaron a una pequeña cueva, ante la que uno de los marineros permanecía de pie mientras las lágrimas rodaban por sus mejillas.

—¡Señor, la he encontrado! ¡La he encontrado!

Cassie, apenas consciente, barbotaba incoherencias y repetía el nombre de Billy. Estaba delgadísima y de una palidez mortal, pero todos reconocieron la cabellera pelirroja y el mono de vuelo de la novia de América.

—¡Dios mío! —exclamó uno de los oficiales.

Cassie estaba muy sucia, olía fatal y se encontraba muy grave, pero estaba viva... Tenía el pulso muy débil, respiraba con dificultad y el oficial no sabía si se recuperaría. Pidió al joven guardiamarina que solicitase ayuda. La llevaron a una lancha, mientras tres hombres del pelotón seguían registrando la isla. Querían trasladar lo más rápidamente posible a Cassie al barco.

Todos gritaban y daban órdenes. La izaron hasta cubierta con una eslinga; el personal médico del *Lexington* ya estaba preparado. La aviadora llevaba al cuello una chapa de identificación con su nombre grabado. Al cabo de unos minutos el Pentágono recibió la noticia. Cassie O'Malley estaba muy grave y de Billy Nolan no había indicios.

El equipo de rescate que se quedó en la isla tardó menos de media hora en encontrar el cadáver de Billy. Lo trasladaron al barco. Un equipo de dos médicos y tres enfermeros hacían lo imposible por reanimar a Cassie. La joven estaba deshidratada, deliraba y su fiebre era muy alta.

—¿Cómo se encuentra? —preguntó el capitán a uno de los médicos.

—De momento no hay ninguna garantía, pero hay esperanzas.

La Marina telefoneó a los padres de Cassie. Poco después llamaron a Williams. Esa misma noche la prensa publicó la noticia. Había ocurrido un milagro y Dios había respondido a las plegarias de toda la nación. Habían encontrado a Cassie O'Malley en una cueva de una isla del Pacífico, en estado crítico; aún no se sabía si sobreviviría.

Billy Nolan había perdido la vida. Ya le habían comunicado la noticia a su padre, en San Francisco; al enterarse se derrumbó. A sus veintiséis años, Billy se convirtió en un héroe, pero había muerto. Al parecer, había expirado poco antes de que los encontraran, pero no estaba confirmado pues de momento la señorita O'Malley permanecía inconsciente.

En casa de los O'Malley el tiempo pareció detenerse mientras Oona y Pat se miraban, sin comprender lo que acababan de comunicarles: Cassie estaba viva y el *Lexington* navegaba hacia Hawai con su hija a bordo.

—Ay, Pat... es una segunda oportunidad... parece un milagro... —gimió Oona. Sonrió en medio de las lágrimas y rezó por su hija.

—No te hagas demasiadas ilusiones. Tal vez no se recupere. Ha pasado mucho tiempo desaparecida y no sabemos en qué estado se encuentra. —Habían pasado siete semanas desde la caída del avión, mucho tiempo para vivir exclusivamente de agua de lluvia y bayas.

Los O'Malley aún no conocían los detalles y hasta Desmond tuvo dificultades para lograr que el Pentágono se los proporcionase. Los militares todavía no disponían de datos suficientes.

Las noticias que el *Lexington* transmitió por la mañana no eran alentadoras. Cassie seguía inconsciente, la fiebre no había remitido y habían surgido complicaciones.

—¿Y eso qué demonios significa? —exclamó Desmond—. ¿A qué tipo de complicaciones se refiere?

—Señor, no me han dado más explicaciones —respondió la funcionaria del Pentágono con la que el magnate hablaba por teléfono.

La fiebre de Cassie no cedía y estaba peligrosamente deshidratada. Deliraba, sufría disentería aguda y había empezado a perder sangre lo que, según dijo uno de los enfermeros, era señal de que no había nada que hacer.

—Pobrecilla —comentó un guardiamarina—. Tiene la misma edad de mi hermana y ésta ni siquiera sabe conducir coches.

—Al parecer, Cassie tampoco es muy buena conductora —bromeó uno de los marinos, con lágrimas en los ojos.

En todo el barco no se hablaba más que de Cassie. Todos rezaban por ella, lo mismo que el país y el mundo entero.

En el aeródromo de Hornchurch, Inglaterra, el comandante llamó a Nick a su despacho. Aunque nadie estaba enterado de los detalles, finalmente se había difundido que Nick era amigo íntimo de Cassie O'Malley. El piloto estaba muy mal desde octubre, mes de la desaparición de la aviadora. Habían vuelto a encomendarle misiones de vuelo, pero se había mostrado muy severo con sus hombres y exhibía una peligrosa disposición a correr riesgos innecesarios.

—Capitán Galvin, yo no me haría ilusiones, pero ha de saber que la han encontrado. Acabamos de enterarnos.

—¿A quién? —Nick estaba medio dormido.

Le habían despertado para que se presentara ante el comandante y la noche anterior había realizado dos misiones sobre Alemania.

—Tengo entendido que la señorita O'Malley es amiga suya. ¿Me equivoco? —En la RAF las noticias corrían deprisa y llegaban hasta el despacho del comandante.

—¿Se refiere a Cassie O'Malley? —Nick puso cara de haber recibido una descarga eléctrica—. ¿Cassie está *viva*? ¿La han rescatado?

—Exacto. Se encuentra en estado crítico en un buque de guerra. Por la información de que dispongo, existe el riesgo de que no se recupere. Le mantendré informado de cualquier novedad.

—Señor, se lo agradezco —replicó Nick y palideció.

—Capitán, es evidente que necesita descansar. Tal vez éste sea un buen momento para que lo haga.

—Señor, si tuviera tiempo libre no sabría qué hacer —repuso Nick. Tenía miedo de volver a Estados Unidos. Allí nadie lo esperaba. Si sobrevivía, Cassie se reuniría con Desmond... Oh, Dios, cuánto deseaba que se salvara, estaba dispuesto a dar su vida por la de ella... Lo habría dado todo a cambio de que Cassie siguiese viva, aunque tuviera que verla el resto de su vida con Desmond Williams. Cualquier perspectiva era mejor que la muerte. Nick había renunciado a toda esperanza, pues le parecía imposible que siguieran vivos en medio del Pacífico.

—¿Se sabe algo del copiloto? —preguntó Nick.

El comandante asintió. Aunque estaba acostumbrado a perder amigos, darle esa noticia le resultó doloroso.

—No logró sobrevivir. También lo encontraron en la isla. Lamentablemente no conozco los detalles.

—Gracias, señor. —Exhausto pero esperanzado, Nick se dispuso a retirarse—. ¿Me avisará si sabe algo más?

—Descuide, capitán, le avisaremos enseguida.

—Gracias, señor.

Se despidieron y Nick regresó a paso lento al barracón, sin dejar de pensar en Cassie. Como ocurría desde mayo, en su mente sólo aparecía la noche que habían compartido a la luz de la luna en la pista abandonada. Si la hubiera retenido, si hubiese podido impedir que partiera... Pero Cassie seguía con vida. Por primera vez en veinte años, Nick rezó con el rostro bañado en lágrimas.

20

Tres días después de que encontraran a Cassie en la cueva, el *Lexington* llegó a Pearl Harbor. Había recuperado el conocimiento, pero volvió a perderlo. Fue trasladada en ambulancia al hospital de la Marina. Desmond la estaba esperando. Había volado desde Los Angeles y encomendó a Nancy Firestone que controlase a los chicos de la prensa.

Los médicos dieron a Desmond un informe del estado de la aviadora cuando la rescataran y luego el magnate transmitió su versión a los periodistas. Pero los reporteros querían hablar con Cassie.

—¿Se recuperará? —preguntaron con lágrimas en los ojos.

Desmond parecía muy afligido.

—Aún no lo sabemos.

Más tarde el magnate fue a ver los restos del avión, que también habían sido trasladados en el *Lexington*. Desmond agradeció al comandante los servicios prestados mientras los reporteros gráficos los retrataban.

—Ojalá la hubiéramos encontrado antes. Es una gran chica. Dígaselo en cuanto hable con ella.

—Lo haré, señor —repuso Desmond mientras le tomaban otra foto con el comandante.

El magnate regresó al hospital a la espera de novedades y

dos horas después le permitieron ver a Cassie. Estaba demacrada por todo lo padecido y tenía sondas en los brazos, una con medicación y la otra con suero glucosado. La aviadora no se movió y Desmond ni siquiera le hizo una caricia. Se la quedó mirando. Las enfermeras comentaron que parecía sumida en un *shock* autista.

Ese mismo día, en un vuelo organizado por Desmond, el cadáver de Billy Nolan partió hacia San Francisco. Los funerales se programaron para dos días después. En las iglesias de todo el mundo la gente rezaba por Cassie.

Era 4 de diciembre y en Estados Unidos se hablaba de las Navidades, aunque los O'Malley sólo pensaban en Cassie, que se debatía entre la vida y la muerte en Hawai. Cada día, por la mañana y por la noche, llamaban a Honolulú para interesarse por el estado de su hija. Pat quería que fueran a Hawai, pero su médico lo desaconsejó. Incluso había pensado en llamar al maldito marido de Cassie para pedirle que le prestara un avión, pero se enteró de que ya se había ido a Honolulú. Desmond aprovechaba para sí toda la publicidad que podía obtener de la situación.

El 5 de diciembre, un médico del hospital de la Marina telefoneó a casa de los O'Malley. Oona se asustaba cada vez que sonaba el teléfono y, al mismo tiempo, vivía expectante de las llamadas. Ansiaba recibir noticias de su hija.

—¿Señora O'Malley?

—Sí, soy yo. —Oona reconoció que era conferencia de larga distancia.

—Hay alguien que quiere hablar con usted.

Oona pensó que era Desmond y, aunque no tenía deseos de hablar con él, consideró que tal vez le daría novedades.

Entonces oyó la voz de Cassie. Sonaba tan débil que apenas la oía, pero era su pequeña. Se deshizo en llantos, tan emocionada que ni siquiera pudo explicarle a Pat qué ocurría.

—¿Mamá? —murmuró Cassie con un hilo de voz.

Oona asintió con la cabeza, se tragó las lágrimas y se obligó a hablar mientras Pat se percataba de lo que ocurría y también rompía a llorar.

—Cassie, mi pequeña... Hija mía, te queremos tanto... Estábamos muy preocupados por ti.

—Estoy mejor —afirmó casi sin resuello.

Un médico cogió el auricular y explicó que Cassie estaba muy débil, aunque empezaba a recuperarse.

Ella pidió el auricular para decirle a su madre cuánto la quería.

—Y... y dile a papá... —susurró. Oona y Pat estaban pegados al teléfono. Pat lloraba desconsoladamente—. Dile... que también le quiero...

Cassie quería hablarles de Billy, pero le fallaron las fuerzas y la enfermera le quitó el auricular.

Un rato después dejaron entrar a Desmond en su habitación. La enfermera se quedó porque Cassie necesitaba asistencia constante. Se encontraba tan débil que por momentos respiraba con dificultad.

Desmond permaneció en pie junto a la cama y la miró con pena. Se alegraba de que hubiera sobrevivido, pero no sabía qué decir. La situación fue incómoda para los dos. Desmond se preguntó si Cassie había maltratado el avión o si, antes de iniciar la gira, ya existía un fallo grave no detectado. Tarde o temprano tendría que planteárselo, pero ése no era el momento.

—Lo lamento... siento haber estrellado el avión... —dijo Cassie con esfuerzo.

El magnate asintió.

—Ya lo harás otra vez —aseguró Desmond.

Cassie dijo que no. Al final, ni siquiera le entusiasmaba hacerlo. Había emprendido la gira por él, porque creía que se lo debía. Había sido idea de Desmond, su sueño y su proyecto. Y ella se sintió obligada, pero jamás volvería a repetirlo, ni por Desmond ni por nadie, y menos aún sin Billy.

—¿Qué ocurrió? —preguntó el magnate.

La enfermera lo miró con ceño. Cassie tenía que descansar y nadie debía alterarla. La enfermera se había fijado en que ni siquiera la había besado. Y mientras estuvo en pie junto a la cama, charlando con su esposa, no se acercó ni le hizo una caricia.

Cassie hacía esfuerzos por responder:

—Primero... primero se produjo humo y luego fuego en el motor número dos... Después... fuego... hubo fuego en el motor... número uno... Demasiado lejos de tierra... Exceso de combustible... Aterricé donde pude... Isla muy pequeña... Rebasé la playa... Una explosión ensordecedora...

Desmond asintió, deseoso de saber qué había provocado el incendio del motor número dos. Cassie no estaba en condiciones de explicárselo. La enfermera le dijo que su esposa ya había hecho mucho esfuerzo y que debía descansar; le sugirió que volviese más tarde.

Desmond se mostró correcto, educado y amable con todos, pero era frío como el hielo y no dedicó ninguna palabra afectuosa a Cassie. Costaba creer que fuera su marido.

Al verlo marchar, Cassie se preguntó si para el magnate todo habría sido más fácil en caso de que ella hubiera muerto, ya que Desmond sería desenmascarado ante la opinión pública cuando ella se recuperara y pidiera el divorcio.

Al día siguiente Cassie se sentó en la cama y volvió a hablar por teléfono con sus padres. Seguía débil, pero se encontraba mejor. Padecía una enfermedad tropical pero sobre todo había sufrido a causa de la deshidratación, la desnutrición y la insolación, por lo que tardaría en recuperarse plenamente. Su debilidad le impedía sentarse sin ayuda. Por la tarde Desmond se presentó con varios fotógrafos, pero la enfermera les prohibió la entrada. El magnate la amenazó con hablar con sus superiores y la enfermera respondió que hiciera lo que quisiese. El médico había dicho que sólo podía recibir visitas de sus allegados más directos y ella se encargaría de hacerlo cumplir.

Desmond se marchó enfadado. Cuando se enteró, Cassie soltó una carcajada.

—Gracias, enfermera Clarke. Manténgase en sus trece.

—Creo que en su estado usted no debería recibir a los reporteros. —Cassie aún estaba muy demacrada, pálida y desaliñada.

Esa tarde la bañaron y le lavaron el pelo y por la noche se sintió recuperada.

Afortunadamente, Desmond no volvió a visitarla. Estaba claro que lo único que le interesaba de su recuperación era lo que podía transmitir a los medios de comunicación. Incluso les había hablado de la guirnalda de flores que esa mañana, antes de zarpar, la tripulación del *Lexington* había enviado a Cassie.

La noticia de la recuperación de Cassie dio la vuelta al mundo y cuando el comandante del aeródromo de Hornchurch se la transmitió a Nick, éste se puso a brincar de alegría.

El sábado Desmond intentó nuevamente colar a los periodistas en la habitación de Cassie, pero la inflexible enfermera Clarke volvió a impedírselo. Se había convertido en el juego del gato y el ratón y a Cassie le resultaba muy divertido.

—Parece decidido a traer a los reporteros a cualquier precio —comentó la enfermera Clarke. La mujer se preguntó qué veía Cassie en él. Aparte de su apostura y de su ropa cara, el corazón de ese individuo parecía tan duro como una roca. Sólo se entusiasmaba con los medios de comunicación y era obvio que la joven no le interesaba.

Para Cassie eso no era una novedad y le divertía que la enfermera cotara tan hábilmente a Desmond. De momento no quería ver a nadie, salvo a sus padres, quienes al enterarse de que hacía notables progresos, decidieron esperar a que retornase a Estados Unidos.

Esa tarde Cassie dio por primera vez un paseo por el pasillo en compañía de la enfermera Clarke. El médico dijo que probablemente Desmond podría llevársela en avión a finales de semana. Debía recobrar las fuerzas paulatinamente y había que cerciorarse de que la fiebre no volvía a subirle. Durante todo el día había estado estable y se encontraba bastante mejor.

Varios pacientes la reconocieron mientras caminaba, torpemente a causa de la debilidad, por el pasillo. Le estrecharon la mano y se congratularon de que hubiese sobrevivido. Ahora Cassie era una heroína por el mero hecho de estar viva y lamentó que Billy no lo hubiese conseguido. Había enviado un telegrama al padre de Billy para manifestarle sus condolencias.

Cada vez que se encontraba con gente en los pasillos del hospital, le decían que rezaban por ella y Cassie les daba las gracias. No cesaban de llegar cartas y telegramas. Incluso la visitaron el presidente Roosevelt y la primera dama.

A Cassie le parecía injusto que Billy no hubiese sobrevivido. Se sentía culpable y desdichada y se echaba a llorar cada vez que alguien lo nombraba. Aún estaba emocionalmente perturbada por lo ocurrido.

Pasaba la mayor parte del tiempo en su habitación, abstraída, y las enfermeras procuraban no molestarla. Sabían que el copiloto había muerto, pero desconocían los pormenores. Cassie no hablaba con nadie del tema. Pasaba muchas horas pensando y otras tantas durmiendo. Acabó por pensar en Nick y se preguntó dónde estaría. No había tenido ocasión de decirle cuánta razón tenía con respecto a Desmond. Quizá ya no tenía importancia. Cada uno vivía su propia vida. Nick quería la suya y ella necesitaba tiempo para recuperarse. Decidió que en cuanto se encontrara mejor visitaría a Jackie Cochran para hablar de los aviones que llevaba a Inglaterra.

Por la noche Cassie habló con sus padres y les comunicó que pronto —probablemente la semana venidera— volvería a casa y pasaría las Navidades con ellos. No tenía motivos para quedarse en Los Angeles, no deseaba seguir en la compañía de Desmond y estaba segura de que el magnate coincidiría en que ella había cumplido el contrato de buena fe. Todo había terminado.

Sus padres le comentaron que Nick acababa de enviar un telegrama desde Inglaterra para transmitirles lo feliz que se sentía de que Cassie se hubiera salvado. A ella no le había enviado ni una línea, probablemente a causa de Desmond.

—¿Dice cuándo volverá a Estados Unidos? —preguntó Cassie.

Su padre rió.

—Cassie O'Malley, eres incorregible.

—Lo más probable es que se haya casado —añadió, aunque esperaba estar equivocada.

—Ninguna mujer en su sano juicio se casaría con Nick.

—Eso espero.

Cassie rió de buen humor. Charlaron unos minutos más y luego la joven se acostó. Sentía curiosidad por saber qué hacía Desmond en Honolulú. Ya ni siquiera iba a visitarla. Supuso que se dedicaba a agasajar a la prensa y a programar entrevistas para cuando ella se recuperase, pero se llevaría una gran sorpresa. Concedería una última rueda de prensa para decir lo que todos deseaban oír. Luego bajaría el telón y volvería a su casa. Había costado demasiado. No tenía muy claro qué haría pero, fuera lo que fuese, lo emprendería a una escala más humana que la que Desmond le había impuesto durante el último año. Aunque había ganado mucho dinero, perdió un amigo muy querido y su propia vida había corrido grave peligro. Los riesgos habían sido excesivos y necesitaba tiempo para restañar sus heridas.

La enfermera Clarke llegó a las siete de la mañana, descorrió las cortinas, levantó las persianas y la despertó. Hacía un día espléndido y Cassie estaba deseosa de ponerse en movimiento. Incluso quería ducharse y vestirse por sí sola, pero la enfermera le recomendó que no lo hiciera.

A las siete y cuarto desayunó huevos escalfados y tres lonchas de beicon. Recordó la dieta isleña de bayas y plátanos. No quería volver a ver esas frutas mientras viviera. Cuando acabó el desayuno cogió el periódico.

Enseguida comprobó que Desmond había vuelto a las andadas: había concedido una entrevista al *Honolulú Star Bulletin* y había comentado el estado de su esposa. Sin embargo, apenas aludía a lo que le había ocurrido en la pequeña isla y Cassie sospechó que se lo reservaba para una multitudinaria rueda de prensa que esperaba celebrar con ella. Desmond pensaba en todo... salvo en el bienestar emocional de la joven. Para él todo era negocios, promoción, aviones y beneficios. Nick había acertado.

Seguía leyendo el periódico cuando oyó que un avión sobrevolaba el hospital. Dedujo que los pilotos de la Marina estaban de maniobras; el hospital se encontraba muy cerca del aeródromo.

Aguzó el oído y oyó una lejana explosión. Luego escuchó otras. Se levantó y se acercó a la ventana. Fue entonces cuando vio sucesivas oleadas de bombarderos. Se quedó azorada: se trataba de un ataque en toda regla. Eran las ocho menos cinco de la mañana del 7 de diciembre.

Los aviones ensombrecieron el cielo, zumbaron sobre el puerto y bombardearon los barcos. Luego se dirigieron al aeropuerto y destruyeron cuanto encontraron.

La enfermera Clarke entró corriendo y Cassie preguntó qué estaba ocurriendo. A continuación, la joven corrió al armario y cogió la ropa que Desmond le había llevado. Sólo había una falda, una blusa y un par de zapatos. Se quitó la bata y el camisón y se vistió por primera vez desde su ingreso.

Los pacientes se apiñaron en los pasillos y deambularon de aquí para allá. El servicio de enfermería procuraba que los pacientes no perdiesen la calma y, casi por instinto, Cassie decidió colaborar.

El ataque duró una hora y el acorazado *Arizona* quedó envuelto en llamas, así como varios barcos más pequeños y grandes sectores del puerto. No cesaban de llegar noticias, en su mayor parte inexactas.

La radio anunció que los japoneses estaban bombardeando y minutos después empezaron a llegar ambulancias con heridos. Había quemados graves, hombres cubiertos de petróleo, muchos con lesiones en la cabeza, otros con esquirlas de metralla y la mayoría con conmoción traumática. Los enfermeros corrían por todas partes y los pacientes como Cassie cedían sus camas a las primeras víctimas.

Cassie colaboró con la enfermera Clarke y prepararon vendas con sábanas limpias. La aviadora ayudó a colocar en camas a los heridos.

Pero apenas habían atendido a la mitad de las víctimas cuando los japoneses lanzaron otro ataque que, en esta ocasión, alcanzó al acorazado *Nevada*.

De repente millares de efectivos heridos sangrantes fueron trasladados al centro sanitario o al buque hospital *Solace*.

La enfermera Clarke miró a Cassie, que colaboraba infatigable y ayudaba a los heridos. Aquella joven era extraordinaria y ahora comprendía que todos le dispensaran tanto cariño.

—¿Se encuentra bien? —preguntó la enfermera después de que Cassie trasladara a un quemado grave. El herido gritaba, su cuerpo era un amasijo calcinado y parte de su piel incluso se había adherido a las ropas de Cassie.

—Sí, estoy bien —respondió con serenidad. Recordó cómo había sacado a Chris del avión en llamas. Como recuerdo aún tenía la cicatriz en el brazo—. Dígame qué más puedo hacer.

—Está haciendo lo correcto —aseguró la enfermera Clarke—. Si se marea, avíseme.

—No me marearé —dijo Cassie y se obstinó en mantenerse en pie mientras ayudaba a los heridos y a varias mujeres.

Al hospital también empezaron a llegar ciudadanos. Por todas partes había heridos y al cabo de un rato ya no quedó sitio donde instalarlos. El segundo bombardeo duró hasta poco después de las diez. Luego los japoneses se retiraron y no sólo la isla, sino toda la nación, quedó estupefacta.

Cassie trabajó afanosamente, pero a las cuatro de la tarde se sintió desfallecer y finalmente se sentó. No había parado ni probado bocado desde el desayuno. La enfermera Clarke le sirvió una taza de té y juntas recorrieron el hospital en busca de más heridos. Hacía una hora que los últimos habían sido llevados al *Solace*. El hospital se había colapsado.

Cassie no podía hacer nada más, salvo consolar a los heridos que no habían perdido el conocimiento. En eso estaba cuando Desmond llegó acompañado de un fotógrafo. El resto de los periodistas habían ido al puerto a ver los daños, pero el magnate había prometido al joven reportero una foto de Cassie O'Malley.

Desmond atravesó el vestíbulo del hospital en dirección a su esposa.

—¡Allá está! —Desmond señaló ostentosamente a Cassie—. Cariño, ¿estás bien? —preguntó con ternura mientras el reportero hacía una foto de Cassie con las ropas manchadas de sangre.

Ella se limitó a mirarlos con repugnancia.

—¡Desmond, maldita sea, déjalo ya! —le recriminó—. ¿Por qué no haces algo útil en lugar de pavonearte ante la prensa? —Cassie señaló con el dedo al fotógrafo y el hombre se quedó sin habla—. Eh, usted, ¿por qué no ayuda en lugar de hacerme fotos? Nos han bombardeado. Mueva su culo perezoso y olvídese de la cámara.

A continuación, Cassie abandonó el vestíbulo en compañía de la enfermera Clarke. Los dos hombres se quedaron boquiabiertos. Aquel día Cassie se ganó definitivamente el corazón de Rebecca Clarke. La enfermera supo que, mientras viviera, no olvidaría a la infatigable pelirroja que había ayudado a los heridos y curado quemaduras. Había cedido su habitación privada a cuatro víctimas, empujado las camillas y hecho las camas con sábanas que encontró o quitó de otros sitios.

El director del hospital se lo agradeció efusivamente. Cassie estaba en un catre plegable que había montado en un rincón para descansar un rato. Había personas más graves, gente más necesitada, y Cassie se sintió culpable de concitar la atención de los médicos. Se quedó un día más para colaborar y no se sorprendió cuando les comunicaron que el lunes el presidente había declarado la guerra a Japón. Cuando fue anunciado en el hospital, se oyeron aplausos.

El martes Cassie se registró en el hotel Royal Hawaian y telefoneó a sus padres. Ya había hablado con ellos para decirles que estaba bien y ahora quería informarles que intentaría ir a Good Hope lo antes posible.

El director del hotel se comprometió a conseguirle un camarote en el *Mariposa*, que zarpaba el día de Nochebuena. Era el primer barco disponible y a Cassie le bastaba con saber que Desmond no embarcaría en él.

No tenía consideración alguna hacia el magnate. A Desmond sólo le interesaba explotarla hasta las últimas consecuencias. Era repugnante.

Por la tarde Desmond fue a visitarla y le contó que el Pentágono se había comprometido a reservarle plaza en un vuelo militar que, en pocos días, partiría a San Francisco y que, si ella quería, podía conseguirle un sitio, ya que se había convertido en una heroína nacional. Cassie se negó tajantemente.

—¿Qué te ocurre? —preguntó él.

Desmond se mostró molesto ante los reparos planteados por Cassie. Sería mejor que los medios de comunicación los vieran regresar juntos, aunque no le resultaría difícil explicar la situación contraria. Podía decir que los aviones ponían nerviosa a Cassie o achacarlo a su estado de salud.

—Desmond, tengo malas noticias para ti. El mundo entero no está pendiente de ti ni de mí, sino de que acabamos de entrar en la guerra. ¿Lo has notado?

—Sólo te pido que pienses en lo que podrías hacer por el esfuerzo bélico.

Cassie acababa de hacer bastante, tras colaborar tres días en el hospital de la Marina. A pesar de que el almirante Kimmel le había dado personalmente las gracias, por lo visto Desmond no estaba enterado.

—Haré exactamente lo que me venga en gana —puntualizó Cassie—. Y ni se te ocurra anunciarlo, publicitarlo, pregonarlo, utilizarlo o explotarlo. ¿Lo has entendido? ¡Se acabó! He cumplido mi contrato.

—Eso es lo que crees —replicó Desmond.

Ella lo miró.

—¿Me tomas el pelo? Estuve a punto de matarme por ti.

—Lo hiciste por ti misma, por tu propia gloria —la corrigió el magnate.

—Lo hice porque me gusta volar y porque me sentía en deuda contigo. Pensé que realizar la gira era lo más justo. Además, me amenazaste con llevarme a los tribunales si no la hacía y decidí no darle ese quebradero de cabeza a mis padres.

—¿Y querrás provocarlo ahora? ¿Qué ha cambiado?

Desmond era un auténtico monstruo.

—Volé casi dieciocho mil kilómetros, me estrellé con tu maldito avión y logré sobrevivir cuarenta y cinco días en una isla perdida. Permíteme que añada que estuve a punto de morir de hambre y que mi mejor amigo murió en mis brazos. ¿No lo consideras suficiente? Para mí lo es y estoy segura de que cualquier juez coincidirá conmigo.

—Un contrato es un contrato —precisó Desmond fríamente—. El tuyo estipula que en mi avión debías recorrer veinticinco mil kilómetros sobre el Pacífico.

—Pero tu avión ardió como una caja de cerillas.

—Tengo otros. Tu contrato también establece publicidad y beneficios adicionales ilimitados.

—Desmond, estamos en guerra. A nadie le interesa la gira. Pero eso me da igual, no pienso hacer nada más. Demándame si quieres.

—Es posible que lo haga, aunque tal vez cambies de idea durante el regreso.

—No perderé un minuto en pensarlo. Cuando regrese me pondré en contacto con mi abogado... por diversas razones —añadió significativamente.

—Habrá que discutirlo. A propósito, hace unos minutos hablaste con mucho cariño de Billy... ¿dijiste que era tu mejor amigo o tu amante? No sé si lo oí bien.

—¡Maldito bastardo, me has oído perfectamente! Puesto que sugieres adulterio, ¿por qué no lo discutes con Nancy Firestone? No le preocupa decir que es tu amante. Ya lo he comentado con mi abogado.

El magnate palideció y Cassie se alegró de haber dado en el clavo.

—No sé de qué hablas. —Desmond se enfureció con Nancy por haberle hecho confidencias a Cassie.

—Pues pregúntaselo a Nancy, estoy segura de que te lo explicará con detalle. Conmigo fue muy directa.

La mirada de Desmond relampagueó.

Cassie pasó las dos semanas y media siguientes como voluntaria en el hospital de la Marina y en el buque hospital *Solace*. La incursión aérea había sido devastadora. Los japoneses alcanzaron las naves *Arizona*, *Curstiss*, *West Virginia*, *Oklahoma*, *Chew* y

Ogala; murieron 2.898 hombres y hubo 1.178 heridos. Fue terrible y el país estaba en guerra. Cassie se preguntó qué significaría para Nick y si la Fuerza Aérea lo transferiría o permitiría que permaneciese en Inglaterra. De momento todo era muy confuso.

En Nochebuena, cuando los barcos *Mariposa*, *Monterrey* y *Lurline* finalmente se hicieron a la mar, Cassie se sintió conmovida porque Rebecca Clarke fue a despedirla y le agradeció la ayuda que había prestado. Desde que los japoneses arrojaron su carga mortífera en Pearl Harbor, Cassie se había dedicado exclusivamente a colaborar en la atención de los heridos.

—Conocerla ha sido un gran honor para mí —declaró Rebecca—. Espero que la travesía discurra sin contratiempos.

—Gracias, Rebecca.

La aviadora experimentó alivio al comprobar que ningún periodista acudía a despedirla. La semana anterior Desmond había regresado a San Francisco en un avión militar, así que la prensa no se ocupó de ella. Se alegró de no volar con el magnate, a pesar de que la travesía por mar duraba más tiempo y teóricamente era más peligrosa, ya que viajaban en convoy.

La enfermera Clarke la acompañó hasta el interior del barco y una hora después se hicieron a la mar. Todos estaban nerviosos y temían que los japoneses los atacaran. Por la noche el apagón era total y las veinticuatro horas del día debían llevar puestos los chalecos salvavidas, lo cual resultaba muy incómodo. En la nave viajaban muchos niños que desquiciaban al resto de los pasajeros, pero las familias que tenían parientes en el territorio continental estaban deseosas de abandonar Hawai, que se había convertido en un sitio muy peligroso.

El *Lurline*, el *Mariposa* y el *Monterrey* navegaron con una escolta de destructores que los acompañaron la mitad del trayecto, hasta las proximidades de la costa californiana, y luego emprendieron el regreso a Hawai.

Los barcos zigzaguearon por el Pacífico para evitar los submarinos. No hubo fiestas nocturnas. Sólo aspiraban a llegar sanos y salvos a San Francisco. Cassie se sorprendió de lo larga que era la travesía. Acostumbrada a volar, el viaje por mar se le hizo interminable y tedioso. Esperaba no tener que repetirlo nunca más.

Todos los pasajeros y la tripulación aplaudieron cuando cinco días después atravesaron el puente Golden Gate y fondearon en el puerto de San Francisco.

Cassie se llevó una agradable sorpresa cuando descendió por la plancha con una pequeña maleta y vio a su padre. Viajaba como Cassandra Williams y muy pocos compañeros de viaje se habían enterado de su verdadera identidad. La mayor parte del tiempo se había mantenido apartada. Había tenido mucho en que pensar y varias cosas que lamentar. Al ver a su padre, su alivio se convirtió en entusiasmo. ¡Y su madre estaba detrás de Pat!

—¿Qué hacéis aquí? —preguntó con los ojos llenos de lágrimas.

Los tres lloraron al abrazarse, Oona más que nadie, aunque Cassie y Pat no le fueron en zaga. Era el reencuentro en que Cassie había pensado infinidad de veces durante los terribles días pasados en la isla.

Mientras se abrazaban y hablaban, con el rabillo del ojo Cassie divisó a Desmond. Éste había montado una gran rueda de prensa a modo de recepción. Unos ochenta periodistas habían acudido a recibirla y entrevistarla. Cassie reparó en la presencia de los chicos de la prensa y, al mismo tiempo, vio que su padre apretaba los labios. Pat no quería saber nada de todo eso. Desmond Williams ya había llegado demasiado lejos y no le permitiría dar un paso más.

—¡Bienvenida, Cassie! —exclaman los periodistas.

Su padre la sujetó del brazo y la arrastró en medio del gentío a viva fuerza. Oona los seguía. Pat se dirigía al coche con chófer que había alquilado para recoger a su hija.

Sin dar tiempo a que los periodistas formularan preguntas, Pat introdujo a Cassie en el coche a la vez que Desmond se acercaba.

—Son todos muy amables, pero mi hija no se encuentra bien —explicó Pat a los chicos de la prensa—. Cassie está enferma y en el hospital ha sufrido una experiencia traumática a causa del bombardeo de Pearl Harbor. De todos modos, les estoy muy agradecido... muchas gracias.

Los despidió agitando el sombrero, metió a su esposa en el coche y subió. Pidió al chófer que se alejara lo más rápido posible. Cassie se reía de la expresión de Desmond a medida que se alejaban. Habían desbaratado totalmente sus planes.

—¿Ese hombre nunca ceja en su empeño? —preguntó Pat irritado—. ¿No tiene conmiseración?

—Ni un ápice —contestó Cassie.

—No entiendo por qué te casaste con él.

—Yo tampoco, pero cuando me lo propuso fue muy convincente. —La aviadora suspiró—. Sólo después de casados decidió que no hacía falta ocultar sus intenciones.

Cassie le refirió a su padre las amenazas del magnate respecto a entablar juicio contra ella.

—¡Pero si no le debes nada! —chilló Pat, furioso con Desmond.

—Querido, cuidado con tu corazón —aconsejó Oona, a pesar de que Pat había estado bien desde el verano y había sobrellevado la terrible experiencia de Cassie.

En ese momento sólo estaba enfadado.

—Más que de mi corazón, será mejor que ese monstruo se cuide de mis puños —repuso Pat.

Sus padres habían reservado una suite en el hotel Fairmont y durante dos días celebraron el regreso de Cassie. Antes de emprender viaje a Illinois, la aviadora visitó al padre de Billy Nolan. Fue un encuentro penoso y difícil, durante el cual Cassie le contó que Billy había muerto en paz en sus brazos y no había sufrido. A pesar de sus explicaciones, el pobre hombre estaba destrozado.

Nunca se sintió más feliz que cuando regresó a Good Hope.

Pat había ido a buscarla en el Vega y en mitad del vuelo a Illinois le ofreció los mandos. Para sorpresa de ambos, Cassie titubeó, pero Pat fingió no percatarse.

—Cass, el Vega no es tan bueno como los aparatos a que estás acostumbrada, pero te hará bien volver a pilotar un avión.

Era un aparato sin complicaciones y su padre tenía razón: le encantó volver a pilotar. Desde la caída del *Estrella polar* no subía a un avión. Aunque le resultó extraño, se dio cuenta de que seguía siendo la pasión de su vida. El deseo de volar corría por sus venas tanto como por las de su padre.

Durante el trayecto hablaron del accidente y de la misteriosa causa del incendio de los motores, punto que aún no estaba claro. Desmond había trasladado a Williams Aircraft los restos del aparato, con la esperanza de recabar más datos sobre lo que había fallado, aunque era harto improbable que lo consiguiera pues el *Estrella polar* había estallado en infinidad de fragmentos.

—Tuviste mucha suerte —afirmó su padre y meneó la cabeza mientras Cassie pilotaba el Vega—. Durante el descenso te podrías haber matado, volado en mil pedazos o no haber encontrado ninguna isla.

—Lo sé —admitió ella. Sin embargo, a Billy no le había servido de nada y le resultaba imposible superarlo. Jamás lo olvidaría.

Esa noche, mientras ayudaba a su padre a guardar el avión en el hangar, Pat le ofreció trabajo en el aeropuerto. Dijo que necesitaba ayuda para transportar mercancías y sacas de correspondencia. La mayoría de sus pilotos superaban la edad de reclutamiento, pero en el aeropuerto había sitio para ella y le encantaría que aceptara.

—A no ser que te dediques a los anuncios de dentífricos y coches —añadió Pat con ironía.

Los dos rieron.

—Papá, lo dudo. Estoy harta de la publicidad.

Cassie ni siquiera sabía si participaría en exhibiciones aéreas;

todavía le afectaba la muerte de Chris. Sólo quería volar, hacer trayectos fáciles y cortos... aunque quizá también largos.

—Me encantaría que aceptaras. Piénsatelo.

—Lo pensaré, papá. Tu propuesta me honra.

Fueron a casa en la furgoneta, donde les aguardaban las hermanas de Cassie y sus familias. Era Nochevieja y Cassie se alegró de reunirse por fin con sus seres queridos.

Todos lloraban, la abrazaban y gritaban mientras los niños corrían alrededor de ella. Los pequeños ya no eran tan pequeños y Annabelle y Humphrey estaban más encantadores que nunca. Cassie se emocionó y rompió en llanto. Sus hermanas la abrazaron. Le habría gustado que Chris, Billy y Nick estuvieran presentes. Eran tantos los que faltaban... pero ella estaba en casa.

La última noche del año todos dieron gracias a Dios por sus bendiciones.

21

Una semana después de Año Nuevo, Cassie empezó a ayudar a su padre en el aeropuerto. Antes de comenzar, Pat la llevó a Chicago para consultar a un abogado. Se trataba de un letrado caro y prestigioso, pero su padre insistió en que debía buscar al mejor para defenderse de Desmond Williams.

Cassie le expuso la situación y el abogado la tranquilizó. Dijo que cualquier juez o miembro de un jurado consideraría que había cumplido el contrato de buena fe, corriendo graves riesgos y exponiendo su vida.

—Nadie le quitará dinero, ni la encarcelará ni la obligará a trabajar para Williams. Ese hombre parece trastornado.

—Lo cual nos lleva a plantear otra cuestión —acotó Pat.

Se refería al divorcio. Era complicado, pero no algo imposible. El abogado se proponía restregarle a Desmond los cargos de adulterio y fraude, pues de ese modo obtendría la plena cooperación del magnate.

El letrado le aconsejó que no se preocupara por nada. Tres semanas después Cassie recibió unos papeles que debía firmar para poner en marcha el divorcio. Al cabo de unos días Desmond le telefoneó.

—¿Qué tal, Cass? ¿Cómo te encuentras?

—¿Por qué lo preguntas?

—Por cariño.

Desmond se mostró muy amable, pero Cassie lo conocía: algo quería. Supuso que tal vez la había llamado para discutir los términos del divorcio, pero Desmond estaba tan deseoso de seguir casado con ella como a la inversa. Además, Cassie no le reclamaba dinero. Para su sorpresa, Desmond le había enviado todo lo que le debía por la gira del Pacífico —a pesar de que no la había completado— después de que su abogado le advirtiese que, dado lo mucho que Cassie había sufrido, al público le sentaría muy mal que intentase pagarle menos de lo estipulado. Cassie depositó en su cuenta el cheque de ciento cincuenta mil dólares y Pat se sintió muy satisfecho, pues su hija se lo había ganado con creces.

—Pensé que quizá en algún momento te gustaría celebrar una pequeña rueda de prensa... ya me entiendes, para contarle al mundo lo que ocurrió.

Poco después de que la rescataran Cassie había pensado ofrecer una única rueda de prensa, pero en el ínterin había desistido. Su carrera de estrella había concluido.

—Cuando me rescataron el mundo entero lo supo a través del Ministerio de Marina. No tengo nada más que decir. ¿Realmente crees que les interesa conocer los pormenores sobre la forma en que Billy murió en mis brazos o mis ataques de disentería?

—Puedes soslayar esos aspectos.

—No, no puedo. No tengo nada que decir. Nos estrellamos. Yo tuve la suerte de seguir viva, a diferencia de Billy, Noonan, Earhart... y de un montón de insensatos como nosotros. No quiero volver a hablar del tema. Desmond, se acabó. Es historia pasada. Busca a otra a la que puedas convertir en estrella. ¿Por qué no pruebas con Nancy?

—Eres la mejor —comentó el magnate.

—Me interesé por ti —afirmó Cassie—. Y te quise... —musitó.

—Lamento haberte decepcionado —dijo Desmond. Volvían a ser desconocidos. Habían trazado el círculo completo y el magnate tomó conciencia de que no conseguiría nada—.

Avísame si cambias de idea. Podrías hacer una carrera fulgurante.

Cassie sonrió. La situación había sido gravísima, milagrosamente aún seguía viva. No lo intentaría otra vez.

—No cuentes conmigo.

Desmond detestaba a personas como ella. A juicio del magnate, era de los que abandona a la primera, pero a esas alturas a Cassie le importaba un bledo lo que opinase de ella.

—Adiós, Cassie.

La joven pensó que era el fin de una carrera fulgurante, de un matrimonio y de una pesadilla.

Colgaron y Desmond no la llamó nunca más.

El abogado le comunicó que Desmond había accedido a divorciarse e incluso había ofrecido una modesta renta si hacían los trámites de común acuerdo en Reno.

Cassie no aceptó la renta porque ya había ganado mucho dinero, pero en marzo pasó seis semanas en Reno, de donde regresó divorciada y libre. Como cabía esperar, Desmond entregó un comunicado a la prensa en el que explicaba que la experiencia en el Pacífico había afectado tanto a Cassie que le resultaba imposible preservar su matrimonio y que actualmente vivía «aislada con sus padres».

—Habla como si estuviera a punto de ingresar en el psiquiátrico —se lamentó Cassie.

—¿Y qué más da? —repuso su padre—. ¡Te has librado definitivamente de él!

Los periodistas telefonearon varias veces, pero Cassie se negó a hablar con ellos y a recibirlos.

Ciertamente no añoraba a Desmond ni a los chicos de la prensa. A quienes echaba de menos era a sus amigos. En el aeropuerto se aburría. Estaba tan acostumbrada a volar con Billy todos los días que sin él no se encontraba a sí misma. En abril, cuando regresó de Reno, todos los jóvenes que conocía fueron llamados a filas o se alistaron. Incluso reclutaron a dos de sus cuñados, si bien el marido de Colleen se quedó porque tenía los pies planos y era miope. Sus dos hermanas mayores y sus hijos estaban en casa de sus padres la mayor parte del tiempo.

Por primavera, los padres de Annabelle y Humphrey fallecieron en un bombardeo sobre Londres y Colleen y su marido decidieron adoptarlos.

Esporádicamente recibían noticias de Nick. Seguía en Inglaterra y se dedicaba a realizar incursiones con aviones de caza. Derribaba a todos los alemanes que podía, «como en los viejos tiempos». A sus cuarenta y un años, estaba mayorcito para esos juegos, pero como Estados Unidos había entrado en guerra le habían asignado graduación militar plena en la Fuerza Aérea de su país. A causa del fragor de la guerra, ya no era posible obtener un permiso para pasar unos días en Estados Unidos.

Cassie sabía que Nick seguía estacionado en el aeródromo de Hornchurch. A ella jamás le escribía, sólo se carteaba con Pat. Cassie tampoco le había escrito para informarle de la traición de Desmond y de su divorcio, y aún no estaba segura de cómo podía explicárselo o si le importaría. Ignoraba si su padre le había hecho algún comentario, pero lo dudaba. A Pat no se le daba escribir cartas ni hablar de los asuntos de los demás. Como el resto de los hombres, solían hablar de los acontecimientos mundiales y de política. Cassie decidió escribirle. El problema radicaba en cuándo y cómo contárselo. Había pasado tanto tiempo que suponía que, en caso de que todavía estuviera interesado en ella, Nick le habría escrito. Hacía casi un año que no se veían y sólo Dios sabía qué pensaba Nick.

Cassie no salía con nadie, sólo con amistades o con sus hermanas. Trabajaba duro en el aeropuerto de su padre. Era una vida que la satisfacía, aunque de vez en cuando le entraba el gusanillo de pilotar alguno de los extraordinarios aviones de Desmond. Pero no era posible tenerlo todo y, de momento, la vida que llevaba le gustaba.

Los medios de comunicación la habían olvidado y los periodistas casi nunca la llamaban porque Desmond ya no les acuciaba, ocasionalmente le pedían que apoyase algún proyecto, pero se negaba. Su vida era tan tranquila que a veces Pat se preocupaba y lo comentaba con Oona.

—Recuerda que nuestra hija ha soportado muchos sufrimientos.

Todos habían padecido.

—Es una chica muy fuerte y se recuperará —sostuvo su madre con cariño.

Cassie siempre había sido fuerte. Simplemente, a veces se replegaba y se sentía sola porque no tenía a su lado a las personas con que había crecido: Chris, Nick, Bobby e incluso Billy, que había aparecido más tarde en su vida. Los echaba de menos y añoraba la camaradería que había compartido con todos. Ahora no era más que otra piloto que volaba a Chicago y a Cleveland. De todos modos, le hacía bien volver a estar con su familia.

En agosto Cassie recibió una llamada inesperada. Su padre cogió el teléfono y le pasó el auricular con gesto inexpresivo. Pat ni siquiera había reconocido el nombre que estuvo a punto de hacer dar un grito a Cassie: era Jackie Cochran, que acababa de regresar de Las Vegas. Jackie Cochran le preguntó si podían verse. Añadió que siempre la había admirado y le preguntó si podía reunirse con ella en Nueva York. Cassie aceptó encantada y apuntó sus señas. Quedó en volar a Nueva York dos días después. Puede que incluso hiciese unas compras, ya que el dinero ganado con la gira seguía en el banco y aún no había gastado un céntimo. Lo sorprendente era que hacía mucho tiempo que deseaba conocer a Jackie Cochran pero, desde que volvió a instalarse en el hogar paterno, lo iba postergando.

Pensó en proponer a su madre que la acompañara a Nueva York, pero al final decidió ir sola. Aunque ignoraba qué pretendía Jackie Cochran, Cassie temió que su madre no estuviera de acuerdo.

Jackie Cochran le reservaba una propuesta muy interesante. Cassie se aburría en Good Hope y, ocho meses después de su rescate en el Pacífico, había recuperado el deseo de realizar vuelos más emocionantes. Y lo que Jackie le proponía le fascinó.

Estaba formando un grupo cuyas siglas eran WAFS (escuadrilla auxiliar femenina de transportes) para trasladar aviones a los sitios donde eran necesarios a causa de la guerra; de momento se trataba de llevarlos a Inglaterra. Las participantes tendrían graduación militar. Si lo prefería, también había otro cuerpo aéreo femenino, que respondía a las siglas WASPS (servicio auxiliar femenino de pilotos), organizado por Nancy Harkens Love, que también era una aviadora excepcional. A Cassie le encantó la posibilidad de trasladar aviones a Inglaterra delante de las mismísimas narices del enemigo. A sus padres no les agradaría, pero se trataba de un proyecto apasionante. Cumplía un buen propósito, no era un objetivo frívolo o egoísta como la gira del Pacífico, que sólo había servido para que un puñado de codiciosos ganara dinero. Se trataba de algo que podía hacer por su país y si en el intento perdía la vida... estaba dispuesta a asumirlo. Lo mismo le había ocurrido a Chris, a Billy... y a Bobby Strong, al que habían matado seis semanas después de su alistamiento. Peggy había vuelto a enviudar y ahora tenía cuatro hijos. La vida siempre era complicada.

La WAFS iniciaría en septiembre ocho semanas de entrenamiento en Nueva Jersey y Cassie ardía en deseos de empezar. Le había llegado la hora de volver a vivir un desafío y, por primera vez en su vida, volaría con otras mujeres. Jamás había tenido esa oportunidad.

Esa noche, Jackie Cochran la invitó a cenar con Nancy Love en el Club 21 y no hicieron más que hablar de planes para el futuro. Cassie no recordaba nada que hubiera deseado tan fervientemente, ni siquiera la gira mundial cuando Desmond se la propuso. Este proyecto era muy distinto.

394

Era exactamente lo que la aviadora buscaba y deseaba desde hacía mucho tiempo. Estaba en condiciones de reanudar su camino. Al día siguiente voló a Good Hope.

Su padre estaba en el aeropuerto. Pat cantaba en voz baja y rellenaba formularios en el despacho. Como no quería agriarle su buen humor, Cassie decidió darle la noticia después de la cena.

—¿Qué tal por Nueva York?

—Muy bien —respondió radiante.

—Vaya, vaya. ¿Huelo a amor o me equivoco?

—Te equivocas. De amor, nada de nada.

Cassie sonrió con aire misterioso. Tenía veintitrés años, estaba divorciada y se sentía libre e independiente. Además, estaba a punto de realizar un nuevo sueño.

Apenas pudo contenerse hasta que esa noche, después de la cena, comunicó la noticia a sus padres. Oona y Pat la miraron incrédulos.

—Conque vuelves a las andadas. —Pat se mostró contrariado incluso antes de que Cassie terminara de exponer el proyecto—. ¿Es lo que quieres?

Cassie siempre había nadado a contracorriente, de modo que no se trataba de una sorpresa.

—Quiero unirme... me he unido... me he alistado en la WAFS. —Y terminó de explicarlo.

—Espera un momento —la interrumpió Pat—. ¿Quieres decir que pilotarás bombarderos hasta Inglaterra?

—Lo sé, papá. Viajaré con copiloto.

—Probablemente otra mujer, ¿no es así?

—A veces.

—Te has vuelto loca —sentenció—. Admiro tu patriotismo, pero estás mal de la cabeza.

Cassie lo miró con ceño. Su padre debía comprender que era una mujer adulta con derecho a tomar sus propias decisiones. Ella había hecho sufrir mucho a sus padres, y no quería hacerles más daño, pero quería contar con su aprobación. Su madre lloraba sin consuelo.

—Tú y tus malditos aviones —recriminó Oona a su marido.

Pat le palmeó la mano como quien se disculpa.

—Cálmate, Oona... siempre nos han permitido vivir con dignidad.

Gracias a los aviones, Cassie había amasado una pequeña fortuna, pero a un precio muy alto.

Volvió a explicarles qué era la WAFS y sus padres respondieron que lo pensarían. Ella dijo que ya había firmado la solicitud de ingreso. Pat y Oona se miraron. Como de costumbre, su hija les presentaba hechos consumados.

—Cass, ¿cuándo empiezas? —preguntó su padre, resignado.

—Dentro de dos semanas, el 1 de septiembre comienzan los entrenamientos en Nueva Jersey. Si fuera varón, me llamarían a filas sin consultarme.

—Gracias a Dios no lo eres y no te reclutarán. Ya es bastante doloroso que se hayan llevado a nuestros yernos... y a Nick —añadió Pat.

—Si pudieras participarías —precisó Cassie.

Su padre lo miró. Cassie tenía razón. ¡Claro que se alistaría! Nick también se había ofrecido voluntario.

—Y yo estoy dispuesta a hacerlo —agregó Cassie—. ¿O acaso no puedo hacer algo por nuestro país? Pilotar un avión es lo único que sé y lo hago bien. Tú lo harías. ¿Deben prohibírmelo a causa de mi sexo?

—¡Dios mío! —Pat puso los ojos en blanco—. ¡Las sufragistas vuelven al ataque! Tu madre y tus hermanas jamás dicen tantas tonterías y se quedan en casa, que es donde deben estar.

—Yo no tengo nada que hacer en casa. Soy aviadora, como tú. Y en esto radica la diferencia.

Era difícil discutir con ella. Cass era muy inteligente y acertaba, y tenía mucho valor. Era lo que Pat adoraba de su hija. A lo largo de años Cassie le había enseñado muchas cosas y por eso él la apreciaba cada vez más.

—Cass, es muy peligroso. Los bombarderos Hudson de la Lockheed son aviones muy pesados. ¿Qué pasará si vuelves a caer?

—¿Qué pasará si mañana tú caes sobre Cleveland? ¿Existe alguna diferencia?

—Puede que no. Tendré que pensarlo.

Pat comprendió que a Cassie no le satisfacía hacer trayectos de reparto de correspondencia después de haber pilotado tantos aparatos excepcionales, pero en Good Hope estaba a salvo.

Pat meditó varios días y al final, como siempre, llegó a la conclusión de que no tenía derecho a impedírselo. En septiembre Cassie partió a Nueva Jersey. Oona se sintió orgullosa de su hija.

Pat y Oona volaron con Cassie a Nueva Jersey. Su padre viajó acompañado de copiloto por razones de seguridad y para dar tranquilidad a su esposa.

—Papá, tómatelo con calma —dijo Cass cuando se despidieron.

La aviadora besó a su madre y luego a su padre, que la miró sonriente.

—Procura no meter la pata —aconsejó Pat.

Cassie rió.

—¡Arriba ese ánimo!

—¡Cuídate! —Pat la saludó con la mano y se alejó.

Cuando, unas semanas después, volvieron a ver a Cassie, Pat se sintió orgulloso de su hija. La joven vestía de uniforme y parecía mayor y más madura. Se había recogido su larga cabellera llameante en un moño y el uniforme le sentaba a la perfección en su cuerpo largo y esbelto.

Pat y Oona habían hecho una breve visita a Nueva York porque ese fin de semana Cassie partía hacia Inglaterra. Transportaría aviones de uno al otro lado del Atlántico. Su primera misión consistía en llevar a Hornchurch un bombardero.

La víspera de la partida Cassie cenó con sus padres en un pequeño restaurante italiano al que acudía siempre que se reunía en Nueva York con otras aviadoras. Presentó varias de ellas a sus padres, que comprobaron que Cassie estaba radiante. Aquello parecía un campamento de verano para aviadoras.

Cassie se llevaba bien con sus compañeras de vuelo y el desafío de transportar bombarderos por un espacio aéreo incierto le sentaba como anillo al dedo. Estaba habituada a pilotar en medio de dificultades y le gustaba concentrarse en los mandos. En su primera misión le habían asignado un copiloto varón y harían el trayecto sobrevolando Groenlandia.

Después de despedirse y de que Cassie prometiera escribir desde Inglaterra, Pat le dijo:

—Intenta ver a Nick.

La aviadora suponía que no estaría muchos días en Inglaterra. Volaría a Europa y, una vez allí, tendría que esperar otra misión que la devolviera a Estados Unidos. Podía pasar entre una o dos semanas y hasta tres meses en Inglaterra.

A lo largo de las semanas de entrenamiento, Cassie sólo había pensado en Nick Galvin. Había reflexionado mucho y tomado algunas decisiones.

Toda su vida había tenido que esperar a que los demás tomaran decisiones: tuvo que pagarle a su hermano para que mintiese y la llevara en el avión a fin de aprender a volar; tuvo que esperar a que Nick se percatara de lo ansiosa que estaba por aprender y accediese a darle lecciones a escondidas; tuvo que esperar varios años hasta que su padre le permitió volar desde su aeropuerto. También tuvo que esperar a que Nick le dijera que la amaba poco antes de ingresar como voluntario en la RAF. Y a que Desmond la dejase pilotar sus aviones y le mintiera sobre lo poco que ella le importaba. Toda su vida había estado sujeta a las manipulaciones y decisiones de los demás. Incluso en ese momento, Nick sabía lo que ella sentía, pero jamás le escribía; lo único que probablemente ignoraba era que Cassie había abandonado al magnate, noticia que no se había publicado gracias a las buenas relaciones de Desmond con la prensa.

Cassie no estaba dispuesta a esperar más. Esta vez la decisión no dependía de nadie: era su turno. Desde que comprobó que Desmond era un cabrón, había soñado con viajar a Inglaterra. No sabía qué ocurriría ni qué diría Nick. Le daba igual la diferencia de edades o si Nick no tenía dinero. Lo único que le importaba era reunirse con él. Tenía derecho a saber qué sentía actualmente por ella. Cassie tenía derecho a muchas cosas y había llegado la hora de conseguirlas. Ese vuelo era parte de sus proyectos y quería hacerlo.

Emprendieron vuelo a las cinco de la madrugada siguiente y todo resultó emocionante. El copiloto se sorprendió al saber quién era su compañera.

—En cierta ocasión te vi en una exhibición aérea. Conseguiste todos los premios. Si no recuerdo mal, tres primeros y un segundo. —Había sido su última participación en una exhibición y el copiloto tenía buena memoria.

—Hace mucho que he dejado de participar.

—Acaban siendo aburridas.

—Un año después mi hermano murió en una exhibición y dejaron de interesarme.

—Es comprensible. —El copiloto evocó las hazañas de Cassie—. La ocasión en que te vi estuviste a punto de estrellarte.

—Sólo fue una broma para asustar a mis padres. —Rió.

—Las chicas os ponéis nerviosas. Sois todas iguales: puras agallas y nada de cerebro.

El hombre rió y Cassie sonrió.

Cuando llegaron a Inglaterra habían entablado amistad y Cassie esperaba volver a volar con él. El copiloto era texano y pilotaba desde joven. Quedaron en verse cuando él regresara a Nueva Jersey.

Durante el vuelo tuvieron suerte y no se encontraron con aviones alemanes. El texano había participado en un par de combates aéreos y se alegraba de que Cassie no hubiese tenido esa desagradable experiencia durante su primera misión. Le aseguró que tampoco era nada del otro mundo. Cassie no tuvo dificultades en aterrizar.

Cassie llevó la documentación al despacho correspondiente. Le dieron las gracias y le entregaron el resguardo del alojamiento.

Al salir de la oficina, el texano la invitó a desayunar. Cassie le dijo que tenía cosas que hacer. Llevaba las señas de Nick pero, de momento, carecían de significado. Sacó del bolsillo el papel en que había apuntado la dirección y lo leyó. En ese momento alguien le tocó en el hombro. Cassie levantó la cabeza.

Aquello era imposible... Las cosas no ocurrían de esa manera. Nick estaba allí, con expresión de sorpresa y cara de estar viendo un fantasma. Nadie le había anunciado la llegada de Cassie.

Cassie quedó paralizada y miró a los ojos al estupefacto capitán Nick Galvin.

—¿Qué haces aquí? —preguntó Nick como si fuera el propietario del aeródromo.

Cassie sonrió y el viento otoñal agitó su cabellera pelirroja.

—Lo mismo que tú. —Aunque el trabajo de Nick resultaba mucho más peligroso, los alemanes ya habían abatido a varios pilotos encargados de transportes—. Antes de que lo olvide, gracias por tus fantásticas cartas, me gustaron mucho.

Nick sonrió ampliamente. Abrumado de alegría por volver a verla, apenas entendía lo que ella decía. La última vez que se habían visto fue la mañana posterior a la noche compartida en la pista abandonada.

—Te aseguro que disfruté al escribirlas —bromeó Nick.

Lo único que deseaba era tocarla. No podía apartar de Cassie los ojos, las manos y el corazón. Instintivamente, le acarició los cabellos. Estaban tan sedosos como siempre y parecían de fuego.

Mientras varias personas de uniforme se movían alrededor de ellos, Nick preguntó:

—Cass, ¿cómo estás?

El aeródromo de Hornchurch era un sitio muy ajetreado, pero ninguno de los dos parecía verlo.

—Estoy bien.

Se dirigieron a un sitio tranquilo y se sentaron en una ladera rocosa.

—Cuando desapareciste creí que moriría de angustia.

—No tuvo nada de divertido y fue... —A Cassie se le quebró la voz y Nick le cogió la mano—. Fue... fue espantoso cuando Billy...

—Lo sé. —Nick la comprendía y Cassie no tuvo que expresarlo con palabras—. Cass, tú no eres la responsable. Te lo dije hace mucho tiempo. Los pilotos hacemos lo que tenemos que hacer.

—Siempre me pareció injusto que yo me salvara y Billy no lo consiguiera. —Era la primera vez que Cassie lo comentaba con alguien, pero sólo se lo podría haber dicho a Nick.

—Así es la vida. Esa decisión no depende de uno, sino de la Providencia.

Nick señaló el cielo y Cassie asintió.

—¿Por qué no te pusiste en contacto conmigo cuando regresé? —quiso saber Cassie.

Sin más preámbulos, fueron al grano. Con Nick las cosas siempre ocurrían de esa manera.

—Lo pensé muchas veces... y en un par de ocasiones estuve a punto de telefonear... —Nick sonrió—. Estuve a punto de hacerlo cuando, como se dice por aquí, tenía una o dos pintas de cerveza entre pecho y espalda, pero me figuré que a tu marido le sentaría muy mal. A propósito, ¿dónde está?

Las preguntas de Nick confirmaron las suposiciones de Cassie, que sonrió. De pronto era muy divertido estar en Inglaterra, hablando con Nick, como si él hubiese estado esperando su llegada. De repente todo se volvía sencillo. Estaban a mucha distancia de Good Hope, pero charlaban apoyados contra una ladera rocosa bajo el sol del otoño.

—Está en Los Angeles. —Cassie se abstuvo de añadir que estaba con Nancy Firestone o con otra de su calaña.

—Me sorprende que te permitiera hacer esto... bueno, en realidad no me asombra —repuso Nick e hizo una mueca. Había sufrido mucho cuando se enteró de que Cassie había desaparecido y de que el muy cabrón de su marido había puesto en peligro la vida de ella para vender más aviones. Le habría gustado llamarlo para decirle que era un maldito hijo de puta—. Supongo que ha calculado que estas misiones ocuparían los noticiarios. Sin duda, una actitud muy patriótica.

Uno más de nuestros chicos. ¿De quién fue la idea, suya o tuya?

—Nick, fue idea mía. Lo deseaba desde hace mucho tiempo, incluso desde antes de la gira. Durante una temporada no se dieron las condiciones favorables. Cuando regresé a Good Hope no me pareció bien dejar a papá. Incluso ahora le ha resultado muy duro. Ya no tiene quien lo ayude. Es posible que tenga que contratar mujeres, si bien la mayoría se ha alistado en las WAFS o en el WASPS, como yo.

—¿Qué significa que no te pareció bien dejar a tu padre? ¿Regresaste a casa después de que te rescataran?

Nick pensó que el muy cerdo de Williams ni siquiera había tenido la decencia de cuidarla y supuso que Cassie debió de estar muy enferma tras siete semanas pasando hambre en un atolón en medio del Pacífico.

—Sí, regresé a casa —confirmó con voz queda. Lo miró y recordó la noche de felicidad que habían compartido a la luz de la luna—. Nick, he abandonado a Desmond. Lo dejé cuando papá sufrió el ataque al corazón. —Todo eso había ocurrido hacía más de un año y Cassie se quedó asombrada de que Nick no lo supiera—. A mi regreso a Los Angeles descubrí que todo era como tú habías dicho. Desmond me presionó con ruedas de prensa, vuelos experimentales, entrevistas y noticiarios. Todo sucedió como auguraste, aunque no mostró su verdadera cara hasta que papá sufrió el ataque. Entonces «me ordenó» realizar la gira y «me prohibió» regresar a Good Hope para ver a mi padre.

—Pero fuiste, ¿no?

Nick sabía que la gira se había aplazado y en un noticiario había visto a Cassie en el Hospital Mercy de Good Hope, por lo que estaba enterado de esa parte de la historia.

—Sí, a pesar de todo decidí ir y Billy me acompañó. Desmond amenazó con demandarnos si no cumplíamos con la gira y nos obligó a firmar contratos en los que nos comprometíamos a llevarla a cabo en octubre.

—¡Cuánta bondad!

—Ya. Nunca más volví a su lado. Ni siquiera me llamó. Lo

único que quería era que yo no dijese nada a la prensa hasta mi regreso. También tenías razón en lo de las mujeres. Nancy Firestone es su amante. Y en lo de que sólo se casó conmigo para promocionar la gira, Desmond me dijo que, sin boda de por medio, no habría tenido tanto atractivo para el público. Nuestro matrimonio fue una auténtica farsa. Más adelante, cuando me rescataron, en Hawai me dijo que me demandaría por incumplimiento de contrato. Me había comprometido a volar algo más de veinticuatro mil kilómetros en el *Estrella polar* y sólo cubrimos dieciocho mil. Desmond tuvo el descaro de pensar que incluso en esas condiciones podría utilizarme de señuelo publicitario, pero para mí todo había terminado. Papá me llevó a consultar un abogado de Chicago y obtuve el divorcio.

Nick estaba asombrado, aunque nadie —y menos aún él— ignoraba que Williams era un buitre. Lo cierto es que el magnate era incluso peor de lo que Nick suponía.

—¿Y cómo conseguiste guardar silencio antes de la gira?

—Porque es lo que Desmond hace mejor. Es su especialidad. En cuanto papá se recuperó, regresé a Los Angeles y me alojé en casa de Billy. Nadie se enteró de nada. Iniciamos la gira pocas semanas después y Desmond la adornó a su antojo. Nick, es una verdadera alimaña. ¡Cuánta razón tenías! Siempre quise decírtelo, pero no me atrevía. Al principio estaba herida en mi orgullo y me avergonzaba reconocer que todo había sido una farsa. Después supuse que quizá no querías saber nada de mí. Fuiste tan tajante cuando aseguraste que yo no te interesaba... no lo sé... llegué a la conclusión de que era mejor dejarlo. Abrigaba la esperanza de que viajaras a Estados Unidos, y entonces hablaríamos, pero después del ataque a Pearl Harbor me di cuenta de que no sería factible.

—Cass, ya no dan permisos. ¿Qué significa que fui tajante cuando dije que no me interesabas? ¿Acaso no recuerdas la noche que pasamos en la pista abandonada?

—Recuerdo cada instante. En muchos momentos fue lo único que me mantuvo viva mientras estaba en la isla... Pensaba en ti, evocaba... Esos recuerdos me permitieron afrontar los problemas. Entre ellos, dejar a Desmond.

—¿Por qué no me escribiste?

La aviadora suspiró, reflexionó y miró a los ojos a su amado.

—Supongo que porque temí que me dijeras una vez más que eres demasiado mayor y pobre y que debía buscarme un marido como Billy.

Nick sonrió pues Cassie decía la verdad y probablemente habría sido tan tonto como para darle una respuesta como ésa.

—¿Y te lo buscaste? —El piloto frunció el entrecejo y por unos segundos a Cassie le habría gustado darle celos.

—Debería contestar que he salido con todos los hombres con que me he cruzado.

—Sospecho que no te creería.

Nick volvió a sonreír y encendió un cigarrillo mientras se apoyaba nuevamente contra las rocas y la contemplaba. Se sentía dichoso de volver a ver a la chiquilla que siempre había amado y que ahora era toda una mujer.

—¿Por qué? ¿Crees que soy demasiado fea para que un hombre me invite a salir?

—No se trata de que seas fea, sino difícil. Cass, hace falta un hombre de cierta edad y experiencia para vérselas con una mujer como tú.

—¿Quieres decir que actualmente tienes la edad correcta o que aún eres demasiado viejo para mí? —preguntó la pelirroja, pues quería saber adónde conducía esa conversación.

—Soy mayor pero creo que, sobre todo, he sido muy estúpido —admitió Nick—. Cass, cuando desapareciste estuvieron a punto de retirarme. Temí enloquecer de tanto pensar en ti. Durante unos días perdí el rumbo. Tendría que haber regresado en cuanto me enteré, pues así podría haber acudido a Honolulú cuando te rescataron.

—Habría sido maravilloso. —Cassie esbozó una tierna sonrisa y no le hizo más reproches. Sólo quería saber cuál era la situación presente.

—Me figuro que Desmond estaba al pie del cañón con los periodistas —añadió Nick.

—Desde luego. No obstante, me atendió una enfermera ex-

404

traordinaria que les impidió entrar en mi habitación. Además, esa mujer odiaba a Desmond. Fue entonces cuando él amenazó con demandarme por incumplimiento de contrato. Quizá cree que estrellé el avión para fastidiarlo. Nick, te aseguro que fue muy difícil. Los dos motores se incendiaron. Creo que aún no han averiguado a qué se debió y sospecho que nunca lo sabrán.

Al pronunciar esas palabras, Cassie miró a lo lejos y Nick la abrazó.

—Cass, no pienses más en todo esto. Ya ha pasado.

Eran muchas las cosas pasadas. Una etapa de su vida había tocado a su término y llegaba la hora de nuevos comienzos.

Nick la miró, sonrió lentamente, notó el calor de su presencia y evocó aquella noche estival de hacía dos años, cuyo recuerdo lo había sustentado hasta hoy.

—¿Cuánto tiempo te quedarás en Hornchurch?

—El jueves me darán órdenes —respondió Cassie. Se preguntó qué les depararía el futuro, qué esperaba Nick de ella, si seguirían con el juego de siempre o si finalmente el piloto había madurado—. Puedo pasar aquí entre dos semanas y dos meses. Pero vendré con frecuencia. Formo parte de la Escuadrilla Auxiliar Femenina de Transportes y nos dedicamos a trasladar aparatos de Nueva Jersey a Hornchurch.

—Es algo que no entraña demasiados riesgos, al menos la mayoría de las veces.

Nick se alegró de que la joven no hubiese escogido algo más peligroso, que era lo que cabía esperar de ella. Con Desmond Williams había probado cazas que luego adaptaron para la Fuerza Aérea, pero todo eso pertenecía al pasado.

—De momento estoy satisfecha. Y tú, ¿qué haces? ¿A qué te dedicas? —preguntó y le dedicó una mirada significativa.

Nick sonrió y sostuvo su mirada. La comprendió mejor que nunca. No era casual que ella estuviera allí. La única coincidencia consistía en que se habían encontrado muy pronto.

—Cass, ¿qué me estás preguntando?

—Quiero saber si eres valiente y si durante tu estancia aquí, jugándote la vida contra los nazis, te has espabilado.

—Soy más listo que antes, si a eso te refieres. Tengo unos años más y sigo igual de pobre... —Nick recordó sus propias palabras y el disparate que había cometido al pronunciarlas—. Mi joven Cassie, ¿hasta dónde llega tu coraje y tu insensatez? ¿Es esto lo que quieres? Después de todo lo que has hecho y vivido en los últimos dos años, ¿realmente quieres sólo esto? ¿Sólo aspiras a mí y al viejo Jenny? Como sabes, es lo único que tengo. Mi persona, el Jenny y el Bellanca. Conmigo nunca habrá lujos.

Cassie ya había vivido rodeada de lujos que no le interesaban. Sólo quería a Nick y todo lo que él representaba. No deseaba nada más...

—Si los lujos me hubieran importado seguiría en Los Angeles.

—No, no es cierto —repuso Nick con firmeza.

—¿Por qué lo dices?

—Porque yo no te lo permitiría. Jamás aceptaré que retornes a esa vida. No debí permitir que te fueras. —Ambos habían aprendido varias lecciones muy dolorosas. Ahora eran más sabios, habían recorrido un largo camino—. Cass, te quiero y siempre te he querido —murmuró Nick y la estrechó en sus brazos.

Cassie sonrió. Amaba a Nick desde que era una niña. Contempló las patas de gallo que se le formaban al entrecerrar los ojos para protegerse del resplandor del sol y la expresión que conocía de siempre. Era una cara apuesta, con personalidad, decisión y ternura, la única que Cassie deseaba ver durante el resto de su vida. Había ido a Inglaterra a buscarlo y lo había encontrado. Él era todo lo que deseaba.

—Nick, yo también te quiero —repuso y experimentó una profunda paz.

El piloto la abrazó y notó su calor, la proximidad con la que tanto tiempo había soñado. Estar lejos de Cassie había sido un infierno, un infierno que él mismo había creado.

—¿Y si alguno de los dos no tiene suerte en esta guerra? —preguntó Nick sin rodeos—. ¿Qué pasará?

Nick no quería arruinarle la vida a Cassie uniéndose a ella

mientras corría peligros mortales, aunque ése era el precio a pagar por amar a un piloto.

—Es un riesgo que los dos asumimos todos los días. Siempre ha sido así. Tú me lo enseñaste. Pero si es lo que queremos, hemos de tener coraje y permitir que el otro haga lo que tiene que hacer.

—Y después, ¿qué?

Nick seguía preocupado por el futuro, pero Cassie había quemado las naves y le daba igual que Nick tuviera las manos vacías.

—Después regresaremos a Good Hope, finalmente mi padre se jubilará y nos dejará el aeropuerto. Y si tenemos que vivir en tu modesta cabaña, que así sea. No me preocupa. Nos arreglaremos.

Nick no puso reparos. Sabía que a los dos les bastaría con eso. Tenían cuanto necesitaban: el uno al otro... y el cielo para volar.

Nick la besó ardientemente. Cassie contempló el cielo otoñal y sonrió al evocar las horas que habían compartido en el viejo Jenny. Recordó a Nick sus primeros rizos y barrenas y el piloto rió.

—Solías darme muchos sustos...

—Ya lo creo... me dijiste que era una piloto de raza.

Cassie fingió enfadarse y ambos se encaminaron al barracón de alojamiento.

—Sólo lo dije porque estaba enamorado de ti.

Nick rió, feliz, y volvió a sentirse como un niño. Cassie lograba que se sintiera muy bien.

—No, no es verdad. En aquella época no estabas enamorado de mí —replicó sonriente.

—Te equivocas, estaba loco por ti.

—¿De veras?

Rieron, hablaron y bromearon como niños. De pronto la vida parecía muy sencilla. Cassie lo había conseguido. Por fin estaba donde quería estar: junto a Nick.